EDIÇÕES BESTBOLSO

Contos eróticos de Paris

As histórias deste livro foram escritas pela francesa Anne-Marie Villefranche (1899-1980), dama da classe alta parisiense. Anne-Marie casou-se aos 18 anos com um capitão do Exército francês e enviuvou meses depois. Com um filho do primeiro casamento, casou-se de novo em 1928 com um diplomata inglês. Tiveram dois filhos e ficaram casados até o falecimento do marido, dois anos antes dela. Pertencente a uma família abastada, Anne-Marie sempre circulou pelos salões mais bem frequentados da Europa, participando ativamente da vida social dos ricos e poderosos. Exímia observadora, um de seus passatempos preferidos e secretos era escrever sobre as aventuras amorosas dos amigos e conhecidos. Esses relatos foram entregues à sua neta depois da morte de Anne-Marie, e tornaram-se um grande sucesso quando publicados.

Anne-Marie Villefranche

CONTOS ERÓTICOS DE

Paris

15 textos selecionados

Tradução de
SÔNIA DE SOUSA

1ª edição

EDIÇÕES
BestBolso
RIO DE JANEIRO – 2013

CIP-BRASIL. CATALOGAÇÃO NA PUBLICAÇÃO
SINDICATO NACIONAL DOS EDITORES DE LIVROS, RJ

Villefranche, Anne-Marie
V778   Contos eróticos de Paris / 15 textos selecionados / Anne-Marie
Villefranche; tradução Sônia de Sousa. – 1ª ed. – Rio de Janeiro:
BestBolso, 2013.
12 x 18 cm

Tradução de: Plaisir d'amour; Joie d'amour; Folies d'amour.
ISBN 978-85-7799-429-8

1. Conto francês. I. Sousa, Sônia de. II. Título.

13-01628
CDD: 843
CDU: 821.133.1-3

Contos eróticos de Paris, de autoria de Anne-Marie Villefranche.
Título número 337 das Edições BestBolso.
Primeira edição impressa em abril de 2013.

Títulos dos originais franceses:
PLAISIR D'AMOUR; JOIE D'AMOUR; FOLIES D'AMOUR

Copyright © 1982, 1983, 1984 by Jane Purcell.
Copyright da tradução © by Distribuidora Record de Serviços de Imprensa S.A.
Direitos de reprodução da tradução cedidos para Edições BestBolso, um selo da
Editora Best Seller Ltda. Distribuidora Record de Serviços de Imprensa S. A. e
Editora Best Seller Ltda são empresas do Grupo Editorial Record.

www.edicoesbestbolso.com.br

Design de capa: Luciana Gobbo sobre imagem de Anouchka (Getty Images).

Todos os direitos reservados. Proibida a reprodução, no todo ou em parte,
sem autorização prévia por escrito da editora, sejam quais forem os meios
empregados.

Direitos exclusivos de publicação em língua portuguesa para o Brasil em
formato bolso adquiridos pelas Edições BestBolso um selo da Editora Best
Seller Ltda. Rua Argentina 171 – 20921-380 – Rio de Janeiro, RJ – Tel.: 2585-2000.

Impresso no Brasil

ISBN 978-85-7799-429-8

Sumário

Prefácio à edição inglesa 7

1. Jeanne arranja um amante 11
2. Gerard experimenta a poesia 34
3. Armand e suas visitas 55
4. Charles e Jacqueline 89
5. Ginette no metrô 112
6. Uma lição para Bernard 134
7. A prima italiana 163
8. O amor-próprio de Marcel Chalon 182
9. Nicole liberada 210
10. A preocupação de Pauline Devreux 238
11. Raymond no circo 264
12. O segredo de madame Duperray 288
13. Christophe à beira-mar 317
14. A cartomante 358
15. A emancipada Madame Delaroque 380

Sumário

Prefácio à edição inglesa

1. Jeanne arranja um amante	11
2. Gerard experimenta a poesia	34
3. Armand e suas visitas	55
4. Charles e Jacqueline	89
5. Ginette no metrô	112
6. Uma lição para Bernard	134
7. A prima italiana	161
8. O amor-próprio de Marcel Chalon	187
9. Nicole liberada	210
10. A preocupação de Pauline Deyreux	238
11. Raymond no circo	264
12. O segredo de madame Duperray	288
13. Christophe à beira-mar	312
14. A cartomante	338
15. A emancipada Madame Delaroque	360

Prefácio à edição inglesa
A história de um livro impróprio

As aventuras sexuais de amigos íntimos e parentes podem parecer um assunto sobre o qual é insólito uma jovem de boa família e esmerada educação escrever. Por esse motivo, o leitor destas histórias precisa receber alguns esclarecimentos.

As histórias foram escritas por Anne-Marie Villefranche, que nasceu em Paris, em 1899, a quinta entre os filhos – e a segunda menina – de uma família rica. Depois da educação convencional para as moças dos primeiros anos do século XX, ela se casou aos 18 anos, por meio de um acerto familiar, com um rapaz cinco anos mais velho. Ele tinha o nome retumbante de Alexandre St. Amand Mont-Royal e, naquela época, possuía a patente de capitão do Exército francês. Não muito tempo depois do casamento, e apenas cerca de um mês antes do armistício que encerrou a Primeira Guerra Mundial, em 1918, ele foi morto em ação. Anne-Marie, àquela altura, estava grávida.

Mont-Royal deixou a viúva em boa situação, mas ela não se estabeleceu em uma casa própria depois que o filho nasceu. Durante os dez anos seguintes, viveu alternadamente com os pais, em Paris, e com os sogros em sua propriedade, próxima a Châtillon-Cotigny. O mundo da sua infância fora varrido pela guerra, e os comportamentos mudaram depressa na década de 1920. Mulher independente, repleta de atrativos, Anne-Marie era igualmente bem-vinda na cidade e no campo, inclusive por seu dom natural para se relacionar.

Ela surpreendeu positivamente sua família, em 1928, anunciando que pretendia casar-se outra vez. Sua escolha recaiu em Richard Warwick, um inglês que servia na Embaixada britânica em Paris. Depois do casamento, ele se afastou da carreira diplomática e nunca mais quis trabalhar.

Os Warwick moravam na Inglaterra durante metade do ano, permanecendo em Londres ao longo da temporada e, nos outros períodos, em sua casa de campo em Berkshire. Até 1939, quando começou a Segunda Guerra Mundial, faziam longas e frequentes visitas à França, hospedando-se com a família de Anne-Marie em Paris e com seus antigos sogros no campo. Também viajava para várias capitais europeias, e se hospedavam com amigos nos tempos em que Warwick seguia carreira diplomática. Anne-Marie teve mais dois filhos, Natalie e Gervase. Natalie era minha mãe.

Anne-Marie morreu em 1980, dois anos depois do marido. Entre os seus muitos legados afetuosos para a família e os amigos havia, para mim, uma pulseira de ouro que ela ganhara em seu décimo segundo aniversário, uma quantia em dinheiro e um baú antigo, trancado. Seu advogado entregou-me a chave num envelope com meu nome escrito na caligrafia característica de minha avó. Junto com a chave, havia uma carta na qual ela dizia que, como eu era a única entre os seus netos ingleses capaz de falar francês corretamente, para mim ela legava suas "pequenas memórias".

Uma ou duas semanas se passaram antes de eu ter tempo de começar a ler os maços de papéis contidos no baú. *Espanto* é uma palavra fraca demais para descrever a emoção que senti. A tinta desbotara, o papel estava quebradiço e amarelado, mas a caligrafia era inconfundível. Anne-Marie dera forma literária a alguns dos episódios mais escandalosos da vida dos que a cercavam. Pela forma, concluí que seus relatos baseavam-se no que lhe fora contado em estrito sigilo ou no que pudera adivinhar, a partir do seu conhecimento dos envolvidos. Nunca tinha me deparado com descrições tão francas das relações entre homens e mulheres – e isto da pena de minha elegante avó! O que tornava minha surpresa ainda maior era o fato de ter encontrado algumas pessoas sobre as quais ela escrevia durante viagens a Paris, quando criança. A certa altura, cheguei à conclusão de que, por respeito a Anne-Marie, eu devia tentar traduzir pelo menos algumas dessas aventuras de tempos idos.

Apesar de todos os seus acertos de expressão, a língua francesa é de difícil captação. Muitas vezes, carece dos conceitos precisos do inglês. Mesmo as melhores traduções podem deixar o leitor inglês imaginando como Proust, Gide ou Colette alcançaram tal fama em seu país. Para entender isso, é preciso lê-los em seu próprio idioma. Senti-me compelida a tomar muitas liberdades com as palavras de Anne-Marie, a fim de dar às suas histórias um tom equivalente ao original em inglês. Meu método foi procurar o correspondente moderno mais próximo, com o teor emocional apropriado, tendo em vista o tema desses relatos.

Paris mudou muito depois de 1920. Antigos monumentos desapareceram, ruas mudaram de nome, distritos surgiram ou deixaram de existir. À medida que a cidade mudava, deve-se supor que se modificavam também os comportamentos sexuais, embora eu não tenha nenhum conhecimento direto a respeito. Anne-Marie não aparece em suas histórias, a não ser em alguma menção ocasional, de passagem, mas é possível deduzir que sua posição era de tolerância e divertimento para com as extravagâncias que descreve. Ela tinha um aguçado senso de ridículo, característica genuinamente parisiense.

Não há datas nos papéis de Anne-Marie, mas a maneira como estão amarrados, em maços, indica que foram escritos em datas próximas, e com base em provas neles contidas, é possível calcular sua época com alguma segurança. A pequena seleção oferecida aqui é – com a maior aproximação possível –

do período entre 1925 e 1928, o ano de seu segundo casamento. A família Villefranche é chamada de Brissard e todos os outros nomes foram mudados por Anne-Marie. Ninguém, depois de ler suas "pequenas memórias", terá a menor dúvida quanto aos motivos para ela ter feito isso.

Jane Purcell, Londres, 1982

1
Jeanne arranja um amante

Christophe ficou ali sentado, sozinho, na escuridão da sala de visitas dos Verney. Só uma fresta de luz, dos postes da avenue Kléber, penetrava pelas cortinas não inteiramente puxadas. Passava de meia-noite, os convidados tinham ido embora e todos dormiam, mas tinha certeza de que ela viria a seu encontro.

Horas antes, no jantar, ela usava um vestido de gala verde-jade, com o comprimento apenas um pouco abaixo dos joelhos e um decote tão grande que mostrava a divisão entre seus seios. Seus braços nus, esguios, eram tão atraentes que ele ficou louco para beijá-los, dos pulsos às axilas. Que rebuliço isso teria causado entre os convidados, ainda mais ao marido dela!

Guy Verney era um grande chato, pensou Christophe. Rico, é claro, mas presunçoso e estúpido. Quase só falava de negócios e de política, e esses assuntos não interessavam de forma alguma a Christophe. Ela era quase vinte anos mais nova que o marido, sedutora, vivaz – em tudo, a mulher mais atraente que Christophe já tivera a sorte de conhecer. Os pequenos gestos das mãos, quando enfatizava as palavras, eram tão delicados quanto a pele macia de seus seios quase à mostra.

Um criado vestido de negro tinha acabado de tirar os pratos de sopa e colocar outros limpos, e Christophe já estava com o membro desperto, excitado, fortemente envolvido pela presença de Jeanne. Ela leu-lhe a emoção nos olhos, enquanto conversavam, e, escondida pela mesa, passou sua mãozinha por um instante no colo de Christophe e retirou-a quando se virou para falar com a mãe dele.

Os outros convidados à mesa eram da família de Jeanne, não de Verney. Ali estava a mãe de Jeanne, Madame Brissard, sentada à direita de Guy, uma senhora ao mesmo tempo frágil e intimidante. Estava também o irmão mais velho, Maurice, com sua mulher, Marie-Thérèse, mais ou menos da mesma idade de Jeanne. Como o pai não pudera vir, a mesa ficou completa com seu irmão mais novo, Gerard, que acompanhara a mãe.

Cinco do clã dos Brissard, pensou Christophe, quando lhes foi apresentado, antes do jantar, e só três dos Verney – se é que mamãe e eu podemos ser considerados Verney, com um parentesco tão distante. Por que nossa atraente anfitriã assim determinou? Durante a noite, concluiu que o objetivo era exercer uma pressão silenciosa sobre Guy Verney, para garantir que ele se sujeitaria às altas expectativas dos Brissard em relação aos deveres familiares dele para com Christophe e sua mãe.

Marie-Thérèse, sentada junto a Christophe, do lado oposto ao de Jeanne, era uma mulher estonteantemente bela. Tinha olhos escuros e luminosos, um rosto delicadamente pálido, e usava um batom vermelho forte. Seu vestido era magnífico, obviamente saído das mãos de um dos melhores costureiros de Paris. Parecia tão simples – negríssimo, deixando-lhe os braços descobertos e com um grande *décolletage* quadrado – mas o efeito era deslumbrante. A gargantilha de diamantes em seu pescoço comprido certamente tinha custado mais dinheiro do que Christophe sonharia ganhar em toda sua vida. No entanto, achava sua beleza intensa e sombria menos encantadora do que a vivacidade de Jeanne.

Gerard, diante de Christophe à mesa, estava na universidade e tinha a mesma idade que ele. Embora jovem, dizia coisas interessantes e parecia completamente cônscio das nuances da conversa à mesa, que Christophe achava impossível interpretar. Talvez estivesse consciente até demais, pensou Christophe, pois, no instante em que a mão de Jeanne tocou o corpo do rapaz, a pálpebra direita de Gerard moveu-se rapidamente, de maneira curiosamente parecida com uma piscadela.

Um pouco mais tarde, quando Verney discursava sobre as falhas criminosas do governo, a mão voltou dissimuladamente ao colo de Christophe. Dessa vez permaneceu por mais tempo, os dedos nervosos traçando, através do tecido da calça, o contorno de seu órgão erguido. A excitação causada pelo que lhe era feito foi tão aguda que ele sentiu que, dentro de mais uns poucos segundos, atingiria o ápice. Por um instante, pensou em segurar-lhe a mão e interromper a carícia, mas a sensação era demasiado deliciosa. O próprio perigo da descoberta incendiava a imaginação e os nervos, tanto quanto o afago secreto. Se ela provocasse aquela reação – então, que acontecesse! Verney com certeza o poria para fora da casa aos pontapés, mas valeria a pena.

Exatamente a tempo, como se tivesse percebido com precisão a temperatura emocional dele, Jeanne tirou a mão. Com o rosto vermelho e a cabeça girando, Christophe esvaziou seu copo de vinho e lutou para se acalmar.

Sim, ela viria encontrá-lo naquela noite, tinha certeza. Não no quarto em que o haviam colocado, inconvenientemente contíguo ao da mãe dele, que sofria de insônia. Depois do jantar, enquanto bebericavam café e um excelente conhaque na sala de visitas, Jeanne transmitira-lhe sua intenção com um gesto rápido e um olhar que explicava mais do que quaisquer palavras. Por um momento, enquanto Verney informava aos convidados as qualidades e o valor de uma pintura pendurada na parede, as pernas de Jeanne moveram-se de tal maneira que sua saia curta subiu ao ponto de expor uma liga de cetim verde prendendo-lhe as meias, enroladas logo acima do joelho. Christophe estava sentado a seu lado, num divã, e teve de cruzar as pernas para disfarçar a excitação, enquanto o vestido deslizava outra vez, decentemente, para o lugar.

Ali estava ele, então, ainda com suas roupas de gala, colarinho alto e engomado e gravata de cetim, aguardando-a na sala de visitas escura e silenciosa. A porta abriu e fechou tão silenciosamente que ele poderia pensar que havia sido apenas sua imaginação, se não fosse o farfalhar de roupas causado pelo movimento de Jeanne pela sala.

– Aqui – sussurrou ele. – No divã.

Num momento, ela estava sentada a seu lado, em seus braços. Beijava-o repetidas vezes, beijos estranhos, pequenas mordidas, enquanto as mãos dele, explorando seu corpo, abriam-lhe o *négligé* repleto de babados e sentiam o maravilhoso calor de sua carne, através de uma fina camisola de xantungue de seda. O rapaz suspirou de pura alegria ao pôr as mãos, em concha, sobre os seios dela.

– Não posso ficar – sussurrou ela. – É perigoso demais.

Apesar de todos os protestos, a mão dela estava em seu colo, desabotoando-lhe as calças. Encontrou o seu membro duro e o acariciou, nervosamente.

– Seu marido está dormindo? – perguntou Christophe, e ela assentiu, fazendo com que o perfume de seus cabelos o embriagasse.

– Ele bebe muito – disse ela, com os dedos afagando seu membro duro devagar. – Ah, como é enorme!

Christophe estendeu o braço e meteu a mão sob a bainha da camisola dela, acariciando ternamente suas coxas até tocar os pelos curtos e crespos. Abriu os lábios macios com a ponta do dedo e escutou seu pequeno arquejo. Seus fluidos escorriam, era como se enfiasse o dedo numa fruta madura.

Jeanne não lhe contou que, menos de meia hora antes, representara, no leito conjugal, a costumeira cena noturna, da qual participava com relutância. Mal se cobria com o lençol, o marido, bêbado ou não, virava-a rapidamente de costas e levantava-lhe a camisola até o umbigo. Sem nenhuma das preliminares com que se deliciam os amantes, Verney trepava na mulher e a penetrava com uma rápida estocada. Satisfazia-se imediatamente, sendo essa a maneira como a natureza o atormentava.

Mas para Verney, não era um tormento, e sim normal. Era assim que agia desde a primeira vez em que se deitou com uma mulher, aos 18 anos – um firme empurrão e resultados imediatos. Para o pobre Verney, toda a comédia romântica do ato amoroso, da *ouverture* até a cortina final, nunca durava mais do que segundos. Mesmo assim, satisfazia-lhe as necessidades, e ele ainda se entregava a esse ato regularmente, em meio à casa dos 40. Depois de terminar, com um suspiro satisfeito, afastava a mulher, fazendo-a rolar para o lado, e adormecia imediatamente.

Aos 26 anos, depois de seis anos de casamento e dois filhos com Verney, Jeanne considerava o marido um estuprador.

– Cuidado para não me excitar demais – murmurou para Christophe, enquanto os dedos dele brincavam amorosamente com seu lugar secreto.

– Mas por que não? Você me excitou tanto que estou pronto para gozar imediatamente.

– Tão depressa? Só segurei você por um momento – disse ela, espantada, pensando nas curtas performances do marido.

– Você me excitou durante horas, mesmo antes de me tocar debaixo da mesa. Cada vez que sorria para mim ou que eu olhava para seu rosto, seus braços, suas pernas, era levado um pouco mais adiante nesse maravilhoso caminho que conduz ao prazer final. Na verdade, fiz amor com você, em minha cabeça, por pelo menos quatro horas. Estou espantado com meu próprio poder de contenção. Mal posso crer que não a tenha agarrado diante de todos, a jogado em seu próprio divã e desnudado as belezas de seu corpo.

– Ponha em mim! – sussurrou Jeanne, revelando sua excitação nas palavras apressadas.

Christophe ajoelhou-se no chão, entre suas pernas escancaradas, e admirou o pálido fulgor das coxas nuas, enquanto ela puxava a camisola até a cintura. Beijou-as delicadamente, até perto de sua nesga de crespa pelagem. Beijou-lhe o ventre quente e sondou seu umbigo com a ponta da língua. Porém, Jeanne ficou repentinamente sôfrega e puxou-o. Guiou a cabeça latejante do seu membro para a posição correta e um leve empurrão fez com que ele penetrasse profundamente.

– Ah, que bom! – gemeu ela. – Não pare, Christophe.

Agora que atingira essa extasiante posição, depois de todas as brincadeiras ao jantar e da meia hora sozinho na escuridão esperando-a, Christophe não pretendia apressar as coisas e acabar logo com o prazer tão sonhado, apesar do que lhe dissera sobre sua prontidão. Suas carícias entre as coxas dela foram demoradas e lentas, e ele alisou e apertou seus seios. A respiração de Jeanne tornou-se ruidosa e arquejante.

– Você me leva longe demais – exclamou ela. – Não deve...

Enquanto falava, tomou-lhe o rosto entre as mãos, puxou-lhe a boca de encontro à sua e gozou, num alívio silencioso, com um estremecimento. Os espasmos rítmicos da macia carne que envolvia o pênis de Christophe lhe provocaram o gozo. Ele arquejou dentro da boca muito aberta de Jeanne e fundiu seu êxtase ao dela, com as costas agitando-se convulsivamente, e o coração batendo forte.

Quando ele terminou e ficou imóvel, Jeanne acariciou-lhe o cabelo.

– Você foi malvado – disse ela. – Me fez ir longe demais.

– Até o ponto em que você queria chegar – respondeu ele, sem saber ao certo o que ela queria dizer. – Foi bom?

– Uma loucura... fiquei com medo.

– Não entendo – disse ele, beijando-lhe o pescoço.

– Talvez eu lhe explique um dia. Agora, preciso voltar para cama, Guy pode acordar e procurar por mim.

– Já? Deixe-me beijar seus seios, antes de você ir embora.

Jeanne empurrou-o suavemente, e o brilho de sua pele branca desapareceu da vista dele, quando ela abaixou a camisola e amarrou o cinto do *négligé*. Levantou-se, e Christophe, ainda de joelhos, pôs o braço em torno de sua cintura e pressionou o rosto contra seu ventre morno.

– Quando nos encontraremos de novo? – perguntou, numa súplica.

– Tentarei combinar algo. Até lá, você deve ser muito discreto. Agora, deixe-me ir.

Ele escutou o farfalhar da seda, enquanto ela cruzava a sala escura, e o cuidadoso abrir e fechar da porta. Ficou sentado no divã, com a braguilha ainda aberta, falando mudamente com seu membro lasso, enquanto o enfiava nas calças.

– Caro amigo, tivemos uma experiência maravilhosa esta noite. Lamento que tudo tenha sido tão rápido. Se pelo menos Jeanne ficasse um pouco mais, você estaria pronto para a ação dentro de 15 minutos. Mas lhe dou a minha palavra, em nosso próximo encontro com ela, você poderá expressar sua admiração até não conseguir mais. Por enquanto, seja grato pelo que gozou e, por favor, não me perturbe mais esta noite. Pretendo ir para a cama e dormir, a fim de estar preparado para todas as delícias que o dia de amanhã possa trazer-me, nesta cidade mágica.

Perto do amanhecer, Christophe sonhou com Jeanne. Estavam à mesa de jantar, a mão dela em seu colo. Ele não conseguiu conter-se e afrouxou as alças estreitas de seu vestido, puxando-o até a cintura e expondo os belos seios dela. Verney continuou a falar com a mãe de Christophe, com seu jeito enfadonho, como se nada de extraordinário estivesse acontecendo. Christophe curvou-se para a frente, a fim de beijar os mamilos de Jeanne, um de cada vez.

– Tenha cuidado, você vai me levar longe demais – advertiu ele, usando as palavras dela.

– Espero que sim – respondeu Jeanne, apalpando-o com as duas mãos, através da roupa.

Christophe suspirou, segurando um seio macio em cada mão, seus polegares traçando círculos em torno dos mamilos empinados.

– É enorme, sabia? – perguntou ela, e depois virou-se para a mãe de Christophe e disse: – Madame Larousse, percebe como é enorme?

Christophe ejaculou furiosamente, com o membro aprisionado remexendo-se dentro de suas calças. Enquanto os espasmos de prazer sacudiam-lhe o corpo, olhou para Guy Verney, bem de frente, e bradou:

– Vê? Sua bela mulher me fez gozar nas calças... o que acha disso?

Acordou, com as pernas ainda tremendo e a sensação de algo molhado e morno sobre a barriga. A luz do dia aparecia entre as cortinas, e ele estava deitado de costas na cama.

Ela me colocou numa armadilha, pensou, com o corpo relaxando-se agradavelmente. Até dormindo, me faz gozar. Preciso possuí-la de novo. Não apenas uma vez, às pressas, mas muitas, muitas vezes.

Ao café da manhã, a mãe dele disse:

– Ouvi você gritar mais ou menos às 6 horas. Estava sonhando?

– Sim, acho que sim. Espero não ter acordado você.

– Não, eu não estava dormindo. Mal preguei os olhos, a noite inteira. Foi um pesadelo?

– Não foi bem isso – disse ele, e levantou os olhos de seu café com leite bem a tempo de surpreender o olhar de Jeanne sobre ele, brilhando com um divertimento secreto.

O pai de Christophe e Guy Verney eram primos, embora Verney tivesse uma posição bem superior. Sem dúvida, era quem ganhava dinheiro. Começou com uma fábrica em Paris, produzindo sapatos em massa, e durante a guerra prosperou com contratos para fabricar botas militares, a ponto de ter adquirido mais duas fábricas, uma em Nantes e outra em

Clermont-Ferrand. O pai de Christophe, juntamente com um milhão de outros franceses, morreu defendendo seu país contra os alemães. Em Verdun, em 1916, as botas enlameadas que usava quando uma granada explodiu, acabando com a vida dele e de meia dúzia de seus soldados, muito provavelmente tinham sido feitas numa das fábricas de seu primo.

Christophe, filho único, era inteligente e bem-educado, mas não se saíra suficientemente bem na escola para justificar uma matrícula na Universidade de Lyon, a cidade onde ele e a mãe viúva moravam. Tinha agora 21 anos e suas perspectivas na vida eram duvidosas. A mãe o trouxera a Paris para visitar os parentes ricos, a fim de ver se Verney poderia ser persuadido a protegê-lo. Todos entenderam a razão da visita, mas nada foi discutido na noite da chegada dos dois – a mesma do encontro noturno de Christophe e Jeanne, na sala de visitas. Foi ao almoço, no dia seguinte, que Verney demonstrou conhecer seus deveres de família.

– Seu querido pai morreu como um herói – declarou ele a Christophe. – Fez o supremo sacrifício de dar sua vida para defender a França contra os alemães sujos. Não pude, por conta de outras exigências nacionais, me alistar ao Exército, mas, acredite, nada me teria dado mais prazer do que lutar ao lado de seu pai, combatendo corpo a corpo os assassinos invasores do nosso país. Jamais, porém, fugi ao meu dever. Cumpri meu papel o melhor que pude, embora isso significasse uma escravidão, noite e dia, para garantir que nossos bravos soldados, nas trincheiras, tivessem os suprimentos essenciais para repelir os sórdidos alemães. Agora, estou igualmente pronto para desempenhar meu papel, estendendo a mão ao filho do meu primo morto. Se trabalhar diligentemente e bem, quem sabe um dia não terá tanto sucesso quanto eu.

– Abrace seu tio – disse a mãe de Christophe, dando pancadinhas nos olhos, com um pequeno lenço. – Agradeça por sua generosidade.

Christophe e Verney levantaram-se de suas cadeiras e se abraçaram, desajeitadamente.

– Estou mais grato por sua generosidade do que pode imaginar, tio Guy – disse Christophe.

Pensou consigo mesmo que devia essa oportunidade não ao espírito de dever familiar de Verney, mas à sorte de ter agradado a Jeanne e de ela ter feito com que a pressão dos Brissard se exercesse sobre o marido. Era de se supor que tivessem dinheiro investido nos empreendimentos de Verney.

Depois que sua mãe se divertira por alguns dias, fazendo compras em Paris, Christophe acompanhou-a de volta para casa, em Lyon; depois, fez as malas e retornou sozinho de trem para Paris, a fim de começar uma nova vida. A própria Jeanne ajudou-o a encontrar um pequeno apartamento perto do Jardim de Luxemburgo, na rue Vavin. Apesar de todas as suas belas palavras, foi apenas uma posição de funcionário de escritório que Verney lhe ofereceu, e o salário não era muito bom. Juntos, Christophe e Jeanne examinaram vários apartamentos para alugar, considerando a renda baixa dele. No da rue Vavin, a *concierge* parecia mais simpática do que nos outros lugares. Era uma mulher gorducha, com o habitual vestido preto desbotado.

– Quarto andar – disse ela, ao entregar a chave a Christophe, lançando um olhar astuto às roupas caras e elegantes de Jeanne. – Limpei-o ontem mesmo, então tudo está em ordem. Desculpem eu não subir também, mas tenho certeza de que podem ver tudo sem mim. Estarei aqui, quando descerem. Não tenha pressa, *monsieur*. Escolher um lugar para morar é uma decisão séria.

O apartamento tinha apenas dois cômodos, totalmente vazios, embora as janelas estivessem lavadas e o chão de madeira varrido, bem limpo. Christophe conduziu Jeanne para o quarto, abraçou-a e a beijou muitas vezes.

– Aqui, não – exclamou ela, sem fazer o mínimo esforço para detê-lo.

Christophe tomou-lhe as mãos, para tirar as suas finas luvas negras e beijar a ponta de cada dedo.

– Mas se este vai ser meu novo lar – disse ele, – preciso ter certeza de que é adequado para sua função mais importante.

– E qual é?

– Dar prazer a você.

– E vamos supor que a *concierge* suba?

– Ela é preguiçosa demais para subir as escadas mais de uma vez por dia, só faz esse esforço para limpar os quartos. Além disso, houve um certo brilho nos olhos dela, quando viu como você é bonita e como eu sou dedicado. É uma mulher discreta... não vai interromper.

A essa altura, ele já desabotoara o casaco de Jeanne e metera as duas mãos por baixo de sua saia, para acariciar-lhe as coxas nuas, acima das ligas.

– Mas não há nada aqui – disse ela – nenhuma cama ou divã, nem mesmo uma cadeira.

– Trouxemos tudo de que precisamos – garantiu ele.

As mãos dele estavam dentro das pernas largas e soltas de sua *chemise-culotte*, uma acariciando as duras protuberâncias de suas nádegas, a outra alisando, entre suas coxas, o montículo lanoso. As objeções de Jeanne pararam no momento em que ele colocou a ponta de um dedo, suavemente, dentro dela, que então estendeu as mãos para os botões das calças dele. Christophe conduziu-a para trás, até encostá-la à parede, e ali ela ficou, em pé, com as pernas abertas, enquanto ele brincava com seu corpo, até sentir que ficava úmida. Ela beijava-lhe a boca, com pequenas mordidas, as mãos massageando seu membro duro.

– É tão forte! – disse ela. – Como eu o adoro! Estou louca para sentir esse pau dentro de mim.

Christophe dobrou os joelhos e deu um lento empurrão para cima, levando o membro para dentro das profundezas dela. Suas mãos agarraram as nádegas de Jeanne, para mantê-la bem próxima a si, enquanto começava a se mexer, devagar.

– Naquela manhã, você teve um sonho, em minha casa – murmurou ela em seu ouvido. – Lembra-se? Foi comigo?

– Claro que sim!

– Foi bom? Conte-me tudo, enquanto faz amor comigo.

– Estávamos jantando – ele respirava forte, através das ondas de sensações eróticas que o percorriam – e baixei seu vestido verde para beijar-lhe os seios. Depois, segurei-os.

– Ah, Christophe, é tão bom...

– Você me acariciava, com a mão dentro de minha calça.

– Em seu sonho?

– Sim... você me levou até o fim... acordei com o pijama molhado.

– Foi durante o sonho? Sonhar comigo o deixou tão excitado?

– Sim! E já aconteceu mais de uma vez, desde aquele dia!

– Christophe! Goze agora!

Mais algumas rápidas investidas e as pernas dele tremeram, enquanto derramava seu sêmen.

– Adoro você – arquejou. – Adoro você, Jeanne...

Quando tirou o membro, ela se enxugou entre as pernas, cuidadosamente, com um lenço com renda nas beiradas, ajeitou as roupas e pegou na bolsa um estojo de prata, para refazer a maquiagem.

– Seu rosto está lambuzado de batom – disse, sorrindo para ele. – Precisa lavá-lo antes de descermos.

– Você me ama, Jeanne?

– Amar você? É claro. Seu "amiguinho" aí se levanta tão firme, quando estamos juntos, que fico lisonjeada. Como poderia não amá-lo, quando você sente tal ânsia de me possuir? Mas ouça... precisa ser muito discreto, Christophe. Entende? Sou uma mulher casada, com filhos, e quero continuar assim.

– Mesmo que seu marido não a ame como eu?

– Não tem nada a ver com isso. E este apartamento... convém a você?

– Depois do que acabamos de fazer aqui, acho que é o melhor apartamento de Paris inteira. Vou alugá-lo.

– Muito bem, então vamos falar com a *concierge*.

– Você me visitará muitas vezes aqui, Jeanne?

– Tantas quanto puder, sabendo que você está sempre pronto para me agradar, como fez há cinco minutos.

– Encostada na parede? – perguntou ele, sorrindo, e ela riu.

– Vou mobiliar este apartamento para você. Assim, da próxima vez em que vier aqui, o amor será mais confortável.

Na verdade, o emprego de Christophe na firma de Verney era uma sinecura. Ele descobriu que era um dos cinco funcionários sob a supervisão de Henri Dufour, a quem foi apresentado como um sobrinho de Verney, começando de baixo para aprender o negócio. Dufour estava perto dos 60 anos e era empregado de Verney há uns dez. Supôs que Christophe seria seu superior um dia, em um futuro não tão remoto, e isso tornava necessário cultivar a amizade do jovem. Ele e Christophe chegaram a um acordo satisfatório. Sempre que Verney estava ausente, o que ocorria com frequência, Christophe tinha permissão para ir embora ao meio-dia, sob o pretexto de que Dufour o mandara tratar de um negócio importante. Os outros funcionários, todos muito mais velhos do que Christophe, encolhiam os ombros e ficavam calados. Também previam uma época em que a boa vontade do sobrinho poderia ser necessária para que continuassem em seus empregos.

Com muitas tardes livres, Christophe podia receber Jeanne na rue Vavin. A escolha do apartamento fora correta. Ela podia facilmente pegar um carro de aluguel em frente à sua casa, atravessar o Sena pela pont de l'Alma e passar pelo Hôtel des Invalides, para chegar até o apartamento dele, tudo em vinte minutos aproximadamente. Cumprindo sua palavra, ela mobiliou o apartamento com muito conforto.

Naturalmente, Christophe adivinhou que não era, de maneira alguma, o primeiro amante desde que ela se casara com Verney. No entanto, esse não era assunto sobre o qual lhe coubesse fazer perguntas. Depois de serem amantes por algumas semanas, começou a entendê-la um pouco melhor. Seis anos das atenções desastrosas do marido na cama a haviam deixado insatisfeita e vazia, mas o problema não era apenas esse. Verney usava o corpo dela como usaria um lenço para espirrar, e ela se ressentia profundamente disso. Este ressentimento criara nela uma necessidade de controlar a sexualidade do homem, de usá-la de uma maneira que lhe agradasse, em vez de ser uma vítima dela. Christophe atendia-lhe os desejos alegremente. Jeanne ficava deitada, nua, na cama dele, e fazia com que o rapaz a acariciasse interminavelmente – os seios graciosos, o ventre e as coxas macias – numa viagem de exploração, para descobrir o quanto ela ficaria excitada antes de não conseguir mais se segurar e puxá-lo para cima dela, para fazê-la gozar. Praticavam essa brincadeira juntos inúmeras vezes, para grande satisfação de Jeanne; embora, às vezes, em seu esforço para ir mais longe, ela se equivocasse quanto ao nível de sua própria excitação e chegasse a um orgasmo trêmulo e arquejante antes de ele poder penetrá-la.

– Marque um ponto para você, desta vez – dizia ela, como se houvesse uma contagem; e Christophe fingia que fazia uma marca na parede, com um dedo lambido.

Muitas vezes, também, ela pedia a Christophe para se deitar de costas, com os braços estendidos, e brincava com ele, da cabeça aos pés, com os dedos e com pequenas mordidas em vez de beijos, fazendo seu órgão, saliente como um estame, endurecer-se até latejar. Este era o jogo secreto de poder de Jeanne. A lembrança de anos de frustração e ressentimento pelos maus-tratos de Verney era apagada por sua habilidade em fazer Christophe sacudir-se, num frenesi, com suas demoradas carícias – um frenesi inteiramente sob o controle dela.

Christophe adorava todos esses jogos de amor. Fazia tudo que Jeanne desejasse, por quanto tempo desejasse. E por que não? Sempre havia a recompensa. Não importa por quanto tempo o deixasse aflito, por quanto tempo o mantivesse pairando à beira do êxtase, no final ela o convidaria a penetrar a úmida pelagem que tinha entre as pernas, dando vazão ao selvagem desejo que despertara. Não apenas uma vez, claro, mas várias no curso de uma longa tarde, com surtos de brincadeiras nos intervalos. Só quando seu resoluto "amigo" pendia, lasso, em completa exaustão, eles consideravam seus jogos amorosos encerrados por aquele dia.

Quando Jeanne acabava de se vestir e ia embora, Christophe voltava para a cama sozinho. Seus travesseiros e lençóis conservavam o sutil perfume que ela usava e também o odor natural de seu corpo cálido. Ele ficava ali deitado, nu, tonto com a lembrança de tanto prazer, até cair em um sono satisfeito. Por volta das 20 horas, acordava renovado e feliz, lavava-se, vestia-se e caminhava até algum dos restaurantezinhos de que gostava, no boulevard Saint-Michel, para se deliciar com um bom jantar e uma garrafa de vinho. Esses dias eram ápices de êxtase em sua vida, entesourados e saboreados na lembrança.

Para Christophe, aquele era um período maravilhoso e sereno. E com boas razões! Ali estava ele, um jovem saído de uma cidade provinciana – e das restrições a ele impostas por viver com a mãe –, de repente à solta, em Paris! Sentia que passara, de um só golpe, da adolescência para a idade adulta. Era independente, tinha seu próprio apartamento e um emprego que lhe dava um salário quase sem trabalhar. E o melhor de tudo: tinha a amizade íntima de uma mulher elegante, com a qual podia explorar plenamente sua sexualidade ardente. Com tudo isso, realizava-se um sonho que ele sequer chegara a almejar lá em sua cidade, Lyon.

Aproximou-se do irmão mais novo de Jeanne, Gerard, pois era inteligente o bastante para reconhecer nele um valioso guia para as ilimitadas possibilidades e prazeres de Paris. Intelectualmente, Christophe não era páreo para Gerard, mas isso não tinha a menor importância para nenhum dos dois. Cada qual achava que o outro era um companheiro divertido, embora, no caso de Gerard, houvesse um toque de muda ironia na amizade. Gerard, que sabia de tudo a respeito de todos, conhecia bem as relações de sua irmã com Christophe. Obviamente, o primo do interior se tornara necessário para a felicidade de Jeanne. Como Gerard amava a irmã e, cordialmente, detestava seu enfadonho marido, era quase um ato de dever familiar guiar o jovem a quem ela se ligara pelos caminhos sensatos, e ajudar a dar um pouco de verniz a seu provincianismo.

Uma das saídas dos dois, juntos, foi para ver Josephine Baker, logo depois de sua estonteante estreia no Folies Bergère. A primeira apresentação dessa arrebatadora jovem negra americana fora no coro de uma revista, no Teatro dos Champs-Élysées, no ano anterior. Como costuma acontecer, o charme dos seus 19 anos chamou a atenção de alguém importante e dentro de pouco tempo ela se tornou a estrela de seu próprio e espetacular show. Tanto Christophe como Gerard ficaram encantados com a vivacidade do corpo esguio e cor de café com leite de Mademoiselle Baker e com a atração que ele exercia, quando ela saracoteava no palco, completamente nua, a não ser por uma minúscula tanga prateada e um alto toucado de penas de avestruz.

Mais tarde, naquela noite, tomando uma bebida, conversaram sobre a artista.

– É maravilhosa essa *mademoiselle* negra – declarou Christophe.

– Encantadora – concordou Gerard.

– Aquelas pernas longas e elegantes!

– E os pequenos seios pontiagudos – disse Gerard, falando com mais franqueza.

– Ah, sim!

– E aquela deliciosa ginga das nádegas... Reparou nisso, tenho certeza.

– Deixaria excitado até um cego... Gerard, diga-me, você parece ter feito de tudo... já trepou com uma garota negra?

– Uma ou duas vezes.

– É diferente de trepar com uma francesa?

– Nenhuma diferença fundamental. No começo, reparei no contraste entre sua pele e a minha, e isso dava um certo tempero ao nosso jogo amoroso. Mas, à medida que as coisas continuavam, deixei de prestar atenção nisso. Na segunda ou terceira vez em que fui para a cama com ela, já não reparava mais nesse detalhe.

– Quem era ela?

Quando Christophe soube que a moça era de Madagascar e estava disponível numa certa casa na rue Saint-Denis, não sossegou enquanto Gerard não o levou até lá. A casa era relativamente cara, Gerard o advertiu, não o tipo de lugar em que operários dão uma rápida passada nos sábados à noite.

Mademoiselle Angelique – era assim que denominava a si mesma – não estava livre quando eles chegaram. Ficaram sentados na sala de visitas e conversaram com duas ou três moças disponíveis, enquanto esperavam. Gerard, com seus modos impecáveis, pediu uma garrafa de champanhe caríssima.

– Ela é bonita? – perguntou Christophe a Gerard.

– Não tão bonita, é mais exótica. Mas tem um bom corpo.

Mademoiselle Angelique, como ele logo comprovou enquanto ela caminhava pela sala de visitas, era uma mulata de 22 ou 23 anos, com um tufo de cabelo negro e crespo e argolas de ouro quase tão grandes a ponto de tocar-lhe os ombros. Vestia apenas uma camisa amarelo-açafrão, que se grudava ao corpo, acentuando a abundância de seu busto e a largura dos quadris. Cumprimentou Gerard com um sorriso amável e aceitou uma taça do vinho mais barato da casa. Sentada, conversando com os dois jovens, sua camisa curta subiu, revelando as coxas marrons e robustas, e quando ela ria, seus seios balançavam-se sob o tecido leve.

Agora que chegara até aquele ponto, Christophe achou que era uma questão de honra continuar. De outra maneira, quem sabe, aos olhos de Gerard, ele poderia parecer pouco corajoso... ou pior, pouco viril. Então continuou, embora precisasse pedir dinheiro emprestado ao amigo. No momento devido, encontrou-se na cama de Angelique, acariciando seus seios grandes como bolas e tentando persuadir-se de que aquela era a mais exótica das experiências. O encontro foi rápido. Angelique estimulou-o com palavras e com as mãos, até que ele a cavalgou, e os rápidos movimentos dela o aliviaram de sua carga.

De volta à sua própria cama, ele sonhou vividamente com Jeanne naquela noite. Ela estava ali com ele, liberando toda a sua requintada sensualidade. Suas mãos esguias passeavam habilmente sobre o corpo dele, seus dentinhos brancos mordiscavam-no. No entanto, quando se uniram, ele não conseguia gozar, apesar de toda sua excitação, e seu membro duro doía com o esforço. Era inútil! Os olhos de Jeanne fitavam-no acusadoramente, e ele não conseguiu encontrar palavras para justificar-se.

Acordou com uma ereção e uma sensação de culpa. A maneira de viver de Gerard não é igual à minha, disse para si mesmo. Estou demasiado preso a Jeanne para fazer amor com outra mulher, seja branca, negra ou amarela.

Foram amantes durante quase um ano, antes de ele fazer-lhe a pergunta que lhe estivera na cabeça desde o primeiro encontro dos dois. Foi durante uma pausa em suas brincadeiras amorosas, certa tarde.

– Lembra-se da primeira vez em que estivemos juntos, na escuridão – disse ele –, quando todos dormiam e nos encontramos em sua sala de visitas?

– Jamais esquecerei.

– Você me disse que a levei longe demais. Qual é o significado disso?

Jeanne não lhe deu uma explicação comum, por meio de palavras, mas uma extensa e prática demonstração, que exigiu o uso de seus lábios e mãos nele. A certa altura, a explicação exigiu que ela esfregasse os cabelos escuros no peito e no ventre de Christophe e, em outras ocasiões, que o calor de suas coxas de cetim lhe rodeasse a cintura. Essas foram apenas duas entre a variedade verdadeiramente espantosa de sensações agradáveis que um corpo de mulher pode fazer um homem experimentar, e que ela empregou como ilustrações do que lhe dizia.

– Já lhe contei a respeito dos desastres de três segundos de duração do meu marido – disse ela, com as unhas riscando de leve a parte interna das coxas dele. – Eu era virgem quando me casei com ele, e nunca soube o que significava ficar excitada, até encontrar outra pessoa, depois que meu primeiro filho nasceu.

– Ah, e quem foi essa outra pessoa?

– Não é de sua conta. Fique satisfeito de saber que antes de sua chegada a Paris nunca conheci alguém que pudesse me fazer sentir tudo o que você fez. Por que outro motivo eu estaria aqui agora?

– Porque você me ama.

– Amo você pelo que pode fazer comigo.

– Você é uma libertina – suspirou Christophe, enquanto os dentes dela apertavam-lhe suavemente os mamilos.

– Então fique grato por isso – respondeu ela –, como estou grata pelo que me ensinou a respeito de mim mesma.

– Ensinei?

– Meu marido jamais me excitou, nem minimamente... como poderia? Quando encontrei alguém que me mostrou que o amor podia ser diferente, foi difícil para mim reagir como uma mulher. Afinal, Guy me tornara quase frígida. Não estava acostumada com os ferozes prazeres do corpo. Mas o homem que conheci era inteligente e paciente. Depois de algum tempo comecei a gostar de ser tocada e logo aprendi a gostar de ser penetrada. Mas tinha medo de deixar meus sentimentos irem longe demais, porque, na verdade, até então eu ainda não entendia a mim mesma. Queria manter o autocontrole o tempo inteiro, mesmo com um amante penetrando em meu corpo. Para mim, o prazer consistia em possibilitar o prazer dele. Consegue entender isso?

– Os homens e as mulheres são diferentes – disse Christophe.

– Durante muito tempo, até eu acreditei nisso. Agora, sei que estava errada e que você também está errado.

– Talvez – falou Christophe, em tom de dúvida.

– Aquela primeira vez em que estivemos juntos no divã, na escuridão... você não tem ideia do que eu pretendia. Queria um novo amante, e escolhi você porque parecia ideal sob muitos aspectos. Eu o provoquei um pouquinho no jantar para lhe deixar clara a minha intenção. Depois, no divã, desejei o toque de suas mãos em meu corpo. Queria a sensação de você dentro de mim, duro e forte, porque um amante carinhoso me ensinara a gostar disso. Mas era tudo o que eu queria. Pensei que você satisfaria a si mesmo e depois eu voltaria para a cama e adormeceria, enquanto minha meia excitação iria aos poucos desaparecendo.

– Mas não aconteceu apenas isso. Começo a entender o que suas palavras significavam.

– Algo espantoso aconteceu... espantoso para mim, quero dizer. Com você, fui mais longe do que esperava. Perdi o controle. Afoguei-me nas sensações e alcancei um repentino orgasmo. Raramente isso acontecia comigo, mesmo com... E quando acontecia, sempre me deixava abalada e assustada.

– Mas você gostou daquela noite, não foi?

– Se soubesse o quanto gostei! Mas fiquei confusa com a intensidade de minhas próprias emoções e deixei você depressa, para esconder o que sentia. Fiquei deitada ao lado do meu marido insensível durante horas, pensando no que você me fizera experimentar. Acariciei a mim mesma para trazer de volta a lembrança daquilo com mais nitidez. Minha confusão desapareceu e, com ela, meus antigos medos. Eu estava livre. Sabia que tinha gostado do que você me fizera experimentar. Mais do que gostei... adorei! Queria mais!

– Aquela foi a noite em que sonhei com você pela primeira vez – murmurou Christophe, enquanto a língua molhada de Jeanne penetrava em seu umbigo e, depois, seguia de um lado para outro de sua barriga.

– Você sonhou comigo e esse seu "amigo" teimoso ficou duro, em pé, e gozou, enquanto eu permanecia acordada, pensando em você e tocando, por baixo da camisola, os pontos em que você me dera prazer. Nossos corpos estavam afastados, mas de alguma maneira ainda continuavam juntos, ligados um ao outro.

– Inseparavelmente e para sempre – disse Christophe, com a voz rouca, sob o impacto emocional do que ela dizia.

– Aquele dia em que procuramos apartamento para você... eu sabia, sem a menor dúvida, que faria amor comigo num deles. Se não tentasse, eu mesma começaria. Não havia escapatória para nenhum de nós dois naquele dia. Íamos possuir um ao outro, nem que eu tivesse de me despir completamente diante de você. E aconteceu aqui, neste apartamento, nós dois encostados na parede! Recebi o prazer como um velho amigo daquela vez, quando você meteu em mim e me fez perder a cabeça.

– Quantas vezes desde então fizemos isso, nesta cama! – suspirou ele.

Jeanne abriu as pernas o máximo que podia, e seus dedos fizeram movimentos irrequietos nas virilhas expostas de Christophe.

– Todas essas vezes não foram suficientes – respondeu ela. – Agora, sou como você: quero esse prazer muitas vezes, até cair em completa exaustão, profundamente satisfeita. Amo você porque pode fazer isso comigo.

– Então *somos* parecidos, Jeanne. Nunca tenho você o bastante. Quando me deixa, descanso um pouco, saio para comer e depois quero você outra vez, logo que volto para cá.

– Ótimo, ótimo. É assim que me sinto, quando vou para casa, depois dessas horas com você. À noite, fico deitada na cama e me lembro de todos os beijos, todas as carícias. Quando estou com você, quero que isso dure para sempre... assim terei mais lembranças, quando estiver em casa.

– Sim! – sussurrou Christophe, com o corpo retorcendo-se em pequenos espasmos de prazer sob as mãos dela. –Ah, vou retribuir-lhe isso... brincarei com você até que me suplique, chorando, para lhe fazer gozar. Depois lamberei as lágrimas do seu rosto e continuarei com o tormento, até você gritar pedindo piedade. Você vai ver.

– Mas ainda não – disse ela – porque essa é a melhor parte, a longa aproximação dos momentos finais de êxtase. Adoro descobrir, a cada vez, como isso pode ser retardado até o limite exato que se pode suportar, antes daqueles últimos instantes de loucura, quando o corpo inteiro parece explodir.

Christophe sentiu seus beijinhos, que eram mordidas, subirem por seu membro, da base até a ponta. Era mais do que podia aguentar. Seu sêmen irrompeu, e ele se contorceu ao ponto de quase rolar para fora da cama.

– Você me entende agora, acho – disse Jeanne, quando o gozo dele terminou.

Christophe abraçou-a e depois usou uma ponta do lençol para remover os vestígios de sua tumultuada ejaculação do rosto bonito de Jeanne.

– Começo a entendê-la um pouquinho – disse ele. – Nunca conheci alguém como você.

– Nem eu como você. Você é um brinquedo soberbo, Christophe. Agora é minha vez. Mostre-me o que pode fazer comigo. Leve-me devagarinho à beira do gozo e me mantenha nesse ponto por mais tempo do que nunca. Você sabe tão bem me excitar. A essa altura seu querido "amigo" estará todo duro outra vez, pronto para trabalhar, quando eu não aguentar mais. Depois, com ele inteiro dentro de mim, explodiremos juntos, como uma bomba.

– Você é adorável – disse Christophe.

Beijou-lhe os pequenos seios, enquanto ela se virava para deitar-se de costas. O fato de ela ter empregado a palavra *brinquedo* não causou nenhuma impressão em sua mente jovem.

2
Gerard experimenta a poesia

Não muito tempo depois de começar a estudar na Sorbonne, Gerard ficou muito impressionado com o surrealismo. Essa nova forma de anarquia nas artes foi concebida em Paris depois da queda do dadaísmo, um tipo de caos perpetrado na civilizada Europa pelos suíços durante a guerra, quando as atenções estavam voltadas para outra parte. O ponto alto dos tempos de estudante de Gerard foi a publicação do que considerava um poema seu, numa revista diferentíssima, lida apenas por aqueles cujos cérebros haviam sido perturbados por exposição excessiva aos delírios do poeta André Breton e de seus amigos. Naturalmente, esse triunfo pedia uma comemoração à altura por parte de Gerard e seus companheiros.

Depois da guerra, ninguém com pretensões intelectuais ia mais comer e beber em cafés baratos em Montmartre. Interesses comerciais tomaram conta da área, outrora refúgio de pintores famosos, e a transformaram numa atração para turistas americanos em busca de experiências típicas da cidade, ou *"la vie parisienne"* – sendo que, no bojo disso, havia espetáculos de moças pouco vestidas ou uma superabundância de prostitutas. Escritores e pintores sérios migraram para a margem esquerda do Sena e passaram a se reunir nos cafés de Montparnasse. Era ali que se poderia encontrar, a partir do fim da manhã, e mais especialmente à noite, o vasto exército de supostos pintores e escritores que fizeram de Paris o seu lar. O talento de muitos deles era duvidoso, mas uns poucos produziram obras capazes de perdurar.

A comemoração de Gerard por sua realização artística começou em La Rotonde, pagando bebidas para seu círculo de amigos – uma meia dúzia de rapazes de sua idade e duas ou três moças de origem duvidosa, que haviam sido levadas junto. O grupo aumentou à medida que outros foram aparecendo e aderindo à festa. Por volta da meia-noite, todos foram para um apartamento numa ruela mal-iluminada, em alguma parte local da estação de Montparnasse. Gerard estava bastante bêbado àquela altura. Não tinha a menor ideia de onde se encontrava e jamais vira a moça adormecida com a cabeça em seu colo.

Um gramofone tocava jazz muito alto, e dois ou três casais tentavam dançar. O restante dos foliões estava empenhado numa discussão séria sobre o significado do significado e assuntos importantes do gênero, interessantes para os adeptos do surrealismo. Gerard, despencado num canto, com um sorriso de satisfação no rosto, não participava mais da movimentação. Sua noitada, considerou ele, fora um sucesso. Bastava-lhe agora cochilar onde estava até se sentir suficientemente forte para se levantar e chegar em casa.

A moça em seu colo abriu os olhos e anunciou que ia vomitar. Gerard deu um jeito de se levantar, apoiando uma mão na parede, e colocou a moça na posição vertical, ou tão vertical quanto possível para alguém naquela situação difícil. Seguraram um ao outro enquanto atravessavam a sala, esgueirando-se por entre os que dançavam, até chegar ao patamar escuro. Fiel à sua palavra, a moça imediatamente vomitou por sobre o corrimão, em cima da escadaria escura.

– Meu Deus – disse Gerard –, espero que ninguém esteja aí embaixo.

– Eu me sinto péssima – falou a moça. – Será que você podia me ajudar a chegar em casa?

— É longe?
— Não muito.

Desceram, cambaleando, três lances de escada, Gerard pendurado no corrimão, e a moça pendurada no rapaz. Lá fora, começara a chuviscar na rua deserta.

— Qual é o caminho?

Ela fez gestos vagos e quase caiu.

— Onde você mora? — tentou ele de novo.

Depois de alguns momentos de reflexão, ela disse:

— Rue Varet.

— Onde fica isso?

— Perto do cemitério de Vaugirard.

— Não sei onde é. Vamos caminhar até a estação ferroviária. Lá podemos pegar um carro de aluguel.

— Carro! Você anda jogando dinheiro fora, não é?

— Prefere caminhar na chuva?

O motorista cobrou em excesso pela corrida, mas Gerard não estava com a menor disposição para discutir, como normalmente faria. Pagou com uma mão, enquanto apoiava a moça com a outra.

— É aqui? — perguntou ele. — Em que andar?

— No último. O sótão.

— Dê-me a chave.

Ele encostou a moça na parede, parou, deixou que ela caísse sobre seu ombro, depois agarrou-a pelas coxas, com a cabeça e os braços pendurados às suas costas. Parecia um homem tentando escalar o Monte Branco de patins quando começou a subir a interminável escadaria. Ao chegar ao último andar e depositar sua carga no chão, onde ficou estatelada, pensou que ia morrer com o esforço. Finalmente, seu fôlego voltou, e com ele, vestígios de determinação. Havia duas portas em frente à escada. Tentou a mais próxima e ouviu uma mulher gritar:

— *Quem é?*

– Desculpe, porta errada – gaguejou, virando-se para a outra.
– Dê o fora, seu bêbado de merda, senão chamo a polícia – vociferou ela. – Não quero ver você nunca mais em minha vida, seu gatuno alcoviteiro de uma figa! Toque nessa porta mais uma vez e quebro uma garrafa em sua cabeça!

Que tipo de prédio será esse?, pensou Gerard. Ela ameaça atacar um completo estranho que não está fazendo mal algum! O pensamento o aborreceu. Virou-se para a primeira porta e aliviou o peso de seu ombro apoiando as costas da moça desconhecida contra a porta.

– Madame – disse ele com toda a firmeza que sua voz meio pastosa permitia àquela altura –, estou profundamente ressentido com o tom ofensivo de seus comentários.

Algo bateu violentamente contra o lado de dentro da porta, como se um prato ou outro objeto parecido tivesse sido atirado contra ele.

– Cai fora, vagabundo! – gritou a mulher.
– Vejo que de nada adianta discutir com a senhora – respondeu Gerard com toda a dignidade que conseguiu reunir. – Muito bem, vou deixá-la destruir o restante de seus utensílios domésticos quando bem quiser. Desejo-lhe uma boa-noite.
– Dê o fora dessa porta, senão juro que vou aí fora jogar você por cima do corrimão!

Resmungando, Gerard carregou a moça inconsciente para o outro quarto. Na escuridão, um objeto de ponta dura bateu-lhe nos joelhos e o fez cair para a frente. Tombou de bruços, sobre uma cama, quase sem fôlego. Depois de refletir por alguns segundos, tirou a moça de suas costas e ficou deitado ao lado dela, tentando recuperar as forças para a viagem de volta. Sabia para onde queria ir, mas não sabia exatamente onde estava, a não ser que era perto de um cemitério. Não sabia como sair de um local desconhecido. A questão exigia raciocínio. Porém, dentro de poucos minutos, enquanto lutava para resolver o problema, Gerard *apagou* tranquilamente, como efeito da comemoração e dos seus esforços.

Foi a luz cinzenta do amanhecer, entrando por uma claraboia no teto inclinado, que o acordou. Viu-se deitado, completamente vestido, numa cama baixa, escutando as leves pancadas da chuva na janela. A seu lado, encontrava-se uma moça adormecida. Só depois de um prolongado esforço lembrou-se de como chegara àquela situação. Ficou satisfeito consigo mesmo. Pensou que, afinal, tornara-se parte da verdadeira tradição artística. Embebedara-se na companhia de amigos intelectuais, pegara uma moça e fora com ela para seu quarto em... sabe-se lá onde. Estava meio confuso a respeito disso, mas a exiguidade e a falta de conforto do lugar sugeriam que não ficava numa das partes mais nobres de Paris.

Que assunto para um poema, pensou ele. Mas será que era mesmo? Na verdade, concluiu, seria um poema mais na linha de Baudelaire do que de Breton. Não importa, combinaria as duas tradições para criar algo tão original que todos ficariam espantados.

Faltava algo para completar a experiência, antes de poder começar a escrever num estado de espírito verdadeiramente artístico: experimentar a moça que pegara. Sentou-se na cama encaroçada para examiná-la. Dormia de costas, roncando de leve, com um aspecto muito amarfanhado. Seu cabelo curtinho estava completamente despenteado, e o vestido cor de abacate, erguido em torno das coxas. Ambas as meias tinham muitos fios puxados.

As pernas eram finas, notou ele, e o busto mais volumoso do que o considerado elegante. Sob a maquiagem borrada, o rosto da jovem era redondo, e o nariz, um tanto chato. Calculou que tinha mais ou menos a idade dele, 20 anos, ou não muito mais.

Não era muito bonita, disse a si mesmo, mas isso não piorava as coisas, de maneira alguma. Seria uma insensatez procurar uma jovem elegante num lugar daqueles. Ela é o que é, e eu sou o que sou. Um homem e uma mulher juntos. Ora, muito bem!

Estimulado por essa linha de pensamento, acariciou-lhe ternamente a coxa descoberta.

Ela acordou e olhou-o, sem enxergar bem.

– Quem diabos é você? – perguntou.

– Meu nome é Gerard. Trouxe você para casa na noite passada.

– Não consigo me lembrar de nada, porra. Pare com isso!

Sua maneira de falar era mais rude do que ele estava acostumado a ouvir, mas fazia parte dela, disse a si mesmo.

– Diga-me seu nome – falou.

– Sophie. Onde eu estava na noite passada?

– Não sei bem onde estávamos, mas bebemos muito.

– Que horas são?

– Cedo, acho. Faz diferença?

– Que dia é hoje?

– Quinta-feira. Por quê?

– Por nada. Por que você me acordou apalpando minhas pernas?

– Para falar com você.

Ela se arrastou para fora da cama e foi fazer café, resmungando baixinho. Enquanto a água fervia, virou-se de costas para ele, a fim de despir o vestido enlameado e as meias, e envolver-se num roupão leve, num tom desbotado de turquesa, com um desenho chinês nas costas.

– Meu Deus, estou com um aspecto terrível – suspirou ela, diante de um espelho sem moldura preso à parede.

Gerard tirou o paletó amassado, a gravata e os sapatos, e se acomodou da melhor forma possível na cama, enquanto Sophie despejava água fria numa bacia e removia os resíduos da maquiagem.

– Nasceu em Paris? – perguntou ele.
– Não, em Bourges.
– Nunca estive lá.
– É um verdadeiro buraco. Não conseguia suportar aquilo, por isso saí de casa. E você?
– Minha família sempre morou aqui. Estou estudando na Sorbonne.

Sophie despejou café em duas xícaras e deu-lhe uma. Estava amargo, mas caía bem depois da noitada da véspera.

– Beba isso e dê o fora – disse ela. – Quero voltar para a cama.
– E se bebermos o nosso café e formos os dois outra vez para a cama? – sugeriu ele.
– Você tem uma cama própria para ir, em algum lugar.
– Isso não vem ao caso, não é mesmo?
– O que quer dizer?
– Simplesmente, que desejo estar aqui, na cama, com você, Sophie. Quero fazer amor com você.
– Quem diabos pensa que eu sou? – investiu ela. – Uma trepada fácil, para qualquer um que quiser? Acha que sou uma prostituta, não é?
– Certamente, não! – retrucou ele, tentando acalmá-la. – Você é uma moça bonita e inteligente que encontrei no apartamento de um amigo. É normal que me sinta atraído por você.
– Vocês, homens, são todos iguais – disse ela, amargamente. – Querem agarrar a moça e meter. Comigo, não vai conseguir. Antigamente eu topava, mas já aprendi a lição.
– Tem toda razão – concordou Gerard –, os homens desse tipo são desprezíveis. Não têm absolutamente respeito algum pelas mulheres.
– O que torna você tão diferente?
– Sou um poeta, um homem de sensibilidade...

Dissera a coisa errada.

– Não me fale de poetas! São uns escrevinhadores cretinos, que jamais trabalharam um só dia na vida e não pretendem trabalhar jamais. O último sujeito que conheci e chamava a si mesmo de poeta tinha piolhos!

– Mademoiselle Sophie – disse Gerard, falando muito formalmente –, apresento minhas desculpas por abusar de seu tempo e de sua hospitalidade. Se me concede um momento para que eu possa vestir-me, me retirarei de seu apartamento.

– Apartamento... este quartinho esculhambado? Você é um cômico, não um poeta.

Gerard se calçou e foi até o espelho para amarrar a gravata. Sacudiu o paletó, esperando eliminar alguns amassados causados pelo fato de ter dormido com ele. Foi extremamente cortês:

– Mil perdões, mas teria uma escova de roupa que eu possa ficar mais apresentável antes de sair?

– Escova de roupa! Onde pensa que está, no Hotel Ritz? Espere um momento, vou ver o que posso fazer.

Limpou-lhe a roupa com as mãos, para tirar alguns fiapos de colcha que estavam grudados nela.

– É um belo paletó – disse. – Onde o comprou? Numa loja de departamento, aposto.

– Foi feito sob medida para mim.

– Você não é tão duro assim, mesmo sendo estudante. Escute, sinto muito por ter gritado com você.

– Não tem importância alguma.

– Você fala bonito. Aprende isso na Sorbonne?

– Não, em casa.

– Pelo que estou vendo, sua casa é bem melhor do que a minha. Sente-se um minuto. Que tal um pouco mais de café?

– Seria muita gentileza de sua parte.

– Você não é realmente um poeta – disse Sophie por cima do ombro, enchendo as xícaras de café. – Só brinca de poeta enquanto estuda, não é como essa ralé que a gente encontra nos cafés. O que vai ser quando acabar seus estudos?

41

– Poeta – disse ele, com firmeza.
– Sim. Mas, seriamente, o que vai fazer para ganhar a vida?
– Meu pai me arranjará um emprego em seus negócios.
– Será um reles funcionário? É isso que quer?
– Não esse tipo de trabalho – respondeu ele, depressa.
– Espero que fique na elite dos que ganham mais, bem lá no topo – disse ela, entregando-lhe meia xícara de café. – Acha mesmo que sou atraente ou falou só por falar, Gerard?
– Nunca digo nada em que não acredite.
– Você não estava só saindo de um pileque?
– Já lhe disse, respeito as mulheres. Para mim, elas devem ser mimadas e adoradas.
– Ah, é? E que tal começar com um pouco de mimo?
– Tire a roupa, Sophie. Mostre-me seu lindo corpo, e eu o adorarei e farei você sentir-se como uma deusa.
– Cuidado! Está começando a falar como um poeta.
– Nem todos os poetas são animais, eu lhe garanto.
– Os que conheci eram quase isso.
– Só há uma maneira de descobrir.
– Tirar a roupa e deixar você pular em cima de mim... é isso?
– Certamente não, prometo-lhe. Confie em mim... pode pedir para parar, se não gostar do que eu fizer.
– Já ouvi isso.
– Desta vez, é verdade.
– Devo estar fora de mim para dar ouvidos a você – disse ela.

Abriu seu velho robe, deixou-o cair no chão, puxou a combinação por cima da cabeça e ficou nua na frente do rapaz. Gerard permaneceu sentado na cama, examinando-a. Tinha um pescoço comprido e ombros quadrados, tão largos quanto seus quadris. Apesar de jovem, os seios haviam perdido a firmeza e estavam ligeiramente caídos. Porém, era o sexo bem desenvolvido que o fascinava. Sob uma área coberta por finos pelos, os lábios permaneciam sempre bem abertos, porque os os lábios interiores eram mais volumosos, e ficavam visíveis.

– Agora que já viu tudo – falou ela –, diga alguma coisa.

– Você é um ser humano único, Sophie. Diferente de qualquer outra pessoa no mundo. Não é uma fêmea apenas para ser usada por alguns momentos de prazer, mas uma pessoa viva, que precisa ser entendida e amada.

– Que maravilha. Espero que esteja sendo sincero.

Gerard tirou o paletó e a gravata e se ajoelhou diante da moça, que estava em pé, para beijar sua barriga e, depois, o lugar secreto entre as coxas. Usou a língua, até ela suspirar e pôr as mãos na cabeça dele, segurando-lhe o rosto mais próximo de seu corpo. Um pouco depois, um longo estremecimento percorreu-lhe o corpo, das costas à cabeça, e suas unhas enfiaram-se no couro cabeludo de Gerard.

– Precisa entender que é uma pessoa, Sophie, e não um objeto.

– É verdade – concordou ela, repleta de entusiasmo. – Faça de novo.

Ele a deitou na cama encaroçada e sugou-lhe os mamilos, primeiro de leve, depois com mais força, com as mãos a lhe massagear o ventre trêmulo. Desta vez, demorou mais tempo até ocorrer o espasmo e seus olhos se revirarem. Antes de ela ter tempo de se recuperar, Gerard deslocou suas atenções mais para baixo, usando dois dedos para acariciar a xoxota.

– Você me deixa louca – disse ela. – Não pare.

– Seu corpo é feito para o amor, Sophie.

– Nunca fico satisfeita... como sabe disso?

Os dedos dele a conduziram para outro rápido gozo.

– Que vantagem você leva em relação a um homem – disse ele. – Estou quase com inveja.

– Nunca encontrei nenhuma vantagem nisso – respondeu Sophie, enquanto ele acariciava um seio quente em cada mão, puxando-os e apertando-os ritmadamente, até os olhos dela se revirarem de novo.

– Você realmente sabe o que fazer comigo, Gerard. Tire a roupa e me deixe ver tudo.

Quando ele ficou nu, junto da cama, ela disse:

– Tem um pau e tanto. Deite aí e me deixe pegar nele um pouquinho.

Mexeu com energia no membro de Gerard, para cima e para baixo, depois enfiou-o quase todo dentro da boca e usou a língua. Ele precisou se afastar, com medo de que Sophie pudesse esgotar demasiado rápido os seus recursos. Para mantê-la ocupada, virou-a de costas e colocou os dedos, mais uma vez, entre suas coxas.

– Vou... – gemeu ela – ah...

Brincou com ela por muito tempo, como um pescador brinca com um grande peixe em sua linha, acalmando-a aos poucos, até ela ficar estirada, exausta, com o rosto e o corpo brilhando de suor.

– Estou quase morta – disse ela. – Meta em mim, pelo amor de Deus.

Gerard deitou-se sobre ela e enfiou fundo, de uma só vez, porque o caminho estava bem preparado.

– Agora, Sophie, diga-me, tratei você como um verdadeiro ser humano?

– Você acabou consigo – sussurrou ela. – É maravilhoso. Faça o que quiser.

Levou-a ao pé da letra. Excitara-se muito ao fazer com que ela alcançasse o êxtase tantas vezes, e não foi muito longe. Mesmo assim, ela estremeceu e gemeu mais duas vezes, antes de ele próprio gozar, num fluxo de movimentos convulsivos que o levou tão fundo a ponto de seus ossos púbicos baterem nos dela.

Sophie adormeceu logo depois que Gerard saiu de cima dela. Ele se vestiu silenciosamente e saiu para procurar um

44

carro de aluguel que o deixasse em casa, para tomar um banho e o café da manhã. Ainda eram 8h30. Depois, ele tinha uma tarefa importante: escrever seu novo poema. As frases começavam a se formar em sua mente.

NÃO TINHA A MENOR intenção de vê-la outra vez, é claro. A experiência estava completa. No entanto, certa tarde, quando estava tomando uma xícara de café no La Rotonde, lendo por alto um livro que deveria estudar para seu curso, Sophie chegou com um homem que ele não conhecia. No instante em que o viu, desembaraçou-se de seu companheiro – que encarou despreocupadamente o gesto – e sentou-se à mesa de Gerard, cumprimentando-o como um velho amigo. Ele pediu café para ela e começaram a conversar. O jeito de Sophie era tão simpático que as lembranças lhe voltaram à mente e, quase surpreso, acabou acompanhando-a até seu quarto outra vez.

Fizeram amor da mesma maneira de antes. No início, ele estava um pouco distante, quase pensando que fazia um favor a Sophie. Porém, o entusiasmo dela reavivou o seu na hora certa, de maneira que o episódio terminou em grande satisfação para ambos. Depois do ato amoroso, estavam deitados um ao lado do outro, descansando, quando bateram à porta, e uma mulher perguntou:

– Posso entrar agora?

Para surpresa de Gerard, Sophie gritou:

– Entre.

Ele tentou esconder o corpo nu debaixo do lençol, enquanto a porta se abria e a mulher entrava no quartinho.

– Esta é minha amiga Adèle – disse Sophie. – O quarto dela é vizinho ao meu.

– Encantado, *mademoiselle* – disse Gerard, desajeitadamente, com o tronco mal coberto por uma ponta do lençol. Aquela devia ser a pessoa que o insultara no escuro.

Adèle sentou-se ao pé da cama e olhou para ele.
– Você deve ser Gerard – disse. – Que bom conhecê-lo finalmente.

Como Sophie, Adèle tinha pouco mais de 20 anos. Usava o cabelo preto bem curto, com uma franja sobre a testa, e vestia apenas uma camisola cor-de-rosa que ia até os joelhos, enrolada no corpo. Estava frouxa na cintura e bem aberta em cima, revelando boa parte de seu busto volumoso.

– Ouvi você do outro lado da parede – disse ela a Sophie. – Estava realmente se divertindo. Fiquei tão excitada com os barulhos que tive que me masturbar.

Sophie estava deitada de costas sobre o lençol, com as mãos sob a cabeça e os tornozelos cruzados, nua e em paz com a vida.

– Gerard é maravilhoso – disse ela, sorrindo, satisfeita. – Quase acabou consigo.

– Você tem sorte. Não tenho ninguém, a não ser aquele idiota do Jacques, que não presta para grande coisa.

– Vocês são amigas há muito tempo? – perguntou Gerard, pouco habituado com esse tipo de conversa franca entre mulheres.

– Desde que Sophie se mudou para cá, há cerca de dois anos – respondeu Adèle. – Somos tão próximas que partilhamos tudo.

– Tudo?

– Sim, tudo. Por que acha que vim para cá?

– Não faço a menor ideia.

– Para ver se Sophie me empresta você, agora que ela acabou.

– Mademoiselle Adèle, não sou um chapéu ou um par de meias para ser simplesmente emprestado por uma mulher a outra!

– Não leve a mal. Ela elogiou tanto você da outra vez em que esteve aqui, que eu tinha que ver pessoalmente. Ela disse que nunca foi para a cama com alguém igual a você.

— É mesmo, Sophie?

— Adèle e eu sempre conversamos sobre homens. Eu disse a ela que você é bom de cama.

— Devo ficar lisonjeado? — perguntou Gerard, em tom de dúvida.

— Por que não? Quantas vezes uma desconhecida já veio pedir para fazer amor com você? Não é preconceituoso, é?

— Claro que não.

— Então, por que toda essa reação? Se encontrasse uma mulher num café, começasse a conversar com ela e a desejasse, ia querer trepar. Qual é a diferença se ela chega aqui e diz que se sente atraída por você? Dá no mesmo.

— Vejo que não me querem aqui, então vou embora — disse Adèle.

— Fique onde está — retorquiu Sophie. — Mostre a ele seu material.

Adèle, ainda sentada na cama, deixou cair a frouxa camisola rosa e exibiu grandes e pesados seios e um ventre largo.

— Está bom para você?

— Perdoe minha falta de educação — disse Gerard. — Foi causada pela surpresa e por nenhuma outra razão, garanto. Como disse Sophie, para mim é um acontecimento incomum uma jovem bonita ser tão direta assim. Eu a respeito por isso, agora que me recuperei de meu espanto inicial.

— Ele não fala bonito? — perguntou Sophie.

— Se me permite... — Gerard sentou-se na desconfortável cama para dar delicados beijos nos seios de Adèle.

— Isso é bom — disse ela. — Gosto do seu jeito.

Afastou o lençol do colo dele e olhou seu membro.

— Satisfatório? — perguntou ele.

— O que importa é a maneira de usar. Seria bom experimentar.

— Então, terei muito prazer em atendê-la, se Sophie não se importar. Vamos para seu quarto?

– Não, trepem aqui mesmo – disse Sophie. – Quero ver. Além disso, acho que vou querer de novo, daqui a pouco.

– Sua vaca! – disse Adèle, de forma bem-humorada. – Tem certeza de que ela já não deixou você esgotado, Gerard?

– Garanto-lhe que estou em perfeitas condições. Você pode ver uma prova clara disso.

Adèle segurou seu pênis levantado, acariciando-o por um momento.

– Parece em perfeita forma – foi o seu veredicto.

– Então, quer fazer o favor de se deitar?

Ajeitaram-se na cama estreita, Adèle no meio. Por mais insólita que fosse a situação para Gerard, seu instinto lhe dizia que tinha um potencial ainda maior para a poesia, desta vez mais no estilo dadaísta do que no de Baudelaire.

Adèle, em seu jeito de amar, era diferente de Sophie. Demorava mais para se excitar, exigindo atenção mais prolongada dos lábios e dedos de Gerard em seus peitos e coxas. Ele se familiarizou com a maciez de sua pele, com suas várias texturas na curva do cotovelo, nos seios fartos, nas dobras das virilhas. Mapeou todo o seu corpo, localizando um sinal no lado esquerdo, onde começava a dobra do seio, e outro nas costas, logo acima da protuberância das nádegas. Comparou os pelos escuros e macios das axilas com aqueles igualmente escuros, porém mais crespos, entre as pernas. Aprendeu o ritmo da respiração forte da moça quando seus dedos exploraram o escorregadio canal sexual.

Quando, afinal, ficou em cima dela, foi estranho ver o rosto de Sophie, com os olhos brilhando de curiosidade, no travesseiro vizinho. O ato em si foi retardado para satisfazer Adèle, que não estava disposta a ser apressada como Sophie. Sempre que ele se tornava mais impetuoso, ela o segurava com as pernas e dizia "Devagar!", e ele continha os movimentos para se harmonizar com o ritmo dela. Quando o gozo de Adèle chegou, foi silencioso e profundo. Seu corpo quente estremeceu sob o dele e suas unhas lhe riscaram as costas. Gerard, encantado, deixou de se conter e enfiou com força, o êxtase a percorrê-lo como um raio.

Gozou os favores das duas amigas por cerca de um mês, até que, certa noite, depois de jantar em casa, foi inesperadamente convocado para uma conversa particular com o pai que começou de modo agourento.

– Sente-se, Gerard. Temos de tratar de uma questão séria que foi trazida ao meu conhecimento – disse Aristide Brissard, com um olhar severo para o filho mais jovem.

– É mesmo?

– Anteontem à noite, você foi visto no Hotel Claridge por um conhecido meu. Estava acompanhado por duas mulheres de um certo tipo.

– Não é verdade, papai.

– Você nega isso?

– Claro que eu estava lá, mas as moças que estavam comigo eram amigas! Não se tratava de prostitutas, como o senhor insinuou.

As grossas sobrancelhas de Aristide se ergueram.

– Você tem amigas estranhas.

– Pelo menos nenhuma de minhas amigas é espiã da polícia.

– Não seja insolente, Gerard. O que você fazia ali com essas *amigas*?

– Para resumir, despedia-me delas.

– Um bar qualquer não seria mais apropriado do que um hotel de luxo?

– São ambas muito pobres – disse Gerard. – Um toque de luxo como presente de despedida pareceu-me muito apropriado nessas circunstâncias. Ficaram encantadas e aproveitaram plenamente toda a estada ali.

– Estada? Elas ficaram no hotel? Um hotel caro no Champs-Élysées?

– Ah, ficaram sim. Reservei uma suíte para aquela noite. O que o senhor faria? Elas acharam maravilhoso. Acredita que nenhuma das duas vira um banheiro completo, em toda a sua vida?

– Veja se entendi bem... Você as levou ali só para tomarem um banho? – exclamou Aristide, incrédulo.

– Foi apenas o começo. Entramos na banheira juntos, com uma garrafa ou duas de champanhe, e foi divertidíssimo. Depois fomos para a cama, é claro.

– Você foi para a cama com as duas?

– São muito boas amigas, aquelas duas – disse Gerard, surpreso com a reação do pai.

– Ouça, vamos falar não como pai e filho, mas de homem para homem. Você não é uma criança, Gerard, já é adulto e tem os instintos naturais de um homem. Aceito isso... até acho bom. Mas deve entender que episódios como o que descreveu, com mulheres desse tipo, nem pensar!

– Mas por quê? – perguntou Gerard, com curiosidade. – Afinal, ainda sou um estudante. Quase se espera de mim que faça extravagâncias que, para uma pessoa mais velha, e talvez casada, seriam impróprias.

– Não nego isso. Estudantes têm alguns privilégios. Se você fosse parar na cama de uma mulher casada e fosse descoberto, todos sorririam disfarçadamente, e nada mais seria dito. Mas deve ter consciência de que mulheres desse tipo, com as quais está se metendo, quase sempre são descuidadas em matéria de precauções contra a gravidez. Estou sendo claro? Suponha, por um momento, que você engravidasse suas duas amigas na folia do Hotel Claridge. E aí?

– Meu Deus! – exclamou Gerard, horrorizado. – Nunca pensei nisso.

– Então pense agora. O que faria se isso acontecesse?

– Seria preciso recompensá-las pelo inconveniente. Seria caro.

– Vamos ser mais precisos. *Eu* precisaria recompensá-las em seu nome, não é verdade?
– O que posso dizer, papai? Fui descuidado e imprudente.
– Então, terminará imediatamente esse bizarro caso duplo?
– O caso já terminou. Disse-lhe, e fui sincero, que a noite no hotel foi um presente de despedida para Sophie e Adèle.
– Ótimo. Se receber alguma notícia desagradável de alguma das duas por volta do próximo mês, pode deixar o assunto comigo. Não tente resolvê-lo sozinho. Está entendido?
– Certamente.
– No futuro, será melhor que se dedique a outro tipo de mulher. Compreende?
– Claro. Tem alguém em mente?
– Não me cabe arranjar mulheres para você! É um rapaz de iniciativa, decidido. Paris está repleta de mulheres bonitas. Preciso dizer mais?
– Mas eu ficaria grato por uma orientação sua neste assunto. Já o desagradei uma vez, com o caso de Sophie e Adèle, não quero de forma alguma aborrecê-lo de novo.

Aristide ficou radiante.

– Sua preocupação com os meus sentimentos é admirável. Ora, deixe-me pensar então... Que tal Madame Lombard? Conheceu-a nas recepções de sua irmã, Jeanne. É uma mulher atraente, e o marido lhe dá pouca atenção porque está interessado em outra.
– É um tanto velha para meu gosto – disse Gerard. – Passou muito dos 30 anos. Além disso, usa espartilhos para disfarçar a barriga e a bunda, que são grandes demais.
– Tenho certeza de que não faz isso!
– Posso garantir-lhe que sim, papai. Ajudei-a a tirar os espartilhos em duas ocasiões.

Aristide puxou seu grosso bigode e lançou um olhar de reprovação para o filho.

– Sua iniciativa levou-o mais longe do que eu imaginava – disse. – Muito bem, se a pobre Madame Lombard não serve por causa da idade e dos espartilhos, o que acha de Madame Cottard? Não pode ter mais de 25 anos e é tão esguia quanto uma mulher pode ser.

– Não pode estar falando sério! Charles ficaria furioso comigo se eu me permitisse investidas a Madame Cottard.

– Seu irmão Charles? Quer dizer que ele e ela...

– Há muito tempo. Pelo menos um ano. Pensei que todo mundo soubesse.

– Esses jovens! – resmungou Aristide. – Não entendo nenhum dos meus filhos. São estranhos para mim. Devo estar ficando velho.

– De maneira alguma! Afinal, estamos apenas fazendo o que o senhor fez em sua juventude. E se acreditar em vagos boatos sobre suas visitas regulares a uma certa dama que mora perto do Bois de Boulogne...

– Cale a boca! Não fale de assuntos que não lhe dizem respeito e que não é capaz de entender! Onde ouviu esses boatos nojentos?

– Foi um dos meus irmãos que me falou a respeito. Não lhe direi qual, papai. Seus assuntos particulares estão seguros, confie em mim.

– Como pode ser verdade, se sou alvo de fofocas de meus próprios filhos?

– Não foram fofocas, papai. O assunto foi mencionado da forma mais discreta possível, com admiração e respeito.

– Admiração? É mesmo?

– Palavra de honra.

– E respeito?

– Grande respeito. Seus filhos têm orgulho do senhor.

– Nesse caso, vamos mudar de assunto. Ficarei grato se não mencionar isso a ninguém. Agora, quanto a seus interesses, se sua preferência é por jovens, pode gostar da filha de meu amigo Saint-Rochat.

– Eugénie? Sim, ela é muito bonita.

– Mais do que bonita, é encantadora. O que mais poderia um homem desejar? É loura, tem uma bela silhueta e modos vivazes. Se fosse trinta anos mais jovem, estaria interessadíssimo nela.

– O que diz é verdade – falou Gerard, franzindo a testa.

– Infelizmente, existe um problema. Apesar de todos os seus encantos, Eugénie não é receptiva.

– Quer dizer que já a convidou para sair e ela recusou, é isso? Não será uma questão de insistir um pouco, se você gosta dela?

– Quero dizer simplesmente que, na cama, ela fica estirada, imóvel, e isso não satisfaz um homem com iniciativa, como bem pode imaginar. Em seguida, sempre chora um pouco.

O rosto de Aristide ficou profundamente vermelho.

– O quê? Está me informando que seduziu a filha de meu velho amigo?

– O senhor me disse que estávamos conversando como adultos – lembrou Gerard, alarmado. – Não quer que eu seja sincero?

– Quero – disse Aristide, controlando-se. – Mas a pequena Eugénie... ela só tem 19 anos!

– Sim. Mas, mesmo assim, *seduzir* é uma palavra forte, papai.

– Então, que palavra eu deveria usar?

Gerard encolheu os ombros.

– Não fui seu primeiro amante – retrucou. – Houve dois antes de mim, pelo que sei.

– Chega – disse o pai. – Não quero saber mais nada a respeito da moça. Nem das suas aventuras amorosas. É ridículo para mim pensar em dar conselhos a uma pessoa com tanta experiência quanto você obviamente tem. Então, ouça bem... Há duas coisas que lhe exijo. A primeira é atenção aos estudos. A segunda é discrição. Está combinado?

– É claro – concordou Gerard, sorrindo para o pai com devoção filial.

3
Armand e suas visitas

Para fazer sua primeira visita à casa de Madame de Michoux, Armand vestiu-se com cuidado ainda maior do que o habitual, a fim de lhe causar a melhor das impressões. Encontrara-a por acaso, na véspera, tomando um aperitivo com Jeanne Verney na varanda do Café de la Paix. Deduziu que as duas estavam fazendo compras na Place Vendôme e na Rue de la Paix. Sentiu-se imediatamente atraído pela amiga bem-vestida de Jeanne, e isso devia estar evidente em seu rosto, porque Jeanne lançou-lhe um olhar malicioso quando o apresentou a Gabrielle de Michoux.

Armand e Jeanne eram amigos há muito tempo. Na verdade, foram amantes por quase dois anos, e embora o caso tivesse terminado, ainda gostavam um do outro. Armand tinha certeza de que fora o primeiro amante que Jeanne tivera depois do casamento, porque ela era inexperiente como uma virgem no primeiro encontro íntimo dos dois. Isso tudo mudara para melhor, naturalmente, sob sua orientação. O relacionamento foi interrompido quando ela descobriu que estava grávida – do marido, segundo ela, embora não houvesse prova alguma.

Conhecendo um pouco a maneira de ser das mulheres, Armand imaginou que assim que saísse do *café terrace,* Madame de Michoux seria devidamente informada por Jeanne de sua habilidade como amante, de seus dotes físicos e dos prazeres que proporciona na cama.

Por ocasião da visita usou seu traje mais novo: um terno trespassado, cinza-prateado, com o paletó feito por um mestre alfaiate, para ficar bem ajustado ao corpo. Combinou-o com uma gravata-borboleta em *petit-pois* e um cravo cor-de-rosa na lapela, arrematados por um caro chapéu de feltro cinzento. Quando se examinou num espelho comprido antes de sair de casa, Armand ficou satisfeito com a própria aparência. Achou que estava elegante, mas mantendo um toque de reserva. Isso lhe parecia importante, porque Gabrielle de Michoux era evidentemente uma jovem muito moderna, mas um toque de valores antigos poderia ser bem visto por uma mulher que, muito cedo, sofrera uma tragédia. Era viúva de guerra, como tantas moças francesas.

Depois de sua cuidadosa preparação, não foi pequena a sua surpresa quando a criada que atendeu à porta informou que a madame não estava em casa.

– Mas é impossível. Ela me convidou para visitá-la esta tarde.

– Sinto muito, *monsieur*. Madame deve ter confundido o dia. Quem devo dizer que a visitou?

– Deixarei um bilhete para ela.

– Pois não. Entre, por favor.

Atrás da porta, havia um vestíbulo com chão de parquete e um aparador encostado a uma parede. Armand pousou seu belo chapéu cinzento na mesa, enquanto escrevia com cuidado nas costas de um de seus cartões de visita: "Lamento profundamente não a ter encontrado. Concederei a mim mesmo o prazer de lhe telefonar amanhã, antes do meio-dia."

Entregou o cartão à criada, que deu uma olhada e disse:

– Sinto muito que esteja desapontado, Monsieur Budin.

As palavras eram bastante convencionais, mas a maneira como foram ditas revelava outro significado para alguém sensível às nuances. Armand olhou-a com atenção pela primeira vez. Viu uma mulher com quase 30 anos, um rosto vivaz e a personalidade escondida por trás do uniforme discreto. Porém, um exame mais atento revelou que a touca de babados não ocultava inteiramente seu cabelo brilhante, nem o simples vestido negro e o avental bem-posto disfarçavam por completo o tamanho do seu busto. Ela percebeu sua atenção, como qualquer mulher, e quando Armand tornou a olhar para seu rosto, ela sorria de uma maneira que poderia ser claramente interpretada como um convite por um homem que entendesse dessas coisas, que era o caso de Armand.

– Qual é o seu nome? – perguntou ele, acariciando o bigode fino como uma risca de lápis com a ponta do dedo.

– Claudine.

– Como você diz, Claudine, é muito desagradável não encontrar madame em casa. Um grande desapontamento. Mais que isso, uma frustração.

– Não há nada pior do que ver os planos de um cavalheiro frustrados por um simples erro – disse ela, com um tom de voz compreensivo. – Infelizmente, madame disse que não voltaria até bem tarde esta noite. Nem sei ao certo o que sugerir.

O movimento de seus seios sob o vestido, quando ela deu um curto passo em direção a Armand, deixou claro que ela sabia perfeitamente o que sugerir, se lhe coubesse fazer isso.

– Sua visita a madame deveria ser muito especial, não é? – perguntou ela, com cálido interesse.

– Ah, sim, eu desejava o prazer de sua companhia, por cerca de uma hora, para que discutíssemos juntos certos assuntos.

– Se houvesse alguma maneira de ajudá-lo...

– Talvez haja – disse Armand, tocando outra vez o bigode.

– O que quer dizer, Monsieur Budin? – perguntou ela, com os olhos baixos, fingindo inocência. – É gentil em dizer isso, mas minha conversa, com certeza, é um fraco consolo para a ausência de madame.

– Não deve subestimar-se, Claudine. Sua conversa é muito agradável para mim. Na verdade, eu a descreveria como estimulante.

— Evidentemente — replicou ela, dando uma rápida olhada para a protuberância que aparecia nas calças dele. — Há mais alguma coisa que possa fazer para lhe ser útil?

Armand mal podia acreditar em sua boa sorte. Era um momento para ser aproveitado.

— Creio que sim — disse, dando um passo em direção a ela —, a menos que eu a esteja interrompendo em alguma tarefa doméstica importante.

— De maneira alguma. Está tudo em ordem, e estou livre até madame voltar, tarde da noite.

— Sabe, estou encantado com a limpeza de sua roupa, Claudine. Se me permite...

Desamarrou as pontas de cima do avental engomado que cobria os seios dela. O vestido, embaixo, estava fechado por uma fileira de botões do pescoço à cintura.

— Os botões nos vestidos das mulheres — disse ele, em tom brincalhão —, sempre me fascinaram. Convidam a uma especulação imediata. Fazem os dedos ficarem loucos para desabotoá-los.

— É mesmo? Nunca pensei nisso.

Ele desabotoou o vestido devagar, de cima para baixo, contando alto, até chegar ao último botão, não muito acima da cintura dela.

— Com ou sem botões, é difícil entender como minhas roupas podem interessá-lo de alguma maneira — disse ela, os olhos brilhando.

— O interesse está no que escondem, como, estou certo, você sabe muito bem.

— E o que escondem?

A mão de Armand estava dentro do vestido, embaixo da blusa, acariciando um seio macio.

— Sua recatada roupa negra esconde um delicioso par de atrações, Claudine.

– Talvez essas atrações estejam escondidas, mas parecem ter um efeito notável sobre o senhor. – Ela deslizou a mão, lentamente, para cima e para baixo no volume nas calças dele, para provar o que estava dizendo.

– Notável não no sentido de incomum – disse ele –, mas no sentido de que é digno de nota, se me permite esclarecer para você.

– Obrigada por me levar bem ao ponto – disse ela, sorrindo.

Por algum tempo, permaneceram como estavam, cada um explorando devagarinho os atributos do outro, quase como um casal de amantes numa pintura do século XVIII. Sob a mão de Armand, os seios dela eram deliciosos ao toque, brinquedos de qualidade e valor. Sob a mão dela, seu membro viril estava completamente duro e em brasa de tanto prazer.

– Há algo mais que você pode fazer para me ser útil, Claudine – murmurou ele, afinal.

– Com prazer. O que é?

– Se quiser fazer o favor de se virar e encostar-se na mesa do saguão...

Ela virou-se de costas para ele e pôs as mãos estiradas sobre o tampo de mármore da pequena mesa console, com os pés bem separados. Armand levantou sua saia até as costas, e enfiou-a sob o laço do avental.

– Excelente. Muito obrigado, Claudine. Incline-se um pouquinho para a frente, por favor.

Ele abaixou os calções de algodão de Claudine, enquanto a mulher se inclinava até pôr os antebraços sobre o tampo da mesa, e puxou-lhe as nádegas em direção a ele. Eram nádegas que fariam o coração de qualquer homem bater mais depressa, redondas, gorduchas, com uma pele macia.

– É tudo o que deseja? – perguntou Claudine, com um tom de riso na voz.

– Não exatamente tudo – respondeu Armand, quase sem fôlego diante do espetáculo encantador que lhe era apresentado.

– Então, há mais alguma coisa que deseja? – insistiu ela.
– Você já vai ver, Claudine.
Ele desabotoou o paletó apertado e as calças, liberou o membro duro e o enfiou entre as coxas dela.
– Ah, há mais! – exclamou ela, enquanto ele empurrava o membro devagar.
Depois, quando ele a agarrou pela cintura e meteu fundo, ela disse:
– Muito mais do que eu esperava!
– Mas não mais do que quer aceitar, não é mesmo? – perguntou ele.
– Ora, estou completamente a seu serviço, Monsieur Budin.
Armand segurou-a com força, enquanto se balançava para a frente e para trás, com grande satisfação. Madame de Michoux que vá para o inferno, pensava ele, enquanto sensações agradáveis lhe invadiam o corpo... O que poderia ela ter me oferecido que não conseguirei com sua criada? Há um velho e sábio ditado que diz que no escuro todos os gatos são pardos.

Teria continuado por muito tempo com sua lenta cavalgada, gozando cada momento, mas não contou com o efeito que tinha sobre Claudine. Ela era uma jovem de instintos fortes e reações intensas e, não demorou muito, começou a empurrar as nádegas contra ele, ansiosamente, conduzindo-o para mais fundo. Com a onda de paixão crescendo nela, movia-se com mais rapidez e força. Como era de se esperar, sob esse vigoroso tratamento, o autocontrole de Armand rapidamente desapareceu, e seu ápice de prazer chegou depressa demais. Enquanto se inflamava de êxtase, ele se agarrou aos quadris empinados de Claudine, como um cavaleiro em disparada em uma corrida. Quanto a ela, continuou a empurrar seu corpo contra o dele, até alcançar o ponto que desejava, o que anunciou com um gemido alto.

Depois que ela se aquietou, Armand retirou seu membro e o enfiou nas calças. Claudine ajeitou decentemente as roupas e virou-se para encará-lo, com as bochechas ainda coradas.

– Espero que sua visita não tenha sido uma completa decepção, afinal – disse a criada.

– Foi maravilhosa. Você foi encantadora, e estou realmente grato.

Enfiou-lhe uma cédula na mão.

– Eu ficaria satisfeito se comprasse roupas de baixo bonitas. Suas magníficas atrações merecem ser acariciadas pela seda.

– É bondade sua dizer isso, especialmente porque teve apenas uma visão muito rápida dessas atrações que parece admirar tanto.

Armand considerou a questão.

– É a mais pura verdade. Os limites deste saguão impõem restrições rígidas a um exame realmente completo dos encantos escondidos por suas roupas – falou ele. – Que horas disse que madame deve voltar?

– Ela só voltará bem tarde esta noite.

– Então, talvez haja tempo para aprofundar meu conhecimento dos seus encantos num ambiente mais confortável.

– Tempo de sobra. Gostaria de ver meu quarto? – perguntou ela.

– Nada me daria maior prazer.

O quarto de Claudine era pequeno, mas muito bem-arrumado. Havia ali uma cama estreita de madeira e um armário antigo. Enquanto Armand a observava, Claudine tirou as roupas e se deitou na cama. Os tufos de pelo sob seus braços, ele constatou quando ela pôs as mãos atrás da cabeça e sorriu, tinham exatamente a mesma cor dos que se encontravam entre as pernas dela.

– A cama não é muito larga – disse ela –, mas assim é melhor.

– Sim – concordou Armand, começando a se despir –, seremos compelidos a nos deitar muito próximos. Desde que seja suficientemente forte para aguentar o peso de duas pessoas...

– Não se preocupe – respondeu ela, com um sorriso –, posso garantir a firmeza da cama.

– Tenho certeza de que foi inteiramente testada, Claudine, no que diz respeito à sua capacidade de aguentar peso. E quanto à capacidade de suportar movimentos realmente vigorosos?

– Quanto a isso, veremos – respondeu ela, enquanto Armand se deitava a seu lado e a tomava nos braços.

GABRIELLE DE MICHOUX telefonou-lhe, na manhã seguinte, desculpando-se por sua ausência. Falou de um amigo que a visitara inesperadamente com um novo carro, e insistira para que ela fosse dar uma volta.

– Que tipo de carro? – perguntou Armand. – Algo especial?

– Ah, que máquina! Um carro esporte Hispano-Suiza, com o interior trabalhado com a mais elegante madeira, o tulipeiro.

– Veloz, não tenho dúvida.

– De uma velocidade incrível! Andar nele era como estar num avião.

– Foram até muito longe?

– Até o fim da estrada para Deauville – disse ela. – Foi uma loucura. Deauville fora da alta temporada... já imaginou?

Tenho um sério rival em seus afetos, pensou Armand, enquanto Gabrielle continuava a conversa. Sem dúvida, ela passou a noite com ele em Deauville, ou talvez em algum hotelzinho na estrada da viagem de volta. Duvido que esteja em casa há mais de uma hora. No entanto, por que isso deveria surpreender-me? Uma mulher tão encantadora certamente deve ter vários admiradores e um amante regular. Talvez eu tenha de afastá-lo, seja quem for. Agora entendo por que ela não estava aqui para nosso encontro de ontem, depois de ter me convidado – esse sujeito com o automóvel caro tem prioridade sobre mim. Isso precisa mudar, e depressa. Mas ainda que ela estivesse arriscando o pescoço por aí em algum carro ridiculamente veloz, minha tarde em sua casa não foi de maneira alguma desperdiçada. Para ser franco, Claudine tem qualidades surpreendentes para agradar os homens.

Gabrielle convidou-o a visitá-la no dia seguinte, por volta das 15 horas, prometendo que, desta vez, realmente estaria em casa e não haveria imprevistos. Armand ficou satisfeito de ela ter sugerido o dia seguinte, e não aquela mesma tarde. Estava em plenas condições de cumprir suas obrigações de homem, é claro, mas era possível que, depois de sua entusiástica brincadeira com Claudine, não alcançasse tão depressa sua melhor forma. No dia seguinte, estaria de novo no auge da capacidade. Mesmo assim, com esse pensamento, seu prazer era maculado por um leve traço de ciúme, imaginando que Gabrielle também queria um dia livre para se recuperar do que acontecera entre ela e seu motorista irresponsável.

À hora marcada, Claudine, sorridente, cumprimentou-o à porta.

– Madame está à sua espera. Por aqui, por favor.
– Já foi fazer suas comprinhas, Claudine?
– Ainda não. Meu dia de folga é amanhã.

A decoração da sala de visitas era espantosamente moderna, fazendo Armand rever sua opinião sobre a dama. Como uma joia exótica num elaborado engaste, Gabrielle estava deitada, com o rosto voltado para baixo, o queixo apoiado numa das mãos, entre uma dúzia de almofadas prateadas, num imenso divã em forma de meia-lua. Seu corpo esguio estava coberto por um conjunto de calça e blusa de seda negra. Virou-se languidamente de lado e estendeu um braço no em direção a ele para Armand poder beijar-lhe a mão. Ele viu uma enroscada serpente prateada bordada na frente da túnica do pijama de Gabrielle.

– Meu querido amigo – cumprimentou-o –, espero que me tenha perdoado. Sente-se aqui – disse, dando pancadinhas nas almofadas junto de sua cabeça.

Conversaram por um instante, comportando-se de maneira muito parecida à de esgrimistas ensaiando alguns movimentos das espadas um contra o outro, antes de começar o verdadeiro embate. Cada um deles sabia muito bem o que ia acontecer. Encontraram-se para avaliar as possibilidades de divertimento que havia no outro. Talvez o encontro acabasse não passando de um ato casual, que nenhum dos dois desejaria repetir. Talvez fosse o contrário. Armand, naquela ocasião, não tinha amante regular e tinha esperanças de encontrar em Gabrielle uma relação mais íntima, suficientemente encantadora para fazê-lo perseverar num caso mais longo, embora sem compromisso, naturalmente. Sabia o que estava procurando: uma mulher com um estilo sofisticado de amar e com personalidade o bastante para ser uma companhia agradável em público. Gabrielle poderia satisfazer essas exigências. Ao mesmo tempo, imaginava o que ela estava procurando – o mesmo que ele, e talvez mais. Conversando com Jeanne Verney ao telefone, depois do encontro no Café de la Paix, ele teve a impressão de que Gabrielle vivia um pouco além de sua renda e, consequentemente, apreciava um homem cujos recursos pudessem proporcionar-lhe certo padrão de conforto.

De qualquer forma, ela o tinha numa posição de ligeira desvantagem nesse primeiro encontro. Armand estava certo de que ela interrogara Jeanne detalhadamente a seu respeito – como se comportava com as mulheres, quais eram suas preferências íntimas. Eram questões de que Jeanne entendia por experiência própria, do tempo em que os dois eram amantes. Sobre os gostos de Gabrielle no amor, ele nada sabia. No entanto, sua confiança natural garantia-lhe que, por ser homem, a vantagem estava com ele. Como as mulheres eram dotadas de mais vantagens naturais do que aos homens, havia surpresas à espera de Armand.

Os cotovelos de Gabrielle estavam apoiados nas almofadas e seu rosto, nas mãos. Sua face tinha forma de coração, emoldurada por cabelos curtos, castanho-avermelhados. Os olhos eram azul-esverdeados e a boca, vermelha e macia. Aproveitando uma insinuação no rosto dela, Armand pôs as mãos em seus ombros e se curvou para beijar-lhe os lábios. Através da seda da túnica negra, as pontas dos dedos dele tocaram uma pele quente, que fez seu coração disparar.

Quando a soltou, ela rolou devagar pelo divã até ficar de costas, com a cabeça no colo dele. Piscou, enquanto as mãos dele cobriam seus pequenos seios através da seda negra.

– Ah, já começou – disse ela, em tom de tranquila repreenda.

– Ora, o que quer dizer, Gabrielle? Falou isso num tom muito triste. Algo está errado?

– Triste? Não é a palavra certa para o que sinto. Você não entende.

– O que não entendo? – perguntou ele, acariciando os mamilos dela sob a seda macia.

– Essa coisa terrível da paixão física... jamais nos livramos dela!

– Espero que não – disse Armand. – Mas por que a considera terrível? Jamais tive essa percepção, em minhas experiências... muito pelo contrário. Sempre a encarei como um prazer civilizadíssimo.

– Civilizada? Essa coisa banal de tocar, pegar? Essa animalidade de pele esfregando-se contra pele? E para quê? Para um instante de convulsão sem sentido, nada mais do que isso. Não se pode descrever isso como civilizado.

Falava da maneira mais desencorajadora possível, porém não fez tentativa alguma de tirar as mãos carinhosas de Armand de seus seios. Em vez disso, depois de expressar sua reprovação, Gabrielle virou a cabeça no colo dele, de maneira que seu rosto foi pressionado contra a coxa de Armand. Foi então que ele começou a entender que Gabrielle jogava com uma série de regras próprias. Achou a ideia curiosa.

– Sem dúvida, os homens e as mulheres são produtos da civilização – disse ele, tirando o paletó. – Assim como a civilização é o produto dos homens e mulheres. Isto é indiscutível.

As palavras nada significavam, mas era necessário dar à mulher algo a que reagir, de modo que continuasse seu jogo e talvez lhe desse uma oportunidade de deduzir quais eram as regras. Mudou ligeiramente a posição das pernas, e a face de Gabrielle foi pressionada contra a protuberância que lhe crescia dentro da calça. Ela estremeceu e disse:

– O que pode ser mais deplorável do que esse abuso do corpo e da mente?

– Abuso é uma palavra estranha, Gabrielle, para um ato tão natural. Se quiser que eu aceite essa afirmação, precisa justificá-la.

Ergueu a túnica do pijama, revelando-lhe os seios. Eram extremamente bem-feitos e pequenos, como exigia a moda. Os dedos dele acariciaram suavemente seus mamilos, que se enrijeceram.

– É preciso considerar a plena potencialidade dos homens e das mulheres – disse ela, toda trêmula. – A nobreza de que somos capazes, a extraordinária grandeza do espírito humano... e então, quando se considera o espantoso desperdício que é malbaratar tudo isso na irracionalidade do sexo...

As palavras dela eram pronunciadas entre pequenos suspiros de prazer, provocados pelo que ele lhe fazia.

Armand arrancou os sapatos e deitou-se ao lado dela no divã, de modo a poder beijar-lhe o rosto e o cabelo, enquanto lhe acariciava os seios.

– Você não tem resposta para isso – murmurou ela.

– É claro que tenho. Você esquece de tanta coisa em sua argumentação. Pense nos melhores escritores, artistas e compositores atuais e de séculos passados. Pode negar que se voltaram, repetidas vezes, para a fonte de delícias de sua própria natureza, a fim de encontrar inspiração? Fale-me de um que fosse realmente celibatário. – Poderia haver muitos, pensou ele, mas é de se esperar que ela não conheça nenhum.

– Você está redondamente enganado – suspirou Gabrielle, enquanto ele lhe beijava os mamilos. – Se existe alguma verdade em tudo o que sugere, então os artistas se deixaram desviar ocasionalmente de sua verdadeira grandeza pelos instintos brutais do corpo. Se ao menos conseguissem controlar-se melhor, se permanecessem a vida inteira puros, como teriam sido geniais.

Um pensamento interessante passava pela mente de Armand: a comparação entre patroa e empregada. Claudine lhe oferecera os seus serviços sem restrições, Gabrielle parecia decidida a conter os seus. Claudine começara por lhe mostrar nádegas bem redondas. O que tinha a patroa para apresentar nessa área?

Sentou-se e fez com que ela rolasse, sem resistência, até ficar com o rosto voltado para as almofadas prateadas. As calças de seu pijama de seda negra foram facilmente baixadas, o mesmo acontecendo com a fina peça de *crêpe de Chine* que havia por baixo.

A classificação das nádegas das mulheres sempre fora um assunto de interessado estudo por parte de Armand. Havia, acreditava ele, uma correlação entre sua forma e tamanho e o temperamento da dona. As de Claudine eram fartas e largas, duas melancias de carne macia. Quando ele a fez gozar por trás, em pé no vestíbulo, ela bateu essa abundância de carne contra seu corpo tão pesadamente que ele foi espancado rapidamente até a gratificação final. Em sua cama estreita, mais tarde, ele montou nela e pôs as mãos embaixo de seu corpo, para agarrar com firmeza essas protuberâncias.

Outro tipo fascinante era o da mulher de coxas esguias, que não se encostavam uma na outra, deixando a xoxota completamente exposta, fosse observada de frente, de trás ou de baixo. Jeanne Verney pertencia a essa categoria, e a teoria de Armand era de que nádegas que tudo revelavam eram o sinal de uma sensualidade natural. Havia indicações de que isso era verdade no caso de Jeanne, apesar da falta de experiência dela. Sem dúvida, algum outro felizardo agora colhia o que Armand plantara.

Nádegas muito protuberantes, embora completamente fora de moda e, sem dúvida, um incômodo para a mulher que se vestia com elegância, eram objeto de prazer para Armand. Uma vez liberadas de quaisquer meios de confinamento utilizados para suprimir sua *joie de vivre* natural, as nádegas se encaixavam bem nas mãos de um homem, permitindo muito prazer inocente.

As nádegas de Gabrielle eram enxutas e duras, estreitas e impertinentes. Distintas e refinadas, pensou ele, indicando as mesmas qualidades na dona. Agarrou as nádegas de Gabrielle, cada lado numa das mãos, e apertou com força, encantado pelo que descobrira. Gabrielle soltou um gritinho, mas era impossível distinguir se fora de protesto ou de prazer. Ele mordeu devagarinho os dois lados.

– Ah, mas que depravação – disse Gabrielle. – Isso é intolerável.

Armand beijou os lugares que mordera.

– O coração é um guia mais fiel para a alma e para o intelecto – disse ele. – O coração tem suas razões, que a mente não compreende.

– Jamais! – disse ela, enquanto a mão dele tateava delicadamente entre suas coxas, para procurar o alvo do próximo movimento que pretendia fazer. – Jamais! Você está distorcendo as palavras de um famoso pensador em benefício próprio.

– Interpreto suas palavras à luz da experiência humana – respondeu ele, tirando a roupa de baixo de Gabrielle, para facilitar o acesso. Acariciou-lhe a parte interna das coxas, até que elas se abriram por vontade própria.

O rosto de Gabrielle estava enterrado nas almofadas prateadas, e sua voz soou abafada quando ela replicou:

– A devassidão sempre acha uma maneira de se justificar.

– Nada sei da devassidão – disse Armand, abaixando as calças. – Mas das relações amorosas entre homens e mulheres, posso falar por experiência própria, e com toda sinceridade.

– Palavras, palavras vazias!

– Não precisamos nos limitar a meras palavras. Uma demonstração prática do que quero dizer poderá convencê-la da verdade.

Levantou-a com uma das mãos para colocar uma almofada sob sua barriga e assim erguer-lhe as nádegas. Por alguns momentos, explorou e acariciou suas curvas, enquanto Gabrielle afundou ainda mais o rosto nas almofadas. Armand deitou-se sobre suas costas, procurou o lugar certo entre suas pernas e lá entrou sem dificuldade. Suas mãos deslizaram por sob o corpo dela para agarrar-lhe os seios.

– Esse abuso chocante... – gemeu ela. – É insuportável...

Suas pequenas nádegas agora se mexiam contra o corpo dele, harmonizando os movimentos de ambos, mesmo enquanto ela se queixava. Armand tornou-se mais vigoroso, com a imaginação instigada pela fingida relutância de Gabrielle. Estava curioso para ver a reação que ela teria no momento crítico, para o qual ele a impelia com suas firmes estocadas. Ficou imaginando se a indignação e o vocabulário dela seriam adequados para o ultraje final.

– Não, não, não – arquejava ela, ao ritmo dos movimentos sincronizados de ambos.

– Sim! – exclamou Armand, enquanto a turbulência de seu desejo perpassava-lhe o corpo e se projetava nela.

Gabrielle gritou, batendo com as mãos cerradas nas almofadas, o corpo convulsionado. No auge da emoção, ficara sem palavras.

Mais tarde, deitados um ao lado do outro no divã, o rosto dela contra seu peito, Armand voltou a discutir:

– Minha querida Gabrielle, espero que esteja convencida depois de minha pequena demonstração.

– Você se ilude, meu pobre amigo – respondeu ela. – Convenceu-me apenas da verdade do que eu lhe disse antes.

– Você disse tantas coisas, minha querida. Qual delas especificamente?

– A grandeza do espírito humano é dissipada nesse tipo de exibição desenfreada e degradante à qual você me submeteu. Seu comportamento foi totalmente repreensível.

– De maneira alguma. Minhas ações seguiram os impulsos do meu coração. Como isso pode ser repreensível? Nega o valor das generosas emoções humanas?

– Você confunde a si mesmo, Armand, e tenta fazer o mesmo comigo. Mas sou capaz de ver além do seu logro. Acho que está cego para a verdade.

– De que maneira?

– Você apresentou como exemplos os grandes escritores e pintores, quando ainda estava nas etapas preliminares do abuso ao meu corpo. Falou das obras-primas que criaram enquanto suas mãos violavam minha intimidade. Onde estava a sinceridade do que disse? Afinal, obras-primas têm origem na alma e na mente, e não em qualquer outra parte.

– E no coração, precisa concordar.

– Muito bem, no coração também.

A mão dela abriu caminho para dentro da camisa dele e, com um dedo, ela começou a massagear-lhe o mamilo esquerdo.

– Aqui está seu coração, Armand – disse ela. – Sinto-o bater sob minha mão.

Levantou a cabeça e beijou a testa de Armand.

– E aqui se encontra a sua mente – falou.

– Onde quer chegar? – indagou Armand.

A mão dela afastou-se do seu peito. Meteu-se dentro de suas calças ainda desabotoadas e pegou o membro amolecido.

– Você confunde uma coisa com a outra – respondeu ela, beijando-lhe as pálpebras. – Diga-me, agora, se é seu coração ou sua mente que tenho na mão.

– Nenhum dos dois.

– Exatamente. Não pode responder-me sem expor a falsidade de seus argumentos. Suas ações desavergonhadas para comigo não foram inspiradas nem pela mente nem pelo coração. O que você fez foi impelido por *este* despudorado órgão. Não é verdade?

A maneira como ela o acariciava fez com que o membro de Armand se retesasse e crescesse, duro, na palma de sua mão. As ações dela foram inteiramente entendidas por ele, que começava a perceber as regras às quais Gabrielle obedecia ao fazer seu jogo.

– Não posso concordar com o que diz, Gabrielle. É óbvio para mim que, se existe alguma confusão, é da sua parte. Está confundindo fins e meios. Quando lhe digo que é uma mulher encantadora e adorável, minha língua diz as palavras, mas o sentimento vem do coração e é formulado pela mente.

A mão dela movimentava-se para cima e para baixo, com uma habilidade que demonstrava intensa prática, no pênis já inteiramente duro.

– Isso soa como simples sofisma, Armand.

– Pelo contrário, é evidente em si mesmo. Minha língua expressou o elogio, mas ele não foi elaborado por ela. Exatamente da mesma maneira, como você não pode deixar de concordar, a parte de meu corpo que você descreveu como despudorada não passa de outro meio de expressão. O elogio é o mesmo, embora veiculado de maneira diferente.

Deitou-a de costas e tirou a túnica negra de seu pijama, de maneira que ela ficou completamente nua sobre as almofadas prateadas. A mão dele estava entre suas pernas, acariciando o delicado canal que o acolhera antes.

– Mas isso é atroz! – disse ela, enquanto Armand sondava gentilmente seu botão escondido. – Será que essa depravação não terá fim?

– Quando aceitar a força do meu argumento – disse Armand, observando os pequenos estremecimentos de prazer que percorriam o ventre e as coxas dela.

Gabrielle tinha os olhos fechados e o rosto calmo, mas o resto do corpo se agitava. Suas unhas se cravavam nas almofadas, as pernas tremiam, os seios moviam-se para cima e para baixo ao ritmo da respiração agitada.

Desta vez, prometeu Armand a si mesmo, verei seu rosto no momento final... não deixarei escondê-lo nas almofadas, minha pudica libertina. Afinal, sei quem você é.

Ele estava entre suas coxas, com o membro duro confortavelmente dentro dela.

– Não posso acreditar que essa bestialidade esteja acontecendo – murmurou Gabrielle.

Os movimentos de Armand eram impetuosos, mas desta vez ele precisava de mais tempo para atingir o êxtase. Gabrielle estorcia-se debaixo dele, com os olhos firmemente fechados. O corpo dela agitava-se cada vez mais furiosamente nos paroxismos da paixão, fosse lá o que tivesse em mente. Nem por um só momento suas mãos largaram as almofadas para abraçar Armand, mesmo enquanto empurrava o corpo em direção ao dele, forçando uma penetração profunda.

No momento do gozo, Armand viu os olhos de Gabrielle arregalarem-se, enquanto ela soltava outra vez seu grito de prazer: um som semelhante ao rasgar da seda. O corpo dela arqueou-se, afastando-se das almofadas e lançando-se freneticamente contra o dele, e ela suportou o peso de Armand com os ombros e os pés.

Quando caiu no divã, lânguida, os olhos de Gabrielle fecharam-se de novo. Armand sorriu e disse:

– Como você é adorável!

Depois daquele dia, ambos desejaram continuar amigos. As razões de Armand eram claras para ele, ou pelo menos assim pensava. As de Gabrielle pareciam mais complicadas; segundo declarou, sentia que era seu dever persuadi-lo de seus erros, da terrível atitude que tinha para com as mulheres e mais uma dezena de motivos, que fez soarem convincentes, embora não passassem de um desdobramento da maneira como ela praticava o jogo do amor.

A primeira ocasião em que Armand teve permissão para passar toda a noite com ela foi memorável. Ela desejava ir à ópera e se declarou encantada com uma encenação da *Traviata,* embora Armand, particularmente, achasse que era apenas passável, tanto em termos de canto como de montagem. Talvez, pensou, Gabrielle sentisse alguma ligação pessoal com a história criada por Verdi, sobre uma mulher elegante e bem cuidada morrendo de tuberculose e seu malfadado amor por um rapaz rico. Estaria ela insinuando que o amava? A ideia parecia ao mesmo tempo fantástica e excessivamente romântica. Por outro lado, quem poderia ter certeza do que passava pela cabeça de uma mulher como aquela?

Havia na plateia algumas poucas pessoas que ambos conheciam. Acenaram para elas de seu camarote e conversaram nos intervalos, apresentando um aos amigos do outro.

– Todos vão fazer comentários a nosso respeito – disse Gabrielle. – Fui alertada de que você é um homem com uma certa reputação. Meus amigos pensarão o pior de mim agora que fomos vistos juntos em público.

– Absolutamente – tranquilizou-a Armand, tentando não sorrir. – Ninguém que a conheça acreditaria que é capaz da menor queda em seus altos padrões morais.

Depois do teatro, Armand levou-a a um tipo diferente de divertimento no Le Boeuf sur le Toit, na rue Boissy d'Anglas. Como sempre acontecia àquela hora da noite, o lugar estava apinhado de casais jantando e dançando. Gabrielle examinou os presentes com frieza e descreveu-os como degenerados – um julgamento severo, segundo a avaliação de Armand. Apesar disso, permaneceram ali por quase duas horas, jantaram muito bem e se divertiram, porque, apesar de suas recriminações, Gabrielle evidentemente gostava de ser vista em tais lugares. Também foi cumprimentada por vários conhecidos, homens e mulheres.

Finalmente, chegou a hora em que Armand e Gabrielle ficaram a sós no quarto dela, e que quarto! As paredes eram decoradas com padrões geométricos angulares, em cores vívidas e contrastantes, exceto pelo espaço atrás da cama baixa e larga, quase todo coberto por um grande espelho hexagonal. Os lençóis eram de seda cor de pêssego, os travesseiros grandes e quadrados, com beiradas de renda da largura da palma da mão de um homem. Armand ficou nu, na cama, enquanto Gabrielle fazia seus preparativos. A única luz no quarto vinha de um globo branco, leitoso, erguido bem alto pela estátua prateada de uma mulher nua e de joelhos, sobre a mesinha de cabeceira.

Gabrielle apareceu vestindo uma camisola negra, bem justa e semitransparente, com um decote fundo sobre os seios. Ajoelhou-se ao lado dele na cama, com os braços levantados, na pose da estátua do abajur. Armand começou a acariciar-lhe o corpo.

– Sempre cobre de negro o seu lindo corpo – disse. – Qualquer que seja a cor de seu vestido, por baixo dele, invariavelmente, encontro roupa íntima negra. Agora usa uma camisola desta mesma cor sombria. É para contrastar com sua pele?

– Claro que não. Uso roupa íntima e camisola negras como uma espécie de luto. O mundo não pode ver, mas eu sei.
– Luto? Por seu marido?
– Não por ele. Mal o conheci. É para lembrar a mim mesma, constantemente, da vergonha que é me submeter aos vis caprichos do corpo.

Baixou os braços esguios e pôs as mãos nos ombros nus de Armand.

– Mas como pode um corpo tão belo ter a mínima vergonha de qualquer coisa que desejar? – perguntou ele, com os olhos postos nos mamilos pontiagudos salientando-se contra a seda fina.

– Jamais conseguirei fazê-lo entender – disse ela. – Você está irremediavelmente perdido na degeneração.

Ele baixou os ombros da camisola de Gabrielle e deixou-a cair até a cintura. Antes que pudesse tocá-la, ela segurou os próprios seios com as duas mãos.

– Observe – disse, com os olhos no rosto dele. – Você olha para estes tolos atributos femininos e seus olhos se inflamam. Perdi a conta de quantas vezes declarou admirá-los, ou de quão frequentemente suas mãos se dirigiram a eles.

– Eu também – disse Armand, entusiasmado.

– No entanto, considere, meu pobre amigo, o que você está admirando nesses momentos? Carne, nada mais. Que prazer trivial para um homem de tanto talento, não concorda? Olhe bem e julgue por si. Não há nada aqui que tenha qualquer significação. Estes mamilos, que você se delicia em beijar... o que são, a não ser simples botões cor-de-rosa sobre protuberâncias de carne? Como pode considerar essas coisas dignas de sua atenção?

– Mas como são elegantes, estes seus seiozinhos – disse Armand, observando-a estimular os mamilos com as unhas do polegar, com aparente desprezo.

– Acho que você não tem remédio, Armand. Foi longe demais para escutar a voz da razão. O que será de você? Mesmo quando lhe suplico para reconhecer a verdade e se afastar dos erros, você se deixa cair em desgraça.

– De que maneira?

Em resposta, ela puxou a colcha e expôs o corpo nu de Armand.

– Permitindo que seu corpo se excite. Veja isso!

Agarrou o membro ereto entre o polegar e o indicador e balançou-o de um lado para outro.

– Como é banal! – disse. – Basta a simples visão do corpo de uma mulher e *isto* se levanta como um sinal.

– Um cumprimento a seus encantos.

– Precisa pensar o tempo todo nos inúteis prazeres do corpo, Armand? Reflita, por um momento, em como são passageiros e banais. Será que chegarei a convencê-lo ou estou falando em vão?

– Estou refletindo sobre suas palavras com o maior cuidado, garanto-lhe. Prossiga, por favor, pois ainda não me convenceu de sua maneira de pensar.

– Prosseguir! De que adiantaria? Você está tão distante da decência e do bom senso que, com mais meia dúzia de movimentos da minha mão, vai sujar-me com sua ejaculação. Essa é a pura verdade. Confesse.

– Não é bem assim, embora haja um pequeno elemento de verdade no que diz sobre minha situação neste momento. Mas não se deve exagerar. Acho que você tem a tendência a exagerar tudo.

A mão dela permaneceu onde estava, massageando-o devagar, para grande deleite de Armand.

– Por que essas sensações triviais do corpo são tão importantes para você, Armand? Pode explicar com franqueza?

– Facilmente. É a natureza humana – suspirou ele.

– A natureza humana não precisa ser assim, eu lhe garanto – disse ela, curvando as costas, graciosamente, para levar o rosto até bem perto de seu membro duro.

– Que vergonha ele ter crescido assim à simples visão de meus seios nus!

– E ao delicado toque de sua mão – acrescentou Armand.

– Quase nos faz crer que tem vontade própria, mas você poderia controlá-lo se quisesse; poderia fazê-lo obedecer à sua vontade. Ah, se este órgão pecaminoso conseguisse aprender a ser recatado, eu o beijaria, num casto cumprimento.

– Talvez o beijo da inocência lhe sirva de reprimenda – murmurou Armand.

Os lábios quentes de Gabrielle pressionaram a ponta do pênis.

– Não, estou me iludindo a respeito de suas boas intenções – disse ela. – Este seu órgão é inteiramente depravado. Não pode reagir às exortações da castidade.

Armand sentou-se, pegou sua camisola e tirou-a pela cabeça.

– Há uma detestável impropriedade em permitir que outra pessoa veja seu corpo nu – exclamou ela.

A mão livre de Gabrielle se colocou rapidamente sobre a extensão de pelos escuros entre suas próprias coxas, como se quisesse escondê-la.

– Não há nada de impróprio na liberdade do amor – contrapôs Armand. – Nesse ato, tudo é permitido, sem vergonha nem culpa.

Puxou-a para cima dele, até que ela se ajoelhou sobre seu ventre. O membro impetuoso foi colocado na posição certa, entre as pernas de Gabrielle.

– Mas o que está fazendo? O que está pensando?

Sem responder, Armand puxou seu corpo pelos quadris estreitos, de modo a penetrar nela até conseguir um ajuste bem apertado.

– Incrível! – arquejou Gabrielle. – Você não pode esperar que eu tenha um papel ativo em suas práticas viciosas. Devia bastar-lhe já ter violado meu corpo. Isso não deve repetir-se, nunca mais!

Os quadris dela moviam-se devagar, para a frente e para trás, enviando pequenas e velozes ondas de prazer através do baixo-ventre de Armand.

– Armand, Armand... devo desonrar-me? Você acredita que eu seja capaz disso?

– Você é capaz de amor profundo e duradouro, tenho certeza.

– Como pôde imaginar por um só momento que eu seria sua parceira num ato tão vergonhoso como o que propõe?

Para a frente e para trás, para a frente e para trás, com movimentos um pouco mais rápidos agora.

– Minha querida Gabrielle, não sente a harmonia dessa nossa união? Para mim, a pureza dela parece admirável. Não consigo pensar em maneira mais apropriada de demonstrar a força da estima que tenho por você.

Os movimentos dela continuavam a ganhar vigor e velocidade, enquanto mantinha as mãos sobre os seios para escondê-los, num gesto pudico.

– Chama a isso de força! – arquejou ela. – Estou bem consciente de sua agressão contínua às minhas crenças mais firmes... de sua brutal invasão da minha sagrada intimidade... de seu desejo voraz de poluir meu pobre corpo... Estou mais ciente de tudo isso do que você imagina...

– O que você mais preza é também o que admiro e procuro conhecer melhor... – arquejou Armand, por sua vez.

– Hipócrita! – exclamou ela, selvagemente, enquanto seus quadris se sacudiam para a frente e para trás, em total envolvimento. – Aliciador, tentador...

Antes de ela concluir a frase, a veemência de seus movimentos rompeu sua resistência. Ela soltou seu fino grito, enquanto o corpo entrava em convulsões. Os dedos dela agarraram os próprios seios, puxando ao máximo os mamilos.

Debaixo de Gabrielle, esmagado por seus êxtases, Armand explodiu em torrentes de prazer.

OS DEBATES ENTRE OS DOIS sobre questões morais continuaram por vários meses. Armand admirava os inabaláveis princípios de Gabrielle e sua facilidade para expressá-los bem no instante em que as palavras eram apagadas pela turbulência do gozo. Ela era diferente de qualquer outra mulher que conhecera. Em momento algum manifestou admiração por ele. Ao contrário, repreendia-o constantemente por sua atitude diante da vida, como um hedonista, e por sua entrega à sensualidade. Esforçava-se ao máximo para reformá-lo, mesmo nos êxtases da paixão, não poupando esforço algum para fazê-lo reconhecer seu ponto de vista. Armand resistia aos argumentos com toda a força, e isso a levava a insistir ainda mais, a ponto de, algumas vezes, ficarem ambos completamente exaustos com as discussões.

Aquele caso era divertido, interessante, picante, mas havia uma pergunta na mente de Armand que não queria desaparecer por mais que tentasse eliminá-la. Afinal, decidiu-se a resolvê-la de uma vez por todas, embora isso significasse recorrer a um subterfúgio.

Como a visitava com muita regularidade, não foi difícil conseguir uma chave do apartamento de Gabrielle, bastando subornar generosamente a *concierge*. O incidente que o levou à decisão de tomar essa providência foi uma conversa ao telefone, ouvida por alto, na qual Gabrielle convidava quem ligou a visitá-la, às 20 horas do dia seguinte.

– Quem era? – perguntou ele, quando ela desligou.

– Uma velha amiga, Louise Tissot.

– Mas esqueceu que vamos à festa dos Daudier, amanhã à noite?

— Meu Deus... esqueci completamente. Preciso telefonar outra vez para Louise, desculpando-me.
— Telefone, então.
— Farei isso mais tarde. Ela disse que ia sair.

Armand não teve a menor dúvida de que ela mentia. A festa dos Daudier seria um evento magnífico. Gabrielle já comprara um novo vestido de gala para comparecer. Ela não esqueceria a data. Então, que tolice era aquela de convidar alguém para vir vê-la numa ocasião em que não estaria em casa?

Às 18 horas do dia seguinte, Armand telefonou para Gabrielle, fazendo a voz parecer rouca, e lhe disse que estava com um resfriado terrível e não podia ir à festa. Com mil desculpas, sugeriu que deveria ir sem ele. Telefonaria novamente no dia seguinte para saber se a festa fora tão boa quanto esperavam.

Às 19h45, Armand usou a chave que conseguira para entrar, silenciosamente, no apartamento de Gabrielle. Escutou Claudine, a criada, cantando a sós na cozinha enquanto ele se dirigia, calçando apenas meias, para o quarto de dormir de Gabrielle, onde se sentou para esperar. Sentia-se nervoso e, mais do que isso, um tanto idiota, mas não desistiu.

Depois de algum tempo, ouviu a campainha e, em seguida, os passos de Claudine indo atender. Postou-se junto à porta do quarto de dormir, com apenas uma fresta aberta, para ouvir o que se passava, mas não conseguiu entender uma só palavra. Claudine conversava com um homem no saguão, foi tudo o que pôde perceber. A conversa era demorada.

Ouviu passos no vestíbulo, depois o som de uma porta se abrindo e se fechando. O coração batia forte em seu peito, e ele se sentiu próximo da resposta à pergunta que o perturbava há tanto tempo. Sem um ruído, seguiu devagar pelo corredor, até chegar junto ao quarto da criada. Com o ouvido pressionado contra a porta, captou o murmúrio de palavras lá dentro, mas eram indistintas demais para ele compreender o assunto da conversa. Sentiu-se muito embaraçado, mas se abaixou, até ficar de joelhos, a fim de espiar pelo buraco da fechadura – posição indigna para um homem de seu nível, porém necessária, se queria decifrar o enigma.

Pelo buraco da fechadura, tinha uma visão restrita da cama na qual, certa vez, revirara-se com Claudine. Um homem de cerca de 35 anos, com traje formal, estava sentado na beirada com as pernas estiradas. Claudine, de perfil para Armand, com seu limpo vestido negro e seu avental, estava ajoelhada entre as pernas do homem e lhe desabotoava as calças. Libertou seu membro duro do lugar onde estava escondido, e um toque de inveja misturou-se às perturbadas emoções de Armand ao ver o imponente tamanho do pênis que a empregada segurava.

Ela disse algo ao parceiro que Armand não entendeu. Evidentemente, era um elogio, porque o homem sorriu orgulhosamente e balançou a cabeça, enquanto os dedos de Claudine brincavam com aquele pau imenso e o massageavam vividamente.

– O que estou fazendo aqui? – perguntou Armand a si mesmo, mudamente. – É uma vergonha fazer o papel de *voyeur* desse jeito. As trepadas de uma criada não são da minha conta.

Mesmo assim, ficou ali, sem conseguir deixar de observar a cena levada a cabo do outro lado da porta. Claudine usava a outra mão para trazer à plena vista os colhões do homem. À imaginação excitada de Armand, as partes do desconhecido pareciam aumentar ainda mais com as manobras de Claudine, se é que isso era humanamente possível. Quanto a ela, dava todas as indicações de estar gostando do que fazia, porque havia um sorriso de satisfação em seu rosto. Quando curvou a cabeça e enfiou quase metade do membro duro na boca, Armand sufocou um resmungo. Seu próprio órgão estava apertado dentro da roupa, e o desconforto que sentia aumentou com a visão de Claudine usando a língua e os lábios para acariciar o membro do parceiro.

Nunca em sua vida Armand observara outras pessoas se ocupando do ato mais íntimo. Em Pigalle, havia locais de entretenimento, em ruas discretas, onde se podia, pagando certo preço, observar, na companhia de dez ou vinte outros clientes, um homem, em geral negro, penetrar e fazer gozar duas ou três mulheres, em rápida sucessão – pelo menos, era o que Armand tinha ouvido de amigos que testemunharam tais espetáculos. As mulheres eram então colocadas imediatamente à disposição dos clientes, quentes e molhadas da carícias de outro homem. Armand, porém, não tinha nenhuma inclinação para divertimentos desse tipo, pois era tão requintado que os considerava degradantes.

No entanto ali estava ele, observando algo muito parecido, através do buraco da fechadura! Àquela altura, estava excitado a ponto de não querer que nada o afastasse dali, porque seus sentimentos iniciais de vergonha e culpa haviam sido subjugados por uma emoção mais forte. Desviou o olhar da boca ocupada da criada e observou o rosto do homem com louca curiosidade. Qual seria o aspecto de um homem tomado pela paixão? Como ficavam as mulheres, sabia bem, por experiência própria. Seria diferente ou a mesma coisa? O homem respirava depressa, pela boca, com os olhos semicerrados, mas sua expressão deixava pouca coisa transparecer.

– Como será que ele pode aguentar isso? – admirou-se Armand, observando a avidez do ataque de Claudine.

Sua pergunta logo foi respondida. O homem agarrou Claudine pelos ombros e atirou-a na cama, a seu lado. Rapidamente colocou-se sobre ela, os dois com apenas metade do corpo sobre a cama, as mãos dele tateando para levantar a saia de Claudine e abaixar suas calcinhas. Ele gemia tão alto que Armand escutava através da porta.

A investida do visitante pegou Claudine de surpresa. Ela meneou os quadris na cama, esforçando-se para ajudá-lo a tirar sua roupa de baixo. Houve um ruído de rasgão de tecido, causado pela força de quatro mãos.

Armand perdeu de vista os rostos dos dois, enquanto o homem empurrava Claudine para baixo. O buraco da fechadura permitia-lhe ver apenas o meio do corpo deles de lado. O traseiro do homem, metido em calças caras, subia e descia freneticamente. Depois, seus movimentos cessaram tão abruptamente como começaram.

Ele saiu de cima de Claudine e ficou em pé outra vez, abotoando as roupas apressadamente. Claudine sentou-se na cama, com o rosto novamente no campo de visão de Armand. A expressão dela era de surpresa e desapontamento, pensou ele, não a de uma mulher que tivesse gozado. A criada se levantou, deixando a roupa íntima rasgada escorregar pelas pernas, antes de ajeitar a saia e alisar o avental amassado.

O homem disse algo em voz baixa e tirou dinheiro do bolso para lhe dar. Armand levantou-se devagar e esgueirou-se para longe da porta, desta vez indo para a sala de visitas de Gabrielle. Deixou a porta entreaberta e ouviu Claudine despedindo-se cortesmente do visitante no saguão. A porta se fechou, houve passos e outra porta se fechou. Ela voltara a seu quarto – era o momento de Armand aprofundar sua investigação.

Bateu de leve na porta de Claudine e entrou sem esperar resposta. Ela estava na cama, apoiada em travesseiros. Sua saia estava suspensa, em torno da cintura, os joelhos se encontravam levantados e abertos e a mão deslizava depressa entre as coxas, escondendo, em parte, os pelos negros e cerrados. Olhou para Armand, espantada.

– Mas... como entrou? – gaguejou, com os joelhos batendo um no outro.

– Explicarei mais tarde – disse Armand, sorrindo. – Mas agora... – sentou-se à beira da cama e abriu-lhe os joelhos para pôr a mão no ponto quente onde estivera a mão dela, um momento antes.

A surpresa e o medo de Claudine desapareceram imediatamente, e ela retribuiu o sorriso enquanto ele a fazia estremecer de prazer, tocando naquele ponto tão sensível.

– Por que está aqui? – ronronou ela.

– Para conversar com você, Claudine.

– *Conversar* comigo?

– Sim, há algumas questões que eu gostaria de esclarecer.

– Estou inteiramente à sua disposição.

– Estou vendo – disse ele, sorrindo de novo. – Como pensamento é agradável!

– Agradável para nós dois – suspirou ela; o que ele fazia começava a ter efeitos muito positivos.

– Essas minhas investigações são de natureza muito delicada, Claudine. Falar desses assuntos às pressas seria impossível. Primeiro, precisamos alcançar um estado de espírito apropriado.

A mão dela estava na coxa de Armand, acariciando devagarinho, o calor da palma atravessando o tecido das calças dele.

– Você já me pôs no ponto – disse ela. – Estou pronta.

– Quase pronta. Mais um pouco e tudo será perfeito.

– Mais um pouco e será tarde demais – exclamou ela.

– Então, temos de agir imediatamente.

Armand tirou depressa o paletó, abriu as calças e deitou-se sobre Claudine, mas não fez mais nada.

– Vamos – implorou ela. – Estou ficando louca!

– Terá tudo o que quiser – falou ele. – Mas, primeiro, prometa-me uma coisa.

– Qualquer coisa!

– Prometa-me que em seguida responderá honestamente às minhas perguntas.

– Sim, sim, tudo o que quiser!

– Jura?

– Juro!

Armand deslizou para a frente e encontrou a entrada que o outro preparara para ele. Preparara bem demais, pois, no estado ardente de Claudine, a penetração foi, em si, suficiente para detonar o gatilho da paixão. Ela se estorceu embaixo dele, gemendo e gritando.

A cena que testemunhara através do buraco da fechadura fizera a temperatura sexual de Armand subir a um nível extraordinário. Os espasmos de Claudine elevaram rapidamente o seu ardor, e ele também arquejou e entrou em convulsões num súbito gozo.

– Nossa, eu precisava disso – falou Claudine, quando se recuperaram.

– Foi o que pensei quando entrei em seu quarto.

Ela deu risadinhas, nem um pouco embaraçada.

– Então, como entrou?

– Mais tarde respondo. Agora precisa cumprir a promessa e responder honestamente às minhas perguntas.

– O que quer saber?

– Vamos começar com o visitante... quem era ele?

– Seu nome é Henri Chenet. Por que quer saber?

– É amigo seu?

– Claro que não! É um amigo de madame. Veio visitá-la, mas ela havia saído, e então ele se aproveitou de mim.

– Como fiz da primeira vez em que vim aqui e madame estava fora?

– Exatamente.

– Claudine, sua resposta traz à tona mais perguntas. Gostaria que me contasse a história toda.

Claudine, naquele momento, estava bem-disposta com relação a Armand por causa da maneira como ele a socorrera naquela ocasião. Por outro lado não tinha tanta boa vontade para com o homem que provocara tal situação. Fez Armand prometer que guardaria segredo sobre tudo que ela lhe contasse e, depois, falou sem reservas. Armand, nos minutos seguintes, aprendeu a verdade do ditado: "Quem procura acha."

Madame de Michoux era tão difícil de agradar, contou Claudine, que ao conhecer um homem desejoso de se tornar seu amante, fazia investigações particulares para verificar se era aceitável antes de dar qualquer sinal de suas próprias inclinações. Fazia perguntas a amigos e conhecidos em comum a respeito de sua posição social e financeira. Seguia-se uma investigação sobre sua maneira de fazer amor, e para isso Madame de Michoux usava as habilidades da criada. A rotina estava bem estabelecida: o desavisado candidato aos favores de Madame de Michoux era convidado à sua casa e descobria que ela saíra; Claudine estava lá, para colher as informações desejadas.

Armand escutava, entre divertido e pasmo.

– Então, quando vim aqui pela primeira vez, foi simplesmente um teste... É isso que está me dizendo?

– Um teste agradável, sem dúvida – disse ela, petulantemente. – Afinal, não sou velha nem feia e tenho algum conhecimento dos gostos dos cavalheiros nessas questões.

– Evidentemente, passei no teste.

– Passou com todas as honras. Suas maneiras foram tão encantadoras e o jeito como conduziu a situação, tão hábil, que não havia com não recomendá-lo muitíssimo a madame.

– E ela também está satisfeita?

– Ela é muito apegada ao senhor. Admira sua classe e a maneira como se comporta com ela. Já me disse isso mais de uma vez.

– Então, por que está testando esse Chenet para ela? – perguntou Armand. – Por que devo ser substituído agora, diga-me.

– Ouça... quer realmente saber tudo isso? Por que não deixa as coisas como estão? Não gostaria de vê-lo aborrecer-se.

– Quero saber – insistiu Armand.

Estendeu a mão para seu paletó e espalhou sobre a cama, ao lado dela, todas as cédulas que tinha consigo.

– A questão não é dinheiro – disse ela.

– Qual é então?

– É uma questão de lealdade.

– Muito bem colocado. Essa é uma qualidade que admiro, Claudine. Respeito seus escrúpulos. Mas agora que já foi até esse ponto, por que não continuar? Afinal, somos velhos amigos, eu e você. Esse dinheiro não é de maneira alguma um suborno para acabar com sua lealdade, mas uma simples demonstração de minha estima por você.

– Muito bem, aceito-o nesses termos. Tenho uma queda pelo senhor.

– É, você cai na cama, Claudine...

– Ah, quanto a isso... – Ela se espichou, abriu as pernas e sorriu para ele.

– Mais tarde, sem falta – disse Armand –, terei a honra de usufruir plenamente da sua estima por mim. Mas primeiro conte-me mais. Sobre Chenet, por exemplo.

– Monsieur Chenet é rico.

– Isso eu imaginei. Mas eu também não sou exatamente pobre.

– Claro que não. Madame não conhece nenhuma pessoa pobre. Mas Monsieur Chenet é mais suscetível do que a maioria dos seus admiradores. Já disse a madame que a ama e insinuou que estaria disposto a se casar com ela.

– Que safado!

– Até agora ela o encorajou apenas muito de leve, sabe, mas ele é bastante persistente.

– De leve? Ela o convidou a vir aqui.

– Só porque sabia que ia sair.

– Mesmo assim...

– Olhe... madame sabe que é altamente improvável que o senhor a peça em casamento, embora cuide bem dela.

- Para falar com franqueza, o pensamento de me casar jamais passou por minha cabeça.
- Ela entende isso. Mas ao mesmo tempo é muito natural que pense um pouco em seu futuro. Monsieur Chenet poderia se tornar seu marido, foi o que ela pensou. Mas isso, agora, está fora de questão.
- Por que diz isso?
- Ele é desajeitado para certas coisas. Madame não toleraria de maneira alguma as inabilidades a que ele me submeteu. Pode ter certeza de que ele jamais será convidado a voltar aqui.
- E esse é todo o consolo que pode oferecer-me?
- Há também o consolo do meu corpo – sugeriu Claudine.
- É claro. Mas estou com o coração partido.
Claudine olhou-o, com um jeito franco.
- Precisa ser prático – disse. – O senhor domina o coração de madame. Nesses meses em que estão juntos, estabeleceu um padrão por meio do qual os outros homens passaram a ser julgados. Nada inferior pode ser considerado, pois madame é uma pessoa muito especial.
- Muito – concordou Armand, ironicamente.

4
Charles e Jacqueline

Os quatro irmãos Brissard eram homens bem-apessoados, tendo herdado do pai a constituição e as feições. O mais velho, Maurice, parecia tanto com o pai que podia ser tomado como uma versão mais jovem dele, até na maneira de falar. Michel, o segundo filho, fora forjado no mesmo molde, embora tivesse a pele mais clara, assim como o mais novo, Gerard, apesar de seus esforços para ser diferente. O terceiro, Charles, combinava a elegante masculinidade do pai com muito da graça da mãe e, na opinião geral, era o mais bonito de todos. Como Maurice e Michel, herdara do pai o tino para negócios e lhe foram confiadas missões importantes.

Habituado a fazer viagens de negócios ao exterior, não se perturbava com isso. Nas estações de trem, os carregadores encaminhavam-se imediatamente para ele, a fim de ganhar alguns poucos francos cuidando de sua bagagem. Numa dessas viagens, um atendente do vagão-dormitório, usando um uniforme elegante, acompanhou Charles à sua cabine, esperou que fosse dada gorjeta ao carregador, cuidou do bilhete de Charles e cumpriu toda a sua atenciosa rotina de instalá-lo para a longa viagem. Mostrou como tocar a campainha que o chamaria a qualquer hora da noite ou do dia, explicou o funcionamento do aquecedor, das venezianas, do trinco da porta e de outros numerosos confortos proporcionados pela Compagnie Internationale des Wagons-Lits et des Grands Express Européens.

– Devo reservar uma mesa para o senhor no vagão-restaurante? O serviço de jantar começará pouco depois de sairmos da estação.

– Sim, por favor.

– Se me entregar o passaporte, cuidarei de tudo quando cruzarmos as várias fronteiras, e o senhor não será incomodado.

– Excelente.

– Viaja sozinho, senhor?

Charles assentiu.

– Quer que o café da manhã seja trazido para sua cabine?

– Apenas *café au lait,* às 8 horas, e depois irei para o vagão-restaurante comer alguma coisa.

– Muito bem, senhor. Se quiser algo depois do jantar, conhaque, cigarros, charutos, toque a campainha, e o atenderei imediatamente.

Charles dissera ao atendente que viajava sozinho. No entanto, os acontecimentos mostraram que ele estava enganado. O vagão-restaurante estava lotado, e ele dividiu a mesa com uma bela jovem, cuja idade supôs ser aproximadamente 26 ou 27 anos. Apresentaram-se no início da refeição e ficaram conversando. Descobriu que o nome dela era Jacqueline Le Prêtre, e que era casada, mas viajava sem o marido. Era animada e tinha conversa divertida, porém não conseguia esconder inteiramente a ansiedade e a tristeza, percebidas logo de início por Charles. Ele ofereceu-lhe um excelente vinho tinto durante toda a refeição, e ela se abriu ainda mais. Depois do jantar, continuaram sentados à mesa, degustando um ótimo conhaque, e deixaram a conversa a fluir, muito livre, entre eles. Foi com pesar que Charles finalmente pagou a conta de ambos, quando os atendentes do vagão-restaurante, depois de limparem todas as outras mesas, sugeriram da maneira mais educada possível que precisavam encerrar seu trabalho naquela noite.

Acompanhou Madame Le Prêtre à sua cabine, que era no vagão seguinte ao seu. Ela lhe deu a mão e, antes de ele ter tempo de beijá-la e desejar-lhe boa noite, disse-lhe que não sentia o menor sono e ficaria deitada, acordada, durante horas. Será que ele gostaria, se não estivesse cansado demais, de continuar a conversa? Quem sabe tomar outra dose de conhaque?

Entraram na cabine, e ela pareceu surpresa ao descobrir que, durante o jantar, o atendente arrumara a cama. Ficou preocupada com o fato de não haver lugar algum para sentar, mas Charles tranquilizou-a, dizendo-lhe que não se incomodava, nem um pouco, de se sentar na cama. Era um dos pequenos incômodos da viagem, comentou, com toda sua experiência de homem viajado. Decidiram não pedir uma bebida ao atendente, a fim de evitar possíveis mal-entendidos.

– A prudência é sempre útil – disse Charles, beijando-lhe a mão, ao se sentarem lado a lado na cama. – Os criados sempre tendem a pensar o pior.

– É verdade – concordou Jacqueline. – Acabei mandando embora uma empregada que entendeu de maneira completamente equivocada uma cena que viu por acaso e foi contar a meu marido, quando ele voltou a Paris. Fiquei furiosa.

– Seu marido viaja muito?

– Fica mais tempo viajando do que em casa. Seu trabalho o faz circular por toda a França.

– Às vezes deve sentir-se muito solitária – disse Charles, acariciando-lhe suavemente o joelho.

Jacqueline usava um vestido atraente, lilás, com um decote profundo e um cinto do mesmo tecido amarrado na frente. Suas meias cinza-prateadas combinavam sutilmente com a cor do vestido. Era uma mulher pequena, com um rosto em forma de coração, boca larga e olhos grandes. Seu cabelo negro, com uma franja, tornava sua aparência *à la garçonne* ainda mais sedutora.

Ela pousou a mão sobre a de Charles. Não o impediu de acariciar seu joelho coberto de seda nem o encorajou a continuar.

– Sinto que posso confiar em você – disse ela. – Nesse curto período em que nos conhecemos, já passei a encará-lo como um amigo.
– Estou honrado por sua confiança – respondeu Charles.
– Acho que posso contar-lhe o meu segredo.
– Claro que pode.
– Deve ter se perguntado por que estou viajando sozinha neste trem. A razão é simples: estou fugindo do meu marido.

Charles manteve a mão imóvel, enquanto imaginava, rapidamente, se estaria envolvendo-se num caso que poderia resultar em complicações desnecessárias mais tarde.

– Está saindo da França para fugir dele? Para onde vai? Para a Itália?
– Para Istambul, onde me encontrarei com meu amante.
– Ah, sim – disse Charles, pensativo.
– Vou viver com ele lá, e meu marido jamais saberá onde estou.
– Seu amante mora em Istambul?
– Ele é turco.
– Onde o conheceu?
– Em Paris. Esteve lá durante três meses. Em seu país, é um príncipe.
– De consideração, se não for de fato – sugeriu Charles.
– Por que diz isso?
– Há cerca de um ou dois anos, a Turquia se tornou uma república, quando o presidente Kamal foi eleito pela Assembleia Nacional.
– Essas questões não têm importância alguma, eu lhe garanto.
– Para mim, têm. Meu pai mantém vínculos comerciais com a Turquia há muitos anos, e como nada importante acontece lá sem permissão oficial, estamos muito interessados em saber quem são as autoridades. Algumas bonificações são distribuídas nesses acordos, e não seria aconselhável concedê-las

92

a pessoas que não têm o poder de abrir as portas certas ou de carimbar os documentos devidos.

— Nada sei de assuntos comerciais. Mehmet estava em Paris, nós nos conhecemos e nos apaixonamos. Para mim, é o que importa. Meu marido não me ama, por isso vou procurar Mehmet.

— É claro. Ele sabe de sua ida? Ambos sabem que viaja de Paris para Istambul?

— Meu marido ainda vai passar outra semana fora de casa. Quando chegar, encontrará o bilhete que deixei, contando-lhe que o abandonei para sempre.

— E Mehmet?

— Ainda não avisei nada. Não tenho endereço algum para onde enviar um telegrama.

— Mas como o encontrará?

— Ele me explicou que mora num palácio em Scutari. Não pode haver tantos palácios a ponto de eu não conseguir achar o certo.

— Sabe onde fica Scutari?

— É uma parte da cidade.

— Sim, é uma área residencial do lado asiático do Bósforo. A travessia é feita de balsa.

— Obrigada, Charles, é muito útil saber disso. Vejo que já foi a Istambul.

— Duas vezes.

— Sabia que era meu amigo. Vai ajudar-me a encontrar Mehmet.

— Se é isso que deseja.

Ela afastou sua mão da dele e o beijou calorosamente no rosto. Encorajado, Charles deslizou sua mão provocantemente do joelho para cima, debaixo do vestido dela, para tocar a pele morna de sua coxa. Para ele, este era um momento magnífico do jogo amoroso, a deliciosa carícia entre o alto da meia, preso na liga, e seu objetivo final. Quando uma mulher a permitia,

93

ele sabia que podia ir mais longe. Porém, ela ainda não estava realmente envolvida e, mesmo então, poderia afastar-lhe a mão e repeli-lo. A mão dele demorou-se em seu afago, enquanto Charles saboreava as trêmulas delícias do momento.

De repente, Jacqueline beijou-o com urgência, instigando-o a prosseguir. A mão dele completou sua curta jornada dentro da perna frouxa dos calções dela, e Charles arquejou de surpresa. Onde esperava encontrar cabelo crespo e curto, seus dedos tocaram apenas carne macia.

– É uma curiosa moda nova? – perguntou ele.

– Não, essa moda é muito antiga, mas não na França. Não consegue adivinhar?

– Ah, claro... seu amante turco prefere você assim, toda raspada.

– Não raspada... foi tudo arrancado, fio por fio.

– Que dor você deve ter suportado pelo amor!

– Se for por amor, nenhuma dor é forte demais para ser suportada. Fiz isso alegremente por ele. O que acha do estilo turco?

– Para mim, é tão incomum que mal sei o que dizer.

As dobras de carne sob os dedos dele eram mornas e macias.

– É bom? – perguntou ela.

– Jacqueline, devo confessar-lhe que nunca toquei numa mulher sem pelos, nesse estilo oriental... É muito agradável ao toque, mas preciso ver por mim mesmo!

Ela deslizou para fora da cama e puxou o vestido lilás por cima da cabeça, descobrindo calções da mesma cor. Num instante, a frágil peça de roupa foi arrancada, e ela se atirou de novo nos braços de Charles, deitando-se por cima dele e beijando-o repetidas vezes na boca.

– Você é adorável – disse Charles, quando ela afinal parou.

– Agora, deixe-me ver esse seu estranho tesouro.

Jacqueline colocou-se de lado, as costas viradas para a parede da cabine, e seu joelho esquerdo levantou-se, abrindo as coxas para ele olhar.

– Tire minhas meias – sugeriu ela. – Seria uma pena se os fios corressem... combinam tanto com esse vestido.

Charles, obedientemente, puxou-lhe as ligas até embaixo dos joelhos e afrouxou as delicadas meias. Seus olhos fixaram-se à fascinação da gorda e lisa xoxota de Jacqueline, tão convidativa, tão tenra, com uma aparência tão vulnerável. Quando se livrou das meias, ele pôs a cabeça entre as coxas dela para beijar esses lábios tentadores. Os dedos de Jacqueline entrançaram-se no cabelo negro e cacheado de Charles, e ela puxou o rosto dele para cima, de modo a poder olhá-lo nos olhos enquanto falava.

– Charles, antes de você ir adiante, há algo que preciso lhe avisar.

– O que é?

– Se você realmente me excitar, e já está conseguindo, não vou conseguir me conter. Estou lhe avisando, é preciso muito para me satisfazer, e você se esgotará antes de conseguir.

O orgulho masculino de Charles foi imediatamente ferido.

– Quanto a isso – disse –, devo dizer-lhe que também não me satisfaço com os 15 minutos de praxe. Não precisa ficar nem um pouco ansiosa por minha causa, querida Jacqueline. Cuide de si mesma, para não ficar exausta.

Ela permaneceu deitada na mesma posição, com seus encantos inteiramente à mostra, enquanto Charles se despia. Com uma das mãos, ela acariciava devagarinho a parte interna de uma de suas coxas, como se gostasse do contato com a sua textura. Então, Charles voltou para o seu lado e comprimiu os lábios contra a xoxota saliente.

Ela reagiu muito depressa a seu estímulo. Dentro de segundos, arquejava e se sacudia da cabeça aos pés, a cabeça balançando-se de um lado para outro. Charles acariciou-a com a língua, excitado pela novidade que ela lhe oferecia. Estava lisonjeado com a rápida reação dela, e ficou imaginando como seria quando pusesse o membro em ação. Depois de alguns instantes, veio-lhe à cabeça o pensamento de que, para quem experimentava um prazer tão intenso, ela demorava muito para chegar ao orgasmo. Porém ela dissera que era preciso muito para satisfazê-la.

Jacqueline agarrou-o pelas orelhas e afastou a cabeça de Charles de seu corpo.

– Espere – arquejou ela. – Deixe-me descansar um pouquinho.

– Mas você estava quase gozando – disse Charles, sorrindo.
– Era cedo demais?
– Quase gozando? Já gozei três ou quatro vezes.

Charles escondeu sua surpresa.

– É mesmo? Quantas vezes você goza? – perguntou, com grande interesse.

– Não sei. Ninguém até hoje conseguiu levar-me até o fim, nem mesmo Mehmet.

– Não é capaz de imaginar.

– Como posso dizer? Quanto mais demora, melhor fica. Perco a conta, depois de umas trinta vezes.

Charles reviu, apressadamente, seus planos para a noite. Quando lhe disse que não se satisfazia facilmente, ele supôs que ela esperasse umas duas ou três trepadas naquela noite. Isso não era problema para ele e, se ela ainda estivesse interessada, depois da terceira, podia partir para uma quarta, embora preferisse não fazer esse esforço final. Agora, via que tudo isso não era nada. Ela falava casualmente a respeito de sua trigésima vez, como se fosse a coisa mais natural do mundo – e mesmo isso aparentemente não era suficiente. Charles mudou de opinião a respeito do turco. Se fora capaz de satisfazer Jacqueline na cama, Mehmet devia ser um homem de notável força e resistência.

– Trinta vezes – disse ele. – Que número fantástico. Mas não é todo dia, claro.

– Claro que é todo dia – respondeu ela. – Em certas ocasiões, duas vezes por dia.

– Mas como encontra tempo para comer, beber, fazer compras, encontrar os amigos e todas as outras atividades cotidianas?

– Não estou entendendo, Charles. Afinal, fazer amor não demora tanto assim. Pelo menos, não para mim. Uma hora depois do almoço e outra à noite bastam para qualquer pessoa.

– Claro – concordou ele.

– Algumas amigas minhas me contaram que de vez em quando passam um dia inteiro na cama com seus amantes – disse ela. – Mas acho que exageravam. Como poderiam aguentar? Depois de uma hora, estou tão cansada que durmo pelo menos meia hora, às vezes mais. Certa vez, dormi quase duas horas.

– Essa deve ter sido uma ocasião muito especial – disse Charles, com uma pontada de ciúmes, diante dessas revelações.

– Foi a primeira vez em que fui para a cama com Mehmet. Foi tão bom que me apaixonei perdidamente por ele.

– Um dia muito importante em sua vida.

– O dia mais importante de toda a minha vida. Agora, já descansei, Charles. Vamos fazer de novo.

Charles ajeitou-a confortavelmente, de costas, na cama estreita, colocou-se em cima dela e penetrou-a. Para uma mulher tão pequena, ela era bem desenvolvida nas partes essenciais, e ele não encontrou dificuldade alguma. Na verdade, os músculos internos de Jacqueline pareciam puxá-lo para além do que ele imaginava possível, observando sua anatomia.

– Que maravilha – suspirou ela. – Ah, Charles, fique quieto um minuto e me deixe aproveitar bem.

Fez o que ela pediu, feliz de conservar seu fôlego para quando fosse exigido. Porém, se ele se controlava, ela não. Seu corpo a traía e a levava rapidamente para o êxtase. O canal de carne macia que prendia Charles começava, por conta própria, a pulsar ritmadamente, numa longa massagem de seu sexo duro, alojado nela. Em poucos segundos, Jacqueline retorcia-se e arquejava mais uma vez, flutuando em seu mundo particular de êxtase. Charles ficou ali deitado, imóvel, pasmo com essa mulher incrível. Nada fazia, contentando-se em deixar o torvelinho do ventre de Jacqueline levar sua excitação para um ponto cada vez mais alto, até que repentinas convulsões de gozo exauriram as energias dele.

Seus movimentos espasmódicos quebraram o encanto em que Jacqueline estava mergulhada, e ela também foi-se aquietando devagar.

– Você é maravilhoso, Charles – disse, com o rosto brilhando de suor. – Ah, se eu o tivesse encontrado em Paris, antes de me apaixonar por Mehmet, poderíamos ter sido tão felizes!

DEITADO AO LADO DELA, Charles enxugou, gentilmente, com uma ponta do lençol, o suor em seu rosto e entre seus pequenos seios.

– Você é uma pessoa incrível, Jacqueline. Talvez pudéssemos ter passado algumas horas maravilhosas juntos. Mas, assim como você, eu sou casado.

– Onde estamos agora, você sabe?

– Na Suíça. Faz diferença? Paramos na fronteira, enquanto gozávamos.

– É mesmo? Nem notei.

– Por que deveria notar? Uma fronteira não é nada, comparada com o que sentíamos.

– É verdade. Você disse que sou casada. Porém deixei meu marido e não me considero mais casada. E você, meu querido amigo, é feliz com sua mulher?

– Não posso discutir meu casamento nessas circunstâncias – disse Charles.

– Então, vamos deixar para lá. Imaginei isso antes de lhe perguntar. Por que continua com ela?

– Temos um filho. Além disso, ela nunca me deu motivo algum de queixa.

Jacqueline ergueu, graciosamente, os ombros nus.

– Pelo que diz; ela é uma boa esposa apenas do ponto de vista convencional. Não a ama, e ela não o faz feliz.

– Chega – disse Charles, com firmeza. – Isso é assunto meu, não seu.

– Perdoe-me, não pretendia ofendê-lo. Estou feliz por termos nos encontrado nesta viagem, por mais curto que seja o tempo que teremos juntos. Gosto muito de você.

– Também gosto de você, Jacqueline. Agora me diga, quantas vezes já lhe aconteceu o que se passou há poucos minutos, quando atravessávamos a fronteira da França para a Suíça?

– Ah, a vaidade dos homens – disse ela, rindo. – Você queria ter a honra de ser o meu melhor amante, não é?

– Os homens sentem um grande orgulho dessas coisas.

– Ora, já senti isso pelo menos uma dúzia de vezes, provavelmente mais. Depois da terceira ou quarta vez, o prazer aumenta. Vem em ondas, que se quebram sobre mim, com suas brancas espumas, como se eu estivesse deitada na praia. Fico tonta e sem fôlego, tal a violência desse gozo.

– É uma descrição vívida, com essa imagem das ondas. Deve ter refletido sobre isso.

– Não. O que há para se refletir a respeito do jogo do amor? Tudo é sensação e prazer, que pertencem ao corpo, não à mente. O pensamento não entra nisso.

– Sim e não – disse Charles.

– O que quer dizer?

– Vou tentar explicar. – Charles ergueu-se sobre um dos cotovelos e olhou para ela. – Vamos considerar, primeiro, o seu corpo. Você é baixinha, mas muito bem-feita. Seus seiozinhos são perfeitamente redondos, sua cintura é estreita e a bunda tem uma forma encantadora, cada metade numa harmoniosa proporção com a silhueta. As coxas são bem modeladas, e entre elas está o brinquedo mais maravilhoso que já vi em minha vida.

– Quantas lisonjas!

– Falo apenas a verdade. Resumindo, Jacqueline, seu corpo é uma máquina perfeita para fazer amor.

– Concordo com tudo o que diz.

– Mas existe outra parte em você que não pode ser esquecida.

– Que parte é essa?

– A que está aqui dentro – disse ele, tomando-lhe a cabeça entre as mãos e beijando a testa de Jacqueline.

– Qual é a relação?

– Você não é apenas um corpo, mas uma pessoa completa. Dentro dessa bonita cabeça existe uma parte sua que está confusa a respeito da vida e de suas próprias emoções.

– É verdade – suspirou ela.

– Seu corpo não está confuso... isso eu verifiquei pessoalmente. Conhece suas próprias necessidades e sabe como satisfazê-las, de maneira simples e direta. Mas sua mente lhe diz que você deve ficar com um certo homem. Seu corpo não lhe diz isso. E aqui está você, num trem, abandonando sua casa, seu marido, os amigos, até a própria França, para viver com esse homem, com quem tem um curioso vínculo emocional. Será que isso lhe trará felicidade? Será que lhe trará amor?

– Você foi cruel... cruel – disse ela, e chorou um pouquinho.

Charles abraçou-a, como forma de consolo. A boca de Jacqueline procurou a dele, e suas mãozinhas deslizaram pelo corpo do companheiro até encontrarem as coxas, que ela acariciou impacientemente.

– O que disse me magoou, Charles. Ajude-me a esquecer suas palavras, por favor.

– Como eu poderia resistir a uma súplica tão encantadora?

Deslizou para debaixo dela, de costas, sobre a cama estreita, de maneira a deixar o rosto de Jacqueline virado para baixo, sobre a parte superior de seu corpo. Calidamente pressionada contra ele, Jacqueline esfregava suavemente no membro seu macio lugar secreto para dar firmeza à decisão de Charles.

– Quero mais – sussurrou ela, as lágrimas secando em seu rosto quente.

A mão dela tateou entre os corpos dos dois, colocando o membro dele na posição ideal para se satisfazer.

– É tão bom! – exclamou a mulher, com os braços em torno do pescoço dele.

Charles relaxou, respirando com tranquilidade e esperando que os reflexos dela assumissem a dianteira. A espera não foi longa – as carícias e massagens internas de Jacqueline começaram sem qualquer movimento dos corpos deles. Poucos instantes depois, ela suspirava e estremecia num prolongado gozo. Charles nada precisava fazer, a não ser permanecer deitado embaixo de Jacqueline, esperando o momento em que seu corpo responderia ao dela com outro gozo. Por causa do curto intervalo entre os orgasmos e de sua deliberada submissão quando estava no auge da atividade, Charles pôde resistir por um bom tempo, deixando-se levar vagarosamente em direção ao clímax. As convulsões de Jacqueline foram mais fortes do que nunca. Os músculos de seu ventre contraíam-se e relaxavam-se quase brutalmente sobre o aprisionado órgão de Charles, enquanto ela o carregava, quisesse ou não, para o auge do prazer. Com um grito alto, ele levantou rapidamente o corpo, em direção a ela, e chegou ao orgasmo.

Depois, adormeceram nos braços um do outro. Ela o acordou, sacudindo-o com força.

– Charles... que barulho é esse? Estou assustada!

– Que barulho?

– Lá fora... esse rugido, o que é isso?

Ele ficou à escuta, por um momento.

– Ah, devemos estar passando pelo Túnel Simplon, por isso o ruído do trem está diferente. Não há motivo nenhum para ficar assustada.

– Mas está demorando tanto.
– O túnel tem 20 quilômetros de extensão. Estamos passando debaixo dos Alpes. Quando chegarmos ao outro lado, estaremos na Itália.
– Tem certeza?
– Sim, já passei por aqui. Fique calma.
– Para onde vamos depois da Itália?
– Atravessaremos todo o norte da Itália, de Milão a Veneza e Trieste, depois cruzaremos a fronteira da Sérvia. Mas vai demorar muito.
– Ainda estamos muito longe da Turquia?
– Sim. Está tão impaciente assim para chegar?

Para sua surpresa, ela começou novamente a chorar. Charles segurou-a com um dos braços e enxugou-lhe o rosto, suavemente, com a mão.

– Conte-me o que a está perturbando – pediu.
– Não posso... é terrível demais.
– Claro que pode. Para que servem os amigos, senão para partilhar os problemas?
– Você não entenderia.
– Tem algo a ver com seu amante turco? – arriscou Charles.
– Sim – respondeu ela, com uma vozinha baixa que soava extremamente infeliz.
– Conte-me, e prometo que entenderei e a ajudarei, fazendo tudo o que puder.

Diante disso, ela reuniu coragem, enxugou as lágrimas e começou a falar.

– Na véspera de Mehmet deixar Paris para voltar a seu país – disse –, fui ao seu hotel, à tarde. Tínhamos planejado ficar juntos até o fim daquele dia, mas não pude esperar até a hora combinada e fui para lá logo depois do almoço.
– Aonde foi?
– Ele tinha uma suíte no Hotel Ritz. É muito rico. Eu já estivera lá várias vezes, e a camareira reconheceu-me e abriu a

porta para mim. Mehmet não estava na sala, mas ouvi sua voz num dos quartos. Não falava como se estivesse conversando... mas sim como em nossos momentos íntimos... uma voz suave de amante. Supus que estava com outra mulher e fiquei furiosa. Tive vontade de matá-la, arrancar-lhe os olhos e os cabelos, mas uma vozinha dentro de mim aconselhou-me a verificar primeiro o que estava acontecendo.

– Deve ter sido um momento terrível para você – disse Charles.

– Um momento horrendo. Tinha encontrado Mehmet na noite anterior, e ele me amou até ficar exausto. E ali, apenas algumas horas depois, ia para a cama com outra!

– O que você fez?

– A porta do quarto não estava inteiramente fechada. Então, dei uma espiada sem fazer ruído algum. Lá estava ele, sentado na cama, de pernas cruzadas, com seu robe de chambre listrado de verde. Ah, estava tão bonito que meu coração se derreteu.

– E aí?

– Encostado contra ele, agarrado num de seus braços, estava um rapaz inteiramente nu. Fiquei estupefata com aquela visão. Permaneci ali, em pé, incapaz de mover um músculo.

– Meu Deus! Não havia sinal dessa tendência dele antes?

– Nunca notei nada. Mas estava tão apaixonada por ele... ainda estou... que ele não poderia, a meu ver, fazer nada de errado. Que loucas somos nós, mulheres, quando amamos um homem!

– Quando se recuperou do choque, o que fez?

– Quando me recuperei? Demorou algum tempo. Ali fiquei, querendo gritar, desmaiar ou sair correndo, tudo ao mesmo tempo, e não conseguia fazer nada. Mehmet acariciava o rapaz, entre as pernas, e murmurava palavras de afeto... exatamente as mesmas, que dizia a mim.

– Minha pobre Jacqueline, que suplício para você. Nem sei o que dizer.

– Não imagina o que senti naquele momento! Era como um pavoroso pesadelo, do qual eu não conseguia acordar. Mehmet beijou as pálpebras do homem tão ternamente quanto beijava as minhas, depois as faces, em seguida a boca... um longo beijo de amor e desejo. E todo esse tempo, a mão dele brincava com ele... naquele lugar... excitando-o, até que, *pfft*, e Mehmet beijou-o apaixonadamente.

Começou a chorar de novo, lembrando o que vira. Charles abraçou-a com força e esperou que as lágrimas parassem de correr.

– Mesmo assim, não tinha acabado – disse ela, afinal, com a voz muito desconsolada. – Mehmet riu e tirou seu robe de chambre. Seu sabre apontava tão imponentemente entre as coxas que, apesar de tudo que eu vira, tive vontade de subir na cama e beijá-lo, em homenagem. Entretanto, Mehmet deitou o rapaz de costas para cima. Foi como se uma faca se cravasse em meu coração quando vi o que ia fazer. Gritei, eu recuperara a voz, e corri para dentro do quarto, berrando sem parar.

Ela tremia nos braços de Charles. Ele acariciou-lhe os cabelos, para acalmá-la.

– Mehmet ficou furioso comigo! – disse ela. – Deu dinheiro ao rapaz e lhe disse para ir embora, depois gritou comigo. Pode acreditar nisso?

– Estava escondendo sua culpa, suponho.

– Não, não era isso, absolutamente. Estava zangado comigo porque eu não entendia seu comportamento. Para ele, é completamente natural obter prazer de quem quer que escolha... mulheres ou homens. Não via diferença alguma. Para mim, foi terrível. Tentei entender o que ele me dizia. Disse a mim mesma que seu povo tinha hábitos diferentes dos nossos. Mas não conseguia aceitar aquilo, e ele ficou ainda mais zangado comigo. Tive vontade de morrer.

Charles guardou seus pensamentos para si mesmo, com pena de Jacqueline, mas ela verbalizou o que ele imaginara.

– Naturalmente, ele não vai mudar – disse ela. – Em Istambul, terei de dividir seu amor com outros.

– Com homens.

– E não há dúvida de que com outras mulheres, também – disse ela, desconsoladamente.

– Mesmo assim, ainda está decidida a procurá-lo?

– Eu o amo.

Sua confissão pareceu aliviá-la, e logo a moça tornou a adormecer.

QUANDO CHARLES ACORDOU, o trem estava parando, e ele ouviu vozes, e ruídos de carrinhos de bagagem e gritos de vendedores ambulantes. Estavam na estação de Milão, e era de manhã cedo. Ele vestiu-se e se curvou para beijar de leve Jacqueline. Os olhos dela abriram-se imediatamente.

– Onde estamos? – perguntou. – Já na Turquia?

– Não, não, chegamos a Milão. Preciso fazer a barba e trocar de roupa. Encontrarei você no vagão-restaurante, para tomar o café da manhã, às 9 horas. *Au revoir.*

Ao voltar para sua própria cabine, no vagão seguinte, encontrou o atendente batendo à sua porta, com uma bandeja balançando-se numa das mãos, ao nível do ombro.

– Seu café, senhor – disse.

– Ótimo, traga para dentro.

O rápido olhar do atendente não deixou de registrar a cama feita e os pijamas intocados, estirados em cima dela. Depôs a bandeja e serviu café a Charles, sem uma palavra.

– Uma colher de açúcar – pediu Charles, despindo o paletó e a camisa.

O atendente estendeu-lhe o robe de chambre.

– Quando for para o vagão-restaurante, senhor, prepararei a cabine para o dia. Ou prefere que a cama fique como está, para o caso de querer dormir?

– Você é muito atencioso. Prepare a cabine para ser usada durante o dia.

– Como quiser, senhor.

Barbeado e banhado, usando uma camisa limpa e outra gravata, Charles encontrou-se com Jacqueline para o café da manhã e conversaram durante uma hora, antes de seguirem para a cabine dele, a fim de permitir que os atendentes do vagão-restaurante aprontassem tudo para o almoço. Ela lhe falou de seu casamento com o homem que passava mais tempo fora de casa do que em sua companhia. Pelas insinuações que deixou escapar, Charles ficou com a impressão de que tivera rápidos e insatisfatórios casos com homens diferentes, desde o primeiro ano de seu casamento, em grande parte por solidão. Contou-lhe, além disso, mais sobre o turco, e de como ela o amava. Isso, pensou Charles, era provavelmente uma ilusão. Jacqueline tinha uma natureza calorosa e emotiva e reagira com um entusiasmo excessivo diante de alguém que se interessara por ela. No entanto o interesse dele, considerou Charles, era inteiramente em seu corpo e em suas notáveis capacidades, não em Jacqueline como pessoa.

Foram almoçar depois que o trem saiu de Veneza e passou a percorrer as margens da lagoa Mestre, com o sol de outono a brilhar suavemente sobre a água cinzenta e opaca. Um dos membros da elite do governo de Mussolini embarcara em Veneza e almoçava requintadamente, servido com cuidado pelos atenciosos garçons do vagão-restaurante. Era um homem alto, imponente em seu uniforme, com calças de montaria, cartucheira e uma pistola num coldre. Jacqueline fitou-o com admiração, por alguns momentos, antes de se lembrar do homem com quem estava almoçando.

Voltaram para a cabine dele quando pararam em Trieste. Em seguida, o trem seguiu viagem.

– Logo cruzaremos a fronteira servo-croata – disse Charles –, e de lá em diante iremos devagar.

– Por que diz isso?

– É um país criado há apenas alguns anos, no fim da guerra, formado principalmente por fragmentos do Império Austríaco. Trata-se de um reino de colcha de retalhos, e no meu ponto de vista, Alexandre não ficará no trono por muito tempo.

– Pobre homem... por que pensa isso?

– Para resumir, por características dos Bálcãs. A população é eslava, mas de variados tipos: servos, croatas, montenegrinos e muitos outros. Nunca concordam entre si, e a única maneira de resolver suas diferenças é pela faca e pelo canhão. As instituições democráticas não existem nessas terras, e nunca existirão.

– Mas por que tudo isso fará o trem andar devagar?

– Porque, embora o reino seja novo, os trilhos são velhos. A linha férrea foi construída pelos austríacos no tempo do seu avô. Depois de passarmos por Belgrado, andaremos ainda mais devagar.

Jacqueline estava aninhada junto a ele, a mão descansando delicadamente no colo de Charles.

– A noite passada não foi demais para você? – perguntou ele, sorrindo.

– Para mim? Foi divina. Toda noite deveria ser assim.

– Às suas ordens.

– Esta é mais ou menos a hora em que sinto necessidade de ser amada. E você?

– Raramente tenho a oportunidade. Em geral, estou ocupado e não posso sair do meu escritório. Vez por outra, dou uma escapada à tarde, mas é muito raro.

– Ah, então tem uma amiga especial em Paris. Tinha imaginado nisso. É bonita?

– Encantadora, como você – disse Charles, diplomaticamente.

– Estou muito contente de termos nos encontrado nesta viagem. Temos a tarde inteira diante de nós e um lugar privado, onde podemos fazer o que quisermos. Não é cômodo, Charles?

– Dificilmente poderia ser melhor, mesmo se planejássemos tudo juntos.

Ele trancou a porta, antes de tomar Jacqueline nos braços e beijá-la. Sabia, pela noite anterior, que ela tinha um prazer limitado com beijos ou carícias nos seios. Para ela, eram simples preliminares, que deveriam ser rápidas, somente introduções ao verdadeiro prazer. Apesar disso, Charles demorou tanto quanto quis beijando-lhe a boca e o rosto, o pescoço e as orelhas. Deslizou uma mão pelo decote para pegar nos pequenos seios de Jacqueline, apertando os mamilos. Só quando os dedos dela mexeram, com impaciência, nos botões da calça dele, Charles foi adiante.

Ela tremeu de expectativa quando a mão dele tocou-lhe o joelho e começou uma lenta subida sob sua saia, para acariciar as coxas macias, acima das meias. Os suspiros de Jacqueline ficaram cada vez mais fortes até que, afinal, ele chegou a seu lugar secreto. Seus suspiros tornaram-se arquejos e, então, ela começou a ofegar quando os dedos exploradores dele levaram-na ao êxtase.

Depois de muito tempo, ele permitiu-lhe descansar, e ela o beijou com gratidão. Seu rosto estava tingido por um belo tom de rosa, depois de tantos esforços. O restante da ação foi rápido. Charles puxou-a para sentar em seu colo de frente para ele, a saia dela estava levantada até a cintura. Um pequeno acerto com os botões e as roupas íntimas, e tudo se consumou.

Aquela, pensou Charles, era a melhor maneira de acomodá-la. A posição punha seu membro à disposição dela e deflagrava quase imediatamente os tremores de êxtase de Jacqueline, sem exigir esforço algum da parte dele. Essa descoberta era importante, pois o temperamento singular da parceira exigia uma potência além da capacidade da maioria dos homens. Naquela posição, o corpo vibrante de Jacqueline fazia sozinho tudo o que era preciso para o prazer dos dois.

Quando qualquer outra mulher já teria desmaiado com o excesso de prazer, Jacqueline arquejava: "Eu amo você, Charles!" Enquanto ele, no momento de seu próprio orgasmo, murmurava: "Eu adoro você, Jacqueline", na hora em que o trem soltava um apito e parava na fronteira.

Assim a viagem prosseguia, entre refeições, amor e sono. Ao chegarem a Zagreb, recuperaram as forças com um suntuoso jantar, e voltaram para a cabine de Jacqueline, onde se deitaram nus. Ela colocou-se em cima dele, sacudindo-se com os balanços do trem e de seu próprio gozo, como se não fosse parar nunca. Em Belgrado, no dia seguinte, depois do café da manhã, passearam pela plataforma, trocando impressões sobre o cenário exótico e gozando a companhia um do outro, como se fossem velhos conhecidos. Entre Belgrado e Sófia, na Bulgária, a viagem tornou-se de novo especial, os dois juntos na cabine de Charles, ela nua sobre os joelhos dele. Depois do jantar naquela noite, retiraram-se para a cabine de Jacqueline e partiram para seus jogos noturnos. Dormiram e foram acordados para cumprir formalidades do lado de fora do trem, de manhã muito cedo, ao cruzarem a fronteira da Turquia.

Quando o trem entrou resfolegando em Istambul, pouco depois do meio-dia, Charles secretamente suspirou aliviado. Jacqueline era uma mulher notável, a mais notável que conhecera. Com ela, fizera uma viagem que lembraria com prazer e orgulho pelo resto da vida. Mas... sua entrega às necessidades sexuais de seu corpo e o empenho em satisfazê-las eram, tinha de admitir, um tanto cansativos. Sentiu que podia entender por que o trabalho do marido dela, fosse qual fosse, exigia longas viagens. O pobre sujeito, evidentemente, precisava recuperar-se e renovar as energias longe de casa, entre visitas à encantadora esposa.

O atendente do vagão-dormitório enfiou no bolso a gorjeta que Charles lhe deu.

– Obrigado, senhor. Não tive muitas oportunidades de servi-lo durante a viagem.

De fato, além de arrumar uma cama intacta e trocar as toalhas a cada manhã, nada fizera.

– Você teve sorte – disse Charles. – Se estivesse encarregado de outra cabine, teria trabalhado em dobro.

Em meio ao barulho e à movimentação da Estação Sirkedji, Charles despediu-se de Jacqueline com um beijo, desejou-lhe sorte e a acompanhou até um velho carro, que ia levá-la a procura de seu turco.

– Ficarei no Pera-Palace Hotel por alguns dias – disse ele.
– Se tiver algum problema, pode procurar-me. Lembre-se sempre de que você é francesa, e não permita que lhe deem ordens.

Seus negócios em Istambul prenderam-no ali por uma semana, mas ele não teve notícias de Jacqueline. Na volta a Paris, sozinho, sentiu falta dela. Ficou deitado na escuridão, no suave balanço da cama estreita, a escutar o rangido das rodas do trem, desejando que ela estivesse em sua companhia.

Com os olhos fechados, tentou lembrar a sensação dos pequenos seios mornos em suas mãos e a maciez de seda da parte interna de suas coxas contra sua boca. Porém as lembranças do amor são fugidias; é impossível recapturá-las. *Plaisir d'amour ne dure qu'un moment,* pensou, tristemente.

Com a imaginação, via Jacqueline, baixinha, vivaz, com os cabelos escuros, o queixinho pontiagudo e o sorriso largo. Entretanto, os deliciosos momentos dos dois eram, agora, apenas uma recordação vaga do prazer, não o maravilhoso toque das pontas de seus dedos entre as pernas dela, em seu macio tesouro depilado.

Também desaparecera a sensação de prolongado êxtase provocada pela pulsação de Jacqueline sobre seu pênis duro, arrastando-o para aquela sinfonia carnal. Ah, que grande mulher! Restava-lhe apenas uma trêmula fantasia.

Charles jogou para trás o lençol e o cobertor, deixando o membro solitário e erguido escapar de seu pijama, em frustrado desejo. Agarrou-o com as duas mãos e o apertou, ritmadamente, numa tentativa de reproduzir a jubilosa sensação que Jacqueline lhe proporcionara com tanta prodigalidade.

Que trágico desperdício, pensou, tanto encanto feminino e tanta habilidade para o amor jogados fora com um horrível estrangeiro, incapaz de apreciá-los verdadeiramente! Um imbecil, que com tal mulher à sua disposição, preferia procurar rapazes! Pobre Jacqueline... O que seria dela?

Visualizou aquele corpinho pressionando o seu, como acontecera na viagem de ida, com seus arquejos e sacudidelas de gozo. Devagar, devagar, a saudade recuou, diante do assalto da imperiosa paixão.

– Jacqueline, eu adoro você – sussurrou ele na escuridão, e o membro duro que apertava estremeceu e despejou suas lágrimas nas mãos de Charles.

5
Ginette no metrô

Para Michel Brissard, andar de metrô não fazia parte da rotina. Não que ele tivesse alguma objeção séria a isso – na verdade, acreditava que fosse um meio de transporte extremamente útil para as muitas pessoas que precisavam deslocar-se por Paris de maneira rápida e barata, a fim de chegar ao seu local de trabalho ou voltar às suas casas à noite. Entretanto, para si mesmo, preferia algo mais conveniente, confortável e exclusivo.

No entanto, em um dia de primavera, viu-se, por razões que não importam agora, em pé em um apinhado vagão do metrô. Estava contente porque ia desembarcar a duas estações dali. Nem podia imaginar que ia ingressar em uma curiosa aventura – aventura que envolveria duas coisas muito importantes para ele – uma moça bonita e dinheiro.

O trem parou ruidosamente entre duas estações, provocando um coro de horrorizados gemidos dos passageiros. Depois de um ou dois minutos, Michel dirigiu-se a uma moça em pé a seu lado – quase que se poderia dizer colada a ele, com a pressão dos passageiros apinhados.

– *Mademoiselle*, com licença, acha que ficaremos aqui por muito tempo?

Ela olhou-o por sobre o ombro e sorriu.

– Alguns minutos, talvez, quem sabe? Não é coisa rara, *monsieur*.

Até aquele momento, Michel não prestara muita atenção nela, a moça estava de costas, de maneira que só vira seu chapéu e seu casaco. Ela se contorceu para se virar de frente para ele, e Michel viu um rosto bonito, com sobrancelhas altas e um queixinho pontiagudo. Seus olhos eram grandes e brilhosos, de um castanho-escuro aveludado. Ela o impressionou profundamente, apenas com um olhar. Calculou que tivesse uns 25 ou 26 anos – dez anos mais nova que ele.

– Está com pressa, *monsieur*? – perguntou ela. – Algum encontro urgente, com certeza.

Seu sorriso sugestivo indicava a que tipo de encontro, provavelmente, ele se empenhava em comparecer – uma ou duas horas com alguma amiga deliciosa para gozar dos prazeres do amor, antes de ir para casa jantar com a mulher e os filhos. Michel retribuiu o sorriso e tirou o chapéu ao lhe responder.

– Não, não é isso, é apenas o aborrecimento de ficar preso aqui.

– Obviamente, o senhor não está muito familiarizado com o metrô – disse ela. – Para onde vai?

– Para a estação que vem depois da próxima, se conseguirmos chegar lá. E a senhorita?

– Alexandre Dumas – respondeu ela.

Para Michel, parecia quase tão remoto quanto a Indochina. Era algum lugar a leste de Paris, bem além da Praça da Bastilha. No entanto, a jovem que seguia para um lugar tão periférico estava bastante bem-vestida, com um traje verde de lã e um casaco de manga três quartos. Roupas de lojas de departamento, ele notou, mas escolhidas com bom gosto. Os sapatos eram de boa qualidade, pelo que pôde distinguir no meio da multidão.

– Bastante longe – disse ele, com simpatia. – Com essa velocidade, vai demorar horas.

Ela deu de ombros.

– Ninguém está à minha espera – disse.

Para um homem com o temperamento de Michel, essas palavras representavam praticamente um convite.

– Se me dá licença para fazer uma sugestão –, disse – vamos sair desse vagão horroroso na próxima estação e tomar um drinque juntos. A senhorita precisa de algo refrescante a fim de se fortificar para a longa viagem.

Ela o observou cuidadosamente – o rosto, a expressão, o cabelo escuro e ondulado, o terno caro e a camisa de seda, a gravata elegante, a aliança de ouro na mão com a qual se segurava na correia acima da cabeça. A análise não demorou mais que três segundos, mas Michel percebeu que ela o avaliava.

– Obrigada, *monsieur* – disse ela, sorrindo para ele da maneira mais encantadora. – Será um prazer.

Finalmente, o trem parou, com um estrondo, na estação seguinte. Saíram juntos e subiram lado a lado a escada para a rua, a mão de Michel colocada sob o cotovelo dela de modo cortês, amparando-a. Levou-a para um café nas imediações e preferiu não ficar na varanda, mas a conduziu para dentro, a fim de evitar que algum conhecido pudesse vê-lo em sua companhia.

O nome dela, como lhe foi informado, era Ginette Royer, e trabalhava como vendedora numa grande loja no centro de Paris. Não era casada e morava sozinha. O pai fora morto na guerra e a mãe morava com uma irmã, perto de Orléans. Àquela altura, ela e Michel já se tratavam pelo primeiro nome e, naturalmente, ambos sabiam o que ia acontecer depois que saíssem do café. Afinal de contas, era a coisa mais natural do mundo e estava longe de ser a primeira vez para qualquer um dos dois.

– Com licença, um momento – disse Michel, dando uma olhada no relógio. – Preciso dar um telefonema. Depois eu a acompanharei até sua casa, se me permitir.

Telefonou e fez seus acertos, explicando da maneira mais convincente que negócios urgentes o impediriam de jantar em casa – as habituais mentirinhas que os maridos usam nessas ocasiões. Depois disso, com a consciência limpa, ele pagou a conta e procurou um carro de aluguel. Bastava de ficar em pé no metrô naquela noite!

Enquanto o carro seguia, em meio ao trânsito noturno pela rue Saint-Antoine, ele pôs o braço em torno da cintura de Ginette e a beijou. Ela respondeu calorosamente às suas investidas e depois de outro longo beijo, ele chegou ao ponto de lhe acariciar de leve os seios por cima do vestido de lã.

– Michel – murmurou ela –, você é um homem impaciente.

– E você, *chérie*?

– Adivinhou, sou uma mulher impaciente.

– Então, vamos nos dar bem juntos.

Quando o carro chegou à avenue Alexandre Dumas, Michel estava com a mão sob sua saia, acariciando-lhe a coxa nua, acima do alto da meia. O contato com a pele dela excitou-o enormemente – era muito suave e macia. Deslizou a mão mais para cima, em direção ao morno santuário de Ginette.

– É isto que eu quero – disse-lhe, beijando o seu pescoço.

– E é o que vai ter – respondeu ela, virando a cabeça de maneira que sua boca pudesse encontrar a dele para se unirem em outro longo beijo.

Saindo da avenida, o carro enveredou por ruas estreitas e parou no endereço que Ginette dera ao motorista. No auge da satisfação, Michel acrescentou uma gorjeta mais do que generosa ao preço da corrida e recebeu como recompensa uma insolente piscadela do motorista. Nesse estado de grande excitação, as escadas até o apartamento de Ginette pareciam intermináveis. Subiram lance após lance, com uma pausa em cada pavimento para que ele a abraçasse, bem apertado, e a beijasse, colocando as mãos em suas nádegas para pressioná-la com força contra seu corpo.

Até que, finalmente, chegaram. Ela abriu a porta e conduziu-o para um cômodo pouco mobiliado, mas muito limpo e arrumado – sua sala de visitas, sala de jantar, quarto e cozinha, ao mesmo tempo. Michel queria abraçá-la de novo e continuar a beijá-la, mas ela escapou de suas carícias, tirou o chapéu e o casaco e os atirou sobre uma cadeira, enquanto se encaminhava para o divã que lhe servia de cama. Num instante, livrou-se do vestido e depois dos calções, e ficou sentada à beira da cama, usando apenas sapatos, meias e uma combinação verde-clara, com os braços estirados em direção a Michel. Ele foi até ela, com a respiração acelerada. Quando chegou à cama, Ginette deixou-se cair para trás, de modo que ficou meio deitada, com os pés ainda no chão. Puxou a combinação para cima, até a cintura, e abriu os joelhos, exibindo-se.

– Você disse que queria – arquejou ela. – É toda sua.

Michel observou, de olhos arregalados, suas coxas abertas e, entre elas, o ninho de cabelos castanhos. Estava arrebatado pelos lábios proeminentes à entrada de seu sacrário, mas espantado com a ansiedade com que Ginette se oferecia. Por um instante, se perguntou se fora seduzido por uma profissional, mas o bom senso lhe disse que, se fosse isso, ela pediria dinheiro primeiro. Com uma oferta tão tentadora como aquela diante dele – um lugar cálido e carnudo para satisfazer seu desejo – que homem viraria as costas? Certamente, Michel não. Tirou o paletó e a gravata e abriu as calças, caindo de joelhos no tapete ao lado da cama. Seu membro estava duro e retesado e entrou nela com facilidade. Naquele momento, Michel não esperava mais surpresas de Ginette, apenas aquela vigorosa união, até o auge do gozo. Porém, mais uma vez, ela o surpreendeu. Antes que ele penetrasse até o fim, ela arquejou e se sacudiu de uma maneira que mostrava que estava prestes a alcançar o orgasmo! Michel continuou a meter, e a reação dela se tornou mais forte ainda. Quando ele enfiou o membro por completo, ela chegou a um abrupto clímax. Os punhos dela, fechados, batiam contra as costas dele, e seus quadris lançavam-se furiosamente para cima, contra seu corpo – tão furiosamente que Michel foi forçado a segurá-la com força pelos ombros até que seus violentos tremores seguiram o curso natural e cessaram.

– Ah, foi muito bom – exclamou ela. – Obrigada, Michel.

– Você não tem homem há muito tempo – Michel observou, com um sorriso, olhando seu rosto corado.

– Há tempo demais. Estou satisfeita de ter encontrado você esta noite.

– Eu também. Quer descansar um pouco?

– Não, não. Estou preparada para você. Venha, por favor.

Não era necessário insistir. Na verdade, fora incrível sua capacidade de se conter por tanto tempo, depois de penetrá-la, mas seu espanto com a reação instantânea de Ginette o paralisara temporariamente. Agora, porém, com o corpo quente dela embaixo do seu, e sua carne úmida e macia envolvendo seu membro, ele deu plena vazão a seu ardor natural.

Talvez a reação inesperadamente rápida de Ginette o tivesse excitado mais do que percebera. Ou talvez fosse por causa dos gritinhos de prazer que ela dava, enquanto ele se enfiava entre suas pernas. Qualquer que fosse a causa – ou a combinação de causas – o ato amoroso foi mais rápido que o habitual para ele. No entanto, o resultado, o resultado foi o mesmo: sua essência vital jorrou numa torrente de sensação voluptuosa.

– Pronto – disse Ginette, acariciando-lhe o rosto –, agora você está empatado comigo.

– Mas é terrível – respondeu Michel –, você não gozou junto comigo.

– Foi muito perto da primeira vez. Mas não tem importância, estou satisfeita.

– É claro que tem importância. Estou triste!

– Não conseguimos nos sincronizar nem na primeira nem na segunda vez, só isso – disse ela, com um sorriso.

– Sincronizar... Que palavra estranha para falar disso – comentou Michel. – Mas é adequado.

Afastou-se, dando um leve beijo em seu triângulo de pelos castanhos antes de ajeitar a roupa íntima e as calças. Ginette fechou as pernas e se sentou na cama, de modo que a combinação deslizou-lhe pelo corpo, cobrindo o ventre.

– Espero que jante comigo – disse Michel. – Existe algum bom restaurante perto daqui?

– Há um lugar que serve uma boa comida e até onde podemos ir a pé. Pelo menos, eu acho a comida boa, mas talvez você não goste.

O restaurante ficava a 15 minutos de caminhada pela Alexandre Dumas. Era pequeno, mas tinha uma comida aceitável, embora simples. O vinho era tolerável. Michel apreciou o jantar mais pela companhia de Ginette do que pela comida. Antes de sair, ela pusera um vestido novo e arrumara o cabelo e a maquiagem, para ficar tão bonita quanto possível. Divertiu Michel o tempo todo com histórias sobre o comportamento das clientes da loja para a qual trabalhava. Michel imaginou se uma das mulheres de cuja afetação ela ria não seria sua esposa, porque as reclamações dela a respeito do atendimento nas lojas eram, havia muito tempo, motivo de irritação para ele.

Depois do jantar, voltaram caminhando para o apartamento de Ginette, à luz dos postes. Sentaram-se juntos na cama, beijaram-se e Michel começou a despi-la. A primeira vez fora tão rápida que ele não teve a oportunidade de admirar o corpo dela – ou até de vê-lo direito. Quase tudo se limitara à penetração. Agora, não havia tanta pressa. Michel despiu-a completamente e tocou em todo o seu corpo – os seiozinhos redondos, o ventre liso, as nádegas macias – gozava ao máximo cada pedaço dela.

– Tire a roupa também – pediu Ginette, enquanto ele lhe acariciava os seios pela centésima vez. – Quero ver você.

Foi a sua vez de conhecer o corpo de Michel. Correu as pontas dos dedos por seu peito largo e cabeludo e fez elogios a tudo nele, sobretudo a seu membro ereto. Com relação a isso, é claro, as mulheres estão em certa desvantagem: enquanto se aceita que um homem elogie todo o delicioso corpo de sua amante, a mulher que se mostrar excessivamente entusiástica com os 15 centímetros em um homem que lhe dão o máximo prazer pode despertar a suspeita de que já conheceu mais dessas preciosas partes do que ele considera adequado. Como todos sabem, os padrões que a sociedade estabelece para os homens e para as mulheres não são iguais.

Tais considerações à parte, a aprovação de Ginette à potência e à aparência de seu querido membro conquistou o coração de Michel. O jogo amoroso prosseguiu entre os dois da maneira mais natural e agradável, e a certa altura ele a virou de costas, posicionando-se para fazer sua entrada magnífica.

– Desta vez, ficaremos *sincronizados,* espero – disse, sorrindo.

– Desta vez, sim – respondeu ela, abrindo as pernas.

E assim foi. Não houve gozo prematuro da parte dela quando ele deslizou para dentro. A ação foi bem administrada e proporcionou aos dois prazer igual, se é que é possível comparar a intensidade do prazer. O clímax da paixão foi perfeitamente sincronizado – Ginette estremeceu de êxtase e bateu os calcanhares contra as nádegas dele no instante em que Michel descarregava nela seus espasmos de gozo.

Nas semanas seguintes, Michel considerou grande sorte encontrar com Ginette no metrô. Diferente das outras mulheres que haviam desempenhado um papel importante em suas aventuras fora de casa, Ginette não tinha vida social movimentada e estava sempre disponível quando ele estava com vontade. Ela não pedia, muito menos insistia, para ser levada a restaurantes chiques, onde ele poderia ser reconhecido – satisfazia-se com os estabelecimentos pequenos e desconhecidos para os quais ele a levava. Não esperava presentes caros – pelo contrário, manifestava uma tocante gratidão por qualquer lembrancinha que Michel trazia. Desse ponto de vista, o relacionamento era ideal e Ginette, a amante perfeita, sempre contente de vê-lo, sempre bem-humorada, sempre disposta a fazer amor e sem nenhuma exigência. Esse caso amoroso tinha características idílicas que Michel jamais conhecera.

Talvez isso devesse ter despertado leve sombra de dúvida em sua recém-descoberta felicidade. Ou, no mínimo, poderia ter causado alguma desconfiança. No entanto, quanto mais longo e profundo era o conhecimento que tinha de Ginette, mais gostava dela. Porém, nem as mulheres nem os homens são perfeitos, pois este mundo em que vivemos é absolutamente imperfeito, embora a Igreja tente explicar esse fato inconveniente. As relações entre homens e mulheres jamais são perfeitas – e quase nunca livres de complicações. Enquanto Michel ia conhecendo melhor Ginette, ela também o conhecia melhor, e ela pretendia usar esse conhecimento em benefício próprio. Por que não? Ele era um homem rico e inteligente, membro da família Brissard. Ela era uma moça pobre e, provavelmente, assim permaneceria a vida toda, a menos que fizesse algo para modificar a sua sorte. Pretendia mesmo agir, porque era ambiciosa, além de bonita.

Revelou sua ambição a Michel de maneira inteligente, não de imediato, mas pouco a pouco, ao longo de várias semanas, durante jantares e nos intervalos em que descansavam entre os jogos amorosos. Assim, ele aceitou tudo como a coisa mais natural do mundo. Ele mesmo era imbuído do espírito empreendedor de sua família e reconhecia e respeitava essa qualidade em outras pessoas – especialmente quando parecia que uma parcela dos lucros poderia cair em suas mãos.

– Uma loja de modas, Ginette? Não há dúvida de que um empreendimento desses pode ser rendoso, como você diz. Minha mulher gasta uma fortuna com roupas, e todas suas amigas fazem o mesmo. Porém, é um negócio do qual não entendo nada.

– Mas eu entendo – disse ela. – Meu trabalho, nos últimos cinco anos, tem sido observar o gosto das mulheres e vender-lhes roupas. Agora, gostaria de fazer disso um negócio meu.

Em outra ocasião, quando estavam deitados, bem relaxados na cama, Ginette, com a cabeça no peito dele, levou o assunto um pouco mais longe.

– Lembra-se de que falamos sobre a abertura de uma butique? Pois bem, encontrei a loja perfeita para alugar.

– É mesmo? – perguntou ele, preguiçosamente. – Onde?

– Na rue Cambon.

Michel piscou. Era o trecho mais elegante de Paris, entre o boulevard de la Madeleine e a rue de Rivoli. O aluguel de uma loja ali seria, provavelmente, exorbitante. Além disso, prover uma boutique com roupas capazes de interessar às mulheres que faziam compras naquela área sairia muito caro. Disse isso a Ginette.

– Nem tão caro quanto você pensa – respondeu ela. – Sei onde comprar tudo por preços muito bons, disso faço questão. No negócio de venda de roupas, compra-se barato e se vende muito caro.

Finalmente, chegaram ao ponto de falar de dinheiro. A soma que ela mencionou estava dentro de suas posses e foi muito menor do que ele esperara. Só precisaria se livrar de outros investimentos que, segundo explicou Ginette, produziam muito menos lucro que o negócio planejado por ela. A moça acabou convencendo-o. Ele levantou o dinheiro, ela pediu demissão e abriu sua própria butique na rue Cambon.

Desde o início foi um sucesso. Na primeira vez em que visitou a loja, Michel ficou encantado com o bom gosto e a variedade das mercadorias – blusas de seda com babados, saias justíssimas, belas meias, sedutora roupa íntima – uma profusão de vestimentas femininas que aguçava a imaginação de um homem e lhe punha o coração a bater um pouco mais depressa. As vendas eram numerosas e apenas um mês depois de Ginette ter aberto o negócio, tornou-se óbvio para Michel que ele fizera um investimento muito bom. Sempre que tinha tempo durante o dia dava um passeio até a rue Cambon para ter o duplo prazer de observar a produção de seus lucros e acariciar Ginette no pequeno escritório nos fundos de sua butique. Isso se tornara importante, porque agora que ela dirigia um negócio, tinha muito menos tempo e não estava tão prontamente disponível como antes. Porém, se mostrava sempre encantada ao vê-lo e, mesmo quando ocupada, deixava as clientes a cargo das duas assistentes que contratara, de modo a poder retirar-se com ele para o escritório por meia hora.

Houve uma manhã, em junho, em que Michel se descobriu livre por uma hora, antes de um almoço de negócios. Dirigiu-se à butique de Ginette e notou, com satisfação, que havia três ou quatro damas elegantes examinando peças caras. Desejou bom-dia às assistentes ao passar e entrar no escritório. Era uma pequena sala em que mal cabia uma mesa estilo Império, encostada a uma parede, servindo de escrivaninha, e duas cadeirinhas. Dentro desse espaço confinado, no entanto, desenrolava-se uma cena que deixou Michel estupefato. Ginette estava em pé, junto à escrivaninha, com as mãos abertas sobre ela, e inclinada para a frente, à altura da cintura, de maneira a projetar as nádegas para trás. Sua saia pregueada, de seda verde-musgo, encontrava-se levantada, expondo as nádegas gorduchas, livres de qualquer roupa íntima. Atrás dela, em pé entre suas pernas bem separadas e agarrando-a com força pela cintura, um homem com um belo terno cinzento. As calças do homem estavam abaixadas até os tornozelos e o paletó lhe escorregara pelos ombros até ficar pendurado no meio de suas costas, tal o vigor de seus esforços! Esses esforços – movimentos rápidos dos quadris – eram prova suficiente, se fosse necessária qualquer prova, de que seu membro viril se achava profundamente alojado dentro de Ginette.

Michel ficou observando com os olhos arregalados o casal, que ainda não notara sua presença, porque estavam de lado para ele e muito absortos em suas próprias sensações. Os olhos de Ginette se mantinham fechados, e seu rosto expressava um prazer profundo. Os olhos do homem estavam abertos, mas nada viam, pois naquele mesmo instante suas últimas investidas o faziam estremecer, no clímax da paixão.

Michel falou, com azedume:

– Bom dia, Ginette. Lamento interromper seu *encontro de negócios,* mas talvez possa ter a bondade de me explicar o que está acontecendo.

Dois rostos espantados viraram-se para ele.

– Que diabo você está fazendo aqui? – perguntou o homem, zangado. – Saia!

– Michel – disse Ginette, recuperando-se da surpresa –, eu só o esperava para depois do almoço.

– É claro!

– Mas já era tempo de vocês dois se conhecerem – continuou ela, com um sangue-frio que o espantou. – Monsieur Michel Brissard, Monsieur Armand Budin.

Apresentar um amante que a surpreendera num ato de infidelidade a outro ainda metido em seu corpo quente – e mal acabando de sair dos espasmos de prazer – exigia uma compostura tão notável da parte de Ginette que os dois homens primeiro ficaram espantados, depois acharam graça.

Michel estendeu a mão e sorriu.

– Monsieur Budin, é uma honra conhecê-lo – disse, com pesada ironia.

Armand pegou desajeitadamente a mão oferecida, ainda firmemente pressionado contra o traseiro nu de Ginette.

– Queira me dar licença por um momento, Monsieur Brissard – falou.

– Claro – respondeu Michel, e virou-se de costas, cortesmente, enquanto os dois amantes, na escrivaninha, afastavam-se um do outro. Quando tornou a se virar, Ginette estava sentada numa das pequenas cadeiras, com a saia mal cobrindo os joelhos. Armand se encostou elegantemente à parede, com a roupa bem-posta, e acendeu um cigarro.

– Conheço seu rosto – disse Michel. – Onde nos encontramos?

– Jamais havíamos sido formalmente apresentados, pelo que me lembro, se é que considera esta apresentação como formal – replicou Armand, sorrindo –, mas sou amigo de sua irmã, Jeanne.

– Claro! Lembro-me de você agora. Mas o que está fazendo aqui? Eu achava que havia um acerto entre mim e a Sra. Royer.

– Eu tinha a mesma impressão – disse Armand. – Sou sócio do negócio dela.

– Mas eu também!

Os dois homens se olharam fixamente, por um momento, depois riram, quando as implicações se tornaram claras para eles.

– Parece – disse Armand – que nossa pequena Ginette tem um tino comercial mais altamente desenvolvido do que qualquer um de nós suspeitava.

Michel sentou-se na outra cadeira e olhou para Ginette, pensativo.

– Diga-me, querida – perguntou –, há outros sócios que não conhecemos?

– Só mais um – respondeu ela, calmamente. – Monsieur Falaise.

– E quem é ele?

– É o diretor da loja onde eu trabalhava, um homem encantador e muito útil nos conselhos que me deu sobre a instalação e a direção da butique. Como sabem, estamos tendo grandes lucros, e em parte isso se deve aos seus conselhos e à sua experiência.

– Então são quatro sócios? – perguntou Armand. – E Monsieur Falaise também faz uma visita, de vez em quando, para... discutir questões comerciais com você, Ginette?

– Claro, embora não com tanta frequência quanto vocês. É muito mais velho, entendem?

– Há uma outra questão que Monsieur Budin e eu precisamos esclarecer – disse Michel. – Pretende abrir espaço para novos sócios em seu negócio?

– Não – Ginette respondeu, com grande sinceridade. – Acho que três sócios são suficientes para mim num empreendimento deste tipo. Claro que, se algum dos dois quiser retirar-se do acordo, agora que sabem todos os fatos, estou certa de que não teria problemas em encontrar alguém que comprasse sua parte.

– Eu não – protestou Armand, imediatamente. – A butique é um ótimo investimento. Além disso, gosto muito de nossas pequenas discussões comerciais.

– Fico satisfeita – disse Ginette. – E você, Michel?

– Concordo plenamente com Monsieur Budin. Nada de desfazer sociedade. No entanto, acho necessário chegarmos a um acordo mais bem definido, referente às visitas para discutirmos nossos interesses com você, querida Ginette. Para impedir qualquer embaraço futuro.

Armand fez um sinal afirmativo com a cabeça, aprovando a sugestão.

– É difícil saber o que é o mais inconveniente – disse – ser interrompido durante uma conversa com Mademoiselle Royer e talvez perder o fio do discurso, ou interromper por acaso uma de suas reuniões comerciais e ser testemunha, a contragosto, dos negócios particulares de outro.

– Para mim, as duas situações são igualmente desagradáveis – replicou Ginette. – Como organizaremos os encontros? Dias alternados, ou manhãs e tardes?

– Proponho manhãs e tardes, alternando semanalmente – sugeriu Michel.

– Espere um pouco – contrapôs Armand. – Deixe-me ver se entendi a sugestão.

– Claro – concordou Michel. – Esta semana, por exemplo, você faz suas visitas durante as manhãs, e eu faço as minhas à tarde. Na próxima, eu fico com as manhãs e você, com as tardes. Depois, na semana seguinte, tornamos a mudar, e assim por diante. Isso lhe convém?

– É uma proposta excelente, muito conveniente, e que não pode causar nenhum mal-entendido. Ah, e nosso outro sócio, Monsieur Falaise? Não devemos esquecê-lo em nossos acordos.

– Quanto a isso – interveio Ginette –, ele é um homem extremamente ocupado e só pode vir aqui às segundas-feiras. Então, se ambos estiverem de acordo, nenhum dos dois me visitará às segundas, mas, é claro, vocês têm os sábados, quando a butique fica aberta o dia inteiro.

– Parece razoável – disse Michel.

– Para mim também – concordou Armand –, mas e as noites, como acertaremos isso?

– Preciso ter as noites livres – disse Ginette, de imediato – para encontrar meu noivo. Se não, só nos veremos aos domingos.

Michel e Armand se entreolharam por sobre a cabeça dela, com os olhos arregalados de surpresa. Foi Michel quem recuperou a voz primeiro.

– Seu noivo! Você é uma caixinha de surpresas, Ginette! Está noiva há muito tempo?

– Desde pouco antes de abrir a butique.

Armand deu de ombros e sorriu largamente.

– Sim, você precisa ter as noites livres para encontrar seu noivo. Seria inadmissível manter uma moça afastada do homem que ela ama e com quem pretende se casar. Tenho certeza de que concorda comigo, Monsieur Brissard.

– Sem sombra de dúvida. Mas, se me permite uma pergunta que vale para nós dois, será que ele vai querer ser sócio do negócio?

– Não, do negócio não – garantiu Ginette a ambos. – Ele não tem talento nenhum para o comércio. É um professor do liceu.

– Então, parece estar tudo decidido – disse Michel.

– Excelente, agora posso me retirar – concluiu Armand, fazendo uma leve mesura. – Só para conferir: são as manhãs que me cabem esta semana, certo?

– Sim – Ginette confirmou, enquanto ele lhe beijava a mão. – Vou esperá-lo amanhã de manhã. *Au revoir*, querido Armand.

Quando ele foi embora, Michel sentou-se outra vez numa das cadeiras e olhou pensativamente para Ginette.

– Foi um dia repleto de surpresas – disse –, e não inteiramente agradáveis, infelizmente.

Ginette ergueu as sobrancelhas ao ouvir essas palavras.

– É mesmo? Acha que de alguma maneira eu o enganei, Michel? Diga-me com franqueza o que pensa.

– Soube por acaso, na última meia hora, de coisas que acredito que me deveriam ter sido ditas antes.

– Vamos ser práticos, meu amigo. Você provavelmente se recusaria a ser meu sócio, se eu revelasse certos fatos.

– É possível.

– E isso não seria vantajoso para você.

– Talvez possa me explicar melhor.

– É preciso explicar, Michel? É sócio de um negócio muito promissor. O dinheiro que investiu renderá bons lucros, ano após ano. Isso deve deixá-lo contente.

– Quanto a isso estou satisfeito.

– E quanto ao fato de haver outros envolvidos no negócio, duvido muito que você quisesse dar todo o dinheiro necessário. Um terço foi uma soma razoável para você.

– Já lhe disse que não tenho queixas quanto aos aspectos comerciais de seus acertos.

— Então foi o que pensei: você está incomodado com o aspecto mais pessoal. Querido Michel, qual é o problema? Você e eu somos amigos íntimos há meses. No que me diz respeito, continuaremos a ser.

— Como pode dizer isso? Dois outros homens têm os mesmos privilégios que eu. E não me refiro a seu noivo, porque é completamente diferente.

— E qual é o problema? Sempre que me quiser serei sua, como antes.

Sua experiência com as mulheres que haviam sido importantes em sua vida e com a sua esposa há muito o levaram à conclusão inevitável de que era inútil argumentar contra a lógica feminina. Um homem sensato não faria isso.

— Vim aqui hoje porque não a vejo há dois dias e a desejava — disse. — E o que encontro? Você nos braços de outro!

— Foi um acontecimento terrível — lamentou Ginette, imediatamente. — Jamais perdoarei a mim mesma. Mas você pode me perdoar, Michel?

— Estou com o coração partido — disse ele. — Você, nos braços de um estranho!

— Não era um completo desconhecido. Pelo menos, não para sua irmã. Você o reconheceu.

— Nada tem a ver — disse Michel, sentindo que pisava em terreno incerto.

— Claro que não. Mas vamos ser francos. Temos dado muito prazer um ao outro. Da minha parte, eu gostaria que continuássemos a nos ver. Quanto aos outros... ora, você não é meu noivo. Ele talvez tenha o direito de se queixar, mas nada sabe de minhas amizades especiais e jamais saberá. Mesmo agora que descobriu tudo, ainda me ama um pouco, Michel?

Ela parecia tão encantadora, estendendo os braços para ele, que o coração de Michel foi tocado. Levantou-se e abraçou-a, segurando seu jovem corpo esbelto próximo do seu, ao beijá-la.

– Ah – sussurrou ela, entre beijos – alguma coisa dura e forte em suas calças está fazendo pressão contra meu corpo. Estou perdoada, então?

– Claro – suspirou ele. – Estou louco de desejo por você, Ginette.

Ela não propôs uma repetição do que ele observara entre ela e Armand. Em vez disso, deu um ou dois passos curtos para trás, levantou a estreita saia pregueada até a cintura e se sentou do lado mais baixo da escrivaninha. O olhar de Michel percorreu, tomado por admiração, suas pernas bem torneadas, com finas meias de seda, e subiu até onde as ligas as prendiam, bem acima dos joelhos. Depois, seguiu até a carne branca e macia das coxas de Ginette e o tesouro que havia entre elas, com seus pelos castanhos.

– Que maravilha – disse.

– Então, venha cá.

Ele se pôs de pé entre os joelhos dela, com as mãos acariciando-lhe os seios através de sua fina blusa de seda, enquanto ela desabotoava-lhe as calças para libertar o membro duro, segurando-o da maneira mais terna.

– Querida Ginette, seu toque é inconfundível – disse ele.

– O seu também – suspirou ela, enquanto as pontas dos dedos dele acariciavam-lhe os mamilos.

Os afagos no corpo um do outro continuaram da maneira mais natural do mundo, provocando sinais de satisfação e pequenos arquejos de prazer, até que o imperioso pulsar do membro que ela tinha nas mãos advertiu a ambos de que chegava rápido o momento para um abraço mais íntimo. Ginette soltou o membro querido que segurava e usou seus belos dedos para abrir para Michel os lábios macios entre suas pernas, mostrando-lhe seu interior rosado e úmido e o pequeno botão da paixão. Depois, enquanto ele dirigia o órgão viril lá para dentro, ela deitou-se de costas, sobre as pilhas arrumadas de notas de entrega e contas pagas que cobriam a escrivaninha, e levantou os joelhos para agarrá-lo pelos quadris, ao mesmo tempo em que ele se inclinava sobre ela e a penetrava.

Ginette estava bem úmida, por causa de seu encontro anterior com Armand. O caminho fora preparado e se tornara escorregadio com os exercícios do amor. As sensações proporcionadas a Michel pela compressão do seu membro pelo flexível canal de carne morna em que penetrara o fizeram soltar um profundo suspiro de prazer. Ginette, cujo gozo anterior fora interrompido pelo aparecimento de Michel, no momento em que Armand a levava às alturas da paixão, também suspirou de profunda satisfação, ao sentir dentro dela aquele firme instrumento masculino. Quase imediatamente, Michel intensificou o prazer mútuo com longas e lentas investidas.

– Ah, sim – murmurou ela – isso é bom demais!

As mãos dele se punham em seus seios, apertando-os, através da fina seda, em harmonia com o balanço de seus quadris. A cabeça de Ginette virava-se de um lado para outro, em cima da tampa da escrivaninha, e ela tinha as faces rosadas de excitação. Sentia-se contente: uma situação difícil, que poderia ter-se transformado num conflito violento entre os dois homens, fora tão bem contornada que resultado melhor não se poderia imaginar. Como prova, ali estava Michel, concedendo-lhe, com a maior ânsia, o prazer que ela mais apreciava na vida!

Como todo amante sabe, esses arroubos de prazer não podem durar muito tempo. A lenta sondagem de Michel logo se transformou numa série de curtas e rápidas estocadas, e estas provocaram uma convulsão de êxtase em Ginette e uma irrupção de calorosa paixão em Michel, com uma mistura de arquejos e suspiros dos dois.

– Você foi maravilhoso, Michel – disse ela, finalmente.

– E você é adorável, *chérie* – respondeu ele, sorrindo para ela, enquanto retirava o membro de seu corpo satisfeito.

Ginette sentou-se e desceu da escrivaninha para ajeitar a saia e a blusa amassadas.

– Preciso trocar de roupa – disse. – Não seria nem um pouco adequado que as clientes me vissem toda amarrotada por causa dos ternos abraços do amor.

– Sim, seria má propaganda para sua butique – concordou ele.

– Então, você precisa ir embora. Eu o verei amanhã, espero.

– Pode ter certeza. – Michel beijou-lhe a mão e a deixou, para que ela pudesse reparar os danos.

Ao passar pela butique, notou que uma das vendedoras atendia a uma freguesa e a outra dobrava, cuidadosamente, uma peça de roupa para repô-la na caixa – uma combinação de seda azul, com faixas largas de renda nas pernas e no busto. Michel parou e sorriu para ela.

– Uma pequena e encantadora fantasia, para enfeitar uma mulher bonita – disse.

– Gosta, Monsieur Brissard? – perguntou ela, segurando-a de modo que ele pudesse apreciá-la plenamente.

Claro que ela sabia seu nome. Ginette instruíra as funcionárias com o maior cuidado para reconhecerem seus três ricos financiadores quando visitassem a butique.

– Tenho certeza de que ficaria muito chique em você – respondeu ele, com um tom de voz repleto de insinuações.

Como vendedoras, Ginette contratara duas moças muito esbeltas, de cerca de 18 anos. Ambas estavam, naquele dia, vestidas com o mesmo conjunto de saia e blusa da moda, que a própria Ginette usava e agora trocava, na intimidade do seu pequeno escritório – evidentemente, devia ser uma linha que a butique estava promovendo. A moça com quem Michel falava tinha um jeito *gamine* que ele achou provocante. O cabelo castanho-escuro estava cortado muito curto, o narizinho era ligeiramente arrebitado e os olhos, ousados.

– Acha, *monsieur*? – perguntou ela, dando-lhe um sorrisinho petulante. – Essa cor não é realmente a minha favorita.

– Qual é a sua cor favorita, *mademoiselle*...

– Gaby.

– Ora, então Gaby, qual é a cor que lhe cai melhor?
– Temos essa mesma *chemise-culotte* num tom de ameixa lindíssimo.
– Principalmente se fosse você quem estivesse usando – sugeriu ele.
– Há poucas chances de que isso aconteça, *monsieur*, pois custa quase o mesmo que eu ganho num mês.
– Talvez se possa fazer algo.

Ela sorriu e ergueu os ombros de leve – só o suficiente para fazer seus pequenos seios pontiagudos roçarem de maneira excitante no tecido fino da blusa.

– Quer ver o produto? – perguntou ela.
– Por favor.

Quando Gaby segurou a *chemise-culotte* pelas alças, diante de seu corpo, Michel mal pôde conter um suspiro de admiração. A seda, de tão fina, era quase transparente, e o contraste da bela cor com a pele nua seria incrivelmente provocante. O decote era tão fundo que ele observou que os seios de Gaby mal seriam cobertos, se ela usasse essa roupa.

– É linda – disse – e ficaria ótima em você.

A ponta rosada da língua de Gaby apareceu, por um momento, entre seus lábios.

– Um presente maravilhoso – concordou ela – que mulher nenhuma poderia recusar.

– Embrulhe-a para mim – ordenou ele, pegando o dinheiro. – Conhece o Fouquet, nos Champs-Élysées, a cerca de dez minutos de caminhada daqui?

– Sei onde é.

– Se quiser encontrar-se comigo por volta das 17 horas, hoje, para tomar um drinque, levarei este lindo presentinho. Poderíamos decidir se vamos para um lugar mais íntimo, onde você talvez se disponha a me deixar ver o efeito dessa peça vermelho-ameixa contra sua pele.

Gaby hesitou um instante antes de responder.

– Se Mademoiselle Royer descobrisse, seria muito desagradável, ela me demitiria na mesma hora.

– Não se preocupe, serei muito discreto – garantiu ele, tranquilizando-a.

– Então, até mais tarde, Monsieur Brissard – disse ela, entregando-lhe o pacotinho.

Michel saiu da butique muito satisfeito consigo mesmo. Adorava Ginette, naturalmente, e previa anos de lucrativa e agradável sociedade com ela. No entanto, achou que devia a si mesmo algo mais, em troca da falta de franqueza dela com relação às relações de negócios e pessoais. Pretendia receber o que lhe era devido, sem ela saber, usando sua equipe – a começar por Gaby, naquela noite.

6
Uma lição para Bernard

Todos sabem que o orgulho masculino se apoia habitualmente nas posses, porque os homens não são lógicos. Muito dinheiro, uma casa soberba, uma propriedade rural, um automóvel veloz, uma bela mulher ou amante – a lista é interminável. Porém, para alguns homens, o orgulho está em possuir um belo físico, herdado, não se precisa dizer, dos pais. Ou, mais especificamente, numa parte do corpo – porque também é fato conhecido que alguns homens orgulham-se por demais daquele seu membro que cresce durante os encontros amorosos.

Era o caso de Bernard Gaillard. Sua altura era mediana e suas feições, agradáveis. Sua posição na vida estava garantida e ainda poderia tornar-se mais prestigiosa. Tinha 30 anos, era solteiro, vivia cercado de amigos e possuía uma vida social movimentada. No entanto, nada disso explicava certa aura de orgulho ao seu redor que impressionava a maioria dos que o conheciam; uma aura de autoconfiança que ninguém poderia deixar de perceber.

A causa desse orgulho se encontrava entre suas coxas. Esse tesouro o colocava acima da média, fato conhecido por um amplo círculo de mulheres casadas e solteiras. Os comentários haviam sido deflagrados anos antes por Marie Guaquin, sua amante na época. Ao falar de Bernard com uma amiga, ela mencionara, casualmente, seus atributos físicos. A informação passou de amiga para amiga, até se tornar assunto de conversas quase abertas entre as mulheres do círculo social dele. Isso o beneficiou muito – afinal, as mulheres têm uma curiosidade muito aguçada. Havia muitas que não o teriam considerado mais do que um conhecido ou um amigo do marido, mas não resistiam à compulsão de verificarem por si mesmas se o que haviam ouvido sobre Bernard era verdadeiro ou apenas um boato exagerado.

Como consequência, a Bernard jamais faltava companhia feminina e, por isso, nunca se sentiu tentado pelo casamento. Seus casos de amor, em geral, não duravam mais que alguns meses, mas seu término jamais impedira a continuação da amizade entre ele e a antiga amante. A verdade era que, quando a curiosidade já fora plenamente satisfeita, as mulheres o achavam mais interessante como convidado à mesa do jantar ou em recepções do que como amante.

Foi numa grande festa na casa de Maurice e Marie-Thérèse Brissard que Bernard conheceu Madame Lebrun. O contraste entre seu cabelo negro e brilhante e a pele pálida, cor de marfim, foi o que primeiro lhe despertou o interesse nela; depois, foi atraído por seu jeito vivaz. Estava em pé junto ao grande piano no salão dos Brissard, com um copo na mão e dois ou três admiradores ao redor, quando ele lhe foi apresentado por Marie-Thérèse.

Seus olhos brilhantes, de um castanho tão escuro a ponto de serem quase negros, piscaram imediatamente quando Marie-Thérèse disse o nome dele. Bernard beijou a mão de Madame Lebrun e lhe sorriu. Sabia o que aquela piscadela queria dizer – já a observara muitas vezes. Significava que seu nome não lhe era desconhecido e que alguma amiga lhe falara dos seus dotes. Ele se juntou à conversa e, cada vez mais, a atenção de Madame Lebrun voltou-se para sua pessoa; os outros homens em torno dela perceberam e se afastaram, procurando outras companhias com quem conversar.

– Conhece os Brissard há muito tempo? – perguntou Bernard.

– Não, só nos encontramos recentemente, quando meu marido se tornou parceiro comercial de Maurice.

Bernard passou os olhos pelo salão, à procura de rostos que ele não conhecesse.

– Seu marido é aquele que está ali conversando com Jeanne Verney?

– Ah, não, ele pegou um resfriado terrível e não quis vir esta noite. Conhece uma amiga minha, Marie Derval?

Aquela era a informação que Bernard estava procurando. Marie e ele haviam sido amantes durante cinco meses, no ano anterior. Sem dúvida, fora ela quem revelara o segredo a Madame Lebrun – se é que se podia considerá-lo um segredo. A julgar pelo seu jeito, a curiosidade de Madame Lebrun foi plenamente despertada, agora que ela estava face a face com o dono de um atributo tão magnífico.

De sua parte, Bernard achou um caso com Madame Lebrun muito desejável, pois não tinha no momento compromisso afetivo algum. Sob o elegante vestido negro, o corpo dela era esguio e gracioso. Calculou que tivesse quase 30 anos. Apesar de jovem, os diamantes em torno de seu pescoço valiam uma fortuna. Era de se esperar: os Brissard não entrariam em negócios com homens que já não tivessem demonstrado sua capacidade para ganhar dinheiro. As joias de madame comprovavam que Monsieur Lebrun tinha aquela capacidade.

Quando a imaginação de um homem é verdadeiramente estimulada por uma mulher, toda a sua postura revela isso. Ele fica um pouco mais teso e mais alto, fala com uma confiança maior que a habitual, seus gestos se tornam mais animados e sua conversa mais vivaz, mesmo quando não diz nada além de trivialidades. Ele mal percebe a existência de outras pessoas a seu redor – se alguém lhe perguntar, na manhã seguinte, quem estava na festa, não se lembrará de ter falado com seus amigos mais íntimos. Toda a sua atenção se concentra numa pessoa

– não vê mais ninguém – e dessa pessoa registra os mínimos detalhes. Cada detalhe nela é totalmente fascinante! O brilho do cabelo, que beleza! A forma de seu rosto, a cor dos olhos, uma perfeição! Suas roupas e joias – tão sofisticadas! A pele macia de seus braços nus, os pulsos esguios e longos dedos – que elegância maravilhosa! E o perfume – sensual e recatado, ao mesmo tempo!

Seu desejo evoca visões dos encantos escondidos pelas roupas que caem tão bem na mulher. Ela tem seios pequenos e macios, claro, exatamente do tamanho certo para encher suas mãos, se elas tivessem permissão de pegar neles! Naturalmente, seus quadris são estreitos, as nádegas firmes e arrebitadas, a pele das coxas tão macia e pálida como alabastro! E entre elas, por baixo da delicada roupa íntima de seda, um tesouro capaz de fazer um homem perder a cabeça com um simples pensamento!

Tudo isso um possível amante distingue, e era o que Bernard distinguia, através das caras roupas dela; se não distinguia, pelo menos imaginava.

Ela – Simone Lebrun – o objeto de seu ardente devaneio, sabia exatamente o que ele tinha em mente, porque as mulheres sempre sabem, e cada gesto dele proclamava isso tão claramente quanto quaisquer palavras. Sabia que o conquistara, para usar a expressão habitual e banal. Ela achava graça e se sentia lisonjeada. Como todas as mulheres, mesmo enquanto se exibia diante dele, considerava se deveria encorajá-lo ou se seria mais sensato interromper educadamente a conversa e se afastar. Esse dilema é, habitualmente, resolvido pelas mulheres com rapidez.

Bernard tornou a sorrir-lhe – o sorriso não era cortês, mas repleto de insinuações de que ele estava interessado nela, de que sabia que ela podia retribuir o interesse, de que ele o acolheria entusiasticamente – e assim por diante, dentro do ritual por todos conhecido. Simone entendeu seu sorriso e baixou os olhos por um momento, para fingir recato – ou para refletir –

depois encarou diretamente o olhar dele e devolveu o sorriso, de uma maneira que indicava que ela estava tão ansiosa para aprofundar o relacionamento quanto ele.

Ao término da festa, era inadmissível que Madame Lebrun voltasse para casa sozinha. Sendo um dos poucos homens desacompanhados presentes, foi apenas um gesto cortês de Bernard acompanhá-la. Ela lhe disse que morava muito perto dos Brissard, o suficiente para ir a pé, insistiu.

Era uma noite de outubro bastante agradável para uma caminhada. A chuva do entardecer finalmente havia parado e as calçadas brilhavam sob as suaves lâmpadas douradas dos postes. A brisa estava muito fresca, mas Simone estava inteiramente protegida por um magnífico casaco de peles.

Não muito longe da casa dos Brissard, ela agarrou o braço dele com intimidade e aproximou-se suficientemente para o quadril de Bernard pressionar a pele luxuriante que a envolvia.

– Aquele olhar que me lançou! – disse ela. – Quase deixei cair o copo.

– Um olhar de admiração – justificou-se Bernard –, um tributo sincero a sua beleza.

– Foi mais do que isso e você sabe – replicou ela, falando rápido, com evidente emoção –, foi como se você beijasse meus seios!

Sua falta de reserva agradou a Bernard. As preliminares exigidas por Simone seriam breves, a conquista certa.

– Foi inevitável – disse ele. – Nós nos olhamos e percebemos, no mesmo instante, que fôramos feitos um para o outro. Negar isso seria negar que existe a lua no céu.

– Talvez. Mas se meu marido estivesse presente e visse aquele olhar, ele o teria matado.

– Então ele não deve saber nunca. Estas maravilhosas emoções que sentimos um pelo outro devem permanecer em segredo, querida Simone.

– Eu lhe confesso – disse ela, enquanto dobravam a esquina e entravam na rua onde morava –, minhas pernas estão tremendo. Sinto-me como se tivesse sido atingida por um raio.

– Fomos ambos atingidos pelo mesmo raio – respondeu Bernard. – Venha para casa comigo agora; seus seios precisam ser beijados, e eu preciso beijá-los.

– É impossível. Léon está esperando por mim. Ele não dormirá até eu chegar em casa.

Ela parou diante de um moderno prédio e abriu a porta que dava para a rua com uma chave que tirou de sua minúscula bolsa de festa.

– Pelo menos, preciso beijar seus lábios – implorou Bernard.

– Então entre, saia da rua.

Ao passarem da porta de ferro trabalhado e vidro, chegaram a um pequeno pátio, rodeado pelo prédio, de seis andares. Àquela hora da noite, muitas janelas encontravam-se apagadas, e as outras, obscurecidas pelas cortinas puxadas. Tudo estava quieto.

Bernard puxou Simone, apertou-a contra a parede e a beijou ardentemente.

– Quando? Quando? Quando? – murmurou.

– Muito em breve, prometo.

– Amanhã?

– Talvez.

– Esperar, nem que seja até amanhã, é demais – disse ele, com as mãos tateando na escuridão até que conseguiu abrir seu casaco de peles e segurou-a pela cintura, apertando-a contra seu corpo. Seu famoso membro estava completamente duro, com todo o comprimento pressionado contra o ventre dela, através das roupas de ambos.

– Preciso saber! – disse ela, suspirando, enquanto as mãos dele lhe acariciavam os seios, por cima do vestido.

– O quê?

À guisa de resposta, ela desabotoou o sobretudo escuro e trespassado de Bernard. Deslizou a mão entre o cós das calças dele e a camisa, procurando caminho. Confusa, inicialmente, pelas camadas da roupa dele, ela recomeçou sua investida avidamente, tirando de dentro das calças a frente da camisa de Bernard e forçando a mão para dentro da cueca, até tocar o objeto de sua curiosidade. A palma quente de sua mão encostou na cabeça intumescida, e os longos dedos dela mediram o pau duro.

– Você está excitadíssimo – ela sussurrou – e, nossa, é incrível!

– Agora acredita que a desejo desesperadamente?

– Vejo que preciso ter muito cuidado quando deixar você me beijar – brincou. – Você se excita tão facilmente que tudo pode acontecer.

Enquanto falava, sua mão, colocada desajeitadamente, massageava com suavidade o que ela segurava, e Bernard, tendo tremores de prazer, tentava acariciar-lhe os mamilos através da roupa.

– É você – suspirou ele. – Existe algo em você que me enfeitiçou, mesmo antes de beijá-la... Vou morrer se você me disser não...

– Meu pobre Bernard, esta noite preciso dizer-lhe não, pois não há jeito de dizer sim. Mas amanhã à tarde, talvez...

– Sim, eu lhe imploro. Você não pode ter nenhuma dúvida da intensidade de minha paixão por você.

– Nenhuma, absolutamente – sussurrou ela –, e fica mais forte a cada momento! Meu Deus, não vou conseguir dormir nem descansar até ver isso com meus próprios olhos!

– Amanhã, com certeza, às 15 horas, diga sim! – Bernard implorou-lhe, meio delirante com o prazer que se espalhava por seu corpo, com as carícias que a mão dela lhe fazia.

– Que potência! – exclamou ela, em tom incrédulo. – Acho que dentro de mais um instante você dará uma prova de sua paixão.

A mão livre de Simone arrancou o lenço de seda do bolso do casaco de Bernard e o empurrou para dentro de suas calças, enquanto as pernas dele se sacudiam e as mãos a agarravam com força pela cintura.

– Simone! – arquejou ele, com a prova de seu desejo jorrando no lenço.

– Que beleza! – murmurou ela para si mesma. – Uma maravilha!

Finalmente, Bernard suspirou, satisfeito, e se aquietou. Ela tirou o lenço do seu lugar protetor e o enfiou no bolso do sobretudo dele.

– Preciso beijá-la – sussurrou ele.

– Um momento – disse Simone, e enfiou a frente da camisa de Bernard dentro das calças, antes de o deixar tomá-la nos braços e colar os lábios nos dele ardorosamente.

– Você me levou ao paraíso – disse ele.

– Então, amanhã gozaremos todas as suas delícias – acrescentou ela. – Mas agora preciso deixá-lo, querido. Meu marido está à espera. *Au revoir.*

– Até amanhã.

Ela deu-lhe algumas palmadinhas no rosto e se afastou pelo pátio.

É DIFÍCIL IMAGINAR a expectativa e o entusiasmo com que Bernard se preparou para a primeira visita de Simone ao seu apartamento. Seus dois criados, um casal de meia-idade, ambos acostumados com o jeito dele, se entreolharam e sorriram maliciosamente pelas suas costas enquanto ele caminhava de um lado para o outro, dando-lhes instruções. Sabiam muito bem que uma nova mulher na vida do patrão significava uma porção de tardes e noites livres para eles, enquanto ele a recebia no quarto.

– Ponham os melhores lençóis na cama e coloquem uma garrafa repleta de água-de-colônia no banheiro, flores frescas na sala de visitas e retirem toda a poeira dos móveis, deixando-os polidos e reluzentes. Verifiquem também o estoque de champanhe. – Bernard recitava a lista de preparativos, que os criados conheciam tão bem quanto ele (para dizer a verdade, ainda melhor).

– Ora! – disse a criada ao camareiro, depois que Bernard saiu. – Nunca o vi tão animado. Deve ser alguém especial. Acha que se apaixonou por essa?

– Espero que não – respondeu o camareiro. – Trabalhar para um casal é muito mais duro do que para um homem solteiro.

– Não precisamos nos preocupar com isso – replicou a criada, zombeteiramente. – Ele só se interessa por mulheres casadas.

– Nem sempre. Houve Madame Vosges, no verão passado. Aquela mulher alta que usava pérolas o tempo todo, lembra?

– Ah, aquela. Era Madame Toussaint. O que o faz pensar que ela não era casada?

– Porque frequentemente passava a noite toda aqui e ele algumas vezes dormia na casa dela.

– Era separada do marido, mas não divorciada.

– Você se queixava sempre porque ela sujava as cuecas dele de batom.

– Não, essa foi a que veio depois dela... Madame Benet. Madame Toussaint arrebentou um de seus colares na cama com ele. Fiquei a manhã quase toda ajoelhada, procurando aquelas pérolas.

– Se você ficou com alguma, não me disse.

– Não tive a menor chance! As mulheres ricas sabem exatamente quantas pérolas ou pedras cada uma de suas joias tem.

– Que pena! Mesmo assim, é interessante ele estar tão louco por essa, seja lá quem for. Gostaria que algumas mulheres ricas e bonitas se deitassem de costas e se oferecessem para mim.

– Você vai ver só! – disse a criada, num tom azedo. – Ricas ou pobres, você se arrependerá logo. Agora, vá trabalhar, ele quer que a gente saia logo depois do almoço.

Simone chegou um pouco depois da hora marcada, como era seu direito natural de mulher. Estava bem protegida contra o clima inclemente de outono por um soberbo casaco de astracã e uma touca da mesma pele na cabeça. Para realçar sua aparência, usava no pulso, por cima da fina luva negra, um bracelete de topázios amarelo-dourados.

Os cumprimentos foram calorosos e tão rápidos quanto permitiam as boas maneiras. Bernard beijou suas mãos enluvadas e ajudou-a a retirar o casaco. Simone tirou o chapéu e as caras luvas e abraçou-o. Ficaram um nos braços do outro, beijando-se apaixonadamente. Menos de três minutos depois de entrar no apartamento, ela já estava no quarto de Bernard. Ele a ajudou a se despir, murmurando elogios ardentes enquanto seu corpo esguio lhe era progressivamente revelado, depois afastou a bela colcha de tapeçaria gobelin para ela poder enfiar-se entre os lençóis.

Simone ficou apoiada num cotovelo, com um terno sorriso e um bonito seio exposto, esperando que Bernard se juntasse a ela na cama.

Depois de tanta expectativa, depois de tanto fervor, ali estava ela deitada, afinal! Que homem não sentiria o coração bater como um tambor dando o toque de avançar num momento desses? Mas, ai! A dor do amor fere mais agudamente em circunstâncias como essas, quando tudo parece perfeito e no entanto ainda existe algo escondido que contraria essa expectativa. Nos 15 minutos seguintes, Bernard descobriu que a maneira de Simone encarar o amor não era igual à dele! Romântico, seu conceito do amor era tradicional, até mesmo estereotipado, por assim dizer. Desejava, acima de tudo, ficar deitado abraçando-a bem apertado, sentir seu corpo quente debaixo do dele, seus braços em torno do seu pescoço e a boca procurando a sua, enquanto infligia-lhe sucessivas estocadas, levando ambos ao prazer máximo.

Depois de tirar a roupa, ele pousou um joelho na cama, com plena consciência do efeito que a visão de seu membro imponente causava no coração das mulheres. Simone ficou a olhá-lo, com os olhos escuros brilhando e os lábios trêmulos sussurrando:

– Incrível!

Agarrou o membro de Bernard com as duas mãos e plantou-lhe um beijo de homenagem na ponta. As coisas estavam progredindo muito bem, pensou Bernard, deitando-se ao lado dela. Seus braços se estenderam para prendê-la junto a ele, mas Simone deslizou pela cama, até sua cabeça chegar ao nível dos quadris dele e suas mãos poderem movimentar-se para cima e para baixo ao comprido da extensão impressionante do pênis de Bernard.

– Nunca imaginei... – murmurou ela – nem mesmo depois da noite passada. Ah, Bernard, nem sei descrever uma maravilha dessas!

Ele a deixou fazer o que queria, lisonjeado por sua reação e pelos elogios quase incoerentes que dizia – acima de tudo, pela expressão de enlevada atenção do rosto dela, enquanto fitava a parte que acariciava tão habilmente.

– Cuidado – murmurou ele, depois de algum tempo –, você está me dando tanto prazer que posso perder o controle.

– Quero dar a você a sensação mais maravilhosa que já experimentou, Bernard. Seria uma pena escondê-lo dentro de mim antes de eu manifestar plenamente minha admiração.

– Sim, sim... mas se ele estivesse dentro de você, também lhe daria um prazer que você nunca sentiu.

– Mais tarde – suspirou. – Ah, está maior do que nunca, olhe só o tamanho dele agora!

Bernard espiou, através dos olhos semicerrados, seu membro poderoso e o que as mãos delicadas faziam com ele.

– Está na hora – arquejou. – Preciso pôr em você agora!

– Ele se mexe em minhas mãos – exclamou ela – como um animal aprisionado lutando para se libertar!

– Simone!

– Sim, um animal forte e feroz.

Àquela altura, naturalmente, a natureza seguia seu curso e era tarde demais para Bernard protestar. Ele gemeu e se contorceu, perdido em êxtase.

– Ah, que fonte! – Simone gritou, alegremente, com a mão manipulando-o apressadamente. – Mais, mais, mais!

Para Bernard, o êxtase parecia durar para sempre, onda após onda de prazer passando por seu corpo trêmulo, até que, afinal, as mãos dela se aquietaram. Ele olhou para o rosto dela, brilhando de satisfação, os olhos fixos em seu membro imponente com franca admiração.

– Devo confessar que não entendi por que você fez isso – disse ele, quando foi capaz de falar coerentemente.

– Mas por que não?

– Não é a maneira habitual de os amantes se darem prazer.

– Talvez não, mas por que precisamos fazer da maneira habitual? Afinal, admirar esse seu pau magnífico cumprindo todo o ciclo do amor não é algo que se possa perder. Não lhe agradou? Nenhuma mulher jamais fez isso com você?

– Não vem ao caso, Simone. Claro que não tenho nenhuma objeção, mas não é o que eu esperava de você.

– Como posso saber o que espera de mim? E será que devemos fazer só o que *você* espera? Não pensou no que posso esperar de você?

– Esse é meu único desejo – disse ele, tomando-a nos braços, enquanto imaginava para onde essa conversa iria levá-lo.

– Qual?

– Dar-lhe prazer, demonstrando minha paixão por você.

– Ótimo, você se saiu muito bem. Sua paixão me deu um prazer extraordinário.
– Entendo que você... como direi... sinta uma certa admiração por mim...
– Sim – suspirou ela, abraçando-o apertado –, jamais tinha visto nenhum desse tamanho, estou louca de admiração!
– Então, vamos usá-lo da forma certa. Isso lhe proporcionará ainda mais prazer que o que você fez com ele.
– Impossível – disse ela. – Não pode haver prazer maior do que o que acabei de experimentar.
– Quer dizer que, apenas brincando comigo, você gozou?
– Sim, claro.
Bernard ficou perplexo com o que ouviu.
– A simples visão e o toque fizeram isso com você? – perguntou, imaginando se os dois falavam da mesma experiência.
– Sim!
– Acho estranho – disse ele.
– Acha mesmo? Talvez sua experiência com as mulheres se limitasse às cumpridoras do dever, que ficam deitadas passivamente de costas.
– De maneira alguma.
– Então encontrou algo novo e diferente e não fica contente?
– Claro – respondeu ele, acariciando-lhe os seios. – Você é bonita e muito excitante, Simone.
As mãos dele vagaram pelo corpo dela, detendo-se entre as coxas. O toque lhe demonstrou que ela estivera excitada ao máximo – confirmando o que ela dissera.
– Vamos fazer do meu jeito – sussurrou ele, amorosamente.
– Eu prometo dar-lhe tal prazer que a lembrança do que ocorreu antes não será mais nada.
– Duvido – disse ela –, mas vejo que você não vai acreditar em mim até tentar.
Em marcha lenta, Bernard repassou seu costumeiro repertório de beijos, toques, carícias e afagos, até que chegou o

momento de ele assumir sua posição natural por cima dela. Simone sorriu e se colocou de joelhos, apoiada nos cotovelos, a cabeça sobre o travesseiro e as nádegas para cima.

Mais outro capricho, disse Bernard a si mesmo, e bastante surpreendente, mas Simone se mostrava inteiramente imprevisível. Ele se posicionou entre os joelhos dela para observar melhor os encantos que lhe eram tão generosamente oferecidos.

O coração dele deu um salto e um pequeno gemido de pura delícia escapou-lhe dos lábios à vista de suas nádegas. Cada lado era perfeitamente redondo, a pele deliciosamente sedosa. E, lá embaixo, entre as coxas bem separadas, a macia xoxota, coberta de pelagem negra e espessa. Rapidamente, Bernard levou a cabeça do seu membro à fenda rosada que marcava a entrada do secreto *boudoir* de Simone e nela penetrou com calma. Não precisava ter tido medo – não encontrou obstáculo algum. Pelo contrário, foi envolvido tão confortavelmente como se as dimensões do seu pênis não ultrapassassem a média.

A cabeça de Simone virou-se para trás, para olhá-lo por sobre o ombro.

– Está satisfeito, agora que teve o que queria? – perguntou.

– Você é maravilhosa – murmurou ele. – Eu adoro você.

Ela não disse mais nada enquanto ele se balançava para a frente e para trás, com as mãos agarrando-a com força pelos quadris para firmar seu corpo. Em resumo, ele fez o que qualquer homem faz quando está dentro de uma mulher, até que um involuntário grito de triunfo anunciou que chegara ao auge da sensação física e a presenteava com seu tributo corporal.

Logo que seus espasmos terminaram, Simone afastou-se, rolando devagar para o lado a fim de esticar as pernas. Bernard tornou a se sentar sobre os calcanhares e a encarou, confuso.

– Isso lhe agradou? – perguntou ela.

– Deixe para lá..., obviamente, não agradou a você.

– Eu avisei.
– Você me deu seu corpo, nada mais!
– Mas eu achei que era meu corpo que você queria, Bernard. O que mais esperava?
– Os amantes dão o coração junto com o corpo. Você me deu apenas sua carne.
– Eu lhe dei prazer. Não basta?
– De forma alguma.

Ela deslizou sobre a cama de maneira a poder alcançar o que ele tinha entre as coxas, seu membro lasso.

– O prazer parece ter sido suficiente, a julgar pelas condições *disso* – replicou ela. – Não entendo o que está perturbando você. Será que eu devia ter murmurado *Eu amo você*, durante seu êxtase?
– Você está zombando de mim.
– Não, estou tentando entender por que uma experiência que surtiu o efeito desejado foi aparentemente insatisfatória para você.
– Foi puramente física, sem nenhum elemento de emoção.
– Ah, você exige que toda mulher que vai para a cama com você esteja apaixonada, é isso?
– Não apaixonada, isso seria absurdo. Mas, se não houver um afeto mútuo, não se sente o verdadeiro prazer.
– Mas sinto afeto por você, Bernard, um grande afeto, ou não estaria aqui com você agora, nua, na cama.
– Estou confuso – confessou ele.
– Evidentemente. Acho que você confunde amor e prazer.
– Mas, se não houver amor algum, apenas prazer, então tudo o que sobra é a satisfação de uma necessidade física.
– E o que há de errado nisso? – perguntou Simone. – Esse sujeitinho aqui na minha mão é bem grande e deve ter necessidades muito urgentes para satisfazer.
– Você me confunde ainda mais.

– Claro que queremos o amor necessário para aumentar nosso prazer, mas não a ponto de invadir e confundir nossos corações, não é verdade?

As carícias dela faziam a potência afluir de novo para seu membro mole.

– Nossa, como é magnífico! – exclamou ela. – Como pode você ficar aí sentado se preocupando com tolices, quando esse gigante se levanta de novo, como um mastro?

– Simone! Proíbo você de fazer isso até termos discutido a questão e chegado a um entendimento.

– Não seja tolo – respondeu ela, com a mão acariciando seu pau, que se alongava. – Primeiro, as coisas mais importantes. Podemos falar de tudo o que você quiser depois que eu satisfizer as necessidades urgentes do seu membro erguido.

Cerca de um mês depois de conhecer Simone, Bernard convidou o amigo Jean-Albert Faguet para jantar em seu apartamento. A comida era sofisticada e preparada com capricho, os vinhos, ótimos. Faguet, homem dedicado ao bem viver, serviu-se com apetite voraz.

– Então, a respeito do que deseja o meu conselho? – perguntou, quando chegaram ao *caneton à l'orange*.

– Por que acha que quero seu conselho?

– Meu querido Bernard, por que outro motivo estaríamos aqui jantando como um par de velhos solteirões? Se esta fosse uma reunião social, estaríamos num bom restaurante, com uma dupla de belas mulheres. Qual é o problema? Você engravidou sua amante e quer que eu o ajude a resolver a situação? Não há problema, envie-a à minha clínica. Vinte por cento de desconto para um velho amigo como você. Trinta por cento se me pagar à vista.

– Não se trata disso – disse Bernard. – É uma questão muito mais complicada e delicada.

– É mesmo? Então é melhor você se abrir comigo.

Enquanto comiam, Bernard descreveu os estranhos rumos de seu *affaire* com Simone. Naturalmente, não mencionou seu nome, já que isso seria o auge da indiscrição. Jean-Albert Faguet achava cada vez mais graça, e afinal estourou em altas risadas, para grande embaraço de Bernard.

– Perdoe-me, Bernard – disse ele, enxugando os olhos com o guardanapo. – Mil perdões! Vejo que isso não é cômico, do seu ponto de vista. Você me contou tudo?

– Acho que sim.

– Então, vejamos se entendi bem. Você tem uma nova amante, bela e sofisticada, como disse. Quando fazem amor, o que dá prazer a ela é masturbar você, não a relação sexual. Certo?

– Sim.

– Ela não lhe nega o corpo, desde que você ceda aos seus desejos em outras ocasiões.

– Mas ela não se envolve, Jean-Albert. Ela me deixa fazer o que quero, quando insisto, como se ela fosse uma *cocotte* por cujos serviços eu estivesse pagando.

– Segundo o seu ponto de vista.

– O que devo fazer?

– Procurar outra amante, claro.

– Mas quero *essa*.

– Ah, sei. Você a ama.

– Amar? – perguntou Bernard, surpreso. – Não tinha pensado nisso. Agora que você tocou no assunto, acho que devo amá-la, de uma maneira estranha. Da primeira vez em que a vi, na... ah, não importa onde, houve uma sensação curiosa e magnífica em meu coração. Achei que era desejo, mas agora que me lembro disso, talvez fosse algo mais.

– Então, o caso muda de figura.

– Mas como é incômodo! Acha que estou fazendo papel de tolo?

– Sem dúvida.

– O que sugere?
– Estou confuso quanto aos motivos de você ter pedido meu conselho, Bernard. Minha experiência no amor não é maior que a de qualquer outro homem da minha idade.
– Mas sua experiência com as mulheres é fantástica.
– Quanto a isso – disse Jean-Albert, servindo-se de mais vinho –, é verdade que no curso de um mês de trabalho tenho a honra de pôr os dedos entre as coxas de mais mulheres do que você poderia esperar ter em toda a sua vida. Conheço melhor o que as mulheres têm debaixo das saias do que qualquer médico em Paris.
– Exatamente!
– Eu me arrisco a dizer – continuou Jean-Albert – que, se minhas pacientes me visitassem usando máscaras, eu as conheço tão intimamente a ponto de, simplesmente levantando-lhes a roupa, ser capaz de identificar cada uma pelo nome. Você poderia fazer o mesmo com todas as mulheres com quem fez amor?
– Você está só se gabando – objetou Bernard.
– Acha? Garanto a você, porque parece que não observou bem, que essas partes macias que você ama e que para mim servem de ganha-pão são muito diferentes umas das outras. Encaro meu trabalho com espírito verdadeiramente científico e profissional: observo, anoto, comparo, lembro.
– Os pelos variam, de louro a negro – disse Bernard. – E a textura, de macia a crespa. Isso é verdade.
– Qualquer idiota sabe disso depois de estar com duas ou três mulheres. Na verdade, há muitos outros fatores variáveis, e cada mulher apresenta uma combinação diferente deles. Garanto-lhe, sem medo de contradição, que não há duas mulheres idênticas em Paris com relação a esse aspecto importante.
– Seja mais específico, por favor.
Jean-Albert revirou os olhos, em fingido desespero.

— Que tipo de amante você é? — perguntou. — Presta tão pouca atenção assim aos encantos de sua parceira? Para citar um exemplo óbvio, em algumas mulheres a parte de dentro das coxas se toca até o alto, enquanto em outras há um espaço entre elas até em cima. No primeiro tipo, tudo fica mais ou menos escondido, exceto os pentelhos, até ela abrir as pernas para você. No segundo tipo, os lábios macios permanecem visíveis, mesmo quando ela está de pé, ereta. De que tipo é a dama em questão?

— Agora que você chamou minha atenção para o detalhe — disse Bernard, pensativo —, ela é do segundo tipo que descreveu.

— Pelo menos notou isso nela. Podemos ir adiante, então, e observar o tamanho do monte de Vênus em si. Em algumas mulheres, é acentuadamente protuberante e carnudo, em outras não existe, em absoluto. Entre esses extremos, há inúmeras graduações.

— Jean-Albert...

— Podemos considerar a forma e o tamanho desses fascinantes lábios externos, que vão do suculento ao elegante, podendo ser naturalmente proeminentes ou delicadamente fechados até serem excitados. Também não devemos esquecer o...

— Jean-Albert! — Bernard interrompeu. — Sua dissertação sobre o aspecto da genitália feminina pode ser adiada para uma hora mais apropriada. Meu problema é urgente. Sem levar em conta a delícia ou a elegância do objeto do meu desejo, como posso persuadir sua encantadora dona a me deixar fazer um uso regular dele?

— Mas essa é uma questão do coração, não da anatomia.

— Sei disso. Estou pedindo seu conselho.

— Por que eu? Meu conhecimento das mulheres está limitado ao espaço entre o umbigo e a virilha. Sobre isso, sei tudo. Quanto ao que se passa em seus corações, sei tão pouco quanto você.

– Não posso crer. As duas áreas são intimamente ligadas.

– Já percebi isso. Mas estou longe de entender a natureza dessa ligação.

– Mas, se você não me ajudar, o que vou fazer?

– Diga *adieu* a ela ou a aceite como é, o que você pode fazer, além disso? As mulheres têm suas razões, sejam ou não elas próprias capazes de entendê-las, para a multiplicidade de maneiras pelas quais buscam o prazer. Ah, as histórias que eu poderia contar-lhe! Mas a questão é esta, meu amigo; essas razões são da conta delas e de mais ninguém. A pessoa que o cativou vive como quer, e não de acordo com seus desejos. Se está satisfeita com o que faz, não cabe a você objetar.

– Tenho certeza de que, se for capaz de encontrar o método adequado, poderei ajudá-la a se realizar no amor.

– Meu Deus, que pretensão! Você não é o médico dessa mulher, nem seu confessor ou marido. Se quiser ser seu parceiro, então tem de entrar no seu jogo. Se as particularidades dela não lhe agradam, procure outra parceira. É tudo o que pretendo dizer a respeito do assunto.

– Mas...

– Nem mais uma palavra!

Bernard deu de ombros, profundamente desapontado.

– Não aja como se estivesse vivendo uma tragédia – repreendeu-o Jean-Albert. – A vida nos foi dada para gozá-la, usufruindo de boa comida, bom vinho e belas mulheres. Estamos gozando duas dessas dádivas de Deus neste momento. Depois do jantar, proponho que gozemos a terceira.

– O que está pretendendo?

– Embora, por causa de seu sexo, você não possa ser meu paciente, em nome da amizade vou prescrever um tratamento para você. Faço isso de graça.

– De que se trata, doutor?

– Recentemente, tive a sorte de conhecer uma moça que aparece todas as noites no palco do Moulin Rouge. É incrivelmente bonita e tem apenas 19 anos.

– Meus parabéns.

– Sugiro o encerramento deste excelente jantar que você me ofereceu com alguns copos de conhaque e uma ida ao Moulin Rouge, para chegarmos no momento em que essa querida amiga, depois de sua apresentação da noite, esteja pronta para se divertir. Uma pequena ceia, uma garrafa de champanhe, e assim por diante.

– Jean-Albert, isso é que é a verdadeira amizade... oferecer-me sua amiguinha para me alegrar – disse Bernard, os olhos úmidos com lágrimas de afeto.

– Está louco? Oferecê-la a você? Claro que não!

– E como será?

– Tenho certeza de que Mademoiselle Gaby estará acompanhada por uma de suas amigas do grupo de dança, que poderá ser sua companhia. E então, o que me diz?

– Você é um bom amigo. Vou seguir o tratamento que prescreve.

A saída planejada por Jean-Albert não teve complicação alguma e foi extremamente agradável. Gaby realmente tinha uma amiga no coro que se prontificou a completar o grupo, uma loura de cabelos fofos e nariz arrebitado, de 19 ou 20 anos, chamando a si mesma de Mademoiselle Lulu.

Depois do maravilhoso jantar, Bernard e Jean-Albert comeram pouco, no restaurante, com as duas moças, enquanto Gaby e Lulu demonstravam apetites vorazes, que não combinavam com sua aparência esbelta. Foi uma ceia muito jovial, e Jean-Albert pagou a conta. Flutuando, depois de meia dúzia de garrafas de champanhe, decidiram esticar a noite e no final foram parar na rue de Lappe, bebendo conhaque num botequim em que dançaram ao som de um acordeão. Por volta das 3 horas da manhã, seguiram para Les Halles onde, em meio ao ruído e à agitação do mercado, eram comprados e vendidos alimentos que pareciam suficientes para manter Paris inteira por uma semana. Num restaurantezinho na rue Coquillière, nas proximidades, tomaram uma sopa de cebola com queijo gratinado, sentados lado a lado com carregadores do mercado, que se revigoravam com um traguinho.

Finalmente, pegaram um carro e partiram, Jean-Albert com Gaby e Bernard com Lulu, ela preparada para oferecer todas as recompensas por sua ceia, e ele desejoso de completar sua terapia. Esses planos também não esbarraram em dificuldades. Mademoiselle Lulu despiu-se completamente, na hora em que chegou ao quarto de Bernard, e deslizou para baixo dos lençóis.

Depois de espalhar todas as peças do seu traje de gala pelo chão, Bernard se uniu a ela. Beijaram-se e se acariciaram por alguns momentos e ela murmurou:

– Não me deixe esperando, *chéri!*

Tinha um corpo de dançarina, esbelto porém musculoso. Bernard teve vontade prestar mais atenção a ele. Agora que Jean-Albert colocara em sua mente alguns critérios para a observação da interessante área entre as coxas das mulheres, desejava examinar e classificar mais. Lulu, porém, estava impaciente.

– Meu Deus! – exclamou, quando ele inseriu o membro. – O que é isso aí? Um cassetete?

– Você vai gostar – disse Bernard, não muito satisfeito com a reação dela. – Não se assuste, sei como usar isso para lhe dar prazer.

– Vá devagar, então, senão você me deixa aleijada para o resto da vida!

Bernard agiu com cuidado e finalmente ela gozou. Mesmo assim, quando ele, afinal, ejaculou, Lulu deu um suspiro de alívio.

– Foi bom? – perguntou ele, deitando-se de novo ao lado dela.

Mas Lulu já estava dormindo.

Quando Bernard acordou, passava de meio-dia e Mademoiselle Lulu saíra da cama. Tocou a campainha, chamando a criada, mas foi o camareiro quem entrou no quarto e puxou as cortinas.

– Pierre, eu trouxe uma moça comigo para cá, ontem à noite. O que aconteceu com ela?

– Foi embora por volta das 10 horas, *monsieur*. Pediu para não acordá-lo.

– Deu-lhe o café da manhã antes de ela ir embora?

– Eu mesmo a servi na cozinha.

– Na cozinha?

– Foi ela mesma quem sugeriu – disse Pierre, pegando as roupas jogadas no tapete –, e pareceu apropriado. Gostaria de tomar seu café da manhã agora?

– Sim, apenas café.

Bernard sentou-se na cama, percebeu que estava nu e se enfiou no pijama, antes que a criada trouxesse o café. Ela tinha uma expressão de extrema reprovação no rosto, mas nada falou.

Meus empregados acham que me comportei como um tolo ao trazer essa dançarina para casa na noite passada, pensou ele, mas Jean-Albert achou que era uma boa ideia. Fazendo um retrospecto, o que penso eu a respeito? Ela tinha um corpo atraente, mas não encorajou mais que o mínimo uso dele. Ora, afinal, ela dançou no palco a noite inteira e depois comemos e bebemos até quase o amanhecer. Sem dúvida, estava cansada. Ofereceu-me o que tinha, o mais depressa possível, para poder ir dormir. Uma criatura honesta, à sua maneira, mas realmente não é do tipo a que estou habituado.

Para Jean-Albert, esse gênero de aventura deve ser satisfatório, pensou, mas ele está em busca de um alívio ligeiro e emoções passageiras, depois da pesada carga emocional que deve ser confortar algumas de suas pacientes mais importantes – que, provavelmente, o acham irresistível, depois de ele meter os dedos entre as pernas delas, durante a consulta. Para mim, esse tipo de relação não serve. Preciso, como amiga íntima, de uma mulher inteligente, educada e sedutora. Vou telefonar para Simone e tentar de novo com ela.

Simone aceitou prontamente o convite e veio até seu apartamento. Porém ao chegar, sentou-se na sala de visitas e disse que queria discutir a situação com ele.

– Estou espantado – disse Bernard. – No último encontro que tivemos, enquanto eu desejava conversar sobre meus sentimentos, a conversa foi cortada. Você não pode ter se esquecido disso.

– Estávamos na cama – disse ela, sorrindo para Bernard –, e esse não é lugar para discussão.

– Sobre o que quer conversar, agora que não estamos na cama?

– Tive a impressão, naquela ocasião, de que você estava insatisfeito comigo por algum motivo. Essa é uma situação muito desconfortável para uma mulher. Vamos ser claros um com o outro, Bernard, para não nos envolvermos em discussões tolas e inúteis se quisermos continuar a nos encontrar.

– Não se tem certeza disso, não é?

– Você sabe que não.

– De que depende?

– De compartilhar sinceramente nossos pontos de vista. O que você quer de mim? Diga-me, e minha resposta será uma explicação sobre o que quero de você. Então, poderemos decidir, cada um, se existe algum fundamento sensato que permita a continuação de nossos encontros. Se nossos objetivos são incompatíveis, podemos dizer adeus agora e seguir por caminhos diferentes.

Sentada numa cadeira, com as pernas cruzadas à altura dos joelhos e alguns centímetros de coxa cobertos por uma meia de seda aparecendo no ponto em que a saia subira, ela estava tão sedutora que Bernard quase não tinha palavras para responder-lhe.

– Parece que para você tudo é uma questão de lógica e não de emoções – disse ele. – Ora, quero ser seu amante, Simone.

– Isso não é muito específico, meu amigo. Tente de novo. Quer que eu o ame ou quer que lhe dê prazer?

– Será que os dois não podem vir juntos? – Bernard perguntou, espantado.

– Você é uma pessoa muito convencional. Jamais examina suas próprias razões? Nunca é completamente franco para consigo mesmo?

– Desisti de frequentar o confessionário há anos. Está sugerindo que eu seja meu próprio padre e escute meus pecados, é isso?

– Talvez – disse ela, sorrindo com sua maneira de se expressar.

– Mas com que objetivo?

– Talvez, para absolver a si mesmo e parar de se sentir confuso a respeito de sua vida e de seus próprios desejos.

– Não sinto culpa nenhuma, eu lhe garanto. Levo minha vida sem causar mal a ninguém. O que mais se exigiria de mim?

– Mas você não é honesto com relação aos seus sentimentos. Você se ilude.

– A respeito de quê?

– Neste momento, de mim e do que você deseja de mim.

– É o que você pensa, Simone? Diga-me honestamente.

Ela sorriu e acariciou o joelho com as pontas dos dedos.

– Você respondeu à sua própria pergunta – disse ela.

– Você está me dizendo que sabe com clareza o que quer de mim – contrapôs ele.

– É lógico. O que quero de você é prazer, Bernard. O que não quero de você é amor. Tenho isso do meu marido. Não sinto a menor vontade de complicar a minha vida tentando amar dois homens ou ser amada por dois.

– Que franqueza! Então, o que me oferece é prazer, isso e nada mais.

– Exatamente.

Bernard suspirou pesadamente, pensando sobre a proposta de Simone. Ela o observava, achando graça, e esperava.

– Você é uma mulher extraordinária – disse.

– Encare os fatos da seguinte maneira: você e eu estamos negociando na esperança de chegar a um acordo satisfatório para ambos, e não um acerto que favoreça a um, em prejuízo do outro. Para mim, parece simples.

– Então, está certo – disse Bernard. – O compromisso é que cada um de nós dê ao outro prazer e nada mais. Quer que seja assinado e selado?

– Pode levar-me para a cama – respondeu ela. – Selaremos lá o contrato.

Continuaram juntos por meses depois daquele dia. Tinham firmado um compromisso e ambos se esforçaram para cumpri-lo. Simone tinha prazer à sua maneira e ele, à dele, alternadamente. Cada qual tentava entrar no espírito do prazer do outro e o conseguiram, de uma forma que surpreendeu a ambos. Bernard, aos poucos, perdeu a sensação de estar sendo enganado quando Simone agarrava seu membro e mexia nele ritmadamente, numa posição que lhe permitia observar de perto o resultado final. Aceitando os desejos dela, ele pôde obter grande prazer com a maneira extremamente habilidosa como ela o masturbava. Por sua vez, Simone aos poucos perdeu a impaciência com ele, quando metia nela o pênis volumoso e se movia para a frente e para trás. Ela não sentia prazer algum com isso, mas era sua parte do acordo e ela a cumpriu fielmente.

Bernard acabou, com o tempo, descobrindo várias coisas a respeito dela – quem eram seus pais, de onde vinha, e o quanto se dedicava ao filho de 6 anos, chamado Léon, como o pai. Quanto ao marido, pouco lhe foi dito e ele perguntou menos ainda, embora tivessem sido apresentados numa recepção, pouco depois do Ano-Novo. Monsieur Lebrun era um homem baixo e de compleição robusta, que usava um cravo branco na lapela do terno caro. Sua maneira de agir com Bernard foi um pouco fria, e ele lhe lançou um olhar fixo que fez Bernard se perguntar, durante um instante atroz, se Lebrun não suspeitaria de algo.

Simone riu de seus temores na vez seguinte em que veio visitá-lo. O aspecto carnal de sua relação conjugal era objeto de ocasionais especulações de Bernard, mas teria sido imperdoavelmente descortês perguntar-lhe a respeito. Será que Lebrun perdera todo o interesse nela, a não ser como mãe de seu filho e dona de casa? Ou seu desejo por ela ainda estava vivo? Será que insistia na posição convencional, e era essa a explicação para os prazeres diferentes que ela preferia ter com Bernard?

Numa certa quinta-feira, em abril, Bernard esperava que Simone o visitasse depois de uma separação de quase uma semana. Estava com muito bom humor naquele dia, e decidiu fazer-lhe uma pequena surpresa. Depois que os criados saíram do apartamento, com instruções para voltarem entre as 18 e as 19 horas, Bernard foi para o quarto e tirou a roupa toda. A tarde deveria ser de prazer mútuo – pois bem, começaria daquela maneira. Ele estimularia Simone a se satisfazer da sua maneira favorita, depois reivindicaria o prazer dele.

Ela deveria chegar às 15 horas. Dez minutos depois da hora, Bernard estava sentado, nu, numa cadeira em seu hall de entrada. Acariciava seu membro avolumado com grande carinho, pensando nas delícias do corpo encantador de Simone. A verdade é que ele não achava mais nada impróprio na posição que ela assumia, quando era a vez de ele gozar – cabeça no travesseiro e nádegas para cima. Havia muitas vantagens nessa postura, como descobrira. Em primeiro lugar, facilitava sua admissão na macia entrada e possibilitava-lhe penetrar tão profundamente quanto desejava, sem causar incômodo a Simone. Em segundo lugar, dava-lhe o prazer de acariciar seu ventre e os seios durante todo o ato amoroso.

Ele ficou ali sentado, enfeitiçado por uma deliciosa fantasia – Simone entraria no apartamento e o encontraria nu e preparado para ela. Imediatamente, ela cairia de joelhos, tomada por admiração e, ainda de chapéu e casaco, pegaria seu membro imponente com as mãos enluvadas e o beijaria ternamente. Depois, esquecendo-se do mundo, ela o acariciaria até que ele alcançasse uma soberba e apaixonada ejaculação. Para impedir que suas roupas ficassem sujas, no momento do êxtase ela abriria os bonitos lábios e colocaria a cabeça vermelha de seu membro na boca.

Depois, ele ia conduzi-la para o quarto, despi-la devagar e se deliciar o quanto quisesse com seu corpo. Duas vezes, pelo menos – talvez mais – porque ela sabia como mantê-lo excitado. Ah, que prazeres os esperavam nas horas seguintes!

Às pressas, Bernard tirou a mão do membro latejante e desviou os pensamentos de Simone. Estava tão perdido em seu devaneio que quase fora longe demais. Mais um pouco e poderia ter desperdiçado seu potencial, antes de Simone estar ali para apreciá-lo! Estava em brasas! Rezou para ela não se atrasar. Cada segundo, agora, parecia-lhe uma hora – uma hora perdida, que poderia ter sido de delícias.

A campainha tocou, afinal. Sentindo uma alegria quase insuportável, foi abri-la, com o membro duro balançando-se. Escancarou a porta num gesto rápido, com um sorriso de boas-vindas, e exclamou:

– Simone, *chérie* – veja o que tenho para você!

Encontrou, porém, o marido de Simone, com um chapéu de feltro negro e um sobretudo escuro. Em seu rosto, havia uma expressão de profunda raiva, que se transformou em choque, depois em ódio absoluto, quando o olhar de Lebrun deslocou-se pelo corpo nu de Bernard e chegou ao magnífico pau que se projetava entre suas coxas.

7
A prima italiana

Do outro lado dos Alpes, como todos sabem, o sol italiano faz com que as mulheres floresçam precocemente e depois amadureçam de forma luxuriante. Por essa razão, os quatro irmãos Brissard ficaram muito interessados quando sua mãe lhes informou que uma prima italiana em breve visitaria Paris, com o marido. Naturalmente, já tinham ouvido falar dela – era filha de uma irmã da mãe deles, tia Marie, que se casara com um rico italiano cerca de trinta anos atrás. Apenas os pais deles viajaram para Roma no ano em que a guerra acabou para ver a sobrinha casar-se com o marquês de Monferrato. A cerimônia foi em grande estilo, dirigida por um dignitário com a hierarquia de cardeal. O cardeal era irmão do marquês, uma vez que a família Monferrato mantinha a tradição de ter um filho a serviço da Igreja a cada geração, relegando ao primogênito a administração das propriedades. Assim, com essa prática que o tempo consagrou, a família conservava sua influência tanto em termos espirituais como temporais.

A primeira apresentação dos Monferrato à sociedade de Paris foi numa recepção oferecida na casa dos Brissard. Os quatro irmãos estavam lá: Maurice, Michel, Charles – todos com suas mulheres – e Gérard, o mais novo e ainda solteiro, além das irmãs Jeanne e Octavie – Jeanne com o marido, Guy Verney, e Octavie, que se tornara viúva de forma trágica durante a guerra, infelizmente, sozinha. Havia também os irmãos e irmãs de Monsieur e Madame Brissard pais, com os respectivos cônjuges, filhos e os cônjuges deles – no total, quarenta membros da família reunidos no salão da casa dos Brissard para conhecer os nobres parentes italianos.

Teresa di Monferrato, francamente, não era tão bonita quanto se esperava. Cuidava-se muito bem, usava roupas caras, falava francês fluentemente, apenas com um leve sotaque, mas... – que sutilezas, que infinidade de implicações estão contidas por essa palavrinha *mas*! Ela era um tanto baixa e, certamente, um pouco gorducha para sua pequena estatura – resultado, talvez, de excessos na culinária italiana. Sua pele era um tanto morena demais, a boca expressiva, um pouquinho grande – um crítico severo enumeraria interminavelmente seus pequenos defeitos. Talvez pudéssemos apenas dizer que não era possível distinguir nela nenhum traço de origem francesa – e quando se diz isso de alguém, não é preciso acrescentar mais nada!

O contraste entre ela e as mulheres dos Brissard ali presentes era muito acentuado. Seu cabelo negro como as penas de um corvo era mais comprido que os cortes julgados elegantes em Paris. O busto era mais farto do que o considerado chique. O vestido era *haute couture,* mas de maneira alguma *haute couture* parisiense, pois nele importava menos a pureza da linha, e o objetivo principal era chamar a atenção. As mulheres presentes a acharam um tanto cafona.

Sendo esse o caso, depois de um exame atento e discussões entre elas, as mulheres dos Brissard mostraram todos os sinais de atenção para com Teresa. Combinaram levá-la às compras, recomendaram-lhe seus próprios cabeleireiros, fabricantes de sapatos e luvas, costureiros e outros fornecedores de mercadorias e serviços de luxo, tão essenciais para a mulher elegante. Esse afeto por Teresa baseava-se, muito naturalmente, numa certa sensação de superioridade da parte delas. Sua prima podia ter se casado na aristocracia italiana, mas na avaliação geral a conclusão foi que, não sendo parisiense, ela não tinha estilo.

Isso levou a crer que ela não representava uma possível ameaça às mulheres da família e podia, sem riscos, ser apadrinhada, levada para toda parte e protegida.

Entretanto, a natureza humana é caprichosa e, por conta das importantes diferenças entre os processos mentais dos homens e das mulheres, os pontos de vista dos homens da família Brissard com relação a Teresa di Monferrato eram diametralmente opostos aos de suas esposas. Experientes, guardaram as opiniões para si mesmos, não havendo motivo para se envolverem em nenhum tipo de divergência com as mulheres em relação à visitante. No entanto, era óbvio que da encantadora marquesa emanavam sutis ondas de magnetismo sensual que lhe valiam o interesse de todos os homens na festa, tão inevitavelmente quanto uma flor atrai abelhas por meio da cor e do cheiro – abelhas ansiosas para gozar o delicado néctar existente nos recessos secretos da floração. Esse magnetismo podia ser discernido – pelos homens – nos gestos que fazia ao falar, em sua maneira de se sentar e, acima de tudo, na forma como suas nádegas generosas requebravam-se sob o vestido quando caminhava. Em resumo, todos os quatro irmãos Brissard acharam sua prima italiana muito desejável, e cada um deles, em segredo, decidiu que gozaria seus favores mais íntimos durante sua permanência em Paris.

Porém, como isso seria possível? À noite, os Monferrato faziam recepções luxuosas na suntuosa casa alugada para sua estada, na avenue Carnot. Davam jantares e eram convidados para os das outras pessoas, iam frequentemente à ópera, jantavam nos restaurantes que tinham boa reputação entre os *gourmets* – o Androuet's, o Lapérouse, a Maison Prunier, o Joseph's, na Rue Pierre Charron, perto dos Champs-Élysées. Frequentavam as opções de lazer mais procuradas, que todo visitante de Paris conhece – o Moulin Rouge, o Folies Bergère e todo o resto. Somando-se tudo, era um circuito extenuante de atividades sociais. Durante o dia, o próprio marquês, Rinaldo, saía para ver outros divertimentos de Paris, em geral acompanhado por um dos Brissard – o pai os designava, por turnos, para a tarefa de ser o guia e acompanhante de Rinaldo. Ele, um gorducho nobre de 50 anos, queria ver tudo, do túmulo de Napoleão ao Marché aux Puces de Saint-Ouen!

Rinaldo não era o problema. Quanto à própria Teresa, parecia dedicar todas as manhãs a mais uma saída para compras com uma das esposas Brissard. Restavam as tardes, mas sua devoção italiana à *siesta* parecia total. Por mais de uma semana, os irmãos, cada qual agindo individualmente e em segredo, tentavam superar esse obstáculo da falta de tempo, aparentemente impenetrável.

Foi Charles quem ganhou essa corrida extraordinária – Charles, que possuía uma combinação da elegante masculinidade do pai com a graça gentil da mãe e que era, segundo a opinião geral, o mais bonito dos quatro belos filhos. Subornando diligentemente a criada de Teresa, ele ganhou os ouvidos da patroa – e, na hora certa, outras partes mais interessantes de seu corpo sedutor.

Na tarde combinada, a criada, cujo nome era Caterina, admitiu Charles pela entrada dos criados na suntuosa casa. Era uma mulher gorducha, de 50 anos, que usava negro até os tornozelos e praticamente não falava francês. Seus olhos, porém, tão brilhantes quanto os botões negros das roupas, viam e compreendiam tudo – especialmente o poder de cédulas com valores altos. Levou Charles pela escada dos fundos até a porta do *boudoir* de Teresa, bateu de leve e lhe fez sinal com a cabeça para entrar.

O aposento era encantador – não grande demais a ponto de inibir manifestações íntimas de afeto, nem pequeno a ponto de fazê-las parecerem furtivas. O chão era ricamente carpetado, e as janelas compridas tinham cortinas de seda verde-esmeralda. A porta atrás, que evidentemente conduzia ao quarto de dormir da marquesa, estava discretamente fechada, como seria de se esperar. Nesse refinado *boudoir*, recostada num divã, estava Teresa, marquesa de Monferrato. Preparando-se para a *siesta* habitual – ou isso ela teria dito, se alguém tivesse a descortesia de perguntar – ela tirara as roupas elegantes e estava envolta num fino penhoar de seda laranja-escuro. Charles foi para o seu lado e curvou-se para beijar-lhe a mão, satisfeitíssimo de ver como ela estava pouco vestida – o penhoar, amarrado frouxa e negligentemente, expunha até quase os mamilos de seus seios redondos.

– Caro Charles – disse ela –, que gentileza vir me visitar.

Ele respondeu galantemente que a gentileza era dela em recebê-lo, e para não perder um só momento desse precioso encontro, partiu imediatamente para uma declaração de devoção a ela, de rendição aos seus encantos e muitas outras tolices que os homens se sentem obrigados a dizer nessas ocasiões. Teresa o escutava com um sorriso de interesse e de prazer, até que, muito encorajado, ele se apoiou num joelho, ao lado do divã, para beijar-lhe o pé nu, como sinal de homenagem. Ela tinha um pezinho bonito, com o arco alto, as unhas cuidadosamente pintadas de rosa-claro. Quando ele o levantou cautelosamente na mão, apenas alguns centímetros, para melhor colar os lábios a ele, a seda macia do penhoar de Teresa escorregou-lhe pelas pernas, expondo até o meio da coxa ao seu olhar de admiração.

Imediatamente, Charles aproveitou-se dessa vantagem, como não deixaria de fazer qualquer homem em sua posição! Do pé, seus lábios subiram até o joelho de Teresa e então, tremendo de expectativa, seguiram mais para o alto e ele beijou, delicadamente, a sedosa maciez no interior das coxas da marquesa.

– Ouvi falar da galantaria francesa – suspirou ela –, mas jamais a experimentara. Ah, Charles, é assim que os franceses fazem amor?

– É assim que eu faço amor – disse ele, beijando-lhe as coxas outra vez.

Ele abriu mais as dobras de seda do penhoar da marquesa e deixou à mostra um espesso matagal de cabelo negríssimo entre suas pernas.

– Que maravilha! – murmurou, passando os dedos por sobre os pelos, como se os penteasse.

Desamarrou-lhe o cinto e abriu por completo o penhoar, deliciando os olhos na saliência do ventre e, depois, nas cúpulas encantadoras de seus seios. Cobriu-os de leve com as palmas das mãos e apertou-os suavemente.

– Essa intimidade entre primos – disse ela, com os olhos brilhantes fixos nele – é habitual em Paris?

– Entre mim e você, é uma necessidade – respondeu ele. – Deve sentir o mesmo, do contrário não concordaria em me receber aqui.

– Uma necessidade, concordo – suspirou Teresa, prazerosamente, enquanto ele se curvava sobre ela para beijar seus mamilos firmes e a mão dela tocava a frente de suas calças e abria os botões, um por um. Ela tateou sob a camisa de Charles até conseguir segurar seu membro duro e acariciou-o com vigor.

Com os lábios ainda colados nos seios dela, a mão de Charles desceu devagar pelo ventre quente de Teresa e chegou ao cerrado arbusto. Separou as pétalas macias de carne e descobriu que ela estava totalmente preparada para ele. Com as emoções do encontro, Teresa começou a perder o domínio do francês e a falar o italiano nativo.

– *Ach, che bello!* – exclamou, enquanto as pontas dos dedos dele acariciavam seu clitóris.

As palavras eram suficientemente parecidas com o francês para permitir a Charles entender que aquilo era uma manifestação de prazer. Continuou tocando-a ternamente por algum tempo, até ela puxar seu membro duro para fora das calças e olhá-lo com afetuosa expectativa.

— *Mettimelo dentro!* — implorou.

Charles beijou outra vez seus seios, sem saber o que as palavras significavam. Ela repetiu o que dissera, desta vez com mais insistência.

Abriu muito suas belas pernas enquanto falava e puxou o membro dele em sua direção, de maneira que não deixava margem a dúvidas. Charles tirou o paletó e, obedientemente, estirou-se sobre ela no divã e meteu o objeto do desejo de Teresa bem fundo em sua bela gruta.

— *Adesso... prendimi! Sfondami tutta!* — exclamou ela, jubilosamente.

As palavras nada significavam para Charles, mas que necessidade há de palavras, em qualquer língua, quando um homem e uma mulher unem seus corpos da maneira mais íntima e excitante possível? Os movimentos de Teresa, seus suspiros, o forte aperto das mãos dela em seus ombros — tudo isso dizia a Charles o que era necessário saber naquele momento. A dama gostava de suas atenções, tanto quanto ele gostava de prestar-lhe sua terna homenagem. Para dizer a verdade, a julgar pelo entusiasmo com que as pernas abertas de Teresa o apertavam e seus quadris quentes se erguiam, ritmadamente, para receber as investidas dele, a satisfação dela talvez fosse ainda maior do que a sua!

— Teresa... eu adoro você! — murmurou ele, enquanto as deliciosas sensações que o percorriam se tornavam ainda mais fortes e irresistíveis.

— *Più forte, caro!*

Os pinotes que ela dava mostraram-lhe que Teresa o estimulava a aumentar a intensidade de sua investida. Ele moveu-se para frente e para trás com mais vigor, deleitando-se com as sensações.

— *Sto vertendo!* — gritou, corcoveando tão furiosamente no divã que Charles precisou agarrar-se a ela com força, enquanto se aproximava do seu gozo.

— *Dio!* — gemeu ela, enquanto ele despejava a prova de sua paixão dentro da carne macia. — *Dio!*

Havia lágrimas de êxtase em seu rosto, algo que Charles nunca vira. Beijou-as, enxugando-as, e acariciou o cabelo de Teresa até ela se acalmar.

— Há muita coisa para eu aprender em Paris — disse ela, sorrindo para ele.

— O prazer é todo meu de lhe ensinar — respondeu ele, desprendendo-se dela.

Depois de algum tempo, Charles sentou-se de maneira relaxada na cadeira diante dela, com as calças abotoadas, para falar-lhe da interminável admiração e do amor que sentia por ela. Teresa, com o penhoar modestamente recolocado no lugar, escondendo tudo, e meio reclinada no divã, estendeu o braço de forma lânguida e tocou uma pequena campainha de prata. Quase imediatamente a criada vestida de negro entrou no aposento com uma grande bandeja de prata.

— Quer algo para beber? — perguntou Teresa. — Café? Limonada? Ou algo mais forte?

— Café — disse Charles, pensando que a presteza da entrada da criada significava que ela devia conhecer muito bem o tempo que sua patroa precisava para concluir um episódio de paixão e podia estar pontualmente à porta, com a bandeja preparada, esperando pelo tilintar da campainha. No entanto, como Teresa não parecia ver nada fora do comum nisso, concluiu que a maneira italiana de tratar os criados talvez fosse mais íntima que a habitual na França.

Bebericou o café e conversou cortesmente com Teresa, como se a visita fosse apenas social. No entanto, o intervalo foi breve — logo que a criada foi embora, Teresa pôs de lado a xícara e estendeu os braços para Charles. As mangas frouxas de seu penhoar laranja deslizaram para trás, mostrando seus belos pulsos e antebraços esguios.

Charles sentou-se à beira do divã e tomou-a nos braços, beijando-a. Através da seda, o calor de sua pele o encantava, e as mãos dele deslizaram com satisfação sobre seus ombros, pelas costas, ao longo do dorso – e voltaram, inevitavelmente, para seus seios. Por algum tempo, contentou-se em acariciar os mamilos firmes através da seda, e ela claramente achou isso muito excitante, porque a palma de sua mão colocou-se sobre a coxa de Charles e iniciou uma carícia ascendente. Inflamado de paixão, Charles abriu a parte superior, bem folgada, do penhoar de Teresa, para olhar carinhosamente seus seios, em muda admiração, antes de colar os lábios em sua pele delicada.

As preferências de Teresa, em matéria de amor, como ele descobriu naquela tarde, não eram encontros prolongados de terna paixão, conduzindo a um gozo explosivo, mas uma série de curtos e intensos episódios, com pequenos períodos de descanso e lanches nos intervalos. Charles atribuiu isso a seu temperamento italiano – à ardente espontaneidade que a impelia a exortá-lo com expressões em *stacatto* quando ele penetrava em seu belo corpo, e que provocava gritos tão desinibidos de prazer na hora do orgasmo.

Ele lhe deu três provas de sua devoção naquela tarde, antes de sugerir que era hora de se retirar, a fim de que ela se aprontasse para a volta do marido. A sugestão parecia sensata. Charles ajeitou a roupa e beijou-lhe a mão em despedida.

– Quando poderei vê-la de novo? – perguntou.

– Muito em breve, eu espero, querido Charles.

– Amanhã?

Ela sorriu.

– Amanhã não posso. Deixe-me pensar... Sexta-feira. Sim, Caterina acertará tudo.

Antes de ele ter tempo de protestar que jamais poderia sobreviver três dias sem sua companhia, ela tocou a pequena sineta e imediatamente a criada entrou no *boudoir*.

– *Au revoir* – disse ela, docemente.

Teresa puxara o penhoar frouxamente sobre o corpo, para cobrir as coxas e as partes mais íntimas – embora um delicioso mamilo marrom-avermelhado estivesse aparecendo sobre a seda laranja. Mesmo assim, o ligeiro despenteado do cabelo, o rosto levemente corado e o contentamento de sua atitude enquanto permanecia meio deitada no divã denunciavam claramente os jogos em que estivera envolvida, e como não fazia o menor esforço para disfarçar nada disso na presença da criada, Charles ficou imaginando se a fiel Caterina não estivera escutando à porta o tempo todo!

– *Au revoir*, Teresa – respondeu ele, curvando-se levemente.

Charles tinha motivos para se congratular em segredo por seu feito. Era a primeira vez que fizera amor com uma italiana, e a experiência fora muito gratificante. Também era a primeira vez que se deitava com uma marquesa e isso conferia um certo prestígio ao encontro dos dois, pensou. Não era a primeira vez que ia para a cama com uma prima – Marie-Véronique tivera essa honra, a mulher de um sobrinho de sua mãe. Por outro lado, Marie-Véronique era apenas sua prima por casamento, de modo que talvez não contasse. Na verdade, Teresa representava um triplo sucesso!

Entretanto, sem Charles saber, seu irmão Maurice seguia pelo mesmo caminho. Por temperamento, Maurice era mais decidido e temível do que Charles, pois havia herdado mais características do pai. Para Maurice, estava fora de questão esgueirar-se para dentro de uma casa pela entrada de serviço e subir pelas escadas dos fundos. Isso seria uma afronta intolerável à sua dignidade! Quando a marquesa foi, afinal, convencida a encontrá-lo em particular, ele a acompanhou para um pequeno apartamento mobiliado que mantinha na Rue Lafitte. Adquirira esse útil *pied-à-terre* algum tempo atrás, a fim de ter um lugar adequado para receber as damas com conforto e intimidade. A existência do local era ignorada, não é preciso dizer, não apenas por sua mulher, mas até pelos irmãos.

Como resultado das inúmeras compras de Teresa por toda Paris, ela estava incrivelmente chique naquele dia, vestindo um casaco de vicunha negra, com grandes punhos de astracã que iam quase até o cotovelo e uma ampla barra da mesma pele ao longo da bainha – a criação de um mestre da *haute couture*. Ela usava também um pequeno chapéu *cloche* negro com um broche de diamantes num lado. Enquanto a parabenizava pela elegância, Maurice pensou que a visita a Paris estava custando a Rinaldo di Monferrato uma quantia espantosa de dinheiro. As propriedades dele certamente deviam produzir muito mais do que se imaginara! Porém, Maurice nada sabia a respeito disso – todas as discussões de negócios estavam limitadas a Rinaldo e a Monsieur Brissard.

Logo que a porta do apartamento foi trancada, Teresa atirou-se nos braços de Maurice, que a esperavam, e o beijou ardorosamente.

– Querido Maurice – suspirou ela. – Mostre-me o quarto. Não posso ficar com você por muito tempo.

Maurice tirou o chapéu e o casaco e a conduziu para onde ela queria ficar.

– Mas que encanto! – disse ela, dando uma olhada no aposento, que tinha móveis elegantes, ao estilo moderno. – É para cá que você traz suas amantes, para este quartinho charmoso?

– Querida Teresa – respondeu, encaminhando-se para ajudá-la a tirar seu belo casaco –, não há amante alguma. É só para você.

Mentia, naturalmente, como um homem deve fazer nessas ocasiões. Teresa sabia que mentia, mas não o questionou, como uma mulher deve fazer nessas circunstâncias. Sorriu e tirou o casaco, sacudindo o cabelo muito negro. Depois, com o gesto que o encantou, chutou seus caros sapatos pretos de *lézard*, fazendo-os voar pelo quarto em direção à cama larga e baixa.

– Ajude-me a tirar o vestido, Maurice.

– Talvez você devesse ter trazido sua criada – disse ele, tateando à procura dos fechos na lateral de seu apertado vestido azul-pavão, uma criação de Patou.

Estava brincando, mas ela o levou a sério.

– Quase trouxe, depois pensei que a presença dela poderia deixá-lo embaraçado. Mas tenho certeza de que não precisamos dela, você deve ter uma longa experiência em ajudar as mulheres a tirarem a roupa.

O vestido saiu por sua cabeça e ela ficou ali em pé, com uma combinação de *crêpe de Chine* com o comprimento bem acima dos joelhos, enfeitada, no busto e na bainha, com uma renda crua, sobre a qual haviam sido aplicados pequenos botões de rosa. Ela passou os braços nus em torno do pescoço dele e pressionou o corpo contra o seu, beijando-o, enquanto o calor de seu ventre macio alcançava Maurice através das roupas dele. Quando ela o soltou, Maurice tirou às pressas o paletó e o colete, deixando o tapete coberto de roupas.

– Você é muito bonita – disse.

– Mas você ainda não me viu, Maurice, viu apenas as minhas roupas. – Ela pegou a bainha da combinação, com as duas mãos, e levantou-a acima da cabeça.

– Mais bonita do que eu imaginava – continuou ele.

Teresa sentou-se na cama e sorriu-lhe, afetuosamente. Usava apenas as meias e os menores calções de seda que ele já vira numa mulher, cortados de modo a cobrir apenas seu lugar mais secreto e expondo completamente a barriga e as coxas até a virilha.

– Estilo italiano? – comentou ele. – Que beleza!

– Quer tirar minhas meias, ou eu devia ter trazido a criada? – perguntou ela.

– Vou tirá-las com todo prazer, querida Teresa.

Ela posou voluptuosamente para ele, reclinando-se sobre os cotovelos na cama macia, com um pé, ainda de meia, à beira da cama, levantando bem alto o joelho, e com a outra perna estirada. Que pernas ela tinha, observou Maurice, com ar de aprovação – e com a experiência de um homem que tivera o privilégio de ver e acariciar as pernas de um considerável número de mulheres bonitas. Que pernas! As coxas bem torneadas até os joelhos, as panturrilhas perfeitas e os tornozelos esguios sem dúvida poderiam servir de tema para um pintor! A não ser pelo fato de que Maurice não confiaria em pintor algum observando Teresa quase nua, a não ser que o homem estivesse acorrentado à parede, com toda segurança, e incapaz de se atirar aos pés dela e jurar amor eterno em troca da honra de beijar seu pé!

As ligas de Teresa eram do mesmo tom azul-pavão de seu vestido e delicadamente adornadas com fina renda. Ele tirou com *finesse* as meias de seda e deixou as ligas, pelo prazer de vê-las contrastar com a pele macia e morena de suas coxas nuas. Da posição privilegiada em que a observava, junto aos pés dela, a suntuosidade do corpo de Teresa era impressionante. Esses seios de forma perfeita e redonda, tão tentadoramente próximos e oferecidos com tanta generosidade para sua delícia! Mesmo com toda a sua eloquência Maurice estava sem palavras para descrevê-los ou louvá-los. Seria preciso um poeta do maior talento para encontrar uma frase capaz de fazer justiça a esses brinquedos encantadoramente duros e pontudos! Sem falar da pele de cetim de sua barriga, exposta tão livremente... as figuras de linguagem necessárias para transmitir seu poder de sedução estariam além das capacidades mesmo da Academia Francesa em sessão plenária! E ali embaixo, na junção de uma coxa erguida e da outra estirada, um pequeno triângulo de seda azul-pavão que cobria mas não ocultava inteiramente seu tesouro mais secreto. O tecido fino estava esticado numa deliciosa curva que insinuava uma xoxota gorducha – e através da transparência da seda era claramente visível a sombra escura de seus pelos negros, retintos.

Em meio a murmúrios de admiração quase inarticulados, Maurice beijou o interior da coxa erguida até chegar à sua virilha e à protuberância coberta de seda que o excitava – nem suspeitava de que os lábios de seu irmão Charles haviam seguido a mesma trilha maravilhosa na véspera.

– Ah, Maurice – sussurrou ela –, como este momento é divino!

Num estado de profundo júbilo, ele tirou a pequena peça de roupa restante, que protegia seu pudor, e choveram beijos sobre os lábios suavemente proeminentes que descobrira.

– *Madonna mia!* – suspirou Teresa, com as pernas se abrindo mais.

Por mais que o momento fosse delicioso para os dois, havia ainda mais de seu corpo maduro para adorar. Maurice segurou-lhe os quadris e a fez rolar na cama até ficar com o rosto para baixo e as rotundidades de suas nádegas bem à vista. Correu as mãos sobre as duas protuberâncias, com sua pele de seda, enlevado por sua macia carnosidade. Apertou-as, beijou-as curvou-se sobre Teresa para mordê-las devagarinho, fazendo-a soltar gritinhos de prazer.

O adorável jogo dos amantes continuou até que Maurice foi compelido a tirar as roupas e deitar-se ao lado dela, para procurar formas mais excitantes de brincar. Beijou a adorável prima da ponta do reto nariz romano às extremidades dos bem modelados dedos dos pés, nada deixando escapar – curvas, superfícies planas, protuberâncias, concavidades, partes macias, partes peludas – nem um só arrebatador centímetro foi esquecido. Àquela altura, Teresa, com seu sangue quente, esquecera temporariamente a língua francesa por conta dos tremores de prazer que ele lhe provocava. Com o membro duro ainda prisioneiro voluntário em sua mão, ela murmurava:

– *Oh, sì... ancora... di più!*

Maurice lançou uma perna sobre as dela e rolou até ficar em cima de Teresa, com as pontas dos seios bem proeminentes dela pressionando seu peito cabeludo. As mãos dela estavam entre suas coxas, antes de ele conseguir chegar lá, para abrir bem amplamente o portal para sua entrada. Num instante, Maurice penetrou-a profundamente. Teresa exclamou: *"Meraviglioso!"* e cruzou os tornozelos sobre as costas dele, para prendê-lo com força contra seu corpo. A única dúvida, naquele momento, era qual dos dois chegaria primeiro ao auge da paixão, pois ambos se atiravam furiosamente um contra o outro. Acabou sendo Maurice, mas um instante depois Teresa gritou de êxtase, ao sentir que ele descarregava dentro dela seu gozo.

Depois, descansaram um pouco e trocaram palavras de carinho, bebendo uma ou duas taças de champanhe da selecionada provisão que Maurice tinha no apartamento. Após um tempo que ele achou demasiado curto, Teresa perguntou que horas eram e explicou que tinha de ir para casa, para preparar-se para jantar com Michel e sua mulher.

– Tão depressa? – perguntou Maurice. – Tem mesmo de ir rápido assim, queridíssima Teresa?

Ela cedeu e aceitou ficar mais 15 minutos, nada além disso. Maurice não era homem de desperdiçar tempo e perder oportunidades. Sua mão se insinuou entre as pernas dela, para acariciar seu orvalhado botão de rosa, e imediatamente ela ficou pronta para uma repetição das delícias anteriores. Desta vez, ele a virou de bruços, com macios travesseiros sob a barriga, de modo a poder deitar-se sobre as voluptuosas protuberâncias de suas nádegas e senti-las sacudindo-se debaixo dele, enquanto a penetrava por trás e provocava um segundo gozo em ambos.

– Amanhã? – perguntou ele, quando se vestiam para ir embora.

– Não... não será possível... Quarta-feira. Virei às 15 horas.

Maurice curvou-se para beijar sua mão enluvada.

– Estarei aqui esperando-a – prometeu.

A visita do marquês e da marquesa de Monferrato a Paris durou mais de três meses – toda a elegante temporada de outono. No fim de dezembro, voltaram para a Itália, depois de uma magnífica recepção em sua suntuosa casa, durante a qual criados de libré verde e dourada serviram champanhe gelado e um quarteto de cordas se apresentou, embora a música se perdesse em meio à conversa animada da centena de convidados. Um dia depois, os Monferrato partiram de trem, acompanhados por quatro criados e uma montanha de bagagem.

No outono do ano seguinte, Aristide Brissard recebeu os quatro filhos para almoçar em seu restaurante favorito. Pela natureza do convite, deduziram que ele tinha notícias importantes para comunicar-lhes – talvez, especularam, pretendesse deixar de ter participação ativa nos negócios da família, passando a liderança a Maurice. Se fosse assim, estava implícito que Maurice indicaria Michel como vice, dando mais amplitude de ação, por sua vez, a Charles. A perspectiva era interessante. Só Gérard, ainda na universidade, não seria afetado por um anúncio desse tipo e, assim, embora estivesse presente no almoço, era o menos preocupado e, provavelmente, o que mais apreciou a refeição.

Entretanto, a notícia de Aristide também afetaria Gérard, porque o velho não tinha a menor intenção de transferir responsabilidades – pelo menos, não do tipo financeiro.

– Meus queridos filhos – disse, no fim do almoço, enquanto lhes era servido um bom conhaque –, tenho algo a dizer que os alegrará. Sua mãe recebeu uma carta da irmã, Marie, informando que a marquesa de Monferrato teve um filho, herdeiro do título e das propriedades. Vamos beber pela saúde e pela prosperidade da criança, de sua mãe e de nosso bom amigo Rinaldo.

Os copos foram erguidos, num brinde, enquanto silenciosamente contavam-se os meses e percebia-se o fato incômodo de que o bebê fora concebido durante a permanência de Teresa em Paris. Por outro lado, a presença do marido na ocasião dava certa tranquilidade.

– Mas como estão com os rostos solenes! – observou Aristide. – Até você, Gérard, o brincalhão da família! Algum problema?

– Não, não – respondeu um coro de vozes em torno da mesa.

– Rinaldo, naturalmente, está encantado de ter finalmente um filho para dar continuidade ao nome de Monferrato – disse Aristide. – Como sabem, ele é muito mais velho que Teresa. Também se deve considerar que antes do casamento sua vida era dedicada aos prazeres do amor. Teve um número impressionante de amantes, de princesas a camponesas, sem falar nas mulheres de uma certa profissão... do tipo mais sofisticado, vocês entendem. Mas, para usar a expressão corrente, havia temores de que a fonte houvesse secado. A longa permanência aqui teve, obviamente, um resultado muito feliz.

– Ah, Paris... a cidade do amor e do prazer! – comentou Gérard, com velada ironia, e Maurice sacudiu a cabeça, numa advertência para que se calasse.

– Um resultado muito feliz, realmente – disse Charles, com cautela.

– Também é o que acho – acrescentou Maurice.

– Tenho plena consciência – continuou Aristide – de que a prima de vocês, Teresa, é uma mulher muito atraente. E sendo mais italiana que francesa, talvez seu sangue seja mais quente do que seria apropriado para uma mulher casada.

– Ora, papai, como pode sugerir uma coisa dessas? – replicou Maurice.

– Também sei – prosseguiu Aristide, ignorando-o – que durante a visita a Paris, no ano passado, ela se tornou amiga íntima de... Ora, digamos que o privilégio de seu marido foi estendido a... outra pessoa. Não tentem negar, não sou tolo.

– Claro que não, papai – concordou Gérard, o único entre eles que sorria.

– Somos homens mundanos – disse Aristide. – Eduquei meus filhos para se comportarem com cortesia e discrição nas questões afetivas. Até você, Gérard, espero.

– Torço para não tê-lo desapontado, papai.

– De maneira alguma. Sinto orgulho de todos os meus filhos.

– Há uma coisa que preciso contar a vocês – disse Charles. – Claro que teria permanecido em segredo para sempre, mas depois da notícia que nos deu, sinto que é meu dever avisá-los de que sou o pai do filho de Teresa. Confesso isso com orgulho.

– Você! – exclamou Maurice. – Impossível! Sou eu!

Gérard soltou uma gargalhada que chamou a atenção de todos no restaurante:

– O que há de ridículo nisso? – perguntou Maurice, irritado. – Acha que não sou digno de ser o amante de uma mulher encantadora e de categoria?

– Não, não é isso, Maurice. – Gérard tentou explicar, lutando para controlar o riso. – Mas o fato é que fui honrado da mesma maneira pela dama. Somos três, então. E você, Michel, também teve os mesmos privilégios?

– Sim, meu Deus! – confessou Michel, corado. – Acho que nossa prima italiana distribuiu seus favores com muita liberalidade.

– Aquele diabinho! – disse Maurice. – Ela tinha o sangue quente de tal maneira que eu, por exemplo, não imaginei. No entanto, talvez os sinais disso estivessem claros o tempo todo, como seu entusiasmo e seu desejo de abraços sucessivos.

– O calor daqueles abraços! – lembrou Michel. – Que encanto.

– Ah, sim, como era encantadora, mesmo em seus momentos de maior ânsia – comentou Charles, em tom de quem recorda.

– E que bunda! – acrescentou Gérard.

– Chega! – ordenou Aristide, em tom de reprovação. – Estamos falando de uma dama que é parente distante de nossa família. Vamos escolher as palavras com decoro, por favor.

– Diga-me uma coisa – falou Maurice, com a mente ágil funcionando. – Será que o objetivo da visita a Paris era fazer Teresa engravidar?

Aristide bateu do lado do nariz com um dedo.

– Nada de perguntas indiscretas. Fiquem satisfeitos, todos vocês. Enquanto prestavam suas homenagens à nossa prima, pude fazer certos acordos com o marido dela com relação a uma parte de suas extensas propriedades, e isso não apenas aumentará a renda dele substancialmente, mas também nos dará belos lucros nos anos vindouros. Em suma, a visita dos Monferrato a Paris pode ser considerada um sucesso, pois todos se beneficiaram com ela, de várias maneiras. Não deve haver mais discussão a respeito, entendido?

– O segredo está a salvo conosco – respondeu-lhe Maurice, em nome de todos.

– Não tenho a menor dúvida. É, afinal de contas, um belo segredo, o de que um de vocês é o pai do próximo marquês de Monferrato.

8
O amor-próprio de Marcel Chalon

Quando uma mulher muda de amante, talvez seja para ela mais ou menos o mesmo que trocar de meias. No entanto, o golpe no amor-próprio do amante rejeitado pode ser catastrófico. Inicialmente, ele se recusa a acreditar no que ela disse e, depois, quando percebe que fala sério, fica furioso. Muitos crimes passionais foram cometidos por esse motivo, embora o homem comum, em geral, não assassine a ex-amada sem maiores conversas, mas se contente em gritar com ela e sair precipitadamente. A raiva é uma emoção cansativa, e depois de algum tempo o amante rejeitado passa a sentir uma amarga desilusão. Por fim, recupera-se e arranja outra mulher, seguindo em frente na vida e no amor.

Marcel seguiu a trajetória clássica depois que Yvonne Daladier informou-lhe que o caso de um ano dos dois terminara. Sentiu raiva por três dias, durante os quais vagueou pelos *grands boulevards*, embriagando-se em bares, quebrando copos e insultando gente completamente desconhecida. Mais de uma vez foi posto para fora à força, até que afinal seguiu para casa em um carro de aluguel, despenteado e machucado, com a raiva extinta e a amarga desilusão se instalando.

Por que Yvonne lhe fizera uma coisa dessas? Não parava de perguntar a si mesmo. Ele era um homem de boa aparência, 26 anos, vestia-se bem e era uma companhia agradável. Na cama, era mais do que capaz de fazer uma moça feliz. Tinha recursos que lhe permitiam ser independente e a mantivera em grande estilo. Os meses que passaram juntos foram felizes para ambos. Em resumo, não havia nenhum motivo possível para ela ter se comportado de maneira tão vergonhosa.

Yvonne o trocara por outro! Na verdade, abandonara o apartamento onde haviam passado tantas horas deliciosas juntos e fora morar em outro lugar! Era incompreensível – e intolerável!

Depois de dormir até curar a bebedeira e mudar de roupa, Marcel partiu, com o coração pesado e infeliz, para o apartamento que fora de Yvonne – pela última vez. O que tinha em mente, quem poderia dizer? Talvez morresse ali, sozinho, com o coração partido. Talvez se embriagasse de novo para esquecê-la. Tudo era possível.

Entrou no apartamento deserto com a chave que tinha e deu uma olhada em torno. Fazia apenas três dias desde que ela lhe comunicara sua decisão e metade dos móveis e dos quadros já não estava mais ali. Ela própria não estivera ali todo aquele tempo, ele sabia, porque telefonara inúmeras vezes dos bares para dar vazão à sua raiva. A criada atendera uma ou duas vezes e lhe dissera que madame estava fora. Claro que estava! Em algum lugar, com o novo amante – talvez num hotel, quem sabe no campo. Não, com certeza em Deauville, para onde Marcel a levara no começo da relação dos dois – e foram dez dias de prazer ininterrupto, juntos! Porém, pérfida como ela demonstrara ser, disse ele a si mesmo, amargurada de dor, poderia muito bem estar em Deauville com seu novo admirador, deixando a criada fazer as malas e transportar seus pertences para o outro apartamento.

Vagueou pelo quarto. A cama ainda estava ali – aquele móvel no qual haviam dado tanto prazer um ao outro. Um gemido de agonia escapou dos lábios de Marcel enquanto ele permanecia ali a olhá-la, lembrando-se de tempos mais felizes. O perfume de Yvonne ainda pairava no ar, de leve, tornando o cenário insuportavelmente doloroso.

Abriu uma gaveta da cômoda esperando encontrá-la vazia. Para surpresa sua, estava repleta de coisas dela – meias, roupa íntima. Sim, concluiu, dominado pela dor, ela levara apenas uma maleta de roupas – o suficiente para uma rápida estada em algum hotel até tudo ser transferido para onde ela iria.

Numa súbita irrupção de raiva, Marcel puxou todas as gavetas e derramou seu conteúdo na cama. Havia uma deslumbrante profusão de *lingerie* elegante – combinações de seda e calções com beirada de renda em rosa forte e rosa-acinzentado, verde-murta e verde-água, azul-jacinto e azul-centáurea. Havia macios pares de calções com bordados à mão na pala, com aplicações de renda Chantilly. Havia pelo menos 12 pares de meias de seda, de todos os tons, de cor de pele ao dramático negro.

Ele mergulhou as mãos nesse suntuoso monte de roupa íntima, bem alto na cama, com a cabeça perturbada por emoções confusas. Ele a adorara tanto – sua pele macia, as coxas suaves, a boca formando um biquinho, o rosto pequeno, os seios deliciosos... O pobre Marcel pensou que ia enlouquecer com essas lembranças do que fora sua relação com Yvonne. Três dias sem ela! Ainda pior – três noites sem ela e sem os prazeres de seu corpo! Era mais do que podia suportar.

Mal sabia o que estava fazendo quando arrancou o paletó e se atirou na cama, os dedos tateando as calças e as cuecas, até que puxou para cima a frente da camisa e empurrou a mão repleta de roupas íntimas de seda de Yvonne contra o membro quente. A emoção desse momento o fez arquejar alto. O pênis ficou duro, ereto, pulsando, antes mesmo de Marcel começar a acariciá-lo com as sedas coloridas que segurava.

– Yvonne... Yvonne... Eu adoro você... – gemeu, sentindo que, dentro de poucos instantes, derramaria a paixão desesperada por ela num punhado de sua roupa íntima.

No arrebatamento de saudade que o dominava, estava surdo e cego para o mundo ao seu redor, sem perceber que outra pessoa entrara no apartamento e, atraída por seus gemidos, encaminhava-se para o quarto. Como poderia notar? Estava naquele momento de divina loucura, quando o corpo sabe que está a caminho de uma convulsão de prazer que nada pode impedir.

Naquele mesmo momento, a criada de Yvonne entrou no quarto e parou, com os olhos arregalados de espanto, ao ver a cena diante dela. Ali estava Marcel, deitado na cama, com as calças em torno dos joelhos e a camisa em volta da cintura, esfregando um punhado de roupas íntimas de madame contra seu corpo! Marcel devolveu o olhar, boquiaberto, à criada, que usava chapéu e traje de passeio, a mão ainda na maçaneta da porta. Foi um momento de tensão incrível para os dois.

Constrangimento, vergonha, raiva, uma mistura complicadíssima de emoções atravessou a mente de Marcel após aquela intrusão num momento tão inadequado – mas estava além da capacidade humana conter o orgasmo que chegava. O membro duro de Marcel retorceu-se furiosamente e ejaculou no chumaço de fina roupa íntima que o escondia do olhar da criada. Ele tentou suprimir os espasmos que lhe sacudiam o corpo, mas não conseguiu até o processo completar-se.

A criada observou-o sacudir-se e arquejar, até chegar a seu angustiado clímax, com a mente ágil procurando uma forma de tirar proveito desse espantoso evento.

– Espere lá fora, Cécile – disse Marcel, quando o poder do discurso racional lhe voltou. – Eu lhe explicarei tudo dentro de um instante. Agora, saia. Você não perderá com isso, eu lhe garanto.

– Mas, Monsieur Marcel – respondeu ela, avançando para dentro do quarto –, não há necessidade de o senhor se sentir embaraçado. Entendo seus sentimentos e não estou, de maneira alguma, aborrecida. Além disso, parece-me que neste momento o senhor precisa de alguma ajuda para se limpar.

Seu jeito solidário acalmou a agitação que Marcel sentia por ter sido descoberto num ato tão improvável. Ele chegara a conhecer a criada de Yvonne muito bem durante o caso dos dois, e sempre a achara uma mulher compreensiva. Além disso, estivera acostumado, a vida inteira, a ser atendido por criados que lhe preparavam e limpavam tudo. Ninguém antes fizera para ele esse serviço particular, mas há sempre uma primeira vez para tudo.

Ficou deitado de costas, descontraidamente, na cama de Yvonne, e fechou os olhos, enquanto Cécile removia de seu ventre a roupa íntima encharcada.

– Meu Deus – disse ela –, o senhor vai me dar uma porção de trabalho para lavar e passar tudo isso, Monsieur Marcel. Com certeza, estava num estado terrível.

– E pensar que fui levado a uma situação dessas – murmurou, tomado por autocompaixão. – Ela sabe que eu a amo, mas se nega a mim por causa de outro homem. É demais!

– Um horror – concordou Cécile. – Espere aqui enquanto vou buscar uma toalha.

Trouxe um pedaço de pano molhado com água morna e uma toalha felpuda. Enquanto o ajudava, ela disse, de maneira amigável:

– Posso perguntar-lhe uma coisa pessoal, Monsieur Marcel?

– Claro. Sei que posso confiar em você, Cécile.

– É fácil perceber o motivo para o que estava fazendo quando entrei há pouco. Sentir a roupa íntima de madame contra sua pele era o melhor que podia conseguir, agora que não pode ter a própria madame, não foi isso?

– Um substituto pobre – respondeu ele.

– Era o que queria perguntar-lhe. Levou ao resultado desejado, mas adiantou alguma coisa? Sei que entrei no momento errado e o distraí, mas suponha que isso não tivesse ocorrido, e então?

Seus cuidados não eram desagradáveis. Ela lavou o membro mole de Marcel tão suavemente como se banhasse um bebê e o secou com pancadinhas da toalha macia. Marcel começou a apreciar suas atenções.

– Sua entrada não fez diferença alguma, Cécile. Logo que esses momentos de loucura terminassem, eu teria ficado aqui deitado, sentindo agonia e desilusão. Para falar a verdade, eu poderia ter explodido em lágrimas de frustração. Você me salvou disso e estou grato.

– Ah, *monsieur*, é triste demais pensar nisso! Não se sente melhor com o alívio que proporcionou a si mesmo?

– Pior, agora que terminou. Por alguns momentos, essas delicadas roupas íntimas me deram a ilusão da presença dela, mas no momento decisivo eu estava sozinho.

– Mesmo comigo aqui?

– Acho que isso tornou a solidão ainda mais insuportável, Cécile. Meu coração está partido, o que mais posso dizer?

– É terrível – suspirou ela. – O que fará agora?

– Eu? Há apenas uma possibilidade para acalmar meus nervos à flor da pele e trazer tranquilidade para a minha mente e o meu corpo.

– O que é?

– Há certos estabelecimentos que os homens visitam, e tenho certeza de que já ouviu falar neles, nos quais algumas mulheres obsequiosas estão disponíveis por um certo preço. Irei a um deles e lá ficarei, pagando a uma mulher depois da outra, até desmaiar de exaustão. Então, pelo menos, meu coração partido ficará em paz.

– Não deve fazer isso – disse Cécile, com firmeza. – Tome cuidado com a saúde, eu lhe imploro.

– Não há nenhuma outra maneira.

– Talvez haja. Tenho uma ideia. Se falhar, não perderá nada com a tentativa. Se tiver êxito, o senhor recuperará a calma.

– Diga-me o que é!

– Pode confiar em mim, Monsieur Marcel?

– Nem é preciso responder. Você se mostrou uma pessoa profundamente compreensiva.

– Então, feche os olhos e mantenha-os fechados. Isso é muito importante. Levante-se um pouquinho para eu poder tirar o restante da roupa íntima de madame que está debaixo do senhor.

Ela reuniu as finas pecinhas que ele espalhara sobre a cama e foi até a penteadeira para pegar um perfume spray.

– Está com os olhos fechados? Agora, fique quieto e aceite tudo o que acontecer.

Ela enrolou uma ou duas peças de seda e renda sobre o rosto dele e borrifou-as de leve com o caro perfume.

– Ah – murmurou Marcel –, esse perfume! Quase poderia acreditar que ela está aqui comigo.

Cécile nada disse. Ficou em pé junto à cama, observando o efeito do perfume sobre ele. Seu membro duro se remexia – era a arte do perfumista despertar os sentidos masculinos. Ela sacudiu no ar uma meia de seda negra, de maneira que a ponta do pé roçou de leve a cabeça do seu membro, que se tornava maior e mais grosso. À medida que ficou ainda mais ereto e se levantou do ventre de Marcel, ela arrastou a meia por todo o seu comprimento.

– Ah, nossa! – sussurrou ele, através das peças de roupa perfumadas que tinha sobre o rosto.

Cécile continuou, deslizando agora uma requintada camisola sobre seu ventre nu, para fazer a bainha de renda provocar-lhe leves cócegas.

– Ah... ah... ah... – suspirou ele.

Cécile fez um chumaço com a meia de seda negra e empurrou-a de leve entre as coxas dele, de modo que Marcel pudesse senti-la junto ao membro duro, depois sacudiu em cima deste um par de calções verde-água. Bastaram apenas alguns poucos instantes para deixar a fala de Marcel incoerente de tanto prazer. Ela envolveu de forma tênue seu membro latejante com a peça, de maneira a provocar mais sensações com seu contato intermitente e aproximar Marcel do êxtase.

Feito isso, ela virou-se de costas para a cama, a fim de tirar o chapéu e o casaco, depois a saia e os calções muito simples e pouco inspiradores quando comparados com as sedas enfeitadas de madame. Cécile era dez anos mais velha que Yvonne Daladier, tendo, portanto, 34 anos. Não era desprovida de atrativos, à sua maneira; mas sendo uma criada, tinha pouco tempo para si mesma, e seus prazeres sempre haviam sido com homens de sua própria classe e, portanto, destituídos de finura. Invejava a patroa pela sucessão de rapazes cortesos e elegantes com quem tinha casos.

Ninguém pode dizer o que dominava seus pensamentos quando ela subiu na cama para sentar-se em cima de Marcel. A oportunidade de experimentar ela própria as alegrias proporcionadas por um dos amantes de madame – pode ter sido parte de suas motivações – além do desejo natural de dinheiro, talvez. O prazer e a cobiça são dois motivos fortes que frequentemente andam juntos.

Como estava com os olhos vendados pelas roupas íntimas que lhe envolviam o rosto, Marcel nada viu de seu grande ventre nu e do espesso tufo de pelos negros, nem dos lábios carnudos que ela separou com os dedos. Sentiu que a carícia – suave como um sussurro – da seda enrolada em seu membro ereto era afastada devagarinho, sendo substituída por carne morna a abarcá-lo aos poucos.

– Yvonne! – exclamou. – Adoro você!

Cécile teve o cuidado de não o tocar diretamente com as mãos, para ele não distinguir entre a pele de Yvonne e a sua, repleta de calosidades provocadas pelo trabalho. Balançou-se sobre o ventre de Marcel, cavalgando-o devagarinho, para cima e para baixo, a escutar seus murmúrios ininterruptos à medida que a excitação dele aumentava.

Os homens são completamente idiotas, pensou; basta mostrar-lhes uma peça de *lingerie* e perdem a cabeça. Que estupidez!

– Yvonne! – gemeu Marcel.

– Sim, *chéri*, sim – respondeu Cécile, num sussurro, esforçando-se para imitar, tanto quanto possível, a voz da patroa.

Não precisava dar-se ao trabalho. Marcel estava excitado demais para distinguir entre duas vozes femininas. Ela continuou a cavalgá-lo devagar, e o ventre dele ergueu-se gradualmente da cama, ao ritmo dos movimentos dela, metendo mais fundo, à beira do êxtase.

– Ah, sim... ah, sim... – sussurrou ele, até suas palavras se transformarem num longo gemido abafado, e ejaculou demoradamente, bem no fundo da xoxota de Cécile.

Embora estivesse apenas medianamente excitada até então, Cécile arquejou e agarrou os próprios seios através da blusa, enquanto a ejaculação morna de Marcel a levava a um rápido gozo.

Ainda cavalgando, para cima e para baixo, tranquilamente, ela esperou que cessassem os espasmos de prazer de Marcel, observando seu ventre trêmulo, surpresa com a duração de seu gozo. O êxtase dos homens que conhecera até então, terminava cinco segundos depois do início da ejaculação. Marcel continuou a tremer e arquejar, no ápice da paixão, muito depois de gozar dentro dela. Ora, pensou, isso seria uma maravilha para uma mulher que estivesse adequadamente preparada para ir até o fim junto com ele. Talvez tivesse descoberto o segredo de madame e de seus amantes – quem sabe não era uma intensidade de paixão prolongada por muito tempo.

Só quando Marcel finalmente aquietou-se na cama, ela levantou-se com cuidado para se enxugar, antes de vestir silenciosamente a roupa íntima e a saia. Um tremor ocasional ainda sacudia o corpo de Marcel, notou, quando – outra vez toda vestida – ela lentamente tirou a camisola de seu rosto.

Os olhos dele abriram-se devagar e deram uma espiada em torno antes de focalizarem o rosto amistoso da criada, em pé ao lado da cama.

– Ah, é você, Cécile – disse ele, sorrindo-lhe. – Tive um sonho maravilhoso.

– É mesmo, Monsieur Marcel? O que foi?

– Ela estava aqui comigo, e fizemos amor. Foi incrível! Sinto-me tão bem, tão calmo!

– Estou muito satisfeita de ouvir isso. Quer dormir um pouco?

– Acho que sim. Você não vai embora, não é?

– Não. Tenho muito trabalho para fazer no apartamento. Estarei aqui quando acordar. Vou fechar as cortinas para ajudá-lo a dormir.

Nas horas seguintes, Cécile esteve ocupada, lavando e passando a cara roupa íntima que Marcel usara em sua primeira e solitária tentativa de evocar as lembranças de prazeres passados. Seu truquezinho tivera um resultado melhor que o esperado. Acalmara Marcel e, com certeza, só aquilo já lhe valeria uma boa gorjeta, quando ele acordasse. Ao mesmo tempo, obtivera dele um breve prazer inesperado – e uma prova do comportamento de pessoas com mais dinheiro e momentos de lazer do que ela. Porém, deixando isso de lado, Marcel estava satisfeito com ela e isso a levava a especular sobre a possibilidade de ganhar mais dinheiro com ele, para aumentar sua poupança, antes que o jovem rejeitado recuperasse o senso e encontrasse outra mulher – questão de uma semana ou dez dias, no máximo, segundo os cálculos de Cécile. Madame Daladier jamais fora uma patroa generosa, e havia pouco a ser espremido do orçamento doméstico. As economias de Cécile vinham de gorjetas que recebia dos admiradores de madame em troca de pequenos serviços.

Ela acordou Marcel às 18 horas, levando-lhe uma xícara de chá com uma fina rodela de limão. Enquanto ele o bebia, extremamente grato, ela cuidou de seu membro exposto, agora macio e encolhido, lavando-o e secando-o sem nenhum constrangimento.

– Sente-se bem depois do sono? – perguntou ela.

– Sim, e lhe sou eternamente grato, Cécile. Quando me encontrou aqui, eu queria morrer. Agora, sinto-me novamente preparado para viver. Jamais poderei recompensá-la por sua bondade.

– Quanto a isso, Monsieur Marcel...

– Claro! Se tiver a gentileza de me passar o paletó... Sei que o simples dinheiro não pode recompensar a dedicação que demonstrou por mim hoje, naquele momento de necessidade, mas espero que aceite isto como um pequeno sinal de minha gratidão.

– O senhor é generoso demais – disse Cécile, com educação, enfiando rapidamente as cédulas na blusa. – Se ao menos eu pudesse fazer mais alguma coisa para ajudá-lo a atravessar esse período de angústia!

– Talvez haja uma maneira de me ajudar – respondeu ele, devagar – embora eu hesite em incomodar você com minha infelicidade.

– Basta dizer o que deseja.

– Por sua causa, tive um sonho que me deu um prazer muito raro, e nunca vou esquecê-lo! Gostaria de ter esse sonho de novo, se pudesse me ajudar.

Combinaram que Cécile deveria voltar ao apartamento no dia seguinte, às 15 horas.

Ela deixou o chapéu e o casaco no saguão e foi para o quarto, mantendo a porta ligeiramente aberta. Lá dentro, as cortinas tinham sido fechadas para escurecer o ambiente, e Marcel estava deitado na cama, com os olhos fechados, como se dormisse.

– Yvonne, é você, afinal – sussurrou ele, sem se mexer.

Sem uma palavra, Cécile tirou de sua grande bolsa uma combinação da cor das violetas de Parma e abriu-a devagarinho sobre o rosto dele. Já a borrifara antes com o perfume de madame, e o aroma familiar fez Marcel suspirar profundamente.

– Você é tão adorável, Yvonne! Estar com você é uma felicidade inimaginável.

Cécile trouxera consigo o spray. Borrifou uma nuvem do perfume na seda para intensificar seu efeito.

– *Chérie!* – gemeu Marcel.

Cécile puxou a colcha e o lençol, descobrindo-o. Ele estava nu e tinha o membro totalmente duro.

– Veja com que impaciência eu a esperava – murmurou ele.

Cécile remexeu na bolsa, à procura de um par de meias de seda, a seguir arrastou-as devagar por toda a extensão do corpo dele, da garganta às coxas, depois para cima, passando pelo membro rígido, da base à ponta. Essa carícia, repetida muitas vezes, provocou um tremor em Marcel e fez o pênis ereto retorcer-se.

– Fico louco quando você faz isso – sussurrou. – Não pare!

Ela continuou até achar que era o momento certo – Marcel tremia de prazer e murmurava palavrinhas de amor. Ela enrolou as meias em torno do seu membro, que pulsava de desejo, e esticou-as para cima, entre o polegar e o indicador, puxando-as algumas vezes.

O resultado foi incrível. Marcel convulsionou-se como se um fio elétrico o tivesse tocado, e uma torrente, despejada dentro das meias, anunciou a chegada do gozo. Porém, como Cécile observou, a duração de seu prazer foi muito mais curta que na vez anterior. Evidentemente, ele precisava de algo mais para levá-lo ao êxtase pleno.

As palavras de Marcel confirmaram o palpite dela.

– Ah, *chérie* – disse ele –, ninguém jamais me excitou tanto quanto você. Sonho incessantemente com seu belo corpo.

Como antes, Cécile desnudou-se da cintura para baixo e tomou sua posição, ajoelhando-se sobre o ventre dele. A firmeza do seu membro diminuíra apenas um pouco, e algumas pancadinhas com as unhas curtas de Cécile sobre os mamilos de Marcel restabeleceram-na o bastante para ela poder guiá-lo para dentro de seu corpo. O calor desse contato trouxe o vigor dele plenamente de volta.

Nessa ocasião, Cécile pretendia ter o mesmo prazer que Marcel com o ato sexual. Por isso, deslizou bem devagar para cima e para baixo, a fim de dar tempo a si mesma de reagir fisicamente ao contato do membro metido nela. Marcel tremia e suspirava enquanto ela se movia com firmeza – a satisfação dele estava garantida, e ela pôde pensar na sua.

Haviam lhe dito que as posições do amor são variadas. Ela vira num livro ilustrações demonstrando as possibilidades que existem quando um homem e uma mulher têm tempo e vontade de testar essas alternativas. Apesar disso, Cécile experimentara apenas duas – deitada de costas ou em pé contra uma parede, de acordo com as circunstâncias. Sentar-se em cima de um homem deitado era estranho. Tivera uma sensação curiosa – não de estar fazendo aquilo com ele, em vez de ele com ela, como esperara, mas quase de fazer consigo mesma! Porém, isso não tinha importância, porque conseguia dar prazer a ele e, ao mesmo tempo, a si própria.

Quando os espasmos no corpo de Marcel advertiram-na da chegada iminente de sua torrente de paixão, pensou que era cedo demais para ela. No entanto, esse desapontamento momentâneo mostrou-se falso: os prolongados tremores dele levaram-na a um gozo turbulento. Ouviu a si mesma gemendo de prazer, enquanto seus olhos se arregalavam e os mamilos enrijecidos forçavam a blusa.

Então, é disso que madame usufrui, duas ou três vezes por dia, pensou, enquanto as deliciosas sensações desapareciam.

A bizarra relação entre Marcel e Cécile continuou por mais três dias. A rotina não se modificou: ele nu, na cama, quando ela chegava. Ela cobria seus olhos com *lingerie* perfumada e o excitava com meias de seda sobre sua pele até ele ejacular pela primeira vez, em seguida trepava nele para lhe dar – e ter, ela própria – um grande prazer. Depois, tornava-se outra vez uma criada atenta, gentil e adequadamente vestida, que lavava e enxugava o membro satisfeito de Marcel. Todas as vezes, ele lhe dava uma bela soma de dinheiro.

No encontro que acabou sendo o último dos dois, no apartamento abandonado de Yvonne, tudo se passou de maneira diferente. Marcel não soltou o costumeiro suspiro de prazer, quando ela cobriu seu rosto com um par de calções de seda lilás e borrifou o perfume. Ele nada disse e nada fez. Cécile franziu ligeiramente o rosto quando puxou as cobertas da cama para expor-lhe o corpo nu. Ele estava excitado, o que era bom, ela pensou. No entanto, parecia pouco à vontade. Não permitia mais a si mesmo encantar-se com a ilusão da presença de Yvonne.

Seu primeiro gozo demorou excepcionalmente para chegar, por mais que Cécile arrastasse as pontas da macia roupa íntima sobre a pele de seu ventre e pelo membro duro. Não ficou satisfeito nem mesmo quando ela fez seu órgão viril balançar-se de um lado para outro, passando nele um par de calções vermelho. O silêncio contínuo dele era uma indicação forte que ela não podia deixar de entender – o estado de espírito de Marcel estava mudando nos últimos dias. Mesmo assim, precisava terminar o serviço, se esperava beneficiar-se de novo, financeiramente, com a gratidão dele.

Finalmente, para tentar levá-lo logo ao gozo, ela passou uma meia de seda sobre seu pau e o prendeu, juntamente com o saco. Depois, agarrou a meia ousadamente e a puxou, para cima e para baixo, em ritmo rápido.

Isso teve o efeito desejado! Ele arquejou e se contorceu de prazer, depois derramou seu esperma na meia. Entretanto, como percebeu o olhar cuidadoso de Cécile, comparado com o que ela vira antes, seu clímax foi rápido. O corpo dele respondera ao estímulo, mas o coração e a mente não haviam sido tocados.

Como ele não fez nenhum comentário, de qualquer tipo, mas apenas ficou deitado de costas, como antes, ela se preparou para completar a performance habitual. Nisso também encontrou um problema! Ao se colocar em cima dele, descobriu que seu membro, até então incansável, tornara-se mole e pequeno. Sim, pensou ela, estamos chegando depressa ao fim dessa pequena comédia que temos encenado juntos!

Mesmo assim, a única indicação que tinha dos desejos dele era que permanecia deitado, esperando que ela continuasse. Cécile, sem dúvida, não tinha nem um décimo das habilidades da patroa para despertar as paixões de um amante que falhava. Fez o que podia, guiada apenas pelo instinto, esfregou, apertou e puxou, até que, afinal, o membro adormecido de Marcel se levantou. Com grande alívio, ela o meteu dentro da parte de seu corpo destinada a esse fim. Imediatamente, começou a se mexer com força, para cima e para baixo, acreditando que seria necessário um estímulo rápido para manter o interesse que despertara com tanta dificuldade. Seria uma catástrofe se permitisse que o interesse de Marcel desaparecesse antes de se realizar o ato final.

Marcel levantou a mão e tirou do rosto a roupa íntima de seda lilás, olhando-a bem nos olhos.

– Isso é ridículo! – exclamou. – Estou na cama com você, não com *ela*.

Cécile nada disse, pois não havia nada a dizer. O sonho, evidentemente, terminara, e Marcel despertara de seu torpor. Suas palavras seguintes a surpreenderam.

– Então, se é com você, por que não? Vamos fazer direito dessa vez, Cécile.

Ele estendeu a mão para desabotoar a blusa branca e simples de Cécile e, na pressa, arrancou um botão. As mãos dele subiram-lhe por debaixo da combinação para agarrar seus seios e apertá-los.

– Nada mau, de jeito nenhum – comentou, falando de maneira mais rude do que seria adequado se estivesse com Yvonne.

Cécile deu de ombros. Não era um grande elogio, mas era o único que já lhe haviam feito por seu busto.

– Você me fez uns pequenos favores esses dias – disse ele. – Agora, vou fazer-lhe um. Mexa a bundinha, vamos agitar você um pouco, para ficar no ponto!

Ele estava com o membro duro dentro dela e, com qualquer homem, isso demonstrava o desejo de completar o processo iniciado. Era um novo Marcel que ela estava vendo: vigoroso, exigente, quase dominador. Obedeceu às instruções dele e mexeu os quadris para a frente e para trás, com força, tornando-se cada vez mais consciente do membro carnudo metido dentro dela – e das sensações agradáveis que lhe proporcionava. Por baixo de sua combinação, as mãos de Marcel apertavam-lhe os seios e esfregavam os mamilos para intensificar seu prazer. Logo Cécile perdeu o controle. Mexia-se furiosamente, esforçando-se para alcançar o êxtase, que sentia muito próximo.

– Isso é bom – incentivou-a Marcel. – Mais rápido! Quero ver você gozar de verdade.

A força do aperto dele em seus seios era quase dolorosa, mas até a dor era um prazer para ela naquele momento. Lançou-se contra o corpo dele mais umas seis ou sete vezes, e o desejo de Marcel foi satisfeito – ele a viu gozar. A cabeça dela projetou-se para trás até o rosto ficar na direção do teto, os músculos da barriga se contraíram como um punho e, da boca bem aberta, saiu um longo e gutural gemido de puro gozo.

– Mais! – ordenou-lhe Marcel, atirando-se com ímpeto para dentro dela.

Sem dúvida, era o melhor que ela já experimentara. Era uma intensidade de prazer totalmente diferente daquela que outros homens lhe haviam proporcionado, e demorou algum tempo até os tremores de seu corpo cessarem. Sua cabeça caiu para a frente, e ela ficou olhando para o rosto de Marcel, no qual viu um sorriso de triunfo.

– Foi muito bom para começar – disse ele. – Agora, vou mostrar a você o que é realmente bom.

– Ah, Monsieur Marcel, já estou quase morta.

Ele soltou seus seios e a pegou pelos quadris. Uma ágil torção de seu corpo modificou a posição dos dois – ela passou para debaixo dele, ficando com as coxas por fora de suas pernas, enquanto o ventre de Marcel pressionava fortemente o dela – e ele fez tudo sem tirar o membro da xoxota carnuda de Cécile.

Ela pensou que ele a atacaria com muito vigor, e a ideia não lhe agradou de maneira alguma. Porém, Marcel a surpreendeu de novo. Levantou-lhe a combinação e deixou em torno do pescoço, expondo-lhe os seios, que acariciou ternamente.

– Machuquei seus peitinhos? – perguntou, sorrindo-lhe.

– Tudo o que o senhor fez foi gostoso.

– Precisa entender, Cécile, que os estados de espírito do amor mudam depressa. Depois do prazer selvagem que você acabou de experimentar, precisa de um tipo diferente de abordagem.

– É?

– Pode confiar em mim, entendo dessas coisas.

Penetrou nela com investidas lentas, a fim de lhe dar um pouco de tempo para se recuperar dos esforços recentes, mas não vagarosas demais, para ela não perder a excitação. Cécile apreciou a ternura que ele lhe demonstrava, embora, no fundo, não acreditasse que aquilo fosse surtir algum efeito nela. Julgava isso com base em sua limitada experiência, no curso da qual os poucos homens com quem estivera queriam fazer tudo rápido e com força, e depois ir para um bar e tomar uma bebida. Marcel aprendera as artes do amor com uma série de belas mulheres que sabiam saborear o gozo até o fim – mulheres como Yvonne, que esperavam do amante prazer por várias horas de cada vez.

Só quando suspiros deliciados de Cécile mostraram que ela reagia de forma positiva ao que ele estava fazendo, Marcel mudou o ritmo, de suave para moderadamente vigoroso.

O fato de Marcel, um homem razoavelmente egoísta, dedicar toda a sua atenção à satisfação sensual de uma criada era uma indicação de que passava, na ocasião, por um estado de espírito incomum. Deitada de costas, com a roupa ao redor do pescoço e as pernas metidas em meias baratas, ela não era tão bonita. Tinha o rosto largo, sobrancelhas sem depilar e a pele maltratada. Ele notou tudo quando tirou a venda do rosto e a fitou. Seus seios, na verdade, eram flácidos, e ela não tinha a cintura bem definida. O pior de tudo: um tufo imenso de pelos negros que crescia desde as virilhas até o meio do ventre demonstrava que ela não tinha a mínima ideia de como se tornar mais atraente para um amante.

Para dizer a verdade, Marcel não entendia seus próprios motivos para fazer amor com ela como se fosse a mulher mais desejável de toda a cidade de Paris. Obedecia aos impulsos do coração, e não era necessário entendê-los. O que eles faziam o deixava satisfeito, era o que importava. Não se tratava apenas de satisfação física – isso resultava meramente da excitante fricção de órgãos sexuais unidos –, mas de uma satisfação interior.

– Ah, nossa – gemeu Cécile. – É incrível!

– Mas vai ficar ainda melhor – arquejou Marcel.

Foi como ele prometeu, o corpo dela tremeu incontrolavelmente com espasmos de prazer. Porém, há um limite para a intensidade de prazer que um homem ou uma mulher podem suportar. Marcel tinha plena consciência disso, e no momento certo, seu ritmo se tornou mais vigoroso. O ventre dele lançava-se repetidamente contra o dela, e Cécile projetava o corpo para cima a cada investida de Marcel, para fazê-lo penetrar o mais fundo possível.

Quando chegou ao ápice, ela gritou de prazer e Marcel gritou alto junto com ela, enquanto o gozo dele lançava os dois num êxtase liberador. Para Cécile, foi como se ela observasse uma queima de fogos de artifício do dia da Bastilha – todo o céu noturno iluminado pelos foguetes que explodiam, ofuscantes petardos soltando estrelas brancas e chuvas de fogo coloridas.

Para Marcel, foi a libertação de Yvonne, e ele se deliciou com o alívio que sentia, enquanto seus movimentos proporcionavam a Cécile um prazer maior do que tudo o que ela já experimentara. Ele continuou metendo nela o seu membro, embora mais devagar, muito tempo depois que ela jazia lassa e quase inconsciente debaixo de seu corpo.

Dessa vez, foi Cécile quem pensou em cochilar um instantinho. Marcel se sentia exultante demais para pensar em dormir – queria sair, ver pessoas e visitar amigos, em suma, voltar à vida normal.

Despertou Cécile sacudindo suavemente seu ombro. Ela abriu os olhos e viu que ele estava todo vestido e pronto para ir embora. Um instante depois, ela lembrou que continuava nua, deitada de costas, e fechou as pernas pudicamente – mas quem poderia falar em pudor, depois de tudo o que ocorrera entre os dois? Marcel deu um leve sorriso com a reação dela.

– Cécile – disse ele –, vou sair agora e jamais voltarei a este apartamento. Quero que fique com isto.

– Obrigada – disse ela, pegando o dinheiro sem sequer olhar para ele. – Se houver alguma maneira de eu lhe ser útil no futuro, Monsieur Marcel, por favor, me avise. Falo de coração.

– Você nem imagina o quanto fez por mim. Farei o restante sozinho.

– Então, boa sorte, *monsieur*.

MARCEL E YVONNE só tornaram a se falar quase seis meses depois do término da relação. Por força do destino, viam-se de vez em quando. Tinham o hábito de jantar na mesma meia dúzia de restaurantes preferidos pela boa sociedade, frequentavam os mesmos teatros e, por serem jovens, também dançavam no mesmo grupo de estabelecimentos da moda. Nessas ocasiões, Marcel não fazia o menor esforço para fugir de Yvonne, mas era óbvio para ele que ela o evitava. Fingia não o notar, olhava para o outro lado – ou até se envolvia numa conversa com seu acompanhante, sempre que Marcel chegava a 10 metros dela. Estava sempre com o novo amante – um homem de pele morena, com cabelos negros e brilhantes partidos exatamente no meio. Marcel sabia que seu nome era Pierre Aubernon e ouviu algumas informações sobre ele, mas jamais lhe fora apresentado, nem desejava isso.

Imagine, então, o espanto de Marcel quando, sem motivo aparente, Yvonne telefonou certa manhã para a casa dele e sugeriu que a levasse para almoçar. Ele considerou a ideia por alguns instantes, antes de decidir que estava livre para encontrá-la. Afinal, não era um completo idiota. Se ela queria vê-lo, então tinha algum plano no qual esperava encaixá-lo. Para vantagem dela, é claro.

Encontraram-se e conversaram durante uma refeição particularmente apetitosa. Yvonne usava um vestido simples, verde, de veludo, e um chapéu com a aba voltada para baixo. Estava incrivelmente chique. Dirigia-se a ele de maneira muito encantadora e não mostrava o menor sinal de embaraço com o que acontecera. Um observador de outra mesa do restaurante poderia muito bem ter a impressão de que estavam prestes a começar um caso amoroso.

– Está feliz? – perguntou Marcel, sem muito interesse.
– Claro. E você?
– Como sempre.
– Acho que o vi no meio da multidão à entrada do teatro na semana passada. Era você mesmo?
– Fui duas vezes ao teatro na semana passada. Onde você me viu?
– No Champs-Élysées.
– Sim, também a vi de relance. Com Monsieur Aubernon, se não me engano.
– Ah, é uma reprimenda? – perguntou ela, sorrindo. – Desde que nos separamos, já o vi em público com pelo menos três mulheres diferentes.
– Não foi uma reprimenda, meramente uma observação. Se é de seu interesse, embora eu não possa imaginar o motivo, posso informar-lhe que houve quatro mulheres em minha vida desde que nos *separamos,* como você, de maneira tão diplomática, disse há pouco.
– Quatro, em menos de seis meses! Você certamente andou se divertindo, Marcel.
– Claro – disse ele, devolvendo-lhe o sorriso.
– Ainda mora com sua mãe? Não sei por que, mas quase esperava não encontrá-lo lá quando telefonei.
– Seria cruel demais deixá-la sozinha.
– O que aconteceu com o apartamento em que eu morava? Ainda o mantém?
– Abri mão dele depois que você foi embora.
– É mesmo? Então para onde leva todas essas novas amigas?
Marcel deu de ombros e não respondeu.
O almoço terminou sem que nada significativo fosse dito. Marcel pagou a conta, e o *maître* fez-lhes mesuras por todo o caminho entre a mesa deles e a porta. Ficaram em pé na calçada, do lado de fora, e os dois sabiam que chegara o momento da verdade.

– Devo chamar-lhe um carro? – perguntou Marcel cortesmente, deixando a iniciativa com Yvonne.

– Um carro? Sim – respondeu ela, parecendo um pouco decepcionada por ele não se oferecer para acompanhá-la até em casa.

– Há um ponto na esquina. Vamos caminhar até lá. Onde mora agora, Yvonne?

– Na rue Bosquet. Não me diga que não sabia.

– Não sabia. Deve ser junto da avenue Bosquet, suponho.

– Sim, uma ruazinha encantadora, muito tranquila e silenciosa.

Encontraram um carro. Marcel abriu a porta para ela entrar e permaneceu na calçada.

– *Au revoir,* Yvonne – falou. – Foi ótimo rever você.

– Ah – disse ela, fazendo beicinho. – Venha comigo. Precisa ver meu apartamento.

– E Monsieur Aubernon?

– Está em Bruxelas. Venha comigo, Marcel, há um assunto sobre o qual desejo pedir-lhe um conselho.

O motorista era um sujeito com a barba por fazer, afundado atrás do volante. Ouvira conversas parecidas entre homens e mulheres um milhão de vezes.

– Ora... – disse Marcel. – Apenas por alguns minutos, então, porque tenho um compromisso mais tarde.

Sentou no banco traseiro do carro com Yvonne e indicou ao motorista para onde ir.

– Esse assunto sobre o qual deseja meu conselho – recomeçou ele, tomando uma das mãos enluvadas de Yvonne entre as suas – é importante?

– Sim. E muito confidencial.

Para ver qual seria sua reação, ele deslizou uma das mãos para baixo da saia dela e, suavemente, acariciou-lhe a coxa. Ela sorriu para ele e suspirou, como se sentisse prazer.

O apartamento dela era no primeiro andar. Cécile abriu a porta para os dois e olhou, surpresa, para Marcel. Quando pegou seu chapéu, ele piscou-lhe rapidamente e ela lhe deu um breve sorriso, que não foi visto por Yvonne, ocupada em tirar o chapéu diante do espelho do hall.

Cécile seguiu-os até a sala de visitas.

– Precisa de algo, madame?

– Não, obrigada. Tenho assuntos importantes para discutir com Monsieur Chalon. Por favor, não deixe que ninguém nos perturbe, por motivo nenhum.

– Está bem, madame.

– Você tem um apartamento agradável – disse Marcel.

Os móveis eram todos novos e caros. Dois dos quadros na parede eram presentes que dera a Yvonne e, antes, estavam no outro apartamento.

Yvonne finalmente mostrava sinais de nervosismo agora que chegara o momento de dizer o que lhe interessava.

– Sabe que Monsieur Aubernon é um caro amigo meu há algum tempo – começou.

– Estou a par do fato – respondeu Marcel, em tom neutro.

– Ele está envolvido na alta finança, sabia?

Marcel deu de ombros.

– Um amigo que trabalha com isso me disse algo a respeito – falou –, mas não prestei muita atenção.

– Que amigo? – perguntou Yvonne, depressa.

– Por que pergunta? Não deve ter a menor importância.

– Talvez tenha. Poderia dizer-me, Marcel?

– Claro. Foi Charles Brissard. Você o conhece?

– Fui apresentada à mulher dele e já ouvi falar da família Brissard e de seus interesses financeiros. O que seu amigo disse sobre Pierre Aubernon?

– Que está envolvido na alta finança.

– Só isso?

– Yvonne, qual é o objetivo disso? Com certeza, não me convidou a vir aqui para fazer um questionário a respeito das atividades comerciais de um homem sobre o qual sabe muito mais do que eu, não é? Diga-me o que exatamente quer saber e talvez eu possa lhe ser útil de alguma maneira.

– Seu amigo mencionou que Pierre está envolvido com Alexandre Stavisky?

– Stavisky? – disse Marcel, pensativo. – Sim, acho que esse nome realmente apareceu na conversa.

– O que foi dito de Stavisky?

– Yvonne, a conversa está ficando irritante. Não sou testemunha num tribunal.

– Por favor, tenho um motivo para perguntar. O que disse Charles Brissard?

– Não creio que eu deva repetir o que ele falou. Afinal, era uma conversa confidencial.

– Diga-me, eu lhe imploro! – exclamou ela.

– Já que você insiste... ele disse que Stavisky é um escroque de alto escalão e que terminará seus dias na cadeia. A menos que...

– A menos o quê? – perguntou Yvonne, sem fôlego.

– A menos que seus comparsas secretos no governo o assassinem primeiro para salvar a própria pele. Entenda-me, eu nada sei dessas coisas, apenas repito o que me transmitiram.

– Ah, meu Deus! – Yvonne arquejou e explodiu em prantos.

Marcel aproximou-se e empoleirou-se no braço de sua cadeira. Pôs um braço em torno dos ombros dela, a fim de confortá-la, e puxou o lenço de seda do bolso de seu paletó para entregar-lhe.

– Estou perdida! – soluçou ela, tristemente.

– O que quer dizer? Como isso lhe afeta?

– Vou contar-lhe tudo – disse ela, com as lágrimas escorrendo – Aubernon foi embora, fugiu antes que o escândalo estourasse. Ele tem fortes ligações com os negócios de Stavisky.

Partiu sem me dizer, só ontem descobri que as roupas dele haviam desaparecido, bem como seus outros pertences. Ele nada me disse, apenas que tinha de ir para Bruxelas a negócios. Mas foi embora e me deixou aqui.

– Meu Deus – exclamou Marcel, da maneira mais solidária possível.

– Ele jamais ousará voltar a Paris. Não deixou nada para mim, nem mesmo minhas joias, levou até isso. Não sei o que fazer. Hoje de manhã, soube que o aluguel do apartamento já está vencido. E há grandes dívidas por toda parte.

– Pode voltar a morar com seus parentes em Ivry? – perguntou Marcel.

– Está fora de questão... Sabe, a conselho meu, eles deixaram Aubernon investir o dinheiro deles em seu nome, nas ações de Stavisky. Vão perder tudo, e por culpa minha!

– Que situação terrível – disse Marcel. – Não sei o que sugerir.

Diante disso, ela deu um soluço de profunda lamentação. Evidentemente, esperava que ele resolvesse seus difíceis problemas.

– Deve parar de chorar – recomendou Marcel, com firmeza –, senão vai ficar feia.

Ela enxugou imediatamente as lágrimas. Deu pancadinhas nos olhos com o lenço dele e devolveu-o ao dono.

– Estraguei minha maquiagem. Dê-me licença um instante enquanto me ajeito. Voltarei num minuto.

Assim que Yvonne saiu, Marcel voltou à sua cadeira e refletiu sobre a situação dela – e a sua. O abandono de Yvonne o fizera sofrer de maneira atroz. Ainda lembrava a apatia e a sensação de impotência que experimentara. Por sorte, os serviços da criada dela haviam sido tremendamente úteis para fazer reviver suas forças vitais, em geral inabaláveis. Por mais simples que fosse, a criada entendia a dor de um homem e oferecia conforto prático. Em retrospecto, as tardes que passara com Cécile no apartamento abandonado pareciam estranhíssimas – mas, inegavelmente, os estímulos dela a seu membro e o uso de seu corpo haviam dado extraordinário consolo para seu coração ferido.

Agora, parece que poderia ter Yvonne de volta, bastava pedir. Se é que ela não pediria primeiro! Esse, com certeza, era o objetivo do encontro. A pergunta era se, depois de tudo que acontecera, ele realmente a queria de volta. Ela era linda, isso nem precisava dizer, e muito atraente. Quando pôs a mão em sua coxa nua, acima da liga, o toque daquela pele delicada trouxe de volta uma torrente de lembranças muito ternas. No entanto, Paris estava repleta de mulheres lindas e atraentes. Ele gozara da amizade íntima de quatro delas nos últimos seis meses, sem maiores custos além de levá-las a jantares e teatros e de uma ou duas idas às compras. Um vestido para uma, alguns pares de meias de seda e luvas para outra, um colar de pérolas, algumas peças luxuosas de roupa íntima – nada muito custoso.

Esse não era o estilo de Yvonne. Esperava muito mais. O apartamento, por exemplo – com certeza, não desejaria sair dele e o aluguel, sem dúvida, era mais caro que o anterior. Ela gastava muito para se vestir também e tinha um instinto de colecionadora para quadros, sem falar nas joias.

Para compensar tudo isso, havia o fato de que era extraordinariamente divertida. Não hoje, talvez, porque estava mergulhada em seus problemas. No entanto, habitualmente, sua vivacidade e seu encanto eram infalíveis. Na cama, não tinha rival, pelo menos na experiência de Marcel. Explicar o motivo não era fácil. Seu corpo era bonito, embora talvez não excepcional. Ela tinha seios pequenos e pontudos, bem altos, e uma cintura fina. Os membros eram muito esguios – se perdesse um pouquinho que fosse de peso, poderiam tornar-se magros. Não era o corpo, mas o uso instintivo que fazia dele que a tornava tão encantadora, o sofisticado entusiasmo que tinha durante o ato amoroso, por mais repetido que fosse.

Sozinha no quarto, Yvonne fez muito mais que retocar a maquiagem arruinada pelas lágrimas. Quando considerou que o rosto estava de novo perfeito, tirou a roupa toda e borrifou-se de leve, da cabeça aos pés, com o perfume que Marcel achava tão excitante. Verificou se o esmalte estava intacto em suas bem tratadas unhas dos pés e escovou para baixo o pequeno tufo de pelos arruivados entre as pernas, fazendo-o formar uma pontinha.

Vestiu seu mais novo *négligé,* uma peça requintada de seda e renda, tão fino que seu corpo ficava quase visível através do tecido. Uma pequena mexida no cinto produziu o efeito que ela queria: um decote profundo, que expunha o suficiente de seus seios para despertar o interesse de um homem, e ainda deixava algo mais para ele descobrir sozinho, no momento certo. O *négligé* tinha outra vantagem – poderia fazê-lo abrir-se quando estivesse sentada, para expor uma perna até a metade da coxa.

Marcel ainda a desejava, ela sabia, como as mulheres sempre sabem dessas coisas. Percebera no restaurante, enquanto almoçavam, embora nada tivesse sido dito por ele que revelasse seus sentimentos. No carro, ao deslizar a mão por baixo de sua saia para apalpar-lhe a coxa – um velho gesto seu, do tempo em que estavam juntos – ele apenas confirmara o que ela já sabia. Talvez devesse ter aberto as pernas de leve naquele momento, de uma maneira que ela sabia fazer muito bem, para que os dedos dele tivessem um contato fugidio com os pelos sedosos que enfeitavam os macios lábios entre suas coxas. Isso costumava ter um efeito altamente estimulante sobre ele nos velhos tempos.

Sim, ainda a desejava. Muito bem – chegara a hora de mostrar a ele como podia ficar atraente, quando se empenhava nisso. Marcel ia ficar com o pau duro assim que a visse entrar na sala vestida – ou despida – com seu *négligé* encantador. Algum tempo sentada no colo dele, com as nádegas esfregando-se em seu membro duro, uma mão dentro da camisa de Marcel para apertar-lhe os mamilos – e ele lhe suplicaria que voltasse. Fingiria hesitar, dizendo que seus problemas eram grandes demais para ela os impor a um amigo, mesmo tão íntimo quanto ele havia sido. Àquela altura ele estaria tão ansioso por uma trepada que afastaria todas as objeções e insistiria para recomeçarem seu caso.

Ela voltou para a sala de visitas depois de uma ausência de dez minutos, no máximo, para seus preparativos. Marcel não estava lá! Yvonne tocou a campainha e chamou a criada.

– Cécile, onde está Monsieur Chalon?

– Foi embora, madame.

– Foi embora? Mas não é possível!

– Ele me pediu para dar um recado.

– Então diga imediatamente.

– Falou que lamentava ter de ir embora para seu outro compromisso.

– Só isso? – perguntou Yvonne, com voz estridente.

– Não, madame. Disse também que esperava que a senhora conseguisse resolver seus problemas satisfatoriamente.

9
Nicole liberada

A primeira vez em que Nicole Brissard permitiu a outro homem gozar os privilégios íntimos que as leis da Igreja e do Estado reservam apenas para seu marido, ela estava muito nervosa. Tanto que não conseguiu, naquela ocasião memorável, alcançar o prazer liberador que é o resultado natural do exercício desses privilégios.

Talvez o cenário fosse estranho demais – não a segurança confortável do leito conjugal, mas o assento traseiro do reluzente automóvel de Pierre de Barbin, estacionado sob as árvores do Bois de Boulogne, depois do anoitecer! Para uma mulher com o status de Nicole, um ato de paixão num cenário desses devia parecer singular – e até grotesco –, mas Barbin era uma pessoa extraordinária. Desde o momento em que lhe fora apresentado, não mais do que duas semanas antes, ele agira com uma insistência incrível. Telefonava-lhe para propor pequenos encontros, como se ela fosse solteira e ele, um pretendente. Primeiro, ficou surpresa, depois lisonjeada. Finalmente, concordou em se encontrar com ele para almoçar. Pierre foi divertido e encantador – tanto que Nicole fugiu depressa depois do almoço, antes que ele pudesse sugerir uma visita a seu apartamento. Na verdade, não estava certa se teria o bom senso de recusar, caso isso acontecesse. E se o acompanhasse ao seu apartamento e ele a beijasse, teria a força de vontade necessária para resistir à tentação? Como a resposta a essa pergunta não estava clara em sua mente, Nicole decidiu que era melhor ser prudente e se despediu dele.

Naquela tarde, a salvo em sua casa, ela lembrou-se de uma conversa que tivera, talvez um mês antes, com sua cunhada, Jeanne Verney. Estavam tomando um café juntas na varanda do Café de la Paix; duas mulheres bonitas e elegantes fazendo uma pausa rápida durante uma saída para as compras. A conversa voltara-se para o assunto do comportamento infiel satisfatório dos maridos em geral.

– Mas por que fazem isso? – perguntou Nicole.

– É da natureza deles – respondeu Jeanne, achando graça da pergunta.

– Isso não é resposta. Por que os homens casados procuram outras mulheres?

– Ora, Nicole, o mundo é assim. Você fala como uma freira. Há quanto tempo está casada com Michel? Uns sete anos, não?

– Sim, mas não há razão. Sou feia demais? Fria? Ou talvez pouco atraente?

– Não tem nada a ver com isso, como você bem sabe. Em todos esses sete anos, nunca teve uma aventurazinha? Diga a verdade.

– Claro que não! – exclamou Nicole. – O que está sugerindo? Que fui infiel ao meu marido?

A palavra que melhor descreveria Nicole era *apetitosa*. Estava sempre arrumada, bem nutrida e saudável; seu cabelo cor de avelã brilhava, e a pele do rosto largo não tinha uma marca. Quando corava de indignação, como agora, seu aspecto era tão atraente que os homens sentados às mesas próximas viravam-se para olhá-la, com franca admiração.

– Minha querida, acalme-se – disse Jeanne. – Você acredita que Michel faz visitas a uma amiga. Isso não me surpreende, de maneira alguma. Michel é um Brissard, assim como eu. Temos a mesma natureza apaixonada.

Nicole fez beicinho com os lábios pintados de vermelho e olhou com dureza para Jeanne.

– Claro que já ouvi rumores sobre *suas* aventurazinhas – comentou ela, virtuosamente – embora, naturalmente, eu me recuse a acreditar neles.

Jeanne riu.

– Talvez alguém tenha sido indiscreto – observou –, mas isso não tem a menor importância.

– Não tem importância? Como pode falar assim? E se esses boatos chegarem aos ouvidos de seu marido?

– Quem iria contar a ele? E se alguém contasse, acha que ele daria a menor atenção a isso? O interesse dele por meus encantos nunca foi forte e acabou tempos atrás. O importante para Guy é estar casado comigo.

– Pelo fato de você ser uma Brissard, é isso?

– Exatamente. Guy não pode se dar ao luxo de ofender minha família.

– Isso não se aplica a mim – disse Nicole. – Sou Brissard apenas pelo casamento com Michel.

– Então, a discrição é ainda mais importante.

– Discrição no quê?

– Em alguma aventurazinha na qual você decida embarcar.

– Jeanne, o que está dizendo? Não tenho a menor intenção de fazer isso, eu lhe garanto. Sou uma mulher casada, com filhos.

– Você, eu, Marie-Thérèse, Lucienne, somos todas mulheres com bons casamentos e filhos. Se nossos maridos têm lá seus casinhos, ora, o mundo é assim. Jamais vão muito longe e preservam as aparências. Não há escândalos nem dramas. Por que deveríamos nos queixar?

– Porque somos esposas, não mulheres da vida! – replicou Nicole, acaloradamente.

– Claro, mas como o mundo não é perfeito, devemos ser práticas, tanto quanto virtuosas.

– Ignorar a infidelidade do marido, é o que quer dizer?
– Ignorá-la, claro. E arranjar pequenos prazeres para nós mesmas. O que seria menos elegante do que uma mulher enganada e chorosa?
– Mas eu nunca poderia pensar em ter um caso com outro homem. Sou uma boa católica.
– Somos todos bons católicos, é o que se espera de nós. Preciso combinar um encontro seu com algum homem encantador e sem compromisso, para desviar seus pensamentos dos casinhos de Michel.
– De jeito nenhum! – disse Nicole, e estava sendo sincera.

Apesar disso, foi através de Jeanne que ela conheceu Pierre de Barbin, não muito tempo depois – aquele homem extraordinariamente persistente que a levara para almoçar e a encantara com sua conversa a tal ponto que fugira assustada.

Sem desanimar, Barbin tentou de novo, dessa vez propondo um passeio de automóvel à tarde. Nicole aceitou porque, após refletir, teve certeza de que seria capaz de lidar com ele, se tentasse estender a amizade dos dois para um território proibido. O automóvel de Pierre era impressionante – um grande e cintilante Panhard-Levassor marrom, conversível. Tinha faróis largos, semelhantes aos olhos de um animal predador, e a força de vários cavalos a impulsioná-lo. Nicole sentou-se ao lado de Pierre no assento reluzente de couro negro, agasalhada contra o vento, enquanto ele dirigia para fora de Paris, na direção de Alençon. Era um belo dia de início de outono, e quando se afastou dos subúrbios, Pierre acelerou a grande máquina para impressioná-la. O motor rugiu com força, fazendo um som grave, e as árvores dos dois lados da estrada começaram a passar zunindo. A comprida echarpe de seda de Nicole drapejava ao vento, feito uma bandeira desfraldada. Como era maravilhosa aquela corrida! Com as mãos enluvadas agarradas ao volante, Pierre lançou a cabeça para trás e gritou uma música ao céu aberto – ah, que embriaguez! O coração de Nicole batia selvagemente em seu peito, como se fosse outra vez uma garotinha.

Quando a excitação da corrida afinal se acabou, voltaram em direção a Paris, mas por uma estrada diferente. Pierre dirigia mais razoavelmente, agora, mantendo uma conversa interessante, que Nicole achava irresistível. Com o cair da noite, ele acendeu os grandes faróis dianteiros, fazendo compridos raios luminosos penetrarem a escuridão diante deles. Aquilo também era fascinante, embora de maneira diferente da viagem de ida.

O marido de Nicole tinha viajado a negócios para Bordeaux naquele dia – ou, pelo menos, foi o que ele disse –, e assim não havia necessidade de ela chegar em casa a tempo para o jantar. Em Chartres, Pierre parou para jantarem juntos num restaurante que ele conhecia. Antes de recomeçarem a viagem, ele colocou a capota dobrável do carro, para proteger Nicole do frio noturno. Nas proximidades de Paris, já passava das 21 horas, e Nicole pensou que seus filhos já deviam ter sido postos na cama pelas criadas, de forma que não os veria naquela noite.

Passavam pelo Bois de Boulogne quando Pierre desviou-se da estrada, puxou o freio de mão, desligou o motor e os faróis e, antes de Nicole perceber inteiramente quais eram suas intenções, ajudou-a a sair do carro e se instalar no assento traseiro. Na escuridão, passou os braços em torno dela e beijou-a apaixonadamente. Cheia de boa comida e bom vinho, Nicole permitiu-lhe fazer isso, pois a sensação era inegavelmente agradável. No entanto, assim que sentiu a mão dele, sem luva, na coxa dela, sob o casaco e a saia, logo protestou. Mas não muito. Afinal, dizia seu coração, o homem que a abraçava no escuro quase poderia ser seu marido. Sim, a mão acariciando a pele macia de sua coxa nua, acima da liga, era como se fosse a de Michel. A consciência insistia que não se tratava dele, mas o toque era tão *agradável* que deu ouvidos ao coração. Afinal, tinha certeza de que nada mais sério ia acontecer ali, ao ar livre.

Entretanto, na verdade, o momento era crítico para Nicole, reconhecesse ela ou não. Quase sem perceber, a mão que tocava tão ternamente suas coxas logo avançou para dentro da roupa íntima de seda! Pouco depois, já acariciava seu bem guardado *bijou*! Soltou um pequeno arquejo e tentou juntar as coxas, mas a mão de Pierre estava demasiado bem colocada para ser deslocada com tanta facilidade.

– Não, não! – exclamou. – Precisa parar com isso!

Pierre silenciou seu protesto com um longo beijo, enquanto seus dedos separavam suavemente os lábios macios que havia acariciado e tocavam seu botãozinho, com tanta delicadeza quanto uma abelha beijando uma flor em busca do néctar.

– Ah – suspirou Nicole.

Uma ideia se apossara de sua mente e se tornava cada vez mais obsessiva à medida que se acendiam suas paixões sob o toque hábil de Pierre. Em toda a sua vida, conhecera apenas um membro viril – o do marido, é claro. A questão que a inquietava era: seriam todos os homens iguais nesse quesito ou havia diferenças? Que tipo de variações existiria, ela imaginava, fremindo com as carícias íntimas de Pierre – diferenças de comprimento, de grossura? Talvez não tivesse outra oportunidade para descobrir!

Pôs a mão trêmula no colo de Pierre e encontrou uma protuberância dura em suas calças. Porém, isso nada revelou, além do fato de que ele estava tremendamente excitado, como era de se esperar, considerando o que fazia com ela.

A determinação de Nicole aumentou. Enfiou os dedos na abertura das calças dele e abriu os botões com um puxão forte. Foi a vez de Pierre arquejar, quando ela meteu a mão sob sua camisa e dentro da roupa íntima, até agarrar com força o membro duro na mão com luva de pelica.

A mente de Nicole incendiou-se com a nova descoberta – sim, havia uma diferença! Em seus anos de casamento com Michel, chegara a conhecer bem o seu corpo, especialmente aquela parte que lhe dava tanto prazer. É claro que, logo que se casaram, sua timidez infantil permitira-lhe olhá-la apenas sub-repticiamente durante o ato amoroso. Conciliar sua crescente afeição por aquele órgão com seu pudor fora difícil para Nicole. No entanto, quando se familiarizou com o membro do marido e seu apetite pelos prazeres do leito conjugal aumentou, logo aprendeu a olhá-lo abertamente, tocá-lo, acariciá-lo e depois a beijá-lo.

A escuridão a impedia de ver o que segurava na mão enluvada, mas sabia que era diferente. Para evitar a possibilidade de engano, tirou depressa as luvas e voltou a agarrar o membro de Pierre com a mão nua. Sim, era um pouco mais grosso que o pau de Michel. Um pouco mais curto, talvez, porém mais grosso. Depois de se certificar disso, a próxima pergunta que se formou em sua mente excitada foi: se, apenas segurando-o, podia distinguir uma variação de forma e de tamanho, será que as sensações que aquele membro lhe proporcionaria eram também diferentes? Na hipótese impensável de que permitisse que ele entrasse nela, claro, sua prudência acrescentou com rapidez.

Enquanto Nicole debatia mentalmente essa questão, Pierre suspirava de prazer ao toque de sua mão na parte de seu corpo que era tema das especulações dela.

– Nicole, *chérie* – murmurou ele, entre beijos.

– Ah – disse ela, desapontada, quando ele tirou a mão do meio de suas coxas.

Porém, foi apenas para desabotoar seu casaco. Depois, ele a segurou pela cintura, com as duas mãos, e a ergueu do assento, como se ela não pesasse mais que uma pluma. Sentou-a em seu colo, bem de frente, com as pernas abertas.

– O que está fazendo? – arquejou, enquanto Pierre puxava, tateando, seus caros calções de seda e desnudava seu *bijou*.

Mesmo enquanto Nicole fazia aquela pergunta inteiramente desnecessária, uma vozinha perversa em sua mente sugerialhe que era uma pena o fato de, por causa da escuridão, Pierre não poder ver e apreciar a beleza singela de sua roupa íntima de seda – a delicadeza do *crêpe de Chine* cinza-ostra, todo enfeitado com encantadores botõezinhos de rosa e com uma estreita faixa de fina renda em torno das pernas. Antes que a vozinha pudesse ser reprimida, ela acrescentou que era ainda mais lamentável que, pela mesma razão, Pierre também não pudesse ver e admirar a elegância do *bijou* que acariciava tão ardorosamente, com seus macios lábios rosados e um tufo bem aparado de pelos castanhos.

O fato de tais pensamentos passarem pela cabeça de uma moça bem-casada pode parecer profundamente repreensível ou, pior ainda, pecaminoso, quando a pessoa é uma boa católica, como Nicole sem dúvida era. Porém, como todos sabem, esses pensamentos passam até mesmo pela cabeça das mulheres mais felizes no casamento, embora, naturalmente, não admitam isso para mais ninguém. Ainda mais repreensível, ou pecaminoso, de acordo com a maneira de pensar de cada um, era o fato de uma bela jovem como Nicole encontrar-se no assento traseiro de um automóvel no Bois, com um homem que não era seu marido – e ele acariciando com os dedos o interior de seu santuário feminino! No entanto, essas coisas acontecem com grande frequência, especialmente em Paris, embora também, sem dúvida, em todas as outras cidades no mundo inteiro.

Algo quente e firme fez pressão contra a delicada pele dos lábios entre as coxas de Nicole, e desta vez não eram os dedos de Pierre. O que, há poucos minutos, era simples hipótese, agora se tornava realidade; o que era impensável transformara-se em fato: Pierre deslizava para dentro dela seu membro duro. A consciência de Nicole queixou-se amargamente de que ela jamais deveria ter permitido que a situação chegasse àquele ponto. Além disso, insistia que devia tomar medidas imediatas para impedir que aquilo continuasse. "Dê uma bofetada na cara de Pierre e saia de seu colo imediatamente", gritava sua consciência.

Porém o membro movendo-se com ousadia dentro dela era extremamente agradável – emocionante, seria possível dizer. Para descobrir com certeza se havia diferença em fazer amor com outro homem, seria necessário um pouco mais de tempo para apreciar todas as suas sutilezas. Essa questão não poderia ser respondida num instante.

As mãos de Pierre deslizaram por baixo da saia e agarraram suas nádegas, a fim de puxá-la para mais perto no colo dele. Para meter mais fundo, pensou Nicole. Era lógico – afinal, seu membro era um pouco mais curto, como ela suspeitava, então precisaria chegar mais perto dele para recebê-lo na plenitude. Para tornar a manobra mais fácil, ela o ajudou a puxar a saia para cima, segurando-a em torno de seu ventre, e se jogou um pouco mais para a frente sobre o assento do carro, com os pés para cima, um de cada lado dele, e os joelhos no nível dos ombros de Pierre.

Já dava para notar uma diferença. Michel falava quase sem parar quando fazia amor com ela – dizia palavras carinhosas, de admiração e prazer. Já Pierre mal pronunciara uma só palavra desde que foram para o assento traseiro do carro. Era, porém, interessante.

"Deve parar imediatamente", disse a voz da consciência no ouvido de Nicole. "Isso é uma vergonha! Se lhe permitir continuar a fazer isso com você por mais um minuto, será tarde demais! Sinta como ele aperta com força suas nádegas – está quase gozando!"

A penetração do membro de Pierre, um pouco mais curto, embora inegavelmente mais grosso, provocara um estranho calor em Nicole. Sentia o rosto muito corado, ardendo na escuridão, enquanto, por baixo da roupa, seu corpo parecia banhado em deliciosa quentura. O movimento ritmado ao qual Pierre a sujeitava lhe causou tremores de êxtase que irradiavam velozmente das coxas abertas para o ventre, subindo até os seios e fazendo suas extremidades intumescidas formigarem. Que maravilha era fazer amor, pensou ela, até com um homem que era quase um estranho.

"Faça ele parar", a consciência exclamou, alarmada. "Ele vai gozar agora!"

"E se gozar?", respondeu Nicole, silenciosamente, e deu de ombros, calando a voz da consciência.

O levantar de seus ombros fez mais do que isso. O movimento transmitiu-se para todo o seu corpo, estimulando o membro de Pierre – o que lhe provocou o orgasmo. As pontas dos dedos dele mergulharam na carne macia das nádegas de Nicole, enquanto ele gritava e derramava um forte jato de sêmen.

Quando recuperou a capacidade de falar, Pierre declarou que era quase uma tragédia ela não ter partilhado seu intenso prazer. Com mil desculpas e lamentos, ele tirou o membro amolecido do corpo frustrado de Nicole, substituiu-o por seus dedos ágeis e, em segundos, ela gemia de prazer – ele estava decidido a não deixá-la insatisfeita.

Nicole iria aprender, com o tempo, que Pierre de Barbin era um homem muito incomum. Tudo que sabia dele, até aquele momento, era o que observara e o que lhe disseram – em resumo, as características mais visíveis. Ele se vestia bem, conversava de maneira inteligente e divertida, tinha um grande círculo de amigos e era visto em todas as festas da moda. Durante anos, fora alvo do interesse de muitas mães com filhas casadouras. No entanto, aos 30 anos, ainda estava preservado, sempre encantador, divertido – e solteiro.

Para as amorosas mães de noivas em potencial, ele era um enigma. Todos sabem que um homem de recursos precisa de uma esposa adequada para tomar conta da casa e lhe dar filhos. Seu ávido e contínuo interesse em mulheres bonitas não era nenhum segredo. E então? Para aquelas que o conheciam bem, Pierre era também um enigma. Superficialmente, enquadrava-se nas maneiras e nos hábitos da sociedade bem-educada, mas declarava aos amigos íntimos, homens e mulheres, que desprezava tudo aquilo. Sua intenção era romper todas as regras, desafiar as convenções, sem nunca ser descoberto. A razão que ele dava para sua curiosa intenção era que, se fosse considerado um anarquista, ninguém o distinguiria, a não ser por sua renda, da andrajosa súcia de boêmios que frequentavam cafés baratos e trocavam de mulheres com mais frequência que de camisa. A *ralé*, como ele os descrevia.

– Vou destruir o sistema de dentro dele, convertendo o máximo de mulheres que puder à minha maneira de pensar – vangloriava-se.

Quando lhe perguntavam quem saberia que ele estava destruindo o sistema, já que sempre permanecia na sombra, respondia com orgulho:

– Eu sei.

Em suma, Pierre era o pior tipo de romântico, sem nem ao menos ter a costumeira desculpa de ser um escritor ou poeta rasteiro.

Um ou dois dias depois do passeio de automóvel ao campo, convidou Nicole para acompanhá-lo numa caminhada, à tarde, pela beira do rio. Isso, pelo menos, foi o que ele disse ao telefone. Quando ela aceitou e perguntou onde deveriam encontrar-se, ele imediatamente propôs seu apartamento, na rue de Cléry. Analisando a situação, Nicole concluiu que a sugestão do passeio era simplesmente um truque para fazê-la entrar no quarto dele. Estava enganada, pois nada sabia ainda da secreta rebelião de Pierre. Concordou em encontrá-lo naquela tarde, às 15 horas.

Naturalmente, ela tinha seus motivos, embora preferisse morrer a admitir isso. Durante o encontro no Bois de Boulogne, detectara, conforme acreditava, certas variações na configuração dos membros viris. A crença, talvez não muito sólida, fora até certa medida confirmada em suas relações amorosas com o marido a partir de então. Durante as carícias mútuas que precederam o ato marital, ela decidiu segurar por mais tempo o membro duro de Michel, para gravar na memória o tamanho e a forma. Pouco depois, ele lhe causou uma impressão profunda em outra parte do corpo, o que ela lembrava com prazer, evocando cada sensação em detalhes.

Agora, surgia uma chance para investigar mais demoradamente o assunto, a fim de formar uma opinião mais bem definida. Na verdade, talvez a comparação do comprimento e da grossura não fosse inteiramente válida. Mais importante era a oportunidade de descobrir se o membro de Pierre produzia sensações de prazer mais ou menos intensas que o de Michel. Quanto a isso, não tinha certeza de nada – no espaço limitado e pouco familiar do assento traseiro de um automóvel, não pudera se entregar de forma plena. No apartamento de Pierre, no conforto de sua cama, estaria à vontade e, portanto, poderia concentrar-se.

Com essas secretas especulações, Nicole esquecia os deveres de uma mulher casada para com o marido e já pensava em cometer ações imodestas ou, no mínimo, indiscretas.

Chegou ao apartamento de Pierre pouco depois das 15 horas, não querendo parecer entusiasmada demais, mas considerando que, segundo ditava a cortesia, não deveria atrasar-se mais de dez minutos. A tarde de outono estava quase no fim, e as luzes dos postes já estavam acesas. Pierre cumprimentou-a com beijos em ambas as mãos e em seguida beijou-lhe a boca. Ela se vestira com cuidado para o encontro – usava um impressionante casaco comprido de raposa prateada, sobre um vestido de tarde de um tom turquesa claro que parecia simples, mas tinha o toque de um mestre da alta-costura no corte. O conjunto era coroado por um bonito chapeuzinho justo, do mesmo tom delicado de turquesa.

Pierre elogiou-a incessantemente, enquanto a conduzia para o quarto e começava a despi-la, como se fosse sua criada.

Depois de tirar-lhe o chapéu e o casaco, desabotoou o seu vestido na nuca, e o puxou com grande cuidado sobre a cabeça de Nicole, para não despentear-lhe o cabelo.

– Mas que elegância! – exclamou, observando sua combinação de seda cor de tangerina. – Que adorável essa ideia de usar uma cor audaciosa escondida sob um vestido discreto.

Depois, a combinação também foi tirada, deixando nus seus pequenos seios redondos com os bicos rosados – e exibindo os calções de renda e seda que ela usava, da mesma cor da combinação. Pierre recuou um passo ou dois para examiná-la melhor, com os olhos demorando-se com calorosa afeição na curva suave de sua barriga sob a seda fina.

– Uma verdadeira beleza – disse, com profunda admiração na voz.

Ajoelhou-se aos pés dela e, devagarinho, desceu por suas pernas a delicada peça, a única que lhe escondia o tesouro secreto. As palavras pareceram faltar-lhe momentaneamente – curvou a cabeça, de forma respeitosa, e beijou seu ventre quente, com as mãos acariciando as nádegas de Nicole.

– Você é encantadora – murmurou, recuperando a voz.

Nicole, em pé, apenas de sapatos, meias e as ligas franzidas, apreciou seus elogios – que mulher não apreciaria? No entanto, secretamente, esperava o momento em que Pierre tiraria a própria roupa e, juntos na cama, ela poderia satisfazer-se tocando e vendo a forma de seu membro. Agora, pensou, o pau dele já deveria estar completamente duro.

Para seu espanto, Pierre, que continuava ajoelhado, levantou-se, pegou o casaco de peles e estendeu-o para ela vestir. Nicole olhou-o interrogativamente, e as palavras dele quase lhe tiraram o fôlego.

– Para nossa caminhada – disse ele. – Você prometeu ir caminhar comigo.

– Assim? – exclamou, incapaz de acreditar no que ouvira.

– É claro. Só nós dois sabemos que está nua por baixo do casaco de peles. Será muito excitante, prometo-lhe.

– Mas você está louco!

– De maneira alguma. Confie em mim, Nicole. Será uma experiência inesquecível.

– É impossível! – disse ela, com a mente rodopiando, confusa, à simples sugestão. Uma confusão, é preciso admitir, que não era inteiramente desagradável.

Ele lhe excitara a imaginação pela audácia da proposta e, consciente disso, tirava proveito, rapidamente, de sua vantagem. De forma calma e lógica, começou a falar-lhe de sua vida secreta de anarquia e ela, estupefata pelo que ouvia, permitiu que ele enfiasse o casaco de peles nela e o amarrasse em torno de seu corpo. Saíram do apartamento dele, desceram as escadas e, quase na rue de Cléry, ela recuperou os sentidos.

– Não! – exclamou, na porta da rua. – O que estou fazendo, pelo amor de Deus?

– Não é pelo amor de Deus, é por amor a si mesma – respondeu Pierre, com um sorriso encorajador. – Você está no limiar de uma viagem de descoberta de si mesma. Seja ousada, dê apenas mais um passo.

Chegaram à rua e caminharam de braços dados pela calçada. Um transeunte se aproximou dos dois e, sem pensar, Nicole recuou e tentou esconder-se atrás de Pierre. Ele riu.

– Não tenha medo – disse –, ninguém pode ver através de seu belo casaco de peles. Para todos, você está completamente vestida. Apenas eu e você sabemos que está nua.

Nicole sentia os pensamentos envoltos num nevoeiro quando ele encontrou um carro e a instalou lá dentro. Nicole manteve as pernas bem apertadas uma contra a outra e alisou o casaco para baixo, sobre os joelhos, com medo de que o motorista desse uma olhada para trás e visse suas pernas até em cima e seu desprotegido *bijou*. Pierre simplesmente sorriu e lhe deu palmadinhas na mão.

– O primeiro passo é difícil – disse. – Depois você verá.

– Mas para onde vamos?

– Prometi-lhe uma caminhada pelo Sena. É para onde vamos.

Nicole olhou pela janela, cega de descrença, enquanto o carro seguia pelo boulevard de Sébastopol, com suas lojas e cafés muito iluminados. Cruzaram a rue de Rivoli e atravessaram a ponte para a Île de la Cité. Ela reconheceu, com desespero, o Palais de Justice, à direita, e a Prefecture de Police, à esquerda. Automaticamente, cruzou as pernas, depressa, rezando em silêncio para não ser chamada a comparecer a nenhum dos dois prédios como resultado da louca escapada de Pierre – porque tinha certeza de que devia ser, de alguma maneira, ilegal andar de carro pelas ruas de Paris apenas de casaco, sem roupa íntima. Cruzaram a ponte na extremidade mais afastada da Cité, e o carro parou na Place Saint-Michel.

– Aqui estamos – disse Pierre, alegremente.

– Não, por favor, leve-me de volta imediatamente – implorou ela. – Não posso sair do carro.

– É claro que pode – insistiu ele, com a mão sob o cotovelo dela, e Nicole se descobriu em pé na calçada, enquanto Pierre pagava ao motorista.

– Iremos por esse lado – disse ele, tomando-lhe o braço.

Aquilo era completa loucura, pensou quase em desespero, enquanto permitia que a conduzisse adiante. Como é que chegara ao ponto de ela, Nicole Brissard, fazer uma coisa daquelas – nua, apenas de meias e sapatos sob o casaco de peles, e caminhando em público com esse homem estranho? Ele a levava pelo quai Saint-Michel, com o rio à esquerda. Já estava quase escuro, e as livrarias ao longo do quai haviam acendido as luzes para atrair os transeuntes.

Contra a pele nua de Nicole, o forro de seda do casaco causava uma sensação estranha, porém confortadora. De alguma maneira indefinível, ela percebia, era quase o toque de um amante. O movimento da caminhada fazia com que a seda acariciasse suavemente seus seios nus e tocasse de leve em suas coxas e nádegas. Pensou que sentiria frio, mas não sentiu. A verdade era que o estranho contato do forro do casaco com seu corpo e o fato incrível de caminhar pela rua num estado de nudez oculta – e com um homem que sabia disso –, tudo conspirava para excitar seu erotismo e deixá-la corada e cálida.

Nicole ficou horrorizada quando percebeu as próprias emoções. Porém, era uma pessoa sincera.

– Não é tão intolerável quanto pensei que fosse – disse.

– Como falei, o primeiro passo é difícil. Estou lhe ensinando a gozar a liberdade.

– De quê?

– Você está aprendendo a jogar fora as amarras que existem em sua mente... as amarras impostas por sua educação repressiva e um casamento convencional.

– Que absurdo! Você quer transformar-me numa libertina, como você.

– Não sou libertino, sou um espírito livre. Você veio por sua livre e espontânea vontade. Seja franca agora; o motivo de estar aqui é que quer descobrir o que tenho para lhe ensinar.

– Temo que você só possa ensinar-me a infidelidade, Pierre.

– Não é verdade, de maneira alguma. Posso mostrar-lhe como encontrar o seu eu mais profundo.

– Como? Fazendo amor comigo?

Haviam chegado a Petit-Pont, que atravessa o rio e vai dar na Place du Parvis, em frente à grandiosa fachada da Catedral de Notre-Dame. Pierre deu uma rápida olhada em torno para se certificar de que ninguém se aproximava deles. Virou Nicole em sua direção e pôs a mão dentro do casaco dela, acariciando sua barriga nua. Não estava usando luvas, e seu toque era frio na pele de Nicole. Ela arquejou uma vez, de susto, e depois mais uma, de maneira diferente, porque os dedos frios, de repente, se tornaram muito excitantes.

– Você não entende a si mesma, de maneira alguma – disse ele. – Você cede às opiniões dos outros e aos desejos de seu marido. Quando vai despertar para suas próprias necessidades e desejos?

Deslizou a mão para o triângulo entre as coxas dela, apertou-o suavemente e depois tirou-a de dentro do casaco. Continuaram a caminhar lado a lado, mas sem se tocarem, seguindo pela ponte até o quai de Montebello. À esquerda, do outro lado do rio, a grande massa de Notre-Dame elevava-se contra o céu escuro.

Nicole nada disse, por algum tempo, mergulhada nos próprios pensamentos. O que ele falara era ridículo, claro, mas talvez houvesse um pequeno fundo de verdade naquilo. Será que ela estaria mesmo preocupada demais com seus deveres familiares e pensava pouco em si mesma como indivíduo? – se perguntou. O próprio fato de ela pensar assim mostrava que já se sentia meio seduzida pela lembrança dos dedos frios de Pierre acariciando-lhe a barriga.

– Você está calada – disse ele, afinal. – Sente-se perturbada com o que eu disse? Mas era apenas a verdade.

A suave fricção do forro de seda do casaco contra os bicos rosados de seus seios era realmente deliciosa, pensava Nicole. Se mais mulheres soubessem disso, Paris, com certeza, estaria repleta de mulheres sem nada por baixo dos casacos de peles – pois tinha certeza de que se caminhasse o suficiente, a sensação acabaria levando-a ao orgasmo.

Estava tão ocupada com as próprias sensações que não deu a mínima atenção ao que Pierre dizia. Era uma tolice a respeito de suas extraordinárias visões da vida – nada que uma pessoa sensata pudesse levar a sério. Mais importante para Nicole era saber quando ele decidiria que o estranho passeio dos dois durara tempo suficiente para, enfim, pegarem um carro e voltarem para o apartamento dele, onde Pierre poderia satisfazer o desejo que lhe despertara. Quanto mais cedo, melhor, pensou Nicole.

Algo que ele disse despertou-lhe a atenção.

– O quê? – perguntou, sem ter certeza se o ouvira corretamente. – Quer que eu desça para debaixo da ponte?

– *Sous les ponts de Paris* – cantarolou ele. Era a letra de uma velha canção sobre os amantes de Paris e o local de seus encontros.

– Nem pensar! – disse Nicole, com firmeza. – Quem sou eu? Uma moça apanhada num café barato e depois levada para debaixo da ponte, a fim de ser comida?

– Não, você não é – respondeu ele depressa. – Vamos caminhar de volta para a Place Saint-Michel. – Podemos pegar um carro lá.

Finalmente! pensou ela, quando deram a volta e se encaminharam na mesma direção de onde tinham vindo. Ainda era cedo, mas estava quase completamente escuro. Não havia muito trânsito desse lado do rio, e eram poucos os pedestres, embora estivesse próxima a hora daqueles que trabalhavam para ganhar a vida voltarem para casa. Pierre guiou-a para o outro lado da rua, e logo se aproximaram do antigo restaurante Tour d'Argent. De lá para a Place Saint-Michel, não demoraria mais do que uns poucos minutos.

Os melhores planos, com muita frequência, não dão certo, como Nicole iria descobrir. Seu estado de espírito não era segredo – Pierre entendeu muito bem que seu erotismo fora selvagemente despertado pelas circunstâncias incomuns e estava satisfeito de caminhar ao lado dela, pois tinha a certeza de que faria o que quisesse. Quando o vulcão da sensualidade desperta e anuncia a sua força por meio de pequenos tremores, a natureza seguirá seu curso. Seria um esforço inútil tentar arrolhar o Vesúvio, ou deter a pressão crescente sobre um humano qualquer nesse momento. A erupção é inevitável – é só uma questão de tempo.

Estavam talvez a meio caminho do quai Saint-Michel, quando Nicole parou, com os joelhos tremendo tão violentamente que Pierre teve de pôr o braço em torno dela e apoiá-la. Sua boca aberta e os olhos arregalados disseram tudo o que ele precisava saber – ela se aproximava de um estado de êxtase, por conta do contato do casaco com seu corpo nu e das fantasias delirantes que lhe provocara sua nudez.

A alguns passos de distância, uma rua estreita – apenas uma viela – afastava-se do quai. Ele a fez dobrar a esquina e seguiram mais ou menos vinte passos adiante na semiescuridão da ruazinha deserta. Nicole não tinha forças para resistir quando ele a encostou no prédio antigo atrás dela e ficou em pé, muito perto, com as pernas entre as de Nicole.

– Aqui não! – implorou ela, quando ele abriu o casaco para ter acesso a seu corpo.

Mesmo enquanto dizia isso, ela sabia que era inútil. Que escolha tinha? Estava febrilmente excitada, e não havia como evitar o momento crítico, que – sabia – aproximava-se rapidamente. Talvez fosse melhor se Pierre o provocasse logo, para encerrar aquele tormento de prazer.

Ele abriu o sobretudo caro de pele de camelo, depois o paletó e, finalmente, as calças. Nicole suspirou e se sacudiu, numa mistura de deleite e apreensão, ao sentir a cabeça dura de seu membro tocar os lábios macios entre suas coxas, e depois fazer pressão para dentro dela devagar. Fazer aquilo ali na rua, como cachorros trepando, era monstruoso, uma vergonha – pensou ela –, mas não tinha forças para impedir. Mais do que isso, se não acontecesse depressa, sentia que ia explodir. As mãos de Pierre ocuparam-se por alguns instantes com seus seios firmes, massageando-os e apertando-os. O toque provocou ondas de prazer insuportável em todo o seu corpo, pois as mãos dele eram como um fogo frio em sua pele. Depois, as mãos de Pierre deslizaram pelos lados de seu corpo até agarrar-lhe as nádegas para segurá-la com mais firmeza, enquanto as investidas dele se tornavam mais rápidas.

Para preservar o último véu do pudor, Nicole fez os lados do casaco envolverem o máximo possível o corpo dele, como se quisesse encerrá-lo ali, junto com ela. Sabia que se passariam apenas mais alguns instantes antes de chegar ao clímax da paixão – já experimentava nos seios e na barriga o formigamento que servia como prelúdio para o gozo em si. Esperava com ardor que Pierre fosse igualmente rápido, para poderem sair daquela situação perigosa e comprometedora num lugar público.

Ouviram passos que se aproximavam, à direita. Nicole espiou de olhos arregalados, sobre o ombro de Pierre, um homem que vinha na direção deles através da escuridão. No entanto, ele passou direto, sem sequer olhar para os dois, porque em Paris ninguém presta a menor atenção a amantes aninhados num canto escuro.

Pierre foi forte e potente, como da primeira vez, no automóvel. Naquela ocasião, ela estava nervosa demais para corresponder, mas agora, em circunstâncias infinitamente mais arriscadas, correspondia muito bem! Com alegria – e é preciso acrescentar, com alívio – Nicole entregou-se à tremenda irrupção de prazer em seu corpo. Gemeu de êxtase e se agarrou com força a Pierre, para apertar o ventre contra ele e fazer com que seu membro entrasse mais fundo.

Ele também estava prestes a atingir seu auge de prazer. Suas mãos soltaram as nádegas de Nicole e se moveram para os lados, a fim de forçar os braços dela a se afastarem de seu corpo. Segurou-a pelos pulsos e prendeu-lhe os braços contra a parede, no nível do ombro, fazendo-a sentir-se quase crucificada! Pierre inclinou-se para trás, afastando-se dela, até que apenas o ventre dos dois se tocava. O casaco de peles abriu-se, e todo o corpo de Nicole foi revelado em sua nudez – os seios redondos, o ventre macio e as coxas abertas! Pierre observou toda essa pele branca e macia brilhando na escuridão da viela e ficou de boca aberta, mostrando os dentes, numa careta. Parecia mais o rosnado de um lobo do que uma expressão humana de ternura no mais íntimo dos momentos.

Nicole gemeu alto, horrorizada por estar tão exposta. Lutou contra o aperto dele, numa tentativa de libertar os braços e empurrá-lo para longe de si. Que vá despejar sua paixão na parede – não o queria mais. Porém, seus esforços foram inúteis. Ele a prendia facilmente, uma vez que sua força natural era triplicada pelas emoções violentas. Felizmente, para Nicole, sua angústia foi breve – mais umas poucas metidas deflagraram o gozo de Pierre, e ela sentiu a prova de sua liberação escorrer, muito quente, em seu lugar secreto. Contou as sete convulsões urgentes de Pierre dentro dela, depois ele relaxou o aperto em seus pulsos, suspirou profundamente de satisfação e sorriu na escuridão. Um verdadeiro sorriso, desta vez, não uma careta. Quando Pierre deu um passo para trás, Nicole fechou o casaco com força e prendeu-o, com os braços, em torno do corpo ainda trêmulo, buscando sua proteção.

Em retrospecto, considerou que o episódio fora excitante, por mais desagradável que parecesse na ocasião. Por duas vezes, Pierre de Barbin a tratara com tão pouca cerimônia como se ela fosse uma prostituta, empurrando-a para o assento traseiro de seu carro, encostando-a a uma parede – tudo para seu estranho prazer pessoal. Ele era, sem dúvida, uma pessoa muito peculiar. Quem mais, em sã consciência, despiria uma mulher bonita, caminharia a seu lado pela rua e faria amor com ela em circunstâncias tão restritivas e desconfortáveis? No entanto, é preciso admitir que nenhuma mulher acharia um caso com ele tedioso – pelo contrário! Porém, encontros assim eram necessariamente insatisfatórios, pelo menos para Nicole. Ela preferia o conforto e a intimidade de um quarto, com tempo suficiente para saborear plenamente os prazeres do amor – não esses momentos furtivos, de paixão furiosa, em lugares estranhos.

Obviamente, Pierre achava isso convencional demais para interessar a uma pessoa com suas tendências anárquicas. Tudo bem, decidiu Nicole, mas para mim ele é um amante insatisfatório. Se não aceitar minhas preferências, vou parar de vê-lo. Ele terá mais uma oportunidade para me entender – tarefa que exigirá grande esforço tanto da minha parte quanto da dele!

Por quase uma semana, Nicole recusou os convites de Pierre para encontrá-lo, enquanto pensava seriamente na melhor maneira de convertê-lo à sua maneira de obter prazer. Quando estava preparada, foi almoçar com ele – não em um restaurante elegante, onde poderia ser reconhecida, mas num pequeno e encantador estabelecimento na margem esquerda do Sena. Pierre já estava instalado numa mesa discreta quando Nicole chegou. Ele se levantou, com uma curvatura, para beijar-lhe a mão, e ela se mostrou extremamente amável. Ao passo que tomava um aperitivo e pedia os pratos, Pierre falava sem parar sobre o quanto sentira sua falta, como ela era bonita, como seu chapéu era chique – as mil coisinhas habituais que os homens dizem nessas ocasiões. No meio do almoço, enquanto apreciavam seu *steak au poivre* com salada, Nicole pôs em prática o plano que formulara. Sob a mesa, escondida de todos os olhares, ela descalçou um de seus elegantes sapatos e esticou a perna em direção a Pierre. Ele parou no meio de uma frase, com o garfo cheio a meio caminho da boca, e uma expressão pensativa apareceu em seu rosto, enquanto um pezinho com meia de seda se enfiava entre suas coxas, sob a toalha de linho que lhe cobria o colo.

– Continue o que dizia – encorajou-o Nicole.

– Sim... onde eu estava mesmo?

– Falava da importância de disseminar seus ideais de liberdade pessoal. Acho o assunto muito interessante.

O pé de Nicole, próximo de seu membro, dava-lhe uma sensação muito agradável, e Pierre expôs alegremente sua tese de liberdade, igualdade e fraternidade. Enquanto isso, Nicole fazia delicadas sondagens com os dedos dos pés. Localizou a protuberância macia dentro das calças dele, sobre a coxa esquerda de Pierre, e comprimiu-a com o calcanhar até sentir que se endurecia.

Pierre interrompeu seu discurso, mais uma vez, e disse meigamente:

– *Chérie*, o que você está fazendo é delicioso. Mas a hora e o lugar não são adequados. Mais tarde, sim?

Nicole arqueou, surpresa, as sobrancelhas depiladas.

– Por que inadequado? – perguntou. – Você falava, agora há pouco, da necessidade de sermos totalmente livres para expressarmos nossos sentimentos.

– Mas deve entender que eu falava em linhas gerais.

– Entendo perfeitamente. Mas há uma questão que eu gostaria que você me explicasse. Em sua república ideal de completa liberdade, sem repressões, você encara as mulheres como cidadãs iguais aos homens? Ou a liberdade total é só para os homens, e para as mulheres resta apenas a sujeição?

– Vejo as mulheres como cidadãs iguais, é claro! – protestou ele. – Como poderia eu pensar de outra maneira?

– Sua observação sobre o meu comportamento me fez pensar que você não falava realmente a sério.

– Ora, precisa entender que eu falava sobre circunstâncias diferentes – disse ele, dando uma olhada pelo restaurante com uma expressão preocupada.

– Tem certeza de que não está sendo hipócrita? – perguntou Nicole.

Pierre sentia naquele momento, como se pode imaginar, certo incômodo, tanto físico quanto mental. Amenizou o desconforto físico pondo sobre a mesa o garfo e a faca e metendo a mão debaixo do guardanapo para libertar o membro duro da pressão da perna da calça, permitindo-lhe assumir uma posição mais natural, ereto, encostado na barriga. O desconforto mental não era tão fácil de aliviar.

— Nicole, estamos num restaurante, cercados de pessoas — disse ele, nervoso.

— Acha que não notei? — perguntou ela, em tom brincalhão.

— A última vez em que nos encontramos, caminhamos pelo quai, você inteiramente vestido e eu nua, apenas com o casaco de peles e as meias. Também era um lugar público, havia transeuntes. Mas você estava decidido a me excitar. Mais que isso, abriu meu casaco e fez amor comigo, nós dois encostados numa parede.

— Ah, foi magnífico! — disse Pierre. — O cenário era tão excitante para você quanto para mim. Não pode negar que foi bom, você me deu prova do seu prazer muito antes de eu fazer o mesmo.

O pezinho de Nicole avançara entre as coxas dele, com o calcanhar sobre a carne macia, até que a sola repousou sobre a protuberância dentro da calça de Pierre.

— Admito — disse ela, sorrindo. — A experiência foi bizarra, mas muito agradável. Da mesma maneira, não acha prazeroso ser excitado por mim agora?

Seu pé pressionava, ritmadamente, o pênis aprisionado de Pierre. Sua pergunta colocou um dilema para o defensor da liberdade sem restrições.

— Quanto a isso — respondeu ele, devagar, com o rosto corado —, é impossível negar que gosto do que está fazendo.

— Exatamente, os sinais são inconfundíveis. Como seu pau duro e forte, mesmo através da roupa!

— Mas a questão é a seguinte: os sinais da excitação de um homem são muito óbvios. Quando caminhamos pelo quai, ninguém podia perceber que você estava excitada.

— Mas você sabia — contrapôs Nicole. — E eu obviamente também sabia. Então, qual é a diferença, agora?

O rosto de Pierre estava corado devido à tensão das emoções despertadas pela suave mas insistente massagem do pé de Nicole contra a parte mais sensível do corpo dele.

– Nicole, imploro-lhe para parar – disse ele, sem fôlego.
– Explique seus motivos.
– É demais... Preciso sair da mesa até me acalmar de novo.
– Deve mesmo. Mas vai ter coragem de ficar em pé em sua atual situação, Pierre? Tem coragem de atravessar o restaurante assim? Acho que a fricção de suas roupas provocará o gozo antes mesmo de você chegar do outro lado da sala.
– Meu Deus, é verdade! – murmurou ele. – Não posso arriscar-me a levantar da cadeira.
– Então, deve ficar sentado e me ouvir, desta vez.
– Pare com isso, eu lhe suplico!

O pé dela parou de se mexer e repousou de leve contra o corpo dele.

– Quanto às teorias que me explicou durante a caminhada – disse Nicole –, pensei a respeito e acho que não têm valor. Não passam de um leve disfarce para seu desejo de subjugar as mulheres à sua vontade.
– Que coisa monstruosa para se dizer!

O pé dela retomou seu excitante mas embaraçoso movimento contra o membro dele.

– Não interrompa – disse ela. – Senão será pior para você. Como sairá do restaurante, se eu o mantiver na situação em que está agora?
– Não vou dizer mais uma só palavra – garantiu ele, depressa.

A massagem erótica parou.

– Se realmente acredita em suas próprias teorias – continuou Nicole –, então não ficaria nem um pouco perturbado quando outra pessoa usasse a mesma lógica. Aceitaria isso como prova da validade de suas ideias. Em resumo, meu amigo, você, neste momento, não estaria nem um pouquinho embaraçado porque o toquei com meu pé e o deixei de pau duro.

Pierre abriu a boca para responder, mas uma pressão de advertência entre suas coxas o fez silenciar.

– Se seguirmos esse pensamento até sua conclusão – disse Nicole –, acho que chegaremos a uma perspectiva interessante. Se fosse sincero em suas crenças, então a franqueza exigiria que, em vez de fazer objeções à minha iniciativa, você cooperasse, feliz, com ela. Não é mesmo?

– Cooperar? – arquejou Pierre, com o rosto muito vermelho.

Sua situação era realmente curiosa naquele momento. O pé de Nicole estava parado, pelo que lhe era grato. No entanto, as carícias anteriores haviam despertado seus instintos com uma intensidade quase intolerável. Não apenas o estímulo físico, pois, como todos os amantes sabem muito bem, nessas questões o corpo fornece talvez um terço da excitação e a mente proporciona os outros dois. O próprio pensamento do pé de Nicole acariciando seu membro duro num local tão público – a incrível perspectiva do que poderia provocar, se ela continuasse – a imaginação dele, estimulada por essas considerações, o excitara a um ponto incrível.

– Preciso explicar como? – disse ela. – Obviamente, você poderia abrir logo os botões da braguilha.

– Para deixar seu pé entrar? – arquejou ele.

– Mais que isso.

– O quê?

– Desabotoe a calça, Pierre, puxe para fora a camisa e deixe esse pau grande e duro sair, para eu poder esfregar meu pé nele. Isso, com certeza, não choca uma pessoa com ideias tão liberais, não é?

– Oh... – suspirou Pierre.

– Imagine como será agradável o toque eletrizante da minha meia de seda contra a cabeça sensível do seu pau – sussurrou ela, diante dele.

Pierre olhou para o próprio colo. As palavras dela lhe excitaram por completo a imaginação. Em sua mente, via o membro rosado e duro saindo pela braguilha aberta, com a cabeça escarlate de paixão. O pé de Nicole pressionou com força, e Pierre soltou um pequeno gemido de prazer, meio sufocado.

Do outro lado da mesa, Nicole observava, com humor, seu rosto corado e seus olhos semicerrados que nada viam, cegos pelo tumulto das emoções. Ela moveu o pé para a frente e para trás, apoiado no calcanhar, tão rápido quanto pôde, confiante de que agora ele não podia resistir mais. Estava inteiramente sob seu controle, como ela estivera sob o dele no quai Saint-Michel.

– Ah... – suspirou Pierre.

O pé de Nicole balançava-se – apenas uns poucos instantes desse tratamento bastariam para levá-lo além do que poderia suportar. Ele deu um pulo na cadeira e ficou todo teso. Levou uma das mãos à boca e mordeu os nós dos dedos para se impedir de gritar no momento em que derramou a torrente do seu gozo. Sob a sola do pé, Nicole sentiu a vibração de seu membro duro, enquanto ele ejaculava dentro da camisa. Sorriu, ao vê-lo estremecer e lutar para se controlar durante o orgasmo.

Nicole tirou o pé e calçou-o de novo quando um garçom se aproximou da mesa. Ele perguntou se haviam gostado e se estavam satisfeitos, apontando, com um pequeno gesto, a comida deixada pela metade.

– Sim – disse Nicole, abrindo um longo sorriso. – Tudo está ao nosso gosto. A comida está deliciosa, mas nós dois nos distraímos tanto com a conversa que até esquecemos de comer.

Ela pegou o garfo e a faca e voltou a comer. Pierre, com o rosto virado para o outro lado, fez o mesmo.

– Obrigado, madame – disse o garçom, enchendo de vinho os copos dos dois.

Ele foi embora, convencido de que estavam tão apaixonados que não se importavam com mais nada – situação que observara com muita frequência em sua profissão. Esses casais aborreciam o *chef de cuisine*, como seria de se esperar, mas a experiência do garçom lhe mostrava que, quando iam embora, a gorjeta era quase sempre muito generosa.

– Já se recuperou? – perguntou Nicole, docemente.

– Meu Deus, o que você fez!

– Você certamente conhece esse tipo de coisa melhor do que eu.

– Mas se alguém visse! O garçom parecia desconfiado.

– Acalme-se. Ele de nada sabe, de nada suspeita. Acabe seu almoço.

– Não consigo mais comer. Precisamos ir embora imediatamente.

– Para onde vamos?

Pierre disfarçadamente tateou dentro do paletó, para afastar da pele a camisa molhada.

– Para meu apartamento. Preciso trocar de roupa.

– E depois?

– O que quer dizer?

– Quando aceitei seu convite para almoçar foi porque pensei que planejara alguma maneira nova e escandalosa de me ensinar mais sobre os caminhos da liberdade – disse Nicole. – Não me diga que perdeu o interesse, Pierre.

10
A preocupação de Pauline Devreux

Quando levava Gisèle para casa de carro, Roger pôs os braços em torno dela, sem hesitação, e a beijou. Ela correspondeu ao beijo calorosamente, porque, aos 18 anos, tinham uma vida inteira para explorar e aproveitar. Beijaram-se por um longo tempo e, enquanto isso, a mão de Roger moveu-se pelo corpo da garota até tocar e depois agarrar suavemente um pequeno seio macio através do tecido fino de seu vestido. Gisèle suspirou dentro da boca de Roger, e a ponta de sua língua tocou a ponta da língua dele. Aquela não era, claro, a primeira vez em que Roger a beijava, nem a primeira em que acariciava seus bonitos seiozinhos. Sentiu-se encorajado pelo seu suspiro e interpretou-o como uma permissão para que suas atenções fossem adiante, sem o obstáculo da virginal reserva da parte dela.

Será – perguntou-se ele, enquanto o beijo continuava e sua mão acariciava-lhe o seio até sentir através do vestido o pequeno mamilo endurecer-se –, será que Gisèle era mesmo virgem? A experiência dele, embora fosse breve, dizia-lhe que meninas bem-criadas da idade dela muitas vezes ainda eram virgens – e sempre alegavam ser. Isso, naturalmente, era um incômodo para um rapaz que, com o sangue quente de tanto beijar e acariciar, era detido em seu avanço por um ranzinza ou tímido: "Não, você não deve fazer isso!" Ah, aquelas terríveis experiências da juventude, quando era necessário deixar uma relutante jovem virgem e seguir com grande desconforto, por causa da pressão do membro duro nas calças, para uma casa no boulevard des Italiens e lá pagar a uma mulher pelo privilégio de usar seu corpo quente, a fim de satisfazer os violentos desejos despertados por alguma garota de 18 anos que se recusava a abrir as pernas!

Entretanto, sentiu que a história poderia acabar de forma diferente com Gisèle. Sua boca estava em brasa sobre a dele, e seu corpo correspondia às carícias de Roger. Ele arquejou quando a mão dela tateou em seu colo, e testou a medida de sua excitação. A boca de Gisèle afastou-se, afinal, da sua, ela deu risadinhas e atirou as pernas para cima, de maneira que ficaram sobre as coxas dele. Poderia haver um convite mais claro para ele prosseguir? A mão de Roger abandonou seus seios e deslizou por debaixo do vestido, subindo pela perna de Gisèle até tocar a carne macia acima do alto da meia. Naquele mesmo momento, apaixonou-se por ela, pela generosidade que demonstrou. Tinha absoluta certeza de que não lhe negaria nada naquela noite.

A questão prática de onde o ato final desse drama das paixões poderia desenrolar-se quase foi afastada de sua cabeça pelo irromper das emoções que lhe provocava a pele de cetim da coxa de Gisèle sob sua mão. Não no assento traseiro de um carro de aluguel rodando pelas ruas de Paris! Porém, quando seus dedos trêmulos avançaram para dentro da roupa íntima de Gisèle e encontraram o tufo de seda que cobria seu morno e secreto tesouro, Roger ficou tão louco de desejo que seria capaz de fazer amor com ela ali mesmo no carro de aluguel, sob o olhar sardônico do motorista se fosse preciso. No entanto, o bom senso prevaleceu e, segurando o morno prêmio de Gisèle com firmeza, ele sussurrou:

– Vamos para um hotelzinho que conheço, atrás da Opéra? A que horas precisa chegar em casa?

– Qualquer hora – murmurou ela. – Não há ninguém lá em casa.

Ela tirou as pernas esguias do colo dele e se sentou, ereta, um momento antes de o carro parar e o motorista anunciar "avenue Montaigne".

O apartamento estava escuro e silencioso. Gisèle não acendeu luz alguma, mas conduziu Roger pela mão e atravessaram o vestíbulo até chegarem ao salão. As cortinas compridas não estavam fechadas, e os postes na rua eram a única iluminação.

– Sua mãe saiu? – perguntou Roger, enquanto ela o puxava para se sentar a seu lado num sofá comprido.

– Saiu com seu amigo Larnac.

– E se voltar e nos encontrar aqui?

Gisèle deu uma risadinha.

– Não voltará antes das 2 horas da manhã. Vai para o apartamento dele depois do jantar e ele a traz de volta depois que terminam.

Mais perguntas da parte dele se tornaram impossíveis, pois Gisèle colou a boca na sua. Em alguns instantes, estavam deitados lado a lado no sofá e os encantamentos do corpo jovem da garota eram dele, para explorar e apreciar. Em muito pouco tempo, as coisas progrediram até o ponto em que o vestido de Gisèle estava levantado em torno da cintura e sua roupa íntima já fora tirada. O joelho esquerdo dela estava dobrado e levantado, para permitir o acesso ao seu mais terno segredo, e suas mãos diligentes desnudaram o membro latejante de Roger, a fim de guiá-lo para dentro de seu corpo.

– Ah, *chérie*... – suspirou ele, enquanto as cálidas dobras de carne o aceitavam e ele avançava para dentro daquele refúgio delicioso.

Os acontecimentos seguintes foram confusos. Um grito de raiva foi proferido em algum lugar atrás de Roger; ele foi agarrado pelo cabelo e arrastado para longe de Gisèle com tanta violência que caiu do sofá e aterrissou dolorosamente no assoalho. Olhou para cima, perplexo com a queda, e viu – com um horror que bem se pode imaginar – a mãe de Gisèle em pé junto dele. Ela gritava iradamente, mas demorou algum tempo para que ele percebesse plenamente a importância da cena da qual participava a contragosto. Deu uma olhada por sobre o ombro em Gisèle, bem a tempo de ver o brilho pálido de seu ventre e das coxas desaparecer, enquanto ela baixava o vestido e engatinhava para fora do sofá.

– Vá para o seu quarto! – gritou sua mãe. – De manhã vou ter uma conversa com você!

Enquanto Gisèle saía correndo da sala, Madame Devreux acendeu um abajur alto que ficava ao lado do sofá.

– Quanto a você – investiu ela contra Roger –, meu Deus, Roger Tanguy, é você?

– Madame Devreux – disse ele, às pressas –, por favor, eu lhe imploro, não tire conclusões precipitadas.

– Conclusões precipitadas... – retorquiu ela. – Encontro minha filha deitada aqui, com a roupa em torno do pescoço, e você ao lado dela *nessa* situação. Que conclusões devo tirar, então?

Roger baixou os olhos para onde seu dedo acusador apontava e percebeu que suas calças estavam abertas e seu membro viril projetava-se, duro, para fora, inteiramente exposto ao olhar irado de Madame Devreux.

– Desculpe-me – murmurou ele, embaraçado, escondendo precipitadamente o membro ofensor.

– Saia do chão, sente-se – ordenou ela. – Há assuntos que precisam ser resolvidos antes de você sair.

Roger sentou-se no sofá e Madame Devreux também, na outra extremidade, tão longe dele quanto permitia o comprimento do móvel. Usava uma camisola longa, cor de açafrão, sobre a qual atirara, evidentemente às pressas, um *négligé* branco, e estava descalça. Obviamente se encontrava deitada quando Roger e Gisèle chegaram ao apartamento. Será, imaginou Roger, que ela trouxera o amante para casa e ele estava em seu quarto? Se fosse assim, seria mais fácil escapar daquela situação usando a inteligência.

– Mal sei como começar – disse Madame Devreux, com voz gélida. – Encontrar minha filha no próprio ato, com o filho de um bom amigo...

– Mas é claro que é melhor do que encontrá-la com um estranho, não? – disse Roger.

– Está querendo fazer graça?

– Não, de maneira alguma. O que quero dizer é que é melhor para Gisèle ter um amigo íntimo que é conhecido pela senhora e cuja família é sua amiga, do que fazer amizade com uma pessoa de origem incerta.

– Está sugerindo que minha filha tem o hábito de trepar por aí?

– Claro que não! Gisèle é uma bela moça e eu sou um homem. Nada mais natural do que nos sentirmos atraídos um pelo outro, por mais deplorável que a senhora possa considerar.

– Gosta de falar, não é? Ama minha filha ou simplesmente queria fazer sexo com ela?

– Eu a adoro!

– Quer casar-se com ela?

– Casar? – perguntou Roger, horrorizado. – Ora, madame, claro que eu e ela ainda somos muito jovens para tomar uma decisão importante como o casamento.

– Jovem demais para casar, mas não para gozar os prazeres da lua de mel, não é?

– Quanto a isso... – A mente de Roger começou a trabalhar mais depressa, enquanto desencavava pequenos incidentes do passado das profundezas de sua memória. – Claro que é a senhora, Madame Devreux, quem gostaria de me ver casado com Gisèle. Acho que alimenta esse desejo há algum tempo.

– Por que diz isso? – perguntou ela, em tom mais brando.

– Pela maneira como eu e ela nos encontramos com tanta frequência, por acaso, ou pelo menos aparentemente por acaso, aqui, em minha casa e em outros lugares. Foi a senhora quem arquitetou isso, confesse. Vem nos empurrando um para o outro há muito tempo.

– Você exagera. Mas é claro que não ficaria infeliz se você e Gisèle quisessem se casar.

– Porque meu pai é senador?

– Não, não! Porque sua mãe é uma amiga íntima e porque você é um rapaz muito simpático e bem-educado.

– Mas jovem demais para me casar, devo lembrar-lhe. Meu pai jamais concordaria.

– Não quero dizer este ano, Roger, nem talvez por muitos anos. Mas ficaria satisfeita de pensar que a possibilidade existe.

– Achei que a senhora tivesse uma grande consideração pelo meu primo, Gérard, e ele é alguns anos mais velho do que eu – provocou-a Roger.

– Ah, sem dúvida Gérard é um excelente rapaz, e os Brissard, uma família distinta e de prestígio. Mas sempre preferi você. Agora, diga-me francamente, Roger, há quanto tempo existe esse caso entre você e Gisèle?

– Para ser franco, esta noite foi a primeira em que eu... – ele parou de falar e deu de ombros.

– Sei. Então, esta noite minha menininha se tornou mulher.

– Quanto a isso, não posso fazer comentários, madame.

– O que quer dizer? Que ela tinha andado com outra pessoa?

– Nada posso dizer sobre isso, mas lembro à senhora que Gisèle é uma jovem bonita e deve ter tido admiradores antes de mim. Como poderia deixar de ser bela, sendo filha de uma mulher tão elegante e atraente?

– Adulador! – disse Madame Devreux, passando a mão de leve no cabelo. – Mas é verdade que Gisèle parece comigo, todos dizem. Claro que ela insiste em seguir essa ridícula moda moderna de ficar esquálida. Não come, até ficar pele e ossos, e esconde a silhueta, a fim de parecer um menino. Há vinte anos, quando eu era da idade dela, era muito diferente. Nós, moças, ficávamos orgulhosas de ter silhuetas em forma de violão. O ideal era ter um busto farto e quadris largos.

– Não tenho a menor dúvida de que a senhora era o ideal de todos os homens que a viam, Madame Devreux. E manteve sua silhueta sensual, apesar dos ditames dos costureiros.

– Ah, você me entende – suspirou ela. – Mas, para você, devo parecer velhíssima.

– Absolutamente – disse Roger, com galanteio, confiando em si próprio, agora que o assunto da conversa se desviara de si mesmo e da aventura frustrada com Gisèle. – As modas vão e vêm, de acordo com os caprichos dos costureiros, mas a essência da beleza da mulher permanece inalterada. A Vênus de Milo, no Louvre, não deixou de ser o ideal da beleza feminina simplesmente porque algum idiota decretou que as mulheres devem achatar o busto e disfarçar as curvas dos quadris. Pelo contrário, nós, homens, cultivamos aquele ideal em nosso coração e esperamos, pacientemente, pelo dia em que as mulheres exibirão outra vez seus encantos verdadeiros e naturais.

– Ah, mas que maravilha, encontrar uma pessoa tão jovem com tanto bom senso! – disse Madame Devreux. – É reconfortante e até mesmo, eu diria, encorajador!

Embora Roger não tivesse percebido movimento algum da parte dela, o fato é que não estava mais na outra extremidade do sofá. Na verdade, encontrava-se bem perto dele, próxima o bastante para ele sentir o odor almiscarado do perfume que ela usava.

– A senhora me credita bom senso – disse ele –, mas me orgulho mais do meu bom gosto. É evidente para mim, como será para qualquer homem de discernimento, que seus seios têm uma forma maravilhosa.

A resposta dela à sua ousadia não foi inesperada.

– Acha mesmo, Roger? – falou, acariciando o próprio busto suavemente com as mãos.

– Sem a menor dúvida. Como a senhora mesma disse, as moças de hoje não têm seios. Não posso entender como puderam transformar a natureza de modo a se privarem dos atributos mais encantadores da mulher. É triste, quase trágico.

– É inacreditável – concordou Madame Devreux, com a mão ainda acariciando suavemente o próprio busto através do *négligé*.

– Será que tenho coragem de falar? – exclamou ele. – Sim, sua compreensão me deu a coragem de dizer o que jamais ousaria. Eu me consideraria o homem mais feliz de Paris se fosse generosa a ponto de me permitir dar uma olhada nessas maravilhas. Pronto, já disse!

– Mal acredito no que estou ouvindo! Um rapaz com a metade da minha idade me pede para mostrar o busto!

– Não peço, madame, imploro por uma oportunidade de observar os encantos de alguém que tem a coragem e a força de vontade de ignorar a tolice passageira da moda e permanece firmemente fiel a si mesma.

– Como posso deixar de atender a uma súplica tão encantadora? – suspirou ela.

Deixou cair dos ombros o *négligé* e a camisola, expondo-lhe um par de seios fartos e redondos.

– Magníficos! – exclamou Roger. – Jamais poderei agradecer-lhe o suficiente por esse raro privilégio.

– Não está desapontado, então?

– Faz uma injustiça a si mesma, com essa pergunta. Seus seios são incomparáveis.

– Não acha que são grandes e deselegantes?

– Certamente não! São sensuais ao extremo. Posso ter a ousadia de pedir permissão para manifestar minha admiração com um beijo respeitoso?

– Roger! Como esse pensamento pode passar por sua cabeça? Há menos de 15 minutos estava deitado aqui com minha filha.

– Posso garantir-lhe que o incidente foi inteiramente apagado da minha memória pelos esplendores que teve a generosidade de me mostrar.

Com grande ternura, ele deu um beijo em cada um dos seus seios macios. Estava quente, sob seus lábios, a pele de textura delicada e um tom branco cremoso, com pequenas e deliciosas veias azuis levemente visíveis. Os mamilos já estavam duros, no centro de círculos castanho-avermelhados quase do tamanho da palma da mão dele.

– Você está indo longe demais – murmurou ela em tom sedutor enquanto a língua molhada dele acariciava-os.

– Que abundância de carne morna e macia – respondeu ele. – Ah, que tolice das mulheres achatarem essas delícias brutalmente dentro de roupas apertadas! E que loucura completa dos homens admirarem mulheres com peitos iguais aos de um rapaz! A senhora me mostrou um mundo que eu não sabia que existia, madame, e lhe serei eternamente grato.

Roger tinha certeza, agora, de que Larnac não estava no quarto dela. Evidentemente, ele e Madame Devreux haviam se separado mais cedo por algum motivo. Tinha ainda outra certeza: Madame Devreux ficara emocionalmente agitada com a visão inesperada de sua filha com um homem no ato amoroso. Manifestara sua emoção sob a forma de raiva, sendo essa a reação exigida pela moral, sem falar no instinto materno de proteger a filha, mesmo contra os desejos da jovem, se isso fosse necessário. Porém, na verdade, como haviam provado suas ações nos últimos minutos, a raiva era apenas o disfarce para uma emoção mais profunda que a embaraçara na presença da filha. Agora que Gisèle não estava mais na sala, não havia necessidade de dissimulações, ou da dissimulação tênue exigida pelas convenções sociais. A emoção que ardia violentamente dentro do coração de Madame Devreux era o desejo. Larnac não cumprira seu dever de amante, Roger pensou, enquanto continuava a brincar com seus seios.

– Essa gratidão de que falou – disse ela, com a voz trêmula.

– Pode contar com ela.

– Então, pode fazer uma demonstração para resolver uma questão que me perturba.

– O que deseja saber?

– É difícil para mim explicar, sem parecer... O que quero dizer é que...

– Por favor, fale abertamente, eu lhe suplico, madame.

– Quando entrei na sala, meio adormecida e meio acordada, e encontrei você e Gisèle deitados juntos no sofá, eu naturalmente afastei-o.

– Com muita força – concordou Roger.

– Eu estava perturbada, precisa entender.

– Entendo perfeitamente.

– Ora, quando você caiu no chão, não pude deixar de notar... suas calças estavam abertas, sabe.

– Notou uma certa parte do meu corpo, é isso que quer dizer?

– Sim... Mas apenas de maneira muito rápida, é claro.

– Certamente.

– O que estou tentando dizer... a questão que me perturba... é a seguinte: chegou, com Gisèle, ao ponto em que... Não, não posso dizer.

– Eu entendo – acalmou-a Roger, em seu tom mais tranquilizador. – Não se preocupe. A senhora encerrou nossa terna relação alguns segundos antes de cada um de nós chegar àquele ponto. Isso alivia seu sofrimento?

As mãos dele em seus seios esforçavam-se tanto para aliviar qualquer sofrimento que ela estivesse sentindo quanto quaisquer palavras que Roger pudesse dizer.

– Não inteiramente – murmurou ela –, ainda estou preocupada com outra questão.

– Então, permita-me tranquilizá-la. Diga-me a causa de sua ansiedade.

– Aquela parte de seu corpo que acabei vendo, por acidente... ora, Gisèle é muito jovem e esguia. O que eu vi parecia fora de proporção... receio que você a tenha machucado.

– Ela não deu nenhum sinal de desconforto, madame, apenas de prazer.

– Acho impossível acreditar, Roger. Devo pedir-lhe para me mostrar claramente o que apenas entrevi, para poder julgar por mim mesma em que condição ela pode estar. Afinal, talvez sejam necessários cuidados médicos.

– Madame Devreux, o que está sugerindo é realmente muito impróprio – disse Roger, sorrindo largamente.

– De maneira alguma. Sou a mãe de Gisèle. Tenho o direito de saber ao que ela foi submetida. Você não pode negar-me isso.

– Da maneira que fala, até parece que a estuprei. Posso garantir-lhe que ela consentiu alegremente.

– Como poderia saber as repercussões do que estava fazendo? É apenas uma criança.

– Ela tem 18 anos.

– Uma simples criança. Meu Deus, ao que foi submetida em sua juvenil inocência!

Sem esperar permissão, Madame Devreux começou a desabotoar as calças de Roger. Ele a deixou continuar. Antes de mais nada, acariciar seus seios gorduchos havia provocado uma sensação difusa de prazer em todo o seu corpo, que agora começava a se concentrar na parte que ela queria examinar. Além disso, a interrupção da relação com Gisèle, apenas segundos antes do gozo, deixara-o com os nervos abalados a tal ponto que, a menos que acontecesse alguma coisa entre eles, seria necessário buscar o alívio de uma profissional no boulevard des Italiens antes de ir para casa dormir. Por fim, embora não tivesse plena consciência do que se passava com ele, sem dúvida estava lisonjeado com o grau de interesse pela fonte de seu orgulho masculino que demonstrava uma mulher tão elegante quanto Madame Devreux.

– Muito bem – disse ele. – Será como a senhora deseja. Nada esconderei, madame.

Àquela altura, os dedos diligentes já o haviam desnudado, e ela observava, de olhos arregalados, seu membro duro.

– Meu Deus! – disse, com voz fraca. – Não é possível.

– O que não é possível?

– Que esse órgão grande e duro tenha entrado no corpo frágil da minha pobre filha.

– Mas ela é completamente adulta, sob todos os aspectos. Não tivemos nenhum problema.

– Não, é impossível. Ora, a grossura é tal que minha mão mal consegue envolvê-lo!

A ação seguiu-se às suas palavras e ela agarrou com força o membro de Roger.

– Sim, dou-lhe minha palavra, madame, de que não houve dificuldades como está sugerindo.

– Ela deve ter sofrido, minha pobre filha. Ora, o comprimento é monstruoso, não é possível que tenha conseguido acomodar-se.

Roger não encontrou resistência alguma quando gentilmente levou Madame Devreux a se deitar no sofá, com a cabeça no colo dele. Na verdade, ela mostrou certo entusiasmo ao aproximar o rosto do objeto de seu interesse para examiná-lo com maior cuidado. Sua empolgação era, naturalmente, temperada pelo horror com o tamanho do que contemplava, embora Roger soubesse, sem a menor sombra de dúvida, que era apenas medianamente dotado e que suas expressões de espanto só podiam ser falsas. Ele continuou a acariciar seus seios nus durante o longo tempo em que ela olhava seu membro.

– Seu toque é muito excitante – arquejou ela, com o rosto corado de emoção.

– *Acariciá-la* é muito excitante – respondeu ele. – Creio que chegamos a um nível de intimidade em que as palavras seriam apenas uma barreira ao nosso entendimento.

– Sim, o que diz é, sem dúvida, verdade.

A mão de Roger moveu-se devagar para debaixo de sua camisola, chegando à barriga, que acariciou com um suave movimento circular.

– Não me acha gorducha demais para seu gosto moderno? – perguntou. – Não sou magricela como...

– Como sua filha, é o que quer dizer, madame?

– Por favor... pode me chamar de Pauline. A formalidade é ridícula quando já revelamos tudo um ao outro.

– Não tudo, Pauline – respondeu deslizando a mão mais para baixo em seu ventre quente até as pontas dos dedos tocarem seu tufo escondido de pelos crespos.

– Ah, mas que audácia sua! – exclamou ela, e agarrou-lhe o pulso para impedir que explorasse mais.

– Mas por quê?

– Que tipo de pessoa é você, Roger? Encontro-o com a *mão* entre as pernas da minha filha e você tenta pô-la entre as minhas.

– Por um bom motivo – respondeu ele. – Entre as dela, encontrei os encantos de uma garota. Entre as suas coxas, tenho certeza de que vou descobrir o calor e as delícias abundantes de uma mulher adulta e experiente. Culpa-me por isso?

– Uma comparação dessas jamais deveria ser permitida! Seria antinatural – protestou ela, enquanto as pontas dos dedos dele avançavam mais um pouco contra a restrição da mão, que lhe segurava o pulso. Roger tocou o ponto superior em que os lábios carnudos se uniam sob a cobertura dos pelos.

– Como poderia acontecer algo assim? – perguntou. – Sou um homem de grande apetite. O *hors-d'oeuvre* foi bruscamente retirado antes de eu terminar de comê-lo. Será que o prato principal também vai embora antes de eu sequer começar? Se for assim, sairei completamente insatisfeito.

– Seu animal! – gemeu ela. – Comparar Gisèle e eu com os pratos de uma refeição... é abominável!

Talvez ela acreditasse nas próprias palavras, talvez representassem apenas um protesto simbólico. O fato é que seu aperto no pulso dele afrouxou, e os dedos de Roger chegaram ao ponto estratégico que buscavam. Madame Devreux arquejou enquanto ele afastava aquelas macias dobras de carne e penetrava em sua cidadela.

A intenção de Roger com aquilo tudo era excitá-la a um ponto em que não oferecesse mais resistência, depois levantar sua camisola comprida e trepar com ela, os dois deitados no confortável sofá. No entanto, o grau de excitação de Madame Devreux era maior do que ele percebera, e esquecera por completo como o rosto dela estava perto de seu membro ereto. Mal ele começou a acariciar seu clitóris úmido, ela virou a cabeça para seu colo e pôs o membro duro dentro da boca quente e molhada.

– Cuidado! – disse ele bruscamente, percebendo de repente o quanto se excitara durante a brincadeira com os seios volumosos de Madame Devreux.

Sua advertência não foi ouvida nem surtiu efeito, e ela gemeu guturalmente enquanto continuava a atacar a parte mais sensível de Roger. Ela ergueu as costas do sofá e se atirou com força contra os dedos dele, que a estimulavam. Dentro de mais um instante, Roger foi tomado pelo gozo e seu esperma lhe foi sugado. Em meio ao prazer delirante, percebeu vagamente as pernas e as nádegas de sua parceira atirando-se contra as almofadas do sofá, enquanto ela também chegava ao orgasmo.

Quando se recuperou um pouco, Madame Devreux sentou-se e pôs os pés no chão. Afastou-se de Roger, puxou para cima a camisola e passou as alças sobre os ombros; em seguida fechou o *négligé* e amarrou o cinto.

– Graças a Deus pude impedir a pior vergonha – anunciou.

– O que quer dizer? Não pode haver vergonha alguma no amor entre um homem e uma mulher.

– Entre mim e você teria sido uma vergonha.

– Mas por quê?

– Sabe muito bem por quê. Há meia hora você fez amor com minha filha. Depois tenta fazer comigo. É uma vergonha colocar o mesmo membro numa mãe e em sua filha.

– Tenho apenas um – comentou Roger, em tom conciliador.

– Não é assunto para brincadeiras.

– Peço as mais sinceras desculpas.

– Deve ir embora, Roger, e jamais voltar. Não deve ver minha filha nunca mais. Está entendido?

– Não se preocupe, madame. Já vou embora.

Levantou-se e se curvou cortesmente, e só então lembrou-se de enfiar o *vergonhoso* membro nas calças e abotoar a braguilha. Para sua surpresa, Madame Devreux também se levantou para conduzi-lo até a porta, com os braços cruzados firmemente sobre o busto, como se desejasse proteger-se de um ataque.

– Tente me entender, Roger – disse a ele, no vestíbulo. – É meu dever proteger Gisèle das consequências de sua loucura até ela encontrar um marido.

– Entendo – respondeu ele, dando-lhe seu sorriso mais encantador. – O dever de mãe é sagrado. Posso beijar-lhe a mão, em despedida?

Ela estendeu-lhe a mão e ele a beijou de leve, mas com sentimento.

– Se ao menos... – suspirou ele.

– Se ao menos o quê, Roger?

– Se ao menos eu ousasse dirigir minhas atenções para a senhora, em vez de Gisèle... Que prazeres poderíamos ter juntos! Porém, é inconcebível para mim erguer os olhos para uma pessoa tão elevada quanto a senhora, por mais que meu coração assim deseje.

– Você é um rapaz atrevido – disse brandamente Madame Devreux. – Sou vinte anos mais velha que você. Minha filha tem a sua idade.

– Mas o que são alguns anos de diferença entre amantes, quando seus sentimentos mais profundos estão envolvidos? Eu deveria ter sido mais ousado.

A mão de Madame Devreux estava na maçaneta da porta, mas ela fez uma pausa, diante dessas palavras.

– Como é uma despedida – disse Roger –, permita-me beijar-lhe respeitosamente o rosto, como sinal de paz entre nós.

– Faça isso e vá embora.

Roger pôs a mão de leve em seus ombros e beijou-lhe uma face e depois a outra, em seguida a boca, com os braços em torno dela, para pressionar o corpo dela firmemente contra o seu. Por um momento, ela resistiu; depois, quando a ponta da língua de Roger insinuou-se entre seus lábios, relaxou e retribuiu o abraço. Afinal, era apenas um beijo – nada mais aconteceria.

O que aconteceu foi que as mãos de Roger deslizaram por suas costas, alisando a fina camisola e o *négligé* contra sua pele, até que ele pôde agarrar suas nádegas carnudas.

– Não! – exclamou ela, interrompendo o beijo. – Não deve fazer isso!

Roger deu um pequeno passo e virou-a, de modo que as costas de Madame Devreux ficaram contra a porta e o pé dele, entre os dela. Sem poder gritar, pedindo socorro, ela pouco poderia fazer para impedi-lo de prosseguir, se essa fosse sua intenção. E, na verdade, era essa sua vontade, pois Roger levantou suas roupas com uma das mãos e com a outra separou os dois lados de suas nádegas; enfiou os dedos entre eles, até tocar os pelos da xoxota. Madame Devreux tentou meter as mãos entre os corpos dos dois para empurrá-lo, mas ele a apertava com muita força.

– Pare agora mesmo! – ordenou ela, nervosamente.

A ponta do dedo de Roger entrou no lugar quente e secreto que estimulara antes quando estavam juntos no sofá. Depois disso, a resistência de Madame Devreux não durou muito. Que mulher de sua idade rejeitaria as atenções de um rapaz simpático, cujos dedos hábeis penetraram na cidadela de suas paixões? Só a mais determinada e, nas circunstâncias em que estava, não era o caso de Madame Devreux. Com profundos suspiros de prazer, ela comprimiu os seios volumosos contra o peito de Roger, o que a deixou ainda mais excitada. Suas mãos desceram para os quadris estreitos dele e o agarraram, talvez aproximando ainda mais os corpos dos dois, se isso fosse possível.

– Eu me rendo – murmurou ela, mal sabendo o que dizia.

Encorajado, Roger levantou as roupas dela até a cintura.

– Levante a perna esquerda – instruiu-a, enquanto abria os botões da calça com uma das mãos.

– Meu Deus, aqui não! Com certeza não pretende...

Ele interrompeu o fraco grito com um longo beijo. Madame Devreux afastou as pernas, dobrando o joelho para cima e para fora. Roger firmou-a contra a porta, enquanto colocava o rígido órgão viril à entrada de sua xoxota, depois dobrou os joelhos um pouquinho e meteu o membro devagar, mas continuamente, até enfiá-lo todo. Com um braço em torno da cintura de Madame Devreux e o outro segurando sua perna levantada, ele a tinha inteiramente sob seu controle.

A estranheza dessa posição – ou, talvez, a situação incomum – afetou profundamente Madame Devreux. Toda a sua experiência dos prazeres do amor até aquele momento limitava-se a permanecer confortavelmente estirada numa cama com um parceiro em cima dela. Para ela, aqueles acontecimentos bizarros tinham um nítido efeito afrodisíaco.

Tremores percorreram-lhe o corpo, do centro de seu prazer até os seios, e também descendo pelas pernas. Se não fosse o apoio dado por Roger, ela com certeza teria caído no chão. A porta contra a qual estava pressionada rangeu, como se participasse de seus jogos amorosos, e Roger deslizou o pé, sem perder o ritmo, para prendê-la e silenciar aquela testemunha inanimada do prazer de Madame Devreux.

– Gozei! – exclamou ela, com o ventre sacudindo-se contra o dele. – Ah, nossa!

Roger, porém, não havia gozado. Muito pouco tempo se passara desde o episódio curioso no sofá da sala, e embora ele se recuperasse depressa, como todo jovem, precisava de um pouco mais de tempo para chegar ao clímax pela segunda vez.

A cabeça de Madame Devreux pendeu para trás em direção à porta, com o rosto corado e satisfeito. Seu corpo permaneceu lasso, enquanto Roger continuava a enfiar-lhe o membro. Ela ainda o segurava pelos quadris, sem puxá-lo, submissa ao que ele lhe fazia.

Se Roger não estivesse, naquele momento, profundamente extasiado com as sensações intensas que lhe percorriam o corpo, poderia ter sentido certo orgulho de sua proeza, pela maneira como Madame Devreux o abraçava, à espera de que ele também alcançasse o ápice.

O êxtase, quando chegou, foi incrível. Roger arquejava, sacudia-se e investia furiosamente contra o corpo submisso de Madame Devreux, fora de si com a intensa alegria da conquista masculina. Ou aparente conquista – pois quem é o vencedor e quem é o vencido nos encontros amorosos? Ele ainda tremia e respirava com força, nos últimos ardores do prazer, quando Madame Devreux estendeu a mão para alisar-lhe o cacho de cabelos que caíra sobre a testa suada.

Roger afastou-se dela com cuidado, e as roupas de dormir de Madame Devreux desceram até os tornozelos, escondendo tudo.

– Não sei o que dizer – murmurou ela, enquanto Roger ajeitava as próprias roupas.

– O que deveria dizer, Pauline? Juntos, tivemos uma experiência maravilhosa, e devo manifestar-lhe imensa gratidão por torná-la possível.

– Mas eu não queria que acontecesse, você sabe!

– Tudo isso ficou para trás. Não há razão para arrependimento, só para a alegria de termos tido um encontro tão maravilhoso.

– Talvez você tenha razão – disse ela, sorrindo-lhe. – O arrependimento é absurdo. Boa noite, Roger.

– Espero que agora tenha uma opinião melhor a meu respeito que no início desta noite.

– Não sei bem o que pensar de você, nem de mim mesma. Mas uma coisa é certa: todas as vezes em que eu passar por esta porta, de hoje em diante, vou lembrar do que aconteceu aqui.

No dia seguinte, Roger marcou um encontro com Gisèle no Fouquet's, no Champs-Élysées. Seus pensamentos se tornaram cada vez mais confusos enquanto ele permanecia ali sentado à sua espera, numa mesa na varanda. Porém, quando a viu caminhando em sua direção, reanimou-se. Ela estava incrivelmente bonita e com um aspecto muito jovem. Usava um vestido sem mangas, cor-de-rosa vivo, com um comprido lenço amarelo amarrado sob a gola, agitando-se com seus movimentos. O sol do fim da primavera fazia seu cabelo castanho-claro brilhar, dando-lhe um encanto inigualável.

Roger levantou-se para cumprimentá-la com um beijo no rosto, e ela lhe deu um sorriso radiante.

– O que você disse à mamãe ontem à noite? – perguntou ela logo que se sentou.

– Por quê? Como ela estava hoje de manhã?

– Nem um pouco zangada, pode acreditar nisso? Eu pensava que estaria furiosa, gritando comigo a manhã inteira. Fiquei apavorada.

– O que ela falou?

– Disse que nos encontrar daquele jeito a deixara chocada, mas que refletindo percebera que não sou mais uma criança. Falou que devo ser tratada como adulta e comportar-me como tal. Disse muito mais, claro, mas em resumo foi isso.

– Você descobriu por que ela estava lá? Você disse que saíra.

– Parece que teve uma tremenda discussão com Larnac no restaurante e lhe deu o fora. Pelo que entendi, ele não vai mais aparecer. Fiquei com pena dela, quero dizer, perder o namorado e encontrar a filha com um homem, na mesma noite, é demais para qualquer mulher. Não é de estranhar que ela estivesse zangada e perturbada. Como você conseguiu acalmá-la? Ou ela simplesmente o pôs para fora?

– Fiquei conversando com ela por algum tempo. Não foi fácil, mas usei a razão e afinal ela aceitou meu ponto de vista.

– Acho que você é brilhante, Roger. Se não estivéssemos em público, eu o abraçaria.

– Seria bom. Afinal, fomos interrompidos num momento infeliz, na noite passada.

Gisèle soltou risadinhas.

– Teria sido melhor se tivéssemos ido para um hotel, como sugeri – disse Roger.

– Sim. Meu visitante mal entrou e já foi obrigado sair, antes de eu poder dar-lhe as boas-vindas adequadas. Foi muito triste.

– Ele se instalava de maneira muito confortável quando os acontecimentos o forçaram a uma retirada – acrescentou Roger.

Ela era encantadora, pensou, espirituosa, divertida e muito bonita, com o nariz ligeiramente arrebitado e os olhos castanhos brilhantes. Sentiu que a amava loucamente.

– Você está livre esta noite? – perguntou, tocando-lhe a mão com um gesto que fazia eloquentes sugestões de intimidades a serem partilhadas.

– Não, mamãe e eu fomos convidadas para jantar na casa dos Colombe. Vai ser bem tedioso.

– Amanhã, então? Diga que sim, do contrário explodirei de paixão.

– Nem mesmo amanhã – respondeu Gisèle, tristemente.

– Por que não?

– Tenho de visitar meus primos no campo.

– Mas isso é terrível! Quando estará de volta a Paris?

– Podemos nos encontrar no domingo.

– E irmos juntos para um hotel?

Gisèle fez que sim com a cabeça e sorriu.

– Parece uma boa ideia, Roger.

Os acontecimentos foram ainda mais complicados do que Roger imaginara. Ele tinha, afinal, apenas 18 anos, e apesar de todo o seu assumido *savoir-faire*, ainda precisava aprender muito sobre a vida – especialmente sobre as mulheres. Um convite insistente de Madame Devreux levou-o à casa dela depois do jantar, no sábado à noite.

Ela abriu-lhe a porta pessoalmente, fazendo-o deduzir que dera folga aos criados. Usava um vestido de noite simples, cinza-prata, com clipes de esmeralda na gola, perto da clavícula. A bainha ficava discretamente abaixo dos joelhos, mais comprida do que nas roupas usadas por Gisèle.

– Sente-se, Roger – disse. – Quer tomar um calicezinho de alguma coisa?

– Conhaque, por favor.

Sentou-se no sofá rosa-acinzentado que conhecia tão bem de seus encontros com Gisèle e a mãe. Madame Devreux serviu o conhaque, entregou-lhe um dos copos e se sentou numa cadeira a uma certa distância.

– Precisamos ter uma conversa séria – anunciou ela, com um tom de voz agradável, mas firme.

– Estou às ordens.

– Por onde começar? A verdade é que ando apreensiva desde aquela noite. Você não pode imaginar como fiquei inquieta ao lembrar-me do que ocorreu. Não culpo você por nada, Roger. Eu é que deveria ter me controlado e não me deixado arrastar por emoções imprevisíveis.

– Minha querida Pauline – disse Roger, ousadamente –, de que adianta esse sentimento de culpa? O que aconteceu foi o resultado natural da proximidade de um homem e uma mulher em circunstâncias que eram, embora incomuns, extremamente provocativas. Ambos atendemos aos desejos urgentes de nossos corações, apenas isso.

– Ah, mas você é jovem, pode apagar do coração um evento que, para mim, é um pesado fardo.

– O peso da culpa, é o que quer dizer? – perguntou ele, um tanto surpreso.

– Culpa, sim, mas pior que isso é o peso do ciúme.

– Não entendo bem o que quer dizer.

A expressão de Madame Devreux era de pesar.

– Por que deveria ser tão difícil entender? – perguntou ela. – Será que sou tão velha que não possa ter ciúmes de minha própria filha? Não sou também uma mulher, com um coração tão suscetível quanto o de uma garota? Será que você se despediu, na outra noite, com a impressão de que toda a paixão secara em mim?

Seria necessário que Roger fosse mais velho e mais experiente para distinguir entre o real e o exagero na angústia de Madame Devreux. Se é que algum homem seria capaz disso um dia. Como todas as mulheres, ela era sincera e ao mesmo tempo tinha segundas intenções. Era capaz de emoções verdadeiras e de engodo – sem conseguir, ela mesma, estabelecer a diferença. Enfim, era uma mulher.

Ignorando tudo isso, Roger ajoelhou-se diante dela para beijar-lhe a mão.

– Querida Pauline – disse –, como poderia imaginar que você pudesse estar interessada em mim dessa maneira? Sinto-me profundamente honrado.

Acariciou-lhe ternamente a face.

– Em que tragédia você está envolvido – disse ela. – Se ao menos eu fosse vinte anos mais jovem e você não estivesse apaixonado por minha filha!

– É verdade que adoro Gisèle. Mas, acredite, existe em meu coração um afeto profundo e duradouro por você.

– Talvez, mas como é terrível!

– Terrível?

– Não foi afeto que você despertou em mim. Seus sentimentos não correspondem aos meus.

– Mas eu usei a palavra afeto para não me arriscar a ofendê-la. Como me deu oportunidade, falarei mais abertamente: eu a adoro, também. A verdade é que você desperta em mim as paixões mais profundas.

– Roger, cuidado com o que diz!

– Agora já fui longe demais para recuar. Para ser totalmente franco com você, quando experimentei as delícias do seu amor, percebi que precisava encontrar uma maneira de vê-la novamente.

– E Gisèle?

– Eu a amo também, e preciso possuí-la, como preciso possuir você.

– Mas isso não é normal!

– Para mim é a coisa mais natural do mundo querer fazer amor com duas mulheres que adoro. Se não consegue aceitar isso, deve dizer-me para ir embora.

– Meu Deus, o que será de nós? – murmurou ela, inclinando-se para a frente, a fim de beijar seu rosto.

– Apenas o que desejarmos – respondeu ele, com as mãos em sua cintura.

– Como posso dizer ao meu confessor que pequei com o noivo da minha filha?

– Não lhe diga nada – respondeu Roger, imediatamente. – O que os olhos não veem o coração não sente.

– Mas e a minha consciência?

As mãos dele estavam em seus seios, apertando-os através do vestido.

– Nas questões do coração, não há lugar para as armadilhas da consciência. Isso é para os padres e para as velhas, não para amantes. Eu a desejo agora, Pauline.

– Tão jovem e já tão dominador – suspirou ela, com as mãos sobre as dele, empurrando-as com mais força sobre seus seios.

Já no quarto, ela tirou o elegante vestido cinza-prateado e ficou apenas com uma *lingerie* branca de renda, e sobre ela, do busto até as nádegas, um espartilho de cetim branco, amarrado na frente.

– Um sinal de que minha juventude passou – suspirou ela, observando seu interesse nessa peça de roupa íntima. – O espartilho lhe desagrada?

– Não, de maneira alguma, nem pensei nisso. Na verdade, é um disfarce para a exuberância e a fartura de seu corpo. Acho-o estranhamente excitante.

– É mesmo? Vai mudar de opinião quando ficar mais velho.

– Deixe-me desamarrá-lo.

Ajoelhou-se diante dela para desamarrar o cordão cruzado e soltá-lo. Quando o espartilho caiu, ele percorreu amorosamente com as mãos seu ventre voluptuoso através da *lingerie* de renda, depois pressionou o rosto contra ele.

– Tão morno e macio – disse. – Que delícia!

Levantou-se de novo, com o rosto corado, e puxou lentamente a *lingerie* e a atirou sobre a cama. Ela usava um sutiã largo, de renda, que apertava seus seios grandes. Virou-se, para permitir-lhe encontrar e abrir o fecho. Depois de tirar o sutiã dela, colou o corpo às suas costas e estendeu os braços para acariciar-lhe os seios por um longo tempo, antes de baixar seus largos calções de seda e beijar suas nádegas fartas.

Madame Devreux sentou-se à beira da cama para tirar os sapatos e as meias, enquanto Roger arrancava a própria roupa, espalhando-a pelo tapete, antes de se atirar na cama ao lado dela e abraçá-la com força.

Com toda a insaciável virilidade dos 18 anos, seu desempenho foi incrível. Quanto a Madame Devreux, estava encantada de ter um amante com a metade de sua idade e duas vezes a potência de Henri Larnac. O fato de Roger ter apenas uma fração da sutileza de Larnac era um fato sem maior importância, que poderia ser consertado por uma lição na cama.

Depois da terceira vez, ela ficou deitada exausta e satisfeita, com um fraco brilho de suor entre os seios e no ventre.

– Realmente me ama, Roger?

– Loucamente – respondeu ele. – Tem alguma dúvida depois da prova que acabei de lhe dar?

– E Gisèle?

– Ela ainda não gozou a prova do meu amor, ao contrário de você. Mas gozará muito em breve.

– Não me atormente!

– Não atormente a si mesma, Pauline. Depois, voltarei a você, para convencê-la outra vez da minha devoção.

– O quê? Pretende passar de uma para a outra?

– Por que não?

– Propõe nada menos que uma conspiração entre nós dois.

Roger deu de ombros e sorriu, confiante em seus poderes. Inclinou-se sobre Madame Devreux para beijá-la suavemente entre as coxas, na barriga macia e nos bicos dos seios.

– Você é um rapaz cínico – disse ela – e também imoral. Mas eu o acho irresistível.

A mão dela deslizou por entre as coxas de Roger para avaliar as condições de seu membro. Também estava confiante em seus poderes. Cada qual à sua maneira, ela e Gisèle enquadrariam Roger no modelo que queriam.

– Então, está certo que terei as duas? – perguntou ele, sorrindo.

– Por que não? – respondeu ela, usando as mesmas palavras que ele.

11
Raymond no circo

Há quem faça de tudo para adquirir reputação de brincalhão.

Em geral, são pessoas que têm muito pouco a seu favor. Esse era o caso de Georges Bonfils. Suas práticas comerciais predatórias poderiam tê-lo transformado num pária da sociedade, se não fosse seu talento para planejar as farsas mais exóticas, o que de certa forma amenizava a opinião que seus parceiros comerciais poderiam ter sobre ele.

Conhecendo a reputação do homem, Raymond não ficou espantado quando recebeu um convite elegantíssimo da parte dele, solicitando o prazer de sua companhia em uma apresentação do Circo Émile. A formalidade dos dizeres do cartão o fez rir. Obviamente, era uma das brincadeiras de Bonfils, alguma coisa para surpreender e divertir os convidados, algo de que falariam durante semanas. Sem dúvida, o grupo seria pequeno e cuidadosamente selecionado, pois esse era o estilo de Bonfils. Como sempre acontecia nesses casos, haveria segundas intenções – obter alguma vantagem para Bonfils – mas ninguém se importaria com isso. Raymond escreveu uma nota formal aceitando, e depois saiu perguntando aos amigos se mais alguém recebera um convite. Alguns poucos responderam que sim, e os outros o olharam com inveja e disseram que os convites deles com certeza haviam ficado retidos no correio e logo chegariam.

No dia marcado, Raymond partiu de automóvel depois do almoço para chegar antes das 15 horas, o horário indicado no cartão. Não foi fácil encontrar o local do encontro. O Circo Émile não era um dos famosos circos internacionais que faziam excursões pelas maiores vilas e cidades. Pelo contrário, tratava-se de um grupo pequeno e desmazelado, que armara suas tendas puídas num terreno baldio, num distante subúrbio a leste de Paris. Era de se esperar – refletiu Raymond, dirigindo o carro pelas ruas lúgubres e deprimentes –, que Bonfils não poderia alugar as instalações de um circo mais abastado, não importa quais divertimentos pretendia apresentar.

Quando, afinal, encontrou o lugar, viu que a tenda principal era pequena e esfarrapada e o letreiro com o nome do circo, tão castigado pelo tempo a ponto de estar quase ilegível. De um lado o terreno terminava numa via férrea, ao longo da qual um trem de carga matraqueava asmaticamente, e o chão estava tão sujo que ninguém se dera ao trabalho de limpar. Um circo em bancarrota, pensou Raymond, algumas poucas famílias reunidas para mal ganhar o sustento. Era duvidoso que Bonfils lhes houvesse pago grande coisa pelo uso de suas instalações por uma tarde; porém, por menos que fosse, provavelmente ainda era mais do que ganhariam numa semana por suas apresentações regulares num bairro tão pobre.

A entrada principal para a grande tenda estava fechada por um pedaço de lona manchado, diante do qual postava-se um homem musculoso com um grande bigode. Usava uma camisa de malha listrada e calça larga, e parecia suficientemente forte para enfrentar, com apenas uma mão, qualquer tipo de problema. Não era alguém que um homem sensato fosse desafiar, disse Raymond a si mesmo, enquanto estacionava seu carro novo a alguns metros da tenda, antes de caminhar pelo terreno entulhado. Havia sete ou oito carros grandes já estacionados por ali; evidentemente, ele não era o primeiro a chegar.

O pugilista concedeu-lhe um olhar severo. Raymond respondeu com um aceno amigável de cabeça e entregou-lhe o luxuoso convite com palavras extremamente formais:

"Monsieur George Bonfils, Comandante da Legião de Honra, espera ter o prazer da companhia de Monsieur Raymond Provost em uma apresentação particular do Circo..." e assim por diante. O homem da camisa listrada, talvez fosse o próprio Émile, tomou o convite de sua mão e examinou-o rapidamente. Ocorreu a Raymond que era improvável que o sujeito de camisa listrada soubesse ler o suficiente para entender as palavras do cartão. Verdade ou não, ele pelo menos reconheceu que aquele era o passaporte para a tarde de diversões. Levantou o pedaço de lona e fez sinal a Raymond para passar, com uma leve inclinação de cabeça.

Lá dentro, estava sufocante. Havia bancos laterais que não acomodariam mais de 150 espectadores, apertados uns contra os outros. O picadeiro, coberto de serragem, dava apenas para a mais modesta das apresentações: um malabarista ou talvez dois, um comedor de fogo, um urso dançarino com um anel no nariz, um atirador de facas com sua tábua e a pouco atraente esposa servindo de alvo vivo... as banalidades costumeiras. Nada disso seria apresentado naquele dia, é claro. Bonfils, com certeza, devia ter feito planos especiais para divertir os convidados.

O calor na tenda se devia, em parte, à iluminação: sibilantes labaredas de gás em recipientes colocados nos cantos. No entanto, a atmosfera já estava jovial; cerca de vinte homens bem-vestidos estavam reunidos num lado da tenda, conversando, com copos nas mãos. Dois ou três criados serviam as bebidas – garrafas de champanhe gelando numa fileira de baldes de zinco e tinas repletas de gelo e água. Os baldes, pelo menos, pareciam ser propriedade do circo, enquanto as taças que os criados carregavam de um lado para outro obviamente não eram.

Bonfils afastou-se do grupo e se adiantou para apertar a mão de Raymond e lhe dar as boas-vindas. Estava vestido muito formalmente, com um casaco comprido e elegante, gravata e cartola de seda negra. O monóculo que usava estava pendurado em sua fina corrente de ouro contra o colete branco. Todo o traje, Raymond imaginou, era em si uma parte da brincadeira. Talvez devesse ter se vestido formalmente também, mas uma olhada nos outros convidados tranquilizou-o. Usavam ternos comuns, embora, em geral, de cores escuras.

– Como estou satisfeito que tenha vindo – exclamou Bonfils. – Perdeu minha última festinha no circo, como posso lembrar. Todos gostaram tanto que achei que deveria preparar outra. Venha beber alguma coisa. Acho que conhece a todos aqui.

– Foi bondade sua convidar-me – respondeu Raymond. – Sim, conheço muitos de seus outros convidados.

– Ótimo, então não há necessidade de apresentações.

Raymond já reconhecera vários parceiros de negócios, alguns conhecidos da bolsa de valores, uns políticos importantes e até um escritor famoso que ele encontrara certa vez na recepção de alguém – um homem que ganhara uma quantidade surpreendente de dinheiro com suas tediosas sagas sobre a atormentada vida familiar no interior. Olhando em torno e vendo os homens vestidos de maneira tão conservadora, todos de chapéu, Raymond sorriu, pensando por um momento que a reunião quase poderia ser para o funeral de um colega. A única nota destoante era uma gravata verde vivo usada pelo escritor, supostamente um sinal de sua capacidade criativa.

Com uma taça de champanhe na mão, Raymond juntou-se ao grupo, apertando mãos, trocando cumprimentos, conversando descontraidamente com todos que ali se encontravam.

– Esteve na última apresentação de circo de Bonfils? – perguntou Xavier de Margeville, um amigo que Raymond sabia que estaria ali. – Não me lembro.

– Eu estava fora de Paris na ocasião e perdi o espetáculo. Mas ouvi falar dele, claro.

– Paris não falou de outra coisa durante um mês. Aumentou muito a fama de Georges.

– Mas não lhe fez nenhum mal, pelo que sei – disse Raymond.

– Claro que não! Seus convites são tão procurados que as pessoas mais improváveis lhe fazem favores, com a esperança de entrar na lista, mas ele é muito seletivo. Sabe, contaram-me, pouco antes de você chegar, que Georges rejeitou hoje um ministro de Estado, porque não o considerava suficientemente útil. Mas talvez isso não passe de um dos rumores espalhados por ele para aumentar sua importância. O boato do ano passado foi que ele recusara a presença de certa eminência da Igreja, que queria comparecer, com o argumento de que os dignitários eclesiásticos sabem tanto a respeito dessas coisas que ele acharia tudo tedioso.

Raymond riu e esvaziou a taça. Imediatamente, um criado postou-se a seu lado para tornar a enchê-la.

– Por outro lado – a voz de Raymond soava alegre –, ambas as histórias podem muito bem ser verdadeiras. Segundo me contaram, a apresentação de hoje será uma repetição da que aconteceu no outono passado, não é?

– Não, Georges nos prometeu algo inteiramente diferente.

As bebidas circulavam abundantemente, a conversa tornou-se mais animada e os gestos mais expansivos. Finalmente, o clangor de uma sineta silenciou o grupo. Era Bonfils, no meio do picadeiro, com a cartola empurrada para a parte de trás da cabeça.

– Cavalheiros – berrou. – Sua atenção, por favor! Estão prestes a testemunhar o mais divertido, o mais ousado e o mais original espetáculo circense já apresentado em Paris... ou em qualquer outra parte do mundo!

– Desde o ano passado, quer dizer! – bradou alguém.

– Nenhuma apresentação prévia pode chegar perto da que verão hoje, eu lhes garanto – respondeu Bonfils imediatamente, apreciando muito seu papel de diretor de circo. – Este é um espetáculo autêntico, único, o maior que se pode ver na vida, e lhes será apresentado sem levar em conta despesas nem outros problemas. Sentem-se, por favor! Os criados circularão entre os senhores com bebidas durante a apresentação.

Com os que haviam chegado depois, o grupo tinha agora cerca de trinta pessoas. Todos queriam sentar-se na fila da frente, é claro, e os bancos em torno da extremidade do picadeiro foram rapidamente ocupados.

Bonfils recomeçou a cômica apresentação quando todos se aquietaram de novo.

– Cavalheiros, numa reunião de pessoas importantes, tão destacadas nos campos das finanças, do comércio, da política e das artes, é possível que haja um ou dois que já visitaram certos estabelecimentos na cidade. Com finalidades, nem preciso dizer, exclusivamente de estudo e observação. Em tais lugares, há uma remota possibilidade de que tenham sido compelidos a testemunhar ações de natureza particular, realizadas para a instrução dos presentes.

– Que vergonha! – disse alguém, cuja voz nada tinha de embaraçada com tal pensamento.

– Realmente, uma vergonha! – continuou Bonfils. – Porque, devo informar-lhes, esses atos aos quais me refiro são falsos. São fraudulentos. São engodos! Mas, hoje, não haverá engodos... terão o privilégio de observar coisas autênticas. Cavalheiros, orgulhosamente apresento-lhes... o *cirque érotique* de Bonfils!

Fez uma pausa e se curvou para receber os aplausos da plateia.

– Obrigado, cavalheiros... sua apreciação é a única recompensa que procuro. E, agora... para seu divertimento, espanto e deleite, o Circo Bonfils, num único espetáculo, orgulhosamente apresenta...

Tocou bem alto sua sineta de mão, e uma cortina velha, pendurada numa extremidade da tenda, foi aberta, enquanto todos os olhos se voltavam para ter uma primeira visão do que seria apresentado.

– Mademoiselle Marie! – berrou Bonfils.

Em meio a gritos de emoção da pequena plateia, uma mulher inteiramente nua entrou na arena numa bicicleta comum. Tinha por volta de 20 anos e era razoavelmente bonita. Seus seios balançavam-se para cima e para baixo, enquanto ela impulsionava energicamente os pedais com os pés descalços.

– Mademoiselle Jeanne! – anunciou Bonfils, quando a primeira ciclista já percorrera parte do picadeiro e outra moça igualmente nua entrava, pedalando, sorrindo e acenando com uma das mãos para o grupo que as admirava dos bancos.

– Mademoiselle Marianne!

Entrou uma terceira ciclista, esta em pé sobre os pedais, oferecendo uma visão clara do triângulo de pelos escuros entre suas pernas.

– Mademoiselle Sophie!

As quatro pedalavam em torno do pequeno picadeiro, sorrindo e agradecendo os aplausos, mantendo distância umas das outras. Eram todas mais ou menos da mesma idade e razoavelmente atraentes.

– Quatro das mais notáveis belezas de Paris, para a delícia da plateia! – anunciou Bonfils, com grande exagero. – Observe-as pedalando, considerem seus méritos. Avaliem o melhor que puderem a força e a resistência delas. E, depois, quando começar a competição, escolham sua favorita e lhe deem seu apoio de todo coração! Seja qual for, entre essas belezas, a que preferirem... animem-na, encoragem-na! E, além de darem seu apoio moral, façam uma aposta quando a apresentação esquentar.

– Ora, elas não vão lutar umas com as outras, não é? – exclamou Raymond, horrorizado.

– Claro que não... isso seria brutal demais – disse Margeville.
– É algo muito mais divertido. Você verá.
– Estão prontas, senhoras? – gritou Bonfils para as mulheres que o cercavam em suas bicicletas.
– Prontas! – responderam elas, em coro.
– Então, preparem-se para o sinal de partida. O prêmio para a vencedora é uma garrafa do mais fino champanhe... e 5 mil francos!

Todas as mulheres soltaram gritinhos de prazer enquanto pedalavam solenemente em círculo.

– Agora! – gritou Bonfils, abruptamente, tocando a sineta outra vez.

Para surpresa de Raymond, elas não aumentaram a velocidade. Sabendo que havia uma competição entre elas, supusera que era algum tipo de corrida. Virou-se para Margeville, sentado a seu lado, para perguntar como seria escolhida a vencedora.

– Ora, a vencedora será a última a permanecer em sua bicicleta.

– Um teste de resistência? Ah, claro que não... ficaríamos aqui o dia inteiro e seria excessivamente tedioso. Ou será que elas têm permissão para derrubar umas às outras de suas bicicletas?

– Não, não devem tocar-se... isso faria com que fossem eliminadas. É um teste de resistência de outro tipo. As selas dessas bicicletas foram muito bem cobertas com vaselina... veja como as moças tendem a escorregar um pouquinho para a frente a cada pedalada.

– E o que acontecerá? – perguntou Raymond, ainda confuso.

– Meu querido amigo... as partes íntimas de nossas belas ciclistas estão sendo submetidas a uma massagem constante e ritmada, devido ao esforço para pedalar suficientemente rápido para manter a bicicleta equilibrada. O que acha que acontecerá?

– Meu Deus! – exclamou Raymond, com uma compreensão súbita. – Quer dizer que esse passeio em círculo provocará o prazer físico que habitualmente é proporcionado a uma mulher por seu amante!

– Exatamente! Agora, entende o divertimento que Bonfils arranjou para nós. Enquanto essas mulheres pedalam em círculos, sob nosso exame atento, observaremos os sinais de sua excitação. Essa que passa por nós agora, por exemplo, já está com o rosto rosado. Num instante, verá seus pequenos mamilos ficarem duros, suas pernas tremerem! No momento crítico, cada mulher cairá da sela, incapaz de continuar a pedalar com seus espasmos de gozo!

– Até que reste uma para reivindicar o prêmio de Bonfils! Mas e se houver trapaça? E se alguma delas tentar levantar-se da sela, sem ser observada?

– Não há como isso acontecer sem ser percebido. Todas as quatro estão espiando as outras, atentamente, para se certificar de que ninguém ganhará o prêmio através do engodo. E Bonfils as observa... veja como olha para cada uma, quando passa diante dele! Por fim, todos nós temos o direito de agir como juízes, para garantir que as regras sejam cumpridas.

– Champanhe, *monsieur*? – perguntou uma voz discreta, ao lado de Raymond.

Virou-se e viu um dos criados de Bonfils, com uma garrafa pronta para tornar a encher sua taça.

– Bonfils é a pessoa mais lasciva que conheço – disse Raymond, bebericando o champanhe gelado.

– Oh, sim, mas sempre de uma maneira original e interessante – concordou Margeville. – Olhe para aquela belezinha!

Era Mademoiselle Marianne, que passava por eles pedalando devagar. Talvez tivesse 22 anos, e seus ombros eram um tanto largos para o corpo esguio. Os pequenos seios eram altos e os bicos, de tão vermelhos, estavam quase escarlates.

– Veja... ela já está quase gozando – observou Xavier de Margeville. – E não fizeram mais do que três ou quatro voltas. Não vou apostar nela.

– Pretende fazer apostas nesta competição? Pensei que Bonfils estivesse brincando quando falou nisso.

– Faz parte da brincadeira. Bonfils aceitará todas as apostas, por maiores que sejam as somas, com as vantagens que ele estabelecer. Enquanto forem as quatro ciclistas, as proporções são de três para um. Se acertar a vencedora, pode ganhar um bom dinheiro.

– Mil francos em Mademoiselle Sophie! – gritou uma voz, em algum lugar, à esquerda de Raymond.

Ele espichou o pescoço para ver quem era e avistou um conhecido banqueiro.

Bonfils, com a sineta no chão a seu lado, agora segurava um caderno de notas aberto e uma fina caneta de ouro. Rabiscou o nome do banqueiro, a soma e o nome da mulher.

– Bem apostado, caro amigo! – gritou, para todos ouvirem. – Ela me parece uma boa escolha, embora eu seja um amador nesse assunto! Mil francos é a aposta em Mademoiselle Sophie. Façam suas apostas, cavalheiros, enquanto a proporção ainda é de três para um a favor dos senhores.

– Entendo – disse Raymond. – A proporção se reduzirá, conforme for diminuindo o número de competidoras.

– Exatamente. Não creio que Mademoiselle Sophie seja a minha escolha... veja a largura generosa de seu traseiro. Na cama, isso seria uma grande vantagem, mas aqui não. Ela tem muito peso apoiando-a na sela, e isso, com certeza, não lhe será favorável. Não, vou escolher entre Mademoiselle Jeanne e Mademoiselle Marianne. Mas qual?

– Onde Bonfils consegue as moças? – perguntou Raymond. – São bonitas e limpas demais para serem realmente do circo.

– Acho que as contrata em alguns dos melhores bordéis.

– Está enganado – disse o homem do outro lado de Raymond. – Conheço bem os melhores bordéis, nesses dez anos desde que fiquei viúvo. Essas moças são completas desconhecidas para mim. Talvez sejam modelos.

– Ninguém mais está apostando – observou Raymond.

– Observem a marcha da competição – explicou Margeville.

Aquele espetáculo incomum de quatro jovens pedalando bicicletas que descreviam círculos e exibindo o corpo tinha algo de picante, descobriu Raymond. Havia algumas interessantes comparações a fazer sobre o tamanho e a forma dos seios e das nádegas e sua respectiva elasticidade, enquanto eles bamboleavam e se remexiam, acompanhando os movimentos das donas. Havia também o comprimento e a grossura, ou a finura, de todas aquelas coxas movimentando-se para cima e para baixo, a fim de empurrar os pedais! A cor e a textura dos pelos reveladas pela ação daquelas coxas... Porém, acima de tudo, o que interessava eram as expressões das moças: isso era realmente fascinante.

As quatro tinham entrado na arena para dar a primeira volta sorrindo muito, sorrisos de agradecimento aos aplausos espontâneos com que foram recebidas. Afinal, aquelas eram mulheres – fosse qual fosse sua profissão – que não sentiam a menor vergonha em exibir os corpos nus, pelo contrário, exultavam com a admiração dos homens.

Depois de uma ou duas voltas no picadeiro, os sorrisos ainda estavam estampados nos quatro belos rostos – mas se pareciam cada vez mais com caretas, à medida que sensações poderosas começavam a surgir entre as pernas das ciclistas. Um por um, os sorrisos desapareceram, enquanto essas sensações se intensificavam pelo constante atrito com as selas escorregadias. Mademoiselle Marianne, por exemplo, passou pedalando com a boca bem aberta e um olhar distante, enquanto lutava contra o gozo que a ameaçava.

– Meu Deus! – disse Margeville, observando-a. – Ela não resistirá a mais de uma ou duas voltas pelo picadeiro. Esta é a última oportunidade de fazer apostas com três para um. – Chamou apressadamente Bonfils, que estava no meio do picadeiro. – Cinco mil em Mademoiselle Jeanne!

Bonfils ergueu um dedo, indicando que ouvira, e rabiscou no seu caderno de notas.

Raymond também já tomara uma decisão àquela altura.

– Dez mil francos em Mademoiselle Sophie!

A cadeiruda Sophie, ouvindo seu nome, deu uma olhada para trás e sorriu vagamente na direção de Raymond. Seu rosto estava muito corado, e Raymond ficou imaginando se cometera um erro caro. Xavier de Margeville certamente pensava assim.

– Não há esperança – declarou ele – com aquela bunda maravilhosa. Aposte nas mais magras, é o meu conselho.

– O meu também – concordou o homem do outro lado de Raymond, surpreendendo-o ao apostar 50 mil francos em Mademoiselle Jeanne.

– Uma aposta de 50 mil, de Barras! – anunciou Bonfils, em voz alta. – Está esquentando! Ele vai poder pagar a seus acionistas um dividendo extra, com seus ganhos! Vamos logo, cavalheiros... façam suas apostas enquanto ainda é tempo.

Imediatamente, vários homens gritaram e mantiveram, Bonfils ocupado, escrevendo, embora ninguém se aproximasse dos 50 mil de Barras, nem os ultrapassasse. Pelo que Raymond podia julgar, em meio à confusão de vozes, a maior parte do dinheiro era apostada em Mademoiselle Jeanne e Mademoiselle Marie, e a primeira era a favorita. Ele ouvira apenas uma outra aposta feita em Mademoiselle Sophie, o que não lhe inspirou confiança.

– Ah, olhe para Marianne! – exclamou Margeville, dando palmadinhas no joelho de Raymond. – Dentro de mais alguns instantes...

Marianne, na outra extremidade do picadeiro, agora pedalava muito devagar, com a roda da frente da bicicleta bamboleando. Ela respirava depressa através da boca, e os pequenos seios subiam e desciam com seus arquejos.

– Ela está trapaceando! – gritou, estridentemente, uma das outras ciclistas, apontando para Marianne. – Está fora da sela!

Bonfils aproximou-se de Mademoiselle Marianne e deu uma palmada bem-humorada, com a mão aberta, em suas nádegas nuas.

– Sente-se direito – gritou. – Trapaças não são permitidas aqui.

Marianne continuou a cambalear, sua trajetória tornando-se cada vez mais errática. Ao se aproximar do lugar em que Raymond estava sentado, sua cabeça curvou-se devagar para trás, até ela olhar para o teto gasto da tenda. Soltou um gemido alto e caiu de lado. Ouvia-se a respiração ofegante dos espectadores, e muitos se levantaram quando Marianne rolou pela serragem e ficou deitada de lado, com as duas mãos pressionadas entre as pernas, os joelhos erguidos e se sacudindo nos arroubos do prazer.

– Mademoiselle Marianne retira-se da competição – anunciou Bonfils, formalmente.

Ele ergueu a cartola, numa saudação à competidora caída, e depois ajudou-a a se levantar e lhe deu uma palmadinha amistosa no traseiro, enquanto a moça levantava a bicicleta e a levava para fora.

Todos os olhos se voltaram para as três mulheres que ficaram no picadeiro, fazendo círculos vagarosos, todas coradas de excitação. Os homens que ainda não haviam feito uma aposta sentiram-se encorajados a fazer agora, já que o campo se esvaziara, embora a proporção tivesse caído para dois para um.

– Alguém tinha apostado em Mademoiselle Marianne? – perguntou Raymond ao amigo.

– Acho que Foucault, lá do outro lado, apostou alguns milhares de francos. Pelas razões erradas, ora. Nada sabe sobre apostas, mas adora mulheres com pequenos seios pontudos como os dela.

– Quem não gosta? – perguntou Raymond, erguendo os ombros.

Um ruído de espanto subiu dos bancos, seguido por um grito de divertimento, quando Mademoiselle Marie desviou-se de seu curso, com os olhos fechados e a barriga tremendo, e se chocou contra um banco repleto de espectadores. A parada abrupta da bicicleta fez com que ela voasse sobre a proteção em torno do picadeiro e caísse no colo dos espectadores, com tanta força que o banco virou, levando todos ao chão. Depois, um rugido de gargalhadas encheu a tenda, enquanto Marie se retorcia de êxtase em cima de dois ou três homens de negócios, deitados na grama, com seus ternos escuros, e as pernas para cima.

Quando pôde fazer-se ouvir, Bonfils anunciou que Mademoiselle Marie se retirara da competição e a proporção das apostas passara a ser de um para um.

– Aquela Sophie é mais resistente do que eu pensava – disse Margeville, olhando as duas finalistas, que pedalavam lentamente –, mas a minha vai derrotá-la. Veja como as coxas de Sophie estão tremendo, enquanto as de Jeanne continuam bem equilibradas e firmes.

Na verdade, Mademoiselle Sophie parecia estar muito perto do fim de sua apresentação. O vermelho do rosto se estendia até o pescoço e o peito, e todo o seu corpo reluzia de suor.

– Talvez tenha razão, meu caro amigo – disse Raymond, em tom de dúvida. – Mas ainda tenho fé nela.

– Você vai perder seu dinheiro... e eu vou ganhar 15 mil francos de Bonfils!

– Você parece muito confiante – disse Raymond. – Será que sua confiança lhe faria apostar mais 10 mil francos?

– Uma aposta paralela entre mim e você? Mas claro! Dez mil é o que você vai me pagar quando minha favorita ganhar. Vou ficar muito satisfeito.

– Ou vice-versa – advertiu Raymond.

A vencida Marie não saíra da tenda, notou Raymond. Estava sentada num banco, entre dois dos homens que derrubara. Cada qual tinha um braço em torno de sua cintura nua, e um deles, um banqueiro chamado Weber, mais próximo dos 60 do que dos 50 anos, sussurrava-lhe no ouvido, admirando o busto nu da moça. Mademoiselle Marie pode ter perdido o prêmio em dinheiro, concluiu Raymond, mas não voltará para casa de mãos vazias. Olhando a plateia, ele observou, além disso, que Mademoiselle Marianne, a primeira a ser eliminada, voltara sem a bicicleta e estava sentada, com o traseiro nu, no colo do homem que apostara nela.

Com apenas duas ciclistas no picadeiro, certamente a competição logo terminaria, porque ambas pareciam estar *in extremis*.

– Mil francos em Mademoiselle Jeanne! – gritou uma voz, rompendo a silenciosa concentração dos espectadores.

Todas as cabeças se viraram para ver quem esperara até os últimos instantes para apostar com a proporção baixa. Era o famoso autor de romances para bons católicos.

– Que sujeito cauteloso ele deve ser! – falou Raymond, com um sorriso.

Mademoiselle Sophie balançava-se perigosamente de um lado para o outro em sua bicicleta, seguindo lentamente. Tinha os olhos quase fechados, reduzidos a pequenos traços, e uma expressão de êxtase no rosto vermelho. Com a respiração difícil, a plateia observava os últimos momentos da competição, enquanto as duas mulheres lutavam para manter os derradeiros fiapos de autocontrole.

Ouviu-se um longo gemido, e Mademoiselle Jeanne colocou a mão nos úmidos pelos entre suas pernas! A roda dianteira de sua bicicleta virou-se, e ela escorregou para a serragem e rolou de costas, com as pernas dando chutes no ar, enquanto aliviava a tensão no gozo. Houve um longo suspiro da plateia quando todos reconheceram a derrota.

– Mademoiselle Jeanne retira-se da competição – gritou Bonfils. – A vencedora é Mademoiselle Sophie!

– Muito bem, Mademoiselle Sophie! – gritou Raymond. – Tenho uma gratificação para você!

Não teve certeza se ela o escutara, porque o anúncio de Bonfils foi seguido por prolongados aplausos para a vencedora. Ela conseguiu completar mais um quarto de círculo, com as oscilações da bicicleta cada vez mais pronunciadas e, depois, desmontou depressa e sentou-se na serragem, com os joelhos erguidos e os braços em torno deles, sacudindo-se violentamente.

Bonfils estalou os dedos e um de seus criados correu para ele, com uma nova garrafa de champanhe. Quando cessaram os estremecimentos de Mademoiselle Sophie, Bonfils deu-lhe tapinhas no ombro e, no momento em que a moça levantou a cabeça, ele ergueu a garrafa. Sophie abriu bem a boca, para pegar a torrente de champanhe, engolindo tão depressa quanto podia, até não poder beber mais. Bonfils despejou o restante da garrafa sobre a barriga e os seios nus dela a fim de refrescar a moça, e ela sorriu.

Durante esse pequeno e interessante interlúdio, os espectadores batiam palmas e davam vivas, todos com um bom humor excepcional, depois do que tinham visto no picadeiro, mesmo perdendo as apostas. Bonfils teve de tocar a sineta por um longo tempo para fazer com que fizessem silêncio, e chamou as quatro competidoras para perto dele. Weber parecia relutante em liberar Mademoiselle Marie de seu abraço.

– Solte-a! – gritou Bonfils, rindo dele. – Poderá tê-la de volta depois da entrega dos prêmios, seu velho banqueiro teimoso!

– Não consigo acreditar – queixou-se Xavier de Margeville, entregando a Raymond 10 mil francos. – Tinha certeza absoluta de que a moça em quem apostei seria a mais resistente. Pela lógica, não poderia ser de outra maneira. Por que apostou em Sophie? Ela parecia a vencedora menos provável.

– Intuição – disse Raymond, dando de ombros. – Nada mais do que isso.

Entrementes, as quatro mulheres nuas se dispunham numa fila. Mademoiselle Sophie deu um passo adiante e Bonfils parabenizou-a, da maneira mais grandiloquente, por seu triunfo, entregando-lhe o prêmio em dinheiro com um grande floreio, uma mesura e um levantar da cartola negra. Para as outras, ele disse palavras de consolo. Nenhuma parecia desolada, o que fez Raymond deduzir que haviam feito contatos promissores e teriam benefícios mesmo com a perda.

Logo que as mulheres saíram do picadeiro para se vestir, Raymond adiantou-se para reivindicar seus ganhos a Bonfils, achando que era o único vencedor. Esquecera-se de que Desmoines também apostara em Sophie, embora uma soma menor. Bonfils contou 30 mil francos e entregou-os para Raymond, com um sorriso.

– Parabéns... é um hábil julgador de mulheres, meu caro amigo.

– Parabéns a você – foi a resposta seca de Raymond. – Pelos meus cálculos, deve ter ganho pelo menos 250 mil francos.

Bonfils deu-lhe uma piscadela.

– Ah, não deve esquecer minhas despesas para organizar essa pequena competição – respondeu. – E deve concordar que todos se divertiram muito. Veja só... todos vão recuperar seu dinheiro bebendo meu champanhe como se fosse água. Siga meu conselho: pegue uma taça antes que acabe. Tenho a agradável tarefa de recolher o dinheiro que me é devido, antes de nossos amigos começarem a escapulir. Assim, peço que me dê licença.

Raymond não precisava temer que Mademoiselle Sophie não aceitasse a recompensa oferecida por ele. Estava entre seus amigos, em pé, com a taça na mão, discutindo os momentos mais interessantes da competição que haviam presenciado, quando ela apareceu a seu lado. Usava uma saia negra simples e, sobre ela, uma blusa comprida, de malha, que ia até abaixo dos quadris e tinha relevos em zigue-zague.

– *Monsieur* – disse, sorrindo para ele.

Seu busto era mais farto do que o considerado elegante e a blusa o realçava. Pela primeira vez, Raymond pôde olhar direito para seu rosto: era redondo e agradável, embora o nariz talvez fosse um pouco largo demais. A expressão era de bom humor, não a falsa amabilidade de uma profissional.

– Ah, Mademoiselle Sophie! Permita-me cumprimentá-la pela magnífica vitória contra adversárias muito fortes. Tive uma intuição ao apostar na senhorita, e minhas esperanças se concretizaram. Sinto que é justo dividir com você parte de meus ganhos, se me fizer a honra de aceitar esse presentinho.

Ela sorriu, quando Raymond lhe entregou 5 mil francos e, para delícia dele, levantou a saia negra e enfiou as cédulas dobradas na liga.

Talvez fosse por causa do champanhe que bebera, ou pelo impacto emocional de ter visto quatro moças nuas estremecendo de gozo – e, quem sabe, pelos dois fatores – que Raymond, naquele momento, achou Mademoiselle Sophie muito atraente.

– Meu carro está lá fora – murmurou. – Seria um grande prazer para mim dar-lhe uma carona até a cidade.

– É muita bondade sua – agradeceu imediatamente. – Talvez possa deixar-me onde moro.

Aceitar a oferta implicava muito mais que uma volta de carro, como ambos sabiam muito bem. Depois de outra taça do estoque de champanhe de Bonfils, que diminuía rapidamente, todos partiram, enquanto aquele sujeito empreendedor ainda abria caminho através do grupo, com o caderninho na mão e os bolsos estufados de dinheiro. Dentro do carro em movimento, as formalidades logo desapareceram. Raymond chamou-a de Sophie, disse-lhe seu nome e dirigia com uma das mãos, passando a outra na coxa dela, acima da liga – a que não prendia o dinheiro. Ele não conhecia o bairro onde ela morava nem o caminho por onde seguiam em direção ao centro da cidade. Depois de um percurso mais longo do que provavelmente era necessário, ele encontrou a rue d'Alésia e seguiu por ela até Sophie poder orientá-lo.

O prédio que ela finalmente lhe indicou era pouco atraente, mas isso não tinha a menor importância. O quarto dela ficava no último andar, como Raymond previu, mas isso também não era relevante. Ele estava em brasas com o longo contato da mão com a coxa nua de Sophie, por debaixo da saia, e tinha o membro completamente duro e desconfortável dentro da roupa. Sophie também estava totalmente preparada, com a respiração ainda mais ofegante do que o que a subida pelas escadas poderia ter provocado.

A pobreza do quarto e os móveis de baixa qualidade não causaram a menor impressão em Raymond, pois, logo que entraram, a mão de Sophie desceu apressadamente pela frente da calça dele, para agarrar os dois vizinhos de seu membro duro. Em outra ocasião, ele poderia ter achado aquele aperto forte demais; porém, naquele estado de espírito inflamado, o aperto dela naquelas bolas macias simplesmente serviu para excitá-lo ainda mais.

– Estou louca para trepar! – exclamou ela. – Meta em mim!

Raymond estava excepcionalmente ansioso para atendê-la. O *cirque érotique* de Bonfils e o passeio de automóvel haviam exacerbado suas emoções a um grau inimaginável – e, se isso não bastasse, o aperto de Sophie fez seu membro duro e latejante chegar ao ponto de quase explodir. Empurrou-a sem a menor gentileza para a cama desarrumada, com as mãos agarrando os seios por cima da blusa, enquanto ela meneava os quadris e levantava a saia até a cintura, porque a necessidade de ambos era urgente demais para permitir que perdessem tempo tirando a roupa. Ela tateou entre as coxas para abrir, com um arranco, os botões dos calções-combinação, enquanto Raymond tratava os botões da braguilha com a mesma violência.

Atirou-se em cima dela, dando uma rápida olhada nos pelos entre suas pernas, ainda grudados à pele pela vaselina que fora abundantemente espalhada sobre as selas das bicicletas. Seu membro retesado encontrou o canal escorregadio por conta própria e deslizou para dentro. Sophie imediatamente gritou de extático alívio e debateu-se debaixo dele, com os quadris se erguendo para fazer o membro penetrar mais fundo. Para Raymond, a sensação daquela suave penetração foi demais; deu três metidas rápidas e curtas e derramou o gozo dentro dela, espantado, deliciado e pasmo, tudo ao mesmo tempo, com a rapidez de sua própria reação.

– Meu Deus, eu estava precisando disso – falou Sophie, quando ele finalmente ficou imóvel em cima dela. – Agora, podemos fazer as coisas devagarinho, como devem ser feitas. Que tal tirar a roupa?

Raymond escapou de seu abraço e, juntos, tiraram a roupa.

– Que visão! – exclamou Sophie, observando seu tufo de pelos crespos, naquele momento escurecidos e achatados. – Preciso tomar alguma providência a respeito disso.

Deixou-o deitado na cama enquanto fazia os preparativos para se lavar.

O seu quarto não era confortável, tendo instalações rudimentares. Ela pegou uma grande bacia de porcelana, que estava numa penteadeira bamba, colocou-a no chão e com uma jarra despejou água dentro dela. Raymond virou-se de lado para observá-la banhando-se. Ela abriu as pernas em cima da bacia e se acocorou para se lavar entre as coxas.

– Se isso não me esfriar, então nada pode acabar com meu fogo – brincou ela.

– Ah, não, pelo amor de Deus – disse Raymond. – Aconteceu tudo tão depressa que sinto que fui logrado. Mas se esse brinquedinho entre suas pernas esfriar com a água, será um prazer para mim esquentá-lo de novo.

— Não há o perigo de acabar com o clima — garantiu ela. — Quando me excito, não consigo mais parar... nem mesmo com todas aquelas voltas de bicicleta, em torno do picadeiro para Monsieur Bonfils.

Ela se levantou e pegou uma toalha para se enxugar.

— A rapidez com que tudo aconteceu conosco é prova suficiente de que aquela competição de bicicleta a excitou um bocado — disse Raymond. — Provocou um pequeno gozo, porque vi você tremendo e arquejando sentada no chão depois que ganhou.

— Sim, não consegui me controlar daquela vez — disse Sophie —, embora tivesse resistido na sela das outras vezes.

Jogou descuidadamente a toalha para um lado e ficou em pé, nua, com as mãos nos quadris e um sorriso no rosto enquanto ele a admirava. Era mais jovem do que Raymond calculara inicialmente, com certeza tinha pouco mais de 20 anos, mas seus seios volumosos já haviam perdido um pouco da firmeza e estavam ligeiramente caídos. A leve perda da atração estética era mais do que compensada, na opinião de Raymond, pelo ganho em atração sensual, porque um homem poderia acariciá-los interminavelmente e até mesmo esconder o rosto entre eles... para não falar de outra parte de seu corpo! No entanto, sem dúvida, sua atração mais fascinante era o triângulo carnudo entre as coxas. Sob a cobertura de finos pelos castanhos, os lábios externos ficavam permanentemente separados pelos lábios internos, muito desenvolvidos, que os empurravam.

— É óbvio o motivo de você ser tão quente — comentou Raymond, afetuosamente. — Na verdade, estou surpreso de que tenha resistido tanto tempo àquele passeio de bicicleta. O que quis dizer com *das outras vezes*? Já tinha gozado enquanto pedalava em torno do picadeiro?

- Cinco ou seis vezes - respondeu, voltando para a cama e se deitando ao lado dele. - Mas, como estava combinado que eu ganharia, era preciso continuar.

- Combinado que você ganharia? O que quer dizer?

Sophie sorriu para ele, de maneira conspiratória, acariciando o ventre de Raymond.

- Estou lhe contando um segredo, e não deveria - disse. - Mas gosto de você, Raymond. A verdade é que Monsieur Bonfils conhece meu temperamento... sabe que preciso continuar quando me excito. É como as ondas do mar... já deve ter observado. As ondas vêm, bem pequenininhas, e depois, de sete em sete, aparece uma muito maior. Pelo menos, foi o que me disseram. Ora, é assim que acontece comigo. Eu me excito com um homem, e essas pequenas ondas rolam sobre mim, uma após a outra, até que chega a grande.

- A maior foi quando você estava sentada na serragem?

- Não, claro que não. Foi com você, alguns minutos atrás.

Raymond ficou lisonjeado.

- Então, havia um acordo entre você e Bonfils para que ganhasse os 5 mil francos oferecidos por ele como prêmio.

Sophie piscou para ele, com a mão deslizando mais para baixo na barriga de Raymond em direção a seu bem mais valioso.

- Confio em você - disse ela. - O acordo que eu tinha com Monsieur Bonfils era de que eu receberia 10 mil francos para entrar e ganhar.

- Mas por quê?

Ela ergueu os ombros, impaciente com a lentidão com que ele compreendia a trama, e pegou seu membro, que despertava, para encorajar seu crescimento.

- Em quem todo mundo apostou? - perguntou ela. - Monsieur Bonfils se saiu muito bem hoje, mas gostei logo de você, porque apostou em mim. O que o fez agir assim? Não prevíamos que alguém fizesse isso.

Raymond riu, pensando na má-fé de Bonfils, que agora lhe era revelada. Que patife era aquele sujeito! Com que divertida astúcia dava os golpes que o celebrizavam!

– Gostei do aspecto de sua bunda, quando você passou pedalando por mim pela primeira vez – disse ele. – Você tem essas nádegas macias e redondas que indicam uma natureza amorosa, e não a bundinha dura de Mademoiselle Jeanne.

– Acha que tenho a bunda grande, não é? – perguntou Sophie, com a mão deslizando para cima e para baixo no membro duro.

– Uma bunda generosa, não grande. Seu centro de gravidade é na parte inferior do corpo, o que significa que você fica mais à vontade deitada de barriga para cima do que em pé... não tenho razão? Além disso, esses seios redondos e macios atraíram a minha atenção. Uma das competidoras tinha pequenos seios pontudos bem altos... estão na moda, naturalmente, mas desapontam quando a gente pega neles. Os seus, à primeira vista, tinham um tamanho e uma textura capazes de agradar um homem.

Depois de falar, ele entrou em ação, pegando nos seios e brincando com eles.

– Ah, entendo – disse ela –, apostou em mim porque queria ir para a cama comigo, e não porque pensou que eu ia ganhar a competição! Percebi que era uma pessoa simpática logo que ouvi sua voz gritando: "Dez mil francos em Mademoiselle Sophie!"

– Agora – disse Raymond – quero observar esse aspecto interessante que descreveu para mim de seu temperamento.

Desceu a mão pelo corpo dela, a fim de tocar os macios e sempre proeminentes lábios entre as coxas.

– Não vai ficar exausto antes da hora, não é? – murmurou ela. – Não suporto quando isso acontece.

— Pode confiar plenamente em mim — disse Raymond. — Meu desejo de ver as ondinhas rolando para a praia é tão forte que continuarei até a grande onda se quebrar sobre nós dois, juntos.

— Sim — disse Sophie. — Me esquente, Raymond, *chéri!* Eu o aviso quando a onda grande estiver vindo.

12
O segredo de Madame Duperray

Mesmo em meio a mulheres belas e elegantes, Madame Duperray chamava a atenção. Todos, incluindo os que não gostavam dela, concordavam sem a menor hesitação que sua beleza e elegância eram excepcionais. Suas roupas eram feitas pelos estilistas mais celebrados de Paris, e o efeito era sempre deslumbrante, fosse uma peça Chanel de veludo, para as compras casuais; um vestido Patou de noite curto, com um colar discreto de diamantes; ou a plena magnificência de um traje de baile Poiret – porque Madame Duperray não se limitava a apenas uma casa de modas.

Tinha a silhueta perfeita para os costureiros: alta, esguia, com seios pequenos e pernas maravilhosamente compridas. A pele era muito macia, e o cabelo tinha um belo tom castanho-escuro que combinava com quase todas as cores que fossem consideradas elegantes para cada temporada da moda. Outra vantagem era que ela podia pagar tudo que sugeriam, porque era rica; ou seja, seu marido era rico e lhe dava o que ela queria.

A Providência divina em sua generosidade dotara Madame Duperray de dons intelectuais que combinavam com os físicos. Era inteligente, vivaz, bem informada, interessada em tudo, desde o teatro clássico até o jazz americano. Os convites para os pequenos almoços que oferecia – nunca para mais de 12 pessoas – e para seus suntuosos jantares eram muito apreciados, pois esses acontecimentos sociais eram considerados importantes. Não era de se admirar que sua foto, com o sorriso encantadoramente bem-humorado pelo qual se tornara famosa, enfeitasse, com muita frequência, as páginas dos jornais e revistas.

Nunca se escutara um homem que a conhecesse fazendo uma só crítica a Madame Duperray. Entretanto, havia mulheres que não gostavam dela, é triste reconhecer, e expressavam suas opiniões para quem quisesse ouvir. A pior acusação que podiam lhe fazer era que mudava de amantes com mais frequência do que seria decente para uma mulher em sua posição. Sem dúvida, havia um fundo de inveja nesse tipo de mexerico, pois, para uma mulher inteligente, um amante regular pode tornar-se tão tedioso quanto um marido.

Se Monsieur Duperray estava a par dessas pequenas fofocas perversas, parecia não lhes dar a menor atenção. Quando ele e a mulher apareciam juntos em público ou faziam recepções em casa, estavam sempre nos melhores termos – ele era extremamente atencioso com ela, que lhe retribuía na mesma medida. Com 50 anos, ou perto disso, ele era, naturalmente, vinte anos mais velho do que a mulher, mas jamais exibira qualquer indício da possessividade dos homens mais velhos em relação a esposas bonitas e jovens. Em suma, os Duperray aparentavam ser paradigmas da virtude doméstica.

No entanto, rumores persistentes ligavam o nome de Célestine Duperray a uma lista extravagantemente longa de rapazes, embora sem o menor vestígio de provas. Na verdade, uma dama bem conhecida, cujo marido fazia parte dessa lista lendária, segundo os mexericos, chegara ao ponto de declarar que se Célestine Duperray cobrasse pelos seus serviços a taxa em vigor, dentro de um ou dois anos seria tão rica quanto o marido! No entanto, era mero despeito, claro, e não foi levada a sério nem mesmo pelos que riram com a piada.

Não é preciso dizer que os homens eram absolutamente encantadores com Madame Duperray, e isso se devia, em parte, ao fato de que seria impossível agir de outra maneira para com uma beleza tão maravilhosa e também, talvez, à esperança de serem convidados a entrar na lista de supostos apreciadores de seus favores íntimos. Se alguém era honrado com um convite tão delicado, mantinha o maior silêncio a respeito. Em toda a cidade de Paris, era impossível encontrar um só que admitisse ter sido amante de Célestine. Muito poucas mulheres com algum charme poderiam confiar numa total discrição desse tipo, sendo os homens uns mexeriqueiros tão inveterados. Mesmo a dama que inventara a maldosa piada sobre Célestine, quase todos sabiam, menos o marido, era amiga muito íntima de Charles Brissard fazia dois anos.

Nessas circunstâncias, pode-se bem imaginar a agradável surpresa de Nicolas Bruneau, quando, certa noite, Madame Duperray murmurou-lhe secretamente que o visitaria no dia seguinte, às 15 horas, se isso fosse conveniente! Mal podia acreditar no que estava ouvindo! Fitou seus olhos maravilhosos e perguntou a si mesmo se enlouquecera de repente, para imaginar algo tão fantástico. Madame Duperray sorriu, com o seu famoso sorriso cheio de humor, e acenou afirmativamente com a cabeça, repetindo:

– Se for conveniente.

Conveniente! Deus do céu! Qualquer outro plano que ele tivesse para o dia seguinte não era nada comparado a promessa de uma visita de Madame Duperray. Para não perder esse *rendez-vous,* Nicolas estava disposto a cancelar tudo, até mesmo uma ida ao funeral da mãe, se ela cometesse a tolice de morrer na ocasião; até mesmo a honra de comparecer ao Palácio Élysée para ser nomeado Chevalier da Legião de Honra pelo presidente da República em pessoa. Não que qualquer reconhecimento nacional desse tipo lhe fosse devido nesse momento, ou tivesse a menor probabilidade de lhe ser. A verdade era que Nicolas já completara 26 anos e não realizara grande coisa, nem tinha perspectivas promissoras diante de si, apesar do sobrenome. Era o segundo filho de uma família boa e tradicional, mas empobrecida. Outrora tinham proeminência, porém, devido a várias calamidades cometidas durante a guerra, caíram na obscuridade. Nicolas era um colegial na época dos infortúnios do pai, e não poderia, de maneira alguma, ser responsabilizado por eles, mas seu padrão de vida subsequente foi afetado. O pai lhe proporcionava uma renda anual que o impedia de morrer de fome, mas era totalmente inadequada para o padrão de vida que ele considerava seu direito natural.

Felizmente, como os velhos tempos logo foram esquecidos, o sobrenome de Nicolas lhe garantia ser recebido nos melhores círculos, e ele suplementava a mesada escrevendo esporadicamente para jornais e revistas que se interessavam pelas atividades sociais desses círculos eminentes.

Dessa maneira, encontrara-se com Madame Duperray mais de uma vez e escrevera textos que faziam justiça aos encantos dela, alguns dos quais haviam sido atribuídos a ele. Depois de publicado um desses textos no qual ele mencionava o comparecimento dela às corridas no Bois de Boulogne, ela enviara um bilhetinho para a redação do jornal, com sua própria e elegante caligrafia, num papel delicadamente perfumado, dizendo que ele escrevia muito bem. Ele aceitara o elogio de maneira graciosa, garantindo-lhe que era impossível escrever de outra maneira sobre alguém tão elegante, mas esse foi o fim da correspondência dos dois.

A questão dos amantes que lhe atribuíam era uma das que haviam interessado Nicolas desde a primeira vez em que a vira. No entanto, até mesmo em suas mais diligentes pesquisas jornalísticas, incluindo tentativas de subornar criados por toda a cidade, ele jamais encontrara alguém que reivindicasse esse maravilhoso privilégio. Nicolas tinha tendência a desmentir os boatos, que considerava simples fofocas perversas... e ali, agora, tinha uma surpreendente evidência, do tipo mais direto, de que podia haver alguma verdade naquelas histórias!

O convite – ou, pelo menos, a sugestão – foi-lhe murmurado por Madame Duperray durante o baile da Opéra, um acontecimento social suntuoso, com a presença das pessoas mais ricas, sofisticadas e belas. Nicolas estava lá, elegantemente trajado em casaca, a fim de anotar nomes e detalhes para a coluna social do jornal do dia seguinte. Conhecia quase todo mundo, claro, e circulava livremente, trocando saudações e cumprimentos, e até mesmo dançando com uma ou duas das mulheres mais jovens, aquelas que não estavam abertamente apaixonadas pelos companheiros. No momento adequado, apresentou-se a Madame Duperray, quando seu marido conversava com outra pessoa.

Dizer que o aspecto dela era magnífico seria pouco. Usava um vestido de baile evidentemente criado para aquela noite especial pelo costureiro mais talentoso de Paris, isto é, do mundo inteiro. Era maravilhoso, com sua sofisticada simplicidade! Alguns metros do mais fino tussor de seda, nada mais do que isso, transformados numa bainha para seu corpo, deixando nus os ombros e os braços – mas o corte, ah, era pura poesia traduzida em seda! O castanho-escuro do cabelo era acentuado por um fio de pérolas nele entremeado por um cabeleireiro genial. Enquanto se curvava para beijar a mão de luvas brancas dela, Nicolas ficou imaginando como encontraria palavras para descrever a virtuosidade do vestido de noite de Madame Duperray para sua coluna no jornal.

Depois, ela fez muito delicadamente o convite que o deixou pasmo. O rapaz ficou sem palavras. Curvou-se de novo, querendo manifestar sua aceitação de uma honra tão grande e, antes que lhe fosse exigido dizer algo, amigos dela aproximaram-se e lhe falaram. Nicolas retirou-se do pequeno grupo sem ser observado, com os pensamentos num redemoinho, e se encaminhou para o bar, a fim de se fortificar com champanhe gelado e alegrar-se com essa incrível boa sorte. Amanhã, às 15 horas! Era, sem dúvida, uma data assinalada pelo destino!

Tinha razão quanto a isso, embora, talvez, não fosse exatamente o tipo de destino que ele pretendia. No entanto, se nossas vidas estão determinadas, então o encontro do dia seguinte com Madame Duperray era mesmo um lance do destino, pois mudaria todo o curso da vida de Nicolas.

Ela não perguntara seu endereço, o que era, em si, interessante. Meses antes, quando respondera ao bilhete em que Madame Duperray elogiava seus escritos jornalísticos, ele o fez de seu próprio endereço e não da redação. Não tinha certeza sobre o que isso queria dizer. Será que Madame Duperray já o considerava como um possível nome para sua suposta lista de amantes, ou aquilo não significava nada além de um sinal de que ela tinha uma grande agenda telefônica, na qual anotava números e endereços de todos os que pudessem, de alguma maneira, ser úteis?

Os recursos financeiros restritos de Nicolas não lhe permitiam viver no mesmo padrão de outrora. Tinha alugado um apartamento num dos antigos prédios na rue de Montmorency e, embora fosse pequeno, esforçara-se para decorá-lo e mobiliá-lo com bom gosto. Algumas das damas que ele encontrara durante seu trabalho jornalístico, quase todas casadas, o haviam visitado ali, para algumas horas de divertimento, e Nicolas não subestimava a importância de causar uma boa impressão.

Madame Duperray chegou muito pontualmente, o que já era uma surpresa, e se comportou como se fossem amigos de longa data. Permitiu-lhe ajudá-la a tirar o casaco e caminhou livremente por sua sala de estar, avaliando de forma positiva um quadro ali e uma estatueta acolá, como se fossem obras de arte valiosas. Sentou-se numa de suas poltronas muito modernas, em negro e dourado – compradas a preços módicos num leilão público de móveis – e conversou com intimidade sobre as pessoas que estavam no baile da Opéra. Na verdade, ela se comportava exatamente como se aquela fosse uma visita social comum, sem sugerir qualquer outra intenção.

Isso, a princípio, deixou Nicolas confuso. Talvez estivesse nervosa, pensou ele, embora não desse a menor indicação disso. Por fim, percebeu que ela o avaliava antes de se decidir a seguir adiante. Se o veredicto fosse contra ele, pediria o casaco e iria embora – e aquilo não passaria de uma visita social comum. Portanto, cabia a Nicolas tomar a iniciativa e persuadi-la, sutilmente, de que ela podia confiar em seu *savoir-faire* e tirar mais do que o casaco e as luvas!

Quando seu objetivo se tornou claro, Nicolas colocou em ação todos os seus talentos para encantar e divertir. Fez com que risse, com pequenas anedotas sobre as pessoas que conhecia, incidentes que observara em eventos sociais. Falou de pessoas que sabia serem conhecidas dela também – era um bom conversador. Quando chegou o momento certo, começou a falar sobre a própria Madame Duperray... como ela se vestia de maneira estonteantemente elegante, que aparência requintada apresentava em público, como todos os homens de Paris a admiravam e adoravam à distância, e assim por diante.

Célestine comprazia-se com os elogios dele e seus belos olhos brilhavam de emoção. Em um momento propício, Nicolas se pôs da maneira mais natural do mundo de joelhos junto da cadeira dela, beijando-lhe as mãos. Não muito tempo depois, já seguro de si, beijou-lhe os joelhos, cobertos por meias de seda, com muita habilidade e da maneira mais lisonjeira. Célestine acariciou-lhe o cabelo e sugeriu que talvez tivesse chegado a hora de ele lhe mostrar o restante do apartamento.

Com isso, naturalmente, referia-se ao quarto. Lá chegando, ela estendeu os braços para Nicolas, e ele a abraçou e beijou com entusiasmo. Para dizer a verdade, era mais do que entusiasmo, era deslumbramento o que ele sentia. Quando começou a despi-la, sentia-se como um homem que tivesse comprado um bilhete da loteria por 10 francos e soubesse que havia ganhado 1 milhão! O vencedor, estupidificado, vê o prêmio lhe sendo entregue e não consegue acreditar na sorte. Isso, ou algo parecido, era o que Nicolas sentia. A bela e distinta Célestine Duperray estava no quarto dele, usando apenas as meias e os finos calções de seda, com os pequenos seios à disposição de suas carícias! Ele os beijou até que os mamilos rosados se endureceram sob seus lábios antes de acabar de despi-la e de tirar as próprias roupas.

Nua, Célestine era como ele imaginara, incrivelmente bela. A pele do corpo finamente bem cuidado parecia de cetim ao toque, e o tom era cálido e delicado. Seus seios... oh, cada qual cabia, deliciosamente, numa das mãos! O umbigo... uma covinha redonda e rasa, com uma forma encantadora, encravada num ventre tão gracioso como não poderia haver igual! O pelo castanho-escuro entre as coxas esguias estava bem aparado, expondo melhor o contorno de seu maravilhoso monte de Vênus. O corpo dela exibia tal harmonia sensual para os olhos, as mãos e os lábios, que Nicolas, envolvido com a apreciação estética, quase se esqueceu do objetivo da presença de Célestine em sua cama.

Ela lhe lembrou o que estavam fazendo, porque mesmo a mulher mais bela fica ligeiramente impaciente quando a adoração de seu corpo continua por tempo demais, sem qualquer iniciativa para dar a seus encantos o uso adequado. Quando Nicolas a admirara por um período que considerou suficiente, Célestine pegou seu membro duro e lhe fez entender, sem palavras, que não conseguia mais esperar pelo prazer de recebê-lo.

Essa objetividade surtiu o efeito desejado e, quando estava em cima dela, Nicolas pensou que ia explodir de pura alegria! Estava possuindo os esplendores daquela mulher maravilhosa, e as sensações eram mais magníficas do que jamais poderia imaginar. Sentiu que, afinal, gozava a herança que lhe cabia. Uma pessoa com sua classe tinha o direito natural de ter mulheres como Célestine Duperray! Só os infortúnios do pai é que, até então, haviam tirado de Nicolas os prêmios que eram naturalmente seus! Agora, tudo mudara! A maravilhosa Célestine reconhecera seu verdadeiro valor e reagira da única maneira apropriada! Como ela era perceptiva, como tinha uma sensibilidade requintada!

A excitação de Nicolas se devia, talvez, tanto ao ego massageado como ao desejo físico, e isso lhe fazia bem. Usou todas as suas ternas habilidades para finalizar os momentos incríveis da união física dos dois com um longo e delirante êxtase, que deixou ambos arquejantes e trêmulos num desejo explosivamente satisfeito.

– Foi maravilhoso! – disse Célestine, com um sorriso de prazer no rosto. – Você é ótimo na cama, Nicolas.

Não existe homem que não fique lisonjeado até quase a imbecilidade quando uma bela mulher elogia suas habilidades de amante. Nicolas beijou-a pelo menos uma centena de vezes – na boca, no rosto, no queixo e no pescoço – depois mudou de posição e concedeu-lhe outra centena de beijos nos seios elegantes.

Não é preciso dizer que no mundo inteiro não há visão mais soberba do que a de uma mulher deitada nua na cama, com os olhos radiantes do amor que ela sente pelo homem a seu lado. Essa é a visão que os pintores há séculos tentam capturar na tela, embora poucos tenham alcançado grande êxito. Uma exceção, talvez, é o quadro de Edouard Manet, retratando Olímpia deitada, provocativamente apoiada em grandes travesseiros, com uma fita negra em torno do pescoço para enfatizar o tom pálido da pele, os seios orgulhosamente empinados e uma das mãos repousando de leve na junção entre as coxas, como se ela quisesse preservar aquele segredo final só para seu amante. Como todos sabem, Olímpia, na realidade, representa Victorine Meurent, e o amante para quem preservava seu segredo mais íntimo era o próprio Manet.

Não se deve supor que Célestine estivesse totalmente passiva durante essa longa adoração de seus atributos, no declínio da excitação. Uma de suas mãos de dedos longos acariciava as costas e os quadris de Nicolas, antes de deslizar para partes mais íntimas do seu corpo e arranhar de leve, com as unhas pintadas de vermelho, a pele sensível do interior das coxas dele. Quando os intermináveis beijos de Nicolas desceram para o pequeno triângulo de pelos castanhos entre as pernas de Célestine – a cobertura da adorável entrada particular na qual penetrara até o êxtase poucos minutos antes –, seu membro já se recuperara da lassidão que se segue à plena atividade e estava de novo enrijecido. Célestine era, afinal, uma mulher experiente, que sabia como obter o que queria. Segurou delicadamente a cabeça do pênis ereto entre o indicador e o polegar, estimulando-o a crescer ao máximo.

Quando duas pessoas se encontram nessa situação encantadora, só há uma ação possível. Depois de mais dezenas de beijos nas coxas abertas de Célestine e na pele quente e acetinada das virilhas, e de alguns momentos de exploração, com a ponta da língua, do macio interior dos lábios protuberantes entre essas virilhas, Nicolas, uma vez mais, colocou-se por cima de Célestine e inseriu no lugar certo a parte de seu corpo designada para esse fim.

Muitos homens declaram que a segunda rodada amorosa é superior à primeira, uma vez que, embora o apetite seja menos intenso, o membro se tornou mais sensível pelo primeiro contato e, com isso, o prazer aumenta. Por outro lado, as mulheres raramente fazem reflexões desse tipo, porque a experiência feminina é tão diferente da masculina nas questões íntimas, que as comparações físicas não expressam nada realmente importante.

Seja qual for a verdade, a segunda vez foi extremamente prazerosas, tanto para Nicolas como para Célestine, como demonstraram um ao outro os pequenos suspiros e exclamações. Nicolas agiu sem pressa, com o rosto dela entre as mãos e a boca tocando a de Célestine em mais beijos, até que as pernas dela levantaram-se da cama para agarrá-lo firmemente em torno da cintura, com os tornozelos cruzados por trás das costas dele. Depois, chegado o momento certo, ele exibiu sua força, para a satisfação dela e, sem demora, levou os dois ao gozo.

– Você está me matando de amor! – suspirou Célestine, quando os dois se separaram. – Eu adoro você!

Essas poucas palavras foram o bastante para extrair de Nicolas manifestações de devoção, admiração, ternura... ele mal sabia o que estava falando.

Ficaram deitados, um pouco afastados um do outro, para se refrescar, já que, como era de se esperar, o encontro os deixara um tanto acalorados. A mão de Nicolas estava entre as coxas de Célestine, apenas tocando o pequeno casaco de peles que a enfeitava. O rapaz jamais fora tão feliz como naquele momento: fizera amor duas vezes com uma mulher famosa por sua beleza, e ela o adorava por causa disso!

A felicidade dele era uma mistura de satisfação sensual, orgulho por sua conquista e agradável expectativa de se tornar amante de Célestine por um considerável período, meses talvez... quem sabe anos!

Célestine virou-se na cama e ficou de bruços.

– Estou muito satisfeita – murmurou. – Preciso descansar um pouquinho.

Nicolas estava exultante demais para querer descansar. Apoiou-se num cotovelo e acariciou as nádegas dela, expostas a ele pela maneira como estava deitada. Eram soberbas aquelas nádegas; não havia palavra melhor para descrevê-las: redondas, macias como seda, quentes e desejosas de ser tocadas.

– Ah – suspirou ela –, vejo que não vou poder descansar... você é viril demais para isso.

Foi só quando ela o elogiou dessa maneira que Nicolas decidiu dar-lhe uma terceira prova do seu vigor masculino. Em sua experiência, descobrira que duas por tarde eram o suficiente para ele. Tinha a capacidade de continuar, mas, se o fizesse, ficaria ligeiramente cansado pelo restante do dia. É claro que, quando uma mulher permanecia a noite inteira em seu apartamento, ele ultrapassava os limites, porque nesse caso podia dormir até tarde no dia seguinte.

Porém, isso não tinha importância; agora que a ideia entrara em sua cabeça, pretendia continuar. Uma garrafa de champanhe antes do jantar o reanimaria para a noite. No entanto, para prosseguir, precisaria excitar Célestine, que dissera estar cansada. Seria descortês usar o corpo encantador dela para sua própria satisfação sem que ela tivesse prazer. Ajoelhou-se entre suas pernas abertas e acariciou-lhe as nádegas com as duas mãos – uma carícia que habitualmente agradava a uma mulher, ele sabia, até o ponto em que ela estaria preparada para as mãos se deslocarem de lá para seus seios. Depois, a natureza seguia seu curso.

As nádegas de Célestine eram realmente deliciosas. Ele as acariciou e apertou até ouvi-la sussurrar de prazer. Estava indo bem! Enquanto fazia os dois lados macios rodarem nas palmas de suas mãos, viu o pequeno nó marrom-rosado escondido entre eles, uma visão que não era incomum para um amante, mas, no curso comum dos acontecimentos, inteiramente negligenciável. Entretanto, naquela ocasião, para surpresa sua, observou que o pequeno nó de carne pulsava suavemente, contraindo-se.

Uma ideia se fixou na mente de Nicolas. Para fazer um teste, deslizou uma das mãos entre as coxas dela e sondou com um dedo os lábios molhados que ali se encontravam, até tocar e depois acariciar seu botão secreto. Ah, sim, a teoria dele era válida! O nódulo traseiro de Célestine pulsou em harmonia com o estímulo de seu botão secreto! Era impossível não tirar a conclusão mais óbvia de sua observação: a parte habitualmente esquecida de Célestine, na fenda das nádegas, era para ela um centro de agudas sensações de prazer. Quão agudas?!, ponderou o rapaz. Era preciso fazer uma experiência. Tocou com o indicador de sua outra mão o nódulo traseiro de Célestine e o acariciou de leve, simultaneamente ao estímulo de seu tesouro secreto. O efeito de um toque tão suave foi notável. As pernas de Célestine esticaram-se bruscamente, suas mãos agarraram o lençol, quase arrancando-o da cama, e ela soltou um longo gemido de êxtase.

Nicolas não era ingênuo, naturalmente, nem alguém que só conhecesse a forma mais comum de relacionamento físico entre um homem e uma mulher. Ouvira falar da forma de prazer que a reação de Célestine sugeria, descrita como o estilo grego de fazer amor. No entanto, era tudo o que conhecia a respeito. Esperou que os deliciosos espasmos de Célestine cessassem, antes de tirar os dedos de dentro dela, e a mulher suspirou, com o rosto afundado, de lado, no travesseiro. Nicolas também suspirou, porque o paroxismo que provocara em Célestine o deixara outra vez excitado. Assim, não seria possível abandonar a exploração dessa alternativa do amor que conhecia pouco.

Deitou-se sobre as costas dela, com o peso sustentado pelos braços, de modo a poder olhar toda a extensão de seu próprio corpo e dirigir a cabeça dura de seu membro para o ponto certo entre as nádegas de Célestine, tocando seu pequeno nó sensível. Como lhe parecia estranho fazer aquilo... mas por que não? Talvez aprendesse muito, e lucrasse com isso, por meio de uma ação tão simples. Célestine gemeu de prazer, e Nicolas sentiu um pequeno movimento contra a ponta da parte mais sensível de seu corpo, quase como se uma pequena boca a beijasse. Célestine olhou-o por sobre o ombro com os olhos castanhos arregalados de surpresa e de amorosa admiração pelo homem capaz de lhe proporcionar essas incríveis sensações. Mesmo assim, o rosto estampava um meio sorriso familiar, com um matiz de zombaria! Depois, ela também se levantou sobre um braço, para tentar ver o que estava tocando seu nódulo ansioso. Se sua contorção lhe permitia enxergar o membro duro de Nicolas colocado num ponto tão íntimo, só ela poderia dizer, mas percebeu, pela posição dos dois, que não era o dedo dele que a tocava, mas uma parte maior e mais forte.

Ela se deixou cair debaixo dele, suspirando continuamente, com o corpo a estremecer no ímpeto da paixão. Nicolas fez uma lenta pressão para a frente, a fim de completar o prazer dela, mal sabendo o que fazia, tonto pela estranheza do seu ato. Por alguns instantes, não efetuou nenhum progresso; depois, aquela pequena abertura se abriu e ele ganhou um centímetro, depois outro, até que ela se escancarou, admitindo-o livremente. Quase sem conseguir acreditar, Nicolas sentiu que deslizava facilmente para dentro dela. Abaixou-se sobre as costas de Célestine, espantado com essa inserção extraordinária.

Debaixo dele, Célestine se contorcia em espasmos contínuos, gemendo o tempo todo, com um prazer indescritível. Para Nicolas, a experiência não era apenas nova; havia nela um toque de perversão que a tornava incrivelmente excitante. Ficou deitado, imóvel, sem tentar fazer nada... de forma alguma era necessário! As belas nádegas de Célestine mexiam-se para cima e para baixo, sob o ventre dele, e ele sentia a gulosa boquinha puxá-lo. Em poucos instantes, ela o levou para além do ponto em que seria impossível recuar, e ele também gritou, derramando a prova de seu êxtase dentro daquele improvável receptáculo de Célestine. Se antes ela gemia, agora gritava, recebendo sua ejaculação, e sacudia-se com tanta força, embaixo dele, a ponto de quase jogá-lo para longe de si, e ele só se manteve no lugar agarrando-lhe os ombros nus!

Desta vez, ele confusamente entendeu, Célestine alcançara algum tipo de culminação do desejo e uma tremenda liberação, infinitamente maior do que os gozos provocados nela pela penetração do membro de Nicolas pela entrada mais habitual. O que começara como uma experiência apenas casual o levara a fazer uma espantosa descoberta sobre a natureza dela. Esperou até que seus arroubos terminassem e ela ficasse quieta embaixo dele.

– Você foi maravilhoso – murmurou ela. – Eu amo você loucamente!

As emoções de Nicolas eram mais complicadas do que isso.

– Eu jamais tinha feito *à la grecque* – confessou, imaginando se ela não o acharia tolo por dizer isso.

– E agora que fez?

– Não sei o que pensar.

– Meu querido e maravilhoso Nicolas – falou da maneira mais afetuosa –, não posso acreditar seriamente que você esteja perturbado por uma variação tão pequena do que é habitual.

– Não estou perturbado – apressou-se em tranquilizá-la, com a autoconfiança voltando, agora que via como ela encarava casualmente o incidente. – Não, não perturbado.

– Então, o quê?

– Um tanto surpreso, talvez... como eu disse, foi a primeira vez para mim.

– Mas não para mim... é o que você sugere. E tem toda a razão.

Nicolas saiu de cima de suas costas elegantes e ficou deitado a seu lado.

– Se me permite a pergunta – falou –, você sempre preferiu essa maneira de fazer amor?

– Nem *sempre*. Quando era bem jovem, só conhecia a forma tradicional e a achava muito agradável. Até que encontrei um homem que me ensinou uma maneira diferente. Sua sugestão, no início, deixou-me horrorizada... parecia inconcebível! Mas, como o amava, deixei que fizesse tudo o que queria... porque tudo o que eu desejava era agradá-lo! Para espanto meu, devo confessar, adorei o que ele fez comigo, desde a primeira vez.

– Você fala de seu marido, suponho.

Isso a fez dar risadinhas. Virou-se na cama para encará-lo.

– Não, não do meu marido. Os gostos dele são completamente tradicionais. Mas chega dessa conversa... diga-me de novo que me ama, Nicolas!

De novo era um pouco de exagero. Ele lhe dissera, várias centenas de vezes, que ela era adorável, mas não fora além disso. No entanto, a situação obviamente exigia uma declaração desse tipo, e Nicolas atendeu o pedido dela, dizendo que a amava.

– Meu Deus! – murmurou ela. – A verdade é que me apaixonei por você... loucamente! Ah, estou tão feliz! Beije-me, Nicolas!

MENOS DE UMA SEMANA depois desse primeiro encontro com Célestine, Nicolas acabou involuntariamente envolvido em uma desagradável série de acontecimentos que lhe mostraram que havia algo mais no fato de ser seu amante além de, simplesmente, fazer amor com ela. Certa noite, o rapaz voltava da redação do jornal muito tarde quando, ao passar pela rue Beaubourg, dois homens apareceram, saindo de um portal escuro, e começaram a segui-lo, um de cada lado. Era uma experiência assustadora, àquela hora da noite, numa rua deserta, e se tornou ainda mais assustadora quando cada um dos homens o pegou, com firmeza, pelos braços. Eram ambos corpulentos, notou Nicolas, com expressões faciais que não mostravam benevolência alguma. Apesar disso, ele manteve o autocontrole.

– Só tenho algumas poucas centenas de francos – disse-lhes. – Mas podem ficar com eles. Também tenho um relógio, mas não vale a pena levá-lo, podem acreditar.

Na realidade, era uma mentira. O relógio era extremamente caro e lhe fora dado por Madame Duperray apenas dois dias antes.

– Seu nome é Bruneau? – perguntou rudemente o homem à esquerda.

– Não pode ter nenhuma importância para vocês o meu nome. Sugiro que aceitem o pouco dinheiro que tenho e desapareçam, antes que surja algum guarda.
– Quero saber – disse o marginal, de maneira ameaçadora.
– Mas por quê?
– Para ter certeza de que pegamos o homem certo. Se não for Bruneau, ficarei com tanta raiva que você levará uma boa surra para me fazer sentir melhor!
– Sou Nicolas Bruneau, garanto-lhe!
– Então, venha conosco... alguém quer falar com você.
– É mesmo? E quem poderá ser?

Não houve resposta. Levaram-no às pressas para a esquina e o meteram no banco traseiro de um carro que estava ali, à espera. Agora, Nicolas estava realmente assustado; aquilo lhe parecia mais uma trama para assassiná-lo do que um simples assalto. Talvez tivesse sido melhor negar sua identidade e suportar a ameaçada surra! Pelo menos, teria sobrevivido.

– Para onde vamos? Insisto que me digam – declarou, com a pouca convicção que conseguiu empregar. Porém, a única resposta que obteve foi uma ordem para ficar calado.

O rapaz olhou pela janela, a fim de verificar o caminho que seguiam. O carro virou para leste, seguindo o boulevard Saint-Denis e, depois de algum tempo, outra vez em direção ao norte. O trajeto não foi longo e terminou numa rua deserta, onde Nicolas foi empurrado para fora do carro e para dentro de um prédio residencial com aparência muito comum.

Subiram as escadas até o primeiro andar, e um dos captores bateu discretamente numa porta, mas não receberam resposta e pegaram uma chave para abri-la. Um dos homens seguiu à frente, pelo hall de entrada, e todos foram parar numa sala de espera grande e bem mobiliada. O outro homem não parava de empurrar Nicolas pelas costas para fazê-lo prosseguir.

– Fique aqui – disse o sequestrador que ia à frente. – Vou dizer ao chefe que você chegou.

Nicolas esperou – não havia mais o que fazer –, vigiado pelo outro homem, que à luz era possível ver que se tratava de um capanga jovem e robusto, com roupa escura e um chapéu puxado para cima da testa. Um tipo particularmente desagradável, pensou Nicolas, e que lhe fazia lembrar, de alguma forma, os rufiões que ficam vagueando pela Place Blanche, enquanto suas mulheres se ocupam com os clientes.

Decidiu sentar-se, para dar a impressão de estar despreocupado, mas imediatamente o capanga que o vigiava fez uma carranca de reprovação e, com um gesto insolente, indicou-lhe que devia ficar em pé até ser convidado a fazer outra coisa.

Em menos de cinco minutos, o outro marginal apareceu de novo à porta e deu dois passos para o lado, a fim de permitir a entrada – e Nicolas arquejou quando o reconheceu – de Monsieur Raoul Duperray, marido de Célestine, proprietário de terras, notável homem de negócios e figura um tanto misteriosa nos meandros da política. O encontro parecia dos mais desagradáveis!

A última vez que Nicolas vira Duperray fora na noite do baile da Opéra, e ele estava incrivelmente elegante, de fraque, com a fita da Legião de Honra na lapela e o cabelo grisalho penteado para trás, da maneira mais simpática. Naquele momento, o cabelo de Monsieur Duperray estava despenteado, e ele usava apenas um robe escarlate e chinelos de couro marroquino. Mesmo assim, apesar de seus 50 anos e do traje informal, Duperray tinha um aspecto deveras intimidante.

– Ah, Monsieur Bruneau, finalmente! – disse ele, olhando com rigidez para Nicolas. – Estou satisfeito de que tenha podido vir. Sente-se... gostaria de tomar uma bebida?

– Não, obrigado – respondeu Nicolas, imaginando se sobreviveria a um salto a partir do primeiro andar, se fosse necessário fugir às pressas. Depois, lembrou-se de que tinha outro capanga lá fora, o que dirigira o automóvel. Não, não seria possível fugir.

Duperray disse a seus dois capangas para esperarem do lado de fora e se instalou, confortavelmente, numa poltrona listrada. Para diminuir sua desvantagem, Nicolas também se sentou, mas se manteve de chapéu, como um gesto de independência.

– Outra hora do dia seria preferível para nossa discussão – falou Duperray. – Mas foi preciso esperar que esses dois idiotas o encontrassem. É um homem fugidio... onde fica o dia inteiro?

– Posso perguntar-lhe o objetivo desse sequestro? – replicou Nicolas, com a coragem voltando, agora que via que não seria morto imediatamente.

– Acho que conhece minha mulher – disse Duperray, em tom neutro.

– Tenho a honra de conhecer Madame Duperray – respondeu Nicolas, cuidadosamente, de maneira formal. – Como tenho a honra de conhecer muitas das mais destacadas figuras sociais, incluindo a esposa do Ministro da Justiça.

– Estou certo disso. É sobre seu relacionamento com minha mulher que preciso trocar algumas palavrinhas com o senhor. A felicidade dela é muito preciosa para mim.

– Naturalmente, *monsieur*.

– Vou falar-lhe com franqueza. Deve entender que me dedico completamente à minha querida esposa. Sem dúvida, a maioria dos homens diria o mesmo, mas, no meu caso, é uma verdade literal.

As palavras tinham um toque agourento. Nicolas jamais se confrontara com um marido ciumento e se sentiu perdido; ainda mais quando se tratava de alguém rico e influente como Duperray, um homem que se mostrara capaz de ordenar a bandidos que trouxessem um possível amante à sua presença. E alguém que, sem a menor dúvida, poderia dar ordens para que seus braços e pernas fossem quebrados, se necessário, ou até coisa pior! O rapaz achou a situação, no mínimo, extraordinariamente delicada.

– Sua dedicação é admirável, Monsieur Duperray – disse ele, muito sinceramente.

– Ah, mas ela merece! É a mulher mais bela e fascinante do mundo... merece nada menos do que respeito e admiração integrais – sentenciou Duperray.

– Verdade absoluta – concordou Nicolas.

– Nosso casamento tem sido um grande sucesso. Causamos inveja a todos que conhecemos.

– Claro.

– Mas – falou Duperray, enquanto seu rosto se tornava sombrio e os lábios se apertavam – minha mulher me informou que está apaixonada pelo senhor.

Nicolas engoliu em seco. O momento que temia chegara.

– Ela o informou, *monsieur*? E por que faria isso?

– Por que não? Não temos segredos um para o outro... jamais tivemos.

– Então, não há nada que eu possa dizer – murmurou Nicolas.

– Há muitas coisas que pode dizer, e que eu quero escutar! Em primeiro lugar... é sua intenção tentar convencer Célestine a me abandonar para viver com o senhor? – perguntou Duperray.

– Pelo amor de Deus, não! – exclamou Nicolas. – Nada está mais distante dos meus pensamentos, *monsieur*.

– Estou aliviado de ouvi-lo dizer isso. A meus olhos, o vínculo do casamento é sagrado, e não aceitarei sua dissolução em quaisquer circunstâncias. Está claro?

– Muito claro.

– Pense na infelicidade que causaria a seus pais, meu caro Bruneau, se fosse encontrado flutuando no Sena certa manhã, com a garganta cortada. Eles ficariam inconsoláveis!

A infelicidade de seus pais pareceu irrelevante a Nicolas em comparação com a sua, por ter um fim tão prematuro.

– Meus queridos pais devem a todo custo ser protegidos de uma angústia tão profunda – murmurou.

307

— Fala como um bom filho! Os corações dos pais facilmente se enchem de dor com as infelicidades dos filhos, e Paris pode ser um lugar perigoso para rapazes descuidados. Concorda?

— Monsieur Duperray, não tema por minha causa. Dou-lhe minha palavra de honra de que jamais verei Madame Duperray outra vez. Se preferir, deixarei Paris esta noite mesmo e irei morar em outra cidade... Lyon, Marselha, onde quer que o senhor ache mais conveniente.

— O quê? — exclamou Duperray, com o rosto escarlate de raiva. — Está louco? Não escutou o que eu disse?

— Não estou entendendo — gaguejou Nicolas. — O que o senhor quer?

— Minha esposa o ama, embora só Deus saiba por quê! Ela ficará infeliz se não puder vê-lo com regularidade. Portanto, vai colocar-se à sua disposição... entende?

— Mas o senhor disse...

— Não está escutando o que digo! Preste atenção... disse que não permitirei que meu casamento seja destruído. Entendeu isso?

— Sim.

— Célestine o deseja, então precisa ter o senhor. Entendeu até aí?

— Mas o senhor não se importa?

— Claro que não. Por que pensou que me importaria?

— Quer que eu seja o amante dela... é isso, *monsieur*? — perguntou Nicolas, cuidadosamente.

— Até que enfim! Cheguei a pensar que o senhor era retardado mental. Sim, será seu amante até que eu lhe diga para parar.

— É um acordo extremamente incomum o que está sugerindo, *monsieur* — disse Nicolas, sentindo-se melhor agora que passara a raiva de Duperray.

— Por que iria preocupar-se com isso? O senhor a ama... ela também me disse isso. A satisfação de seus próprios desejos tornará três pessoas felizes. O que mais o senhor poderia querer?

Nicolas, finalmente, tirou o chapéu e o manteve sobre os joelhos – talvez um sinal inconsciente da diminuição da tensão ou quem sabe, um gesto atrasado de cortesia.

– Parece confuso – disse Duperray, de modo polido. – Deixe-me explicar. Meu casamento é perfeito em todos os sentidos, a não ser por um... Célestine e eu temos gostos diferentes na cama. Mas somos pessoas sensatas e satisfazemos nossos gostos separadamente... e com discrição.

– Muito civilizado, *monsieur*. Eu o parabenizo.

– Então, está tudo combinado?

– Se for isso que realmente deseja.

– É o que desejo e é o que Célestine deseja. Portanto, o melhor para o senhor é querer o mesmo. De outra maneira, as consequências seriam desagradáveis demais até para se pensar.

– Pode confiar em mim, Monsieur Duperray.

– Sabia que entenderia o que quero dizer se discutíssemos o assunto de maneira racional. Mas há mais uma questão... o senhor ganha a vida numa atividade em que, sabidamente, se recorre à espionagem pelos buracos de fechadura, ao suborno de criados para obter material para publicar mentiras maliciosas sobre pessoas importantes. Não gosto disso, de modo algum, especialmente agora que o senhor se tornou parte de minha vida. Sugiro que se demita logo de manhã cedo.

– Fico feliz em atendê-lo de todas as maneiras que puder, Monsieur Duperray, mas deve entender que preciso ganhar a vida de alguma forma, e o colunismo social foi o único meio que encontrei.

– Então, não procurou muito.

– Garanto-lhe que sim. Mas jamais fui preparado para uma profissão e não tenho talento para os negócios. Minha única vantagem é que conheço a todos e posso movimentar-me por toda parte e ser bem recebido.

– Seu pai teve sorte de não ir para a cadeia durante a guerra – falou Duperray. – Lembro-me bem do escândalo. Mas não foi culpa sua. Quanto ganha por esse trabalho?

Nicolas lhe disse, aumentando um pouco a soma, para preservar um fiapo de amor-próprio.

– Só isso? – exclamou Duperray. – Ora, esses meus dois empregados, que o acompanharam até aqui, ganham o mesmo salário, e sua única tarefa é me livrarem de aborrecimentos. Trabalhará para mim.

– Estou grato pela oferta, mas devo observar que não tenho o físico necessário para o tipo de trabalho deles.

– Percebo isso muito bem. Desconfio de que também lhe falta a dureza necessária para convencer alguém a parar de me aborrecer. O que tenho em mente é uma continuação de seu atual trabalho, mas destinado apenas a mim, informando-me das atividades de certas pessoas que eu designarei depois... para onde vão, onde se encontram, com quem dormem, quem lhes dá dinheiro, a quem dão dinheiro... entende o que quero dizer?

– Espionagem? – exclamou Nicolas, espantado.

– Claro que não... apenas o que faz atualmente, mas com um número menor de pessoas e maiores detalhes a respeito delas. Os resultados não serão publicados. Ou, se forem, não serão com seu nome. Combinado?

– E quanto está pensando em me pagar?

– O dobro do que ganha atualmente.

– Haverá também algumas despesas, claro.

– Claro... as pessoas em quem estou interessado não jantam em cafés baratos nem passeiam de metrô. Mas espero não ser enganado com despesas desnecessárias. Esse abuso de confiança me desapontaria muito.

– Pode confiar em mim. Aceito a oferta.

– É muito inteligente de sua parte. Agora que está tudo esclarecido entre nós, não preciso retê-lo mais. Meus homens o levarão de automóvel para casa. Ah, a propósito... esqueça este endereço, é um refúgio secreto meu.

– Muito agradável – disse Nicolas, sorrindo pela primeira vez desde que fora empurrado para dentro do apartamento. – Suponho que usa o lugar para se divertir. A decoração é admirável.

– Gosta? Talvez eu o dê a você, se encontrar outro melhor. Se desempenhar bem suas funções, quero dizer.

– Qual das funções, *monsieur*? Parece que me deu duas.

– Trabalhe bem nas duas e ganhará crédito comigo – retrucou Duperray, rindo.

– Serei extremamente diligente em ambas, *monsieur*.

– Acho que estou começando a ver mais qualidades em você do que esperava. Talvez Célestine tenha feito uma boa escolha desta vez. Veremos. Se tivermos cometido um erro, há maneiras de consertar tudo.

– Posso garantir-lhe que prefiro uma cama quente à água gelada do Sena.

– Fala como um homem de bom senso! Como trabalha nos jornais, sem dúvida deve lembrar-se da comoção que houve, há alguns anos, quando o corpo de um jovem cujo nome me escapa foi tirado do Canal Saint-Martin, não?

– Lamento não lembrar o incidente... tantos infelizes procuram um fim para seus problemas dessa maneira.

– Sim, a única razão pela qual este persiste em minha memória foi que um exame *post mortem* revelou que ele fora brutalmente privado dos órgãos necessários à manutenção de um caso de amor.

– Que coisa horrenda! – exclamou Nicolas, com espanto.

– Ora, como lhe disse, Paris pode ser um lugar perigoso para rapazes descuidados. Mas você não precisa temer esses perigos... é meu empregado agora e, portanto, está sob minha proteção.

– Obrigado, *monsieur*.

– Agora, se me dá licença, sua menção de uma cama quente fez-me lembrar de algo que devo fazer.

Nicolas levantou-se cortesmente.

– Claro, Monsieur Duperray. Eu já imaginara que estava recebendo alguém aqui esta noite. Espero que aceite minhas desculpas por interrompê-lo num momento tão delicado.

– Não foi sua culpa – falou Duperray, educadamente. – São esses dois idiotas aí fora... só têm músculos e nenhum cérebro. Mesmo assim, são úteis. Para dizer-lhe a verdade, um curto intervalo não é de todo ruim. Na minha idade, é preciso preservar a força para fazer as coisas durarem... tenho certeza de que me entende.

– Então, a interrupção foi oportuna. Desejo-lhe uma boa noite, *monsieur*, e *bon appétit!*

– Ah, se soubesse!

Nicolas sorriu da maneira mais encantadora, com a curiosidade espicaçada.

– Não consigo sequer imaginar que delícias maravilhosas um homem tão eminente como o senhor pode ordenar. Para mim, a amizade de Madame Duperray é a mais alta realização que posso conceber... para o senhor, é corriqueira. Estou deveras espantado com o que pode considerar adequado para seu prazer, *monsieur*.

A lisonja, como bem sabia Nicolas, usualmente obtém uma recompensa. Duperray foi cordial com ele.

– Venha comigo e dê apenas uma olhada pela porta antes de ir embora. Verá uma cena inesquecível... e a caminho de casa, poderá imaginar o meu prazer. Talvez isso o inspire para cumprir seu dever para com Célestine amanhã... vai encontrá-la amanhã, não é?

Nicolas balançou a cabeça num sinal afirmativo, nem um pouco surpreso pelo fato de Duperray saber tanto de seus arranjos... ou ele tinha homens vigiando a mulher ou, como declarava, eles não guardavam segredos entre si. Uma situação incomum entre pessoas casadas. Nicolas seguiu o outro pelo corredor até uma porta, e Duperray abriu-a silenciosamente, apenas o suficiente para verem o que se passava dentro do quarto.

Era um grande quarto arejado, mobiliado ao estilo moderno, com uma cama larga e baixa. As cobertas estavam atiradas para um lado, desarrumadas, e duas moças estavam deitadas ali, entrelaçadas. Eram ambas extremamente bonitas, observou Nicolas, ambas esguias e de seios pequenos. Faziam o *soixante-neuf*, uma delas de costas, com as pernas incrivelmente abertas, a outra por cima, com as coxas amorosamente apertadas em torno da cabeça da amiga. O ato não era silencioso... o quarto estava repleto de gritinhos, arquejos, murmúrios e até risadinhas! Nicolas achou a cena profundamente encantadora, de uma inocência quase pastoral. As coxas abertas da moça por baixo estavam viradas em direção à porta e, quando a que estava por cima levantou a cabeça, por um instante Nicolas teve uma visão da pequena fenda molhada e rósea que ela mantinha aberta com as mãos; uma entrada que Duperray sem dúvida usaria antes de a brincadeira terminar. Além da outra abertura que não estava visível, mas evidentemente recebia delicada atenção, porque a moça que erguera a cabeça suspirava alto.

– Queridinhas! – sussurrou Duperray para Nicolas. – Ficaram impacientes na minha ausência. Permaneci afastado por muito tempo, discutindo negócios com você. Preciso unir-me a elas e participar de sua brincadeirinha. Boa noite, Monsieur Bruneau.

Os capangas de Duperray levaram-no em casa sem uma palavra, exceto quando ele saiu do carro. Aquele que lhe falara antes pegou-o pelo braço, com um aperto que o fez piscar de dor, e o manteve seguro por um momento.

– O patrão espera que fique de boca calada.

– Pode ter certeza disso – assegurou Nicolas, tentando afastar-se. – Afinal, sou empregado dele agora, e sou um homem honrado. Dei a minha palavra.

O bandido riu da maneira mais insultuosa.

– Pode ser o que quiser, desde que fique calado – avisou. – Do contrário...

Para completar a ameaça, o homem passou o indicador de um lado para o outro da própria garganta.

Quando Madame Duperray chegou ao apartamento de Nicolas, na tarde seguinte, os acontecimentos da noite anterior o fizeram vê-la de outra maneira. Claro, era verdade que o escolhera como amante por reconhecer nele certas qualidades superiores... e isso não mudara. No entanto, não poderia mais encará-la como uma mulher casada comum, procurando afeto e diversão longe do marido, como supusera antes. Na verdade, ela era a esposa e parceira de um homem que, convincentemente, demonstrara a capacidade e o desejo de garantir que acontecimentos desagradáveis atingissem quem o aborrecia. Mais cedo naquele dia, durante sua visita à redação do jornal para pedir demissão, Nicolas examinara os arquivos, a fim de encontrar o episódio do Canal Saint-Martin que Duperray mencionara casualmente. Lá estava: um rapaz de boa família, tirado da água escura pela polícia, e subsequentemente, a descoberta de que ele fora castrado antes de se afogar, como Duperray descrevera. O que ele estava fazendo numa área tão improvável de Paris, o motivo da atrocidade e quem eram os perpetradores permaneceram um mistério para o jornal e para as autoridades. A reportagem deixou Nicolas muito perturbado e reforçou sua crença de que, para lidar com Duperray, era preciso permanecer constantemente na defensiva.

Apesar de tudo, logo que Célestine tirou a roupa e se deitou na cama, todas essas considerações desapareceram da cabeça de Nicolas, pois ela estava excepcionalmente bela e muito bem-disposta para com ele. A sensação dos seios dela em suas mãos, o toque do corpo quente pressionado contra o dele, nada disso deixava espaço em qualquer mente masculina para pensamentos de cautela ou qualquer outra coisa que não fosse o gozo dos prazeres do amor.

E que prazeres! Nicolas regalou-se com as belezas do corpo da mulher e ficou inebriado com as sensações proporcionadas por elas. Em seu coração, desprezou Duperray por escolher moças tão jovens para serem suas parceiras na cama, rejeitando o suntuoso prazer de fazer amor com Célestine!

Depois do mais intenso dos êxtases e de um tributo gratificante aos encantos de Célestine, vigorosamente depositado dentro de seu corpo encantador, o rapaz ficou deitado a seu lado, segurando-a nos braços, enquanto lhe dizia que a adorava. Naquele momento, seus sentimentos em relação a Duperray estavam um tanto abrandados pela imensa satisfação do que ele e Célestine haviam acabado de experimentar juntos. Embora Duperray o tivesse obrigado a fazer uma barganha inesperada, Nicolas sentia que talvez tivesse ficado com a melhor parte. Não apenas se tornara amante de Célestine... estava sendo pago para amá-la! Uma posição fantástica para qualquer rapaz!

Mesmo quando ela se virou e lhe apresentou as costas soberbas e as nádegas deliciosas, sua exultação não diminuiu. Acariciou aquelas protuberâncias redondas, com pele de cetim, e pressionou a ponta do dedo contra o pequeno nódulo entre elas. Se era aquilo que mais lhe agradava, então ela o teria! Célestine contente significava Duperray satisfeito; e Duperray satisfeito significava que Nicolas podia continuar com seu serviço, livre do incômodo diário de ganhar a vida como colunista social. Agora fazia um trabalho jornalístico não muito recomendável, mas com o qual podia viver como convinha a alguém com seu berço e suas habilidades.

Além disso, na primeira vez em que fizera amor com ela daquele jeito, a experiência fora extremamente interessante. Então, por que não?

– Oh, Nicolas – suspirou Célestine. – Sim, *chéri*!

13
Christophe à beira-mar

As cúpulas gêmeas do Hotel Carlton, em Cannes, segundo dizem, são inspiradas nos soberbos seios brancos de uma famosa *cocotte* do século XIX por cujos encantos homens das mais altas posições entraram em dispendiosas competições. O pensamento de uma homenagem tão graciosa a uma mulher que causou tanto prazer agradava a Christophe, enquanto ele caminhava ao sol quente de uma bela manhã, admirando as muitas belezas femininas que se veem ao longo da Croisette. Ele era um rapaz de excelente aparência, elegantemente vestido com um blazer listrado, calças brancas e chapéu de palha – um verdadeiro modelo da moda casual!

Naturalmente, antes da guerra, ninguém ligeiramente importante seria visto na Côte d'Azur nos meses de verão. Desde o fim de abril, os hotéis fechavam e o nem Casino ficava aberto. A estação para visitar a costa sul era o inverno. Durante os meses de verão, todos iam para o norte, para os elegantes balneários de Deauville e Le Touquet. Porém, tudo isso mudara alguns anos depois do fim da guerra, quando americanos ricos, devotados às viagens pelo mundo – para escapar à selvageria cultural e culinária de seu próprio país –, descobriram a costa mediterrânea da França. Mesmo então, ir para lá no calor do verão seria considerado entre os parisienses apenas outra excentricidade, se não fossem os caprichos das mulheres elegantes. O fato é que, de repente, Chanel e Schiaparelli começaram a desenhar as mais deslumbrantes e provocantes roupas de praia, expondo-as nas vitrine de suas butiques em Paris. Todas as mulheres de bom gosto queriam usar essas pecinhas deliciosas e coloridas; passear com esses minúsculos shorts, ou com os transparentes conjuntinhos de praia era quase como aparecer nua em público! Por consequência, como são as mulheres que dirigem o mundo por trás dos maridos, num período de um ou dois anos se tornou tremendamente chique passar as férias na Côte d'Azur no auge do verão.

Em sua primeira visita a Cannes, Christophe adorou tudo o que viu. As mulheres eram tão esplendorosas, com suas túnicas coloridas exibindo as pernas bronzeadas e nuas até o meio da coxa! E as que usavam conjuntos de praia transparentes com calças largas – maravilhosas! E as de calças de linho branco, bem apertadas, mostrando as curvas das nádegas elegantes – sensacionais!

À beira-mar, bronzeando-se ao sol, as mais belas mulheres que se poderia imaginar revelavam seus corpos, usando apenas trajes de banho colados à pele, deixando as costas nuas até abaixo da cintura e as pernas descobertas até poucos centímetros de distância da junção das coxas. Que imagens deslumbrantes para um jovem com a disposição amorosa de Christophe! Ele se embriagava com a visão dessas belas criaturas caminhando descalças na areia, com os bicos macios dos seios aparecendo claramente através dos maios colantes. A suscetibilidade da natureza de Christophe fez com que seu membro viril permanecesse ereto, dentro da calça branca, durante todo o seu passeio pela beira da praia.

As lindas mulheres, que tinham um efeito tão grande sobre ele, estavam – invariavelmente, é claro – cercadas de admiradores, rapazes confiantes que exibiam os músculos e a pele bronzeada. Ou de homens mais velhos, meio carecas e barrigudos, mas que pareciam extremamente ricos; para estes, as jovens beldades aparentavam estar ainda mais atentas do que para os jovens. Christophe deu de ombros – o mundo era assim. Seu problema era não ser rico.

Até bem recentemente, acreditara estar no caminho certo para o sucesso, trabalhando no negócio do tio, especialmente quando a elegante tia o admitira como amigo íntimo. Como poderia tal influência deixar de conduzi-lo pelas etapas viáveis até chegar ao topo do negócio, com todas as recompensas previsíveis? Lamentavelmente, Jeanne Verney deixara de visitar o apartamento de Christophe por ter ficado grávida. Foi o primeiro golpe cruel do destino; o segundo, igualmente devastador, veio quando os estabelecimentos comerciais de Verney foram vendidos, deixando Christophe sem emprego. Jeanne, amável como sempre, insistira para que fosse dada uma soma a Christophe, como recompensa às suas frustradas esperanças – o suficiente para mantê-lo, por pelo menos um ano, com um padrão de vida razoável.

– O que fará agora, Christophe? – perguntou ela. – Ficará em Paris ou voltará para a casa de sua mãe, em Lyon?

– Tirarei férias, enquanto penso no futuro – respondeu o rapaz, sem ter em mente nenhum projeto em particular.

– Excelente ideia. Vá para Cannes. Tenho amigos lá que ficarão satisfeitos em vê-lo.

E assim aconteceu! Christophe viajou para o sul, no Trem Azul, e ocupou um quarto no Carlton. Era ainda o início do verão, o que lhe possibilitava hospedar-se naquele augusto estabelecimento por alguns dias. Não é preciso dizer que era a maior imprudência de sua parte ficar num hotel tão caro quando os recursos financeiros à sua disposição eram limitados, mas uma lição Christophe aprendera em seu período em Paris – as aparências tinham grande importância. Que impressão ele causaria a uma pessoa de prestígio, caso soubessem que estava numa *pension* qualquer, numa ruela? A ideia era impossível.

No Trem Azul, correndo velozmente para o sul noite adentro, Christophe não conseguira dormir. Então, aconteceu que, aos 25 anos, ele fez pela primeira vez na vida uma avaliação de si mesmo. Como todos sabem, às 3 horas da manhã, uma pessoa sozinha se encontra face a face com a verdade sobre si mesma, por mais desagradável que seja. Christophe sabia que não ganharia grandes prêmios por suas habilidades intelectuais, mas o que importava isso? Os intelectuais eram aquelas pessoas que escreviam livros tediosos e moravam desconfortavelmente na margem esquerda. Sabia, por seu trabalho nas empresas de Verney, que jamais se tornaria um gigante do comércio por seus próprios esforços, pois não era capaz do empenho necessário. As profissões de nível superior não eram uma alternativa para ele – isso se tornara óbvio na escola.

No entanto, Christophe tinha outras virtudes a oferecer. Era simpático, sabia vestir-se, tinha sempre assunto para conversas interessantes, era atraente para mulheres de todas as idades e, no topo da lista de suas qualidades, era um amante excelente, graças à dedicação de sua tia Jeanne. Pretendia usar todas essas habilidades para conquistar a aceitação da sociedade. Em suma, seu projeto era encontrar uma mulher rica e casar-se com ela; jovem e bela, se possível, mais velha do que ele e feia, caso fosse necessário, desde que realmente rica e apaixonada por ele o bastante para deixá-lo gastar seu dinheiro livremente.

Christophe tinha recomendações de Jeanne para várias amigas suas, em Cannes, mas não tinha pressa de levar seus planos adiante. Havia tanto para ver, tanto para apreciar! Além disso, ele não queria parecer ansioso em se apresentar a qualquer das amigas de Jeanne, porque isso poderia causar má impressão. As amigas de Jeanne eram todas pessoas importantes. Uma delas tinha até um título de nobreza, embora não houvesse títulos reais numa república. Enfeitar o nome dessa maneira, considerou Christophe, indicava uma certa nostalgia do passado e era sinal de esnobismo.

No segundo dia no Carlton, ele tomava o café da manhã no terraço, lendo o jornal por volta das 10 horas, quando o curso de sua vida mudou de maneira radical. Era tão tarde porque tinha ido ao Casino na noite anterior, onde observou os jogadores da roleta e fez uma avaliação da situação geral. Naturalmente, todas as mulheres ricas tinham acompanhantes.

– Monsieur Larousse? – perguntou uma voz respeitosa.

Christophe levantou os olhos do jornal e viu, com considerável surpresa, um homem alto, com uma libré cinzenta e boné enfiado debaixo do braço, de pé, ao lado de sua mesa.

– Quem é você?

– Sou o motorista da viscondessa de la Vergne, *monsieur*.

Era o nome da dama com o título de nobreza que Jeanne dera a Christophe.

– A senhora viscondessa apresenta seus cumprimentos – continuou cortesmente o motorista. – Ela deseja o prazer de sua companhia para almoçar hoje.

– É muita bondade dela – disse Christophe. – A que horas?

– Devo dizer, *monsieur*, que a *villa* fica a certa distância da cidade. O automóvel de madame está à sua disposição. Estarei em frente ao hotel para levá-lo na hora em que estiver pronto.

– Está bem. Vou terminar meu café e o acompanharei dentro de alguns instantes.

– Obrigado, *monsieur* – respondeu o motorista, curvando-se como se Christophe lhe tivesse feito um imenso favor.

Que pensamentos passaram pela cabeça de Christophe, enquanto dobrava o jornal e se servia de outra xícara de café! Não que quisesse beber mais, mas isso lhe fornecia uma desculpa para permanecer à mesa e pensar. Um automóvel com motorista uniformizado, nada menos! Essa suposta viscondessa começava a se tornar interessante. Porém, como soubera que Christophe estava em Cannes? Simples: Jeanne devia ter falado com ela por telefone, dizendo-lhe que ele iria se apresentar dentro de pouco tempo. Confiava que Jeanne o tivesse recomendado muito bem à sua amiga, pois ela ainda se mostrava muito afetuosa para com ele, mesmo já não sendo amantes há mais de um ano.

Ah!, mas como a viscondessa soubera para que hotel enviar um mensageiro? O próprio Christophe não sabia onde ficaria quando saiu de Paris. Saltara do trem e dissera a um motorista de carro de aluguel para levá-lo ao melhor hotel. Evidentemente, o motorista recebera instruções para perguntar por um certo Monsieur Larousse em dois ou três dos melhores hotéis. Graças a Deus, pensou Christophe, ele tivera a inspiração de investir nas aparências e não se hospedara em alguma *pension* barata!

Vinte minutos depois, quando caminhou para fora do hotel com cuidadosa despreocupação, a visão do carro à sua espera quase fez seu queixo cair de espanto. Era um conversível soberbo, de um marrom cintilante, o cromo polido de tal maneira que ofuscava ao sol. O motorista estava em posição de sentido, ao lado dessa máquina maravilhosa, com o rosto impassível, e abriu-lhe a porta traseira, na qual havia um pequeno brasão! Christophe sentou-se no couro macio, enfiou o chapéu de palha firmemente na cabeça, num ângulo elegante, e se preparou para gozar o passeio.

A *villa* ficava realmente a alguma distância da cidade, como lhe dissera o motorista. A estrada seguia em direção a Nice, por alguns quilômetros e depois subia, serpeando, para o lado contrário ao litoral. Quando o lugar para onde se dirigiam foi afinal avistado, Christophe verificou que era uma grande casa branca, empoleirada numa encosta, meio escondida da estrada por um muro caiado de branco. Os portões de ferro trabalhado foram escancarados por um homem que, pelas roupas, Christophe concluiu ser um jardineiro. O grande e belo automóvel entrou e passou por um jardim bem cuidado, parando, finalmente, diante da entrada principal da casa.

A porta se abriu como se o momento exato de sua chegada fosse previsto e uma criada conduziu-o através do hall de entrada, com piso de mármore, até um grande salão surpreendentemente decorado e mobiliado segundo a última moda – tudo em espelho desenhado e madeira – até chegarem a um amplo terraço ladrilhado que dava para uma piscina. Ele ficou em pé, por um instante, sob o sol forte, com o coração acelerado de alegria. Tudo o que vira até aquele momento cheirava a dinheiro, desde a escultura de vidro no hall de entrada até os móveis ostensivamente caros do salão – e especialmente as pessoas que estavam na piscina. Contou nove – cinco mulheres e quatro homens – dentre as quais, quatro brincavam e riam na piscina, enquanto os outros estavam sentados ou deitados ao sol, em compridas cadeiras reclináveis de madeira pintada de branco e escarlate.

Uma jovem, usando o traje de banho mais elegante que Christophe já vira, voltou a cabeça para fitá-lo calmamente, enquanto o rapaz descia os largos degraus de pedra do terraço até o nível da piscina. Calculou que tinha 21 ou 22 anos, e imaginou que ela devia ter sangue espanhol ou italiano, pelo cabelo bastante escuro e a pele delicada, num tom oliva. Era tão incrivelmente linda que se apaixonou por ela na mesma hora. Orou em silêncio, pedindo a Deus que aquela deslumbrante criatura fosse a viscondessa de la Vergne e solteira, de modo que ele pudesse casar-se com ela e ter um matrimônio feliz pelo resto da vida. Quase que se benzeu, para reforçar a prece, mas teria chamado a atenção para si de uma maneira que não poderia ser considerada elegante.

Naturalmente, não era a viscondessa. A criada conduziu Christophe para o outro lado da piscina, onde uma dama vestida de rosa estava reclinada numa *chaise longue*. Suas roupas eram lindas – um conjuntinho de *chiffon*, tão delicado que era quase transparente –, e usava dois fios de pérolas no pescoço e pulseiras tipo escrava nos pulsos nus e bronzeados. Porém, quando ela ergueu a cabeça sob a aba larga do chapéu de sol,

Christophe encontrou um rosto de 50 anos, maxilares quadrados e com um certo excesso de maquiagem.

– Você deve ser Christophe Larousse – disse a mulher, estendendo a mão para que ele a beijasse. – Estou tão satisfeita de que tenha podido vir almoçar!

Christophe deu-lhe seu sorriso mais encantador, enquanto tirava o chapéu e se curvava graciosamente sobre a mão dela, com anéis de diamantes em quatro dedos.

– Foi muita gentileza sua convidar-me.

– Ouvi falar muito a seu respeito através de Jeanne – disse, com um sorriso malicioso. – Sente-se junto a mim. Marie, traga bebidas geladas imediatamente.

Ela o apresentou ao homem e à mulher que estavam sentados a seu lado e, embora seus nomes nada significassem para Christophe, suas caras roupas esportivas lhe diziam muito. O rapaz se empenhou em causar boa impressão à anfitriã e a seus amigos. Teve tanto sucesso que a alça esquerda do traje da mulher começou a escorregar sobre a pele bronzeada, de uma maneira que ameaçava expor o seio! Cada vez que ela ajeitava a roupa, verificava se a atenção de Christophe era despertada pelo movimento. O marido ignorou-lhe os trejeitos e continuou a fazer a corte à viscondessa, que encarou a visitante com um ligeiro franzido no rosto na terceira ou quarta vez em que a alça escorregou. Então, a anfitriã sugeriu a Christophe que ele poderia gostar de se refrescar depois da viagem, nadando um pouco. Ela negou sua objeção de que nada trouxera consigo, fazendo um vago aceno em direção a um comprido prédio situado ao lado da piscina, e dizendo-lhe que encontraria ali tudo o que precisasse.

O rapaz sentiu que era melhor fazer o que ela dizia para conservar-lhe a simpatia. Com certeza, a viscondessa queria que ele se afastasse da bonita dama que tinha problemas com a alça do vestido! Talvez temesse pela moral dele, se ficasse exposto a tanta tentação!

O prédio tinha uma varanda em todo o comprimento e era dividido em meia dúzia de pequenos vestiários confortavelmente mobiliados e equipados com toalhas, toucas de banho para as mulheres e trajes de banho para ambos os sexos. Christophe encontrou um que lhe serviu e trocou de roupa. Ao sair, permaneceu de pé por um instante, à beira da piscina, e mergulhou em direção à figura de uma sereia em tamanho natural, que ele via nos ladrilhos sob a água clara.

Uma das pessoas que agora brincavam na água era a moça de cabelos negros pela qual se apaixonara. Surgiu à superfície ao lado dela, alisou os cabelos para trás e sorriu.

– Meu nome é Christophe – apresentou-se.

Ela devolveu-lhe o sorriso, depois nadou para um lado e voltou. Apoiou um cotovelo na beirada da piscina, para se sustentar, e olhou para ele.

– Sou Nicolette Santana. Você ainda está com a pele muito branca... acabou de chegar?

– Cheguei ontem. Há uma coisa que preciso dizer-lhe.

– O quê?

– Eu amo você.

– Não me conhece – disse ela, sorrindo com a impertinência dele.

– Eu a vi... isso basta.

– Em geral, apaixona-se com tanta facilidade?

– Esta é apenas a segunda vez em minha vida.

– Qual foi a primeira?

– Já acabou. Quer se casar comigo, Nicolette?

Disse isso de maneira brincalhona, mas com um toque de sinceridade que nenhuma mulher poderia deixar de perceber. A reação da moça foi achar graça; porém, no riso dela, Christophe teve a impressão de ver uma insinuação de encorajamento.

Vista de perto, Nicolette era tão bonita que o coração dele quase parou de bater. Seu cabelo lustroso, de um negro-azulado semelhante ao da asa de um corvo, era repartido ao meio, sobre um rosto oval de proporções perfeitas, no qual os grandes olhos brilhavam como pedras de azeviche polidas. Em torno do pescoço, estava pendurado um fio simples de contas de coral brancas, a mesma cor do traje de banho, que era do mais fino *jersey* de lã e, molhado, estava colado a seus seios perfeitos, destacando-lhes o formato redondo.

Christophe observou tudo isso avidamente, como um homem que avalia em detalhes o apartamento no qual pretende morar por um longo tempo. Em sua mente, não havia a menor sombra de dúvida: aquela moça maravilhosa ia ser sua mulher, e ele jamais lhe seria infiel, durante toda a vida. Incapaz de resistir ao impulso, estendeu o braço debaixo d'água e passou a mão pela cintura dela, num gesto que dizia tudo o que tinha no coração. Antes de qualquer um poder observar sua ação, antes mesmo de Nicolette poder reagir, ele disse:

– Pense sobre isso.

Em seguida, se afastou, dando impulso com os pés na beira da piscina e começando a nadar de um lado para o outro com uma velocidade furiosa. Quando voltou, ela saíra da água e estava tomando sol. Depois de raciocinar por um momento, Christophe foi para o lado da viscondessa. A mulher que estava perturbada por causa da alça do vestido sorriu-lhe maravilhosamente e analisou, de maneira bem clara, a protuberância sob seu calção molhado, mas, desta vez, a viscondessa preferiu ignorá-la.

– Conheceu minha sobrinha – disse, animadamente. – Uma moça bonita... a filha de minha irmã.

– Sua sobrinha? – perguntou Christophe, surpreso. – Perdoe-me, mas não vejo nenhuma semelhança física, madame. A senhora tem a pele clara, e ela é morena.

– Tem razão! Minha irmã casou-se com um nobre espanhol. Ambos perderam a vida no *Lusitania,* voltando da América, assassinados pelos alemães!

– Que horror!

– Felizmente, a criança não estava com eles na viagem. Senti que era meu dever dar-lhe um lar e educá-la.

– A senhora é uma pessoa de muito bom coração – falou Christophe. – A jovem tem sorte de ter sua proteção e ser criada na França, e não na Espanha.

– Como você é perceptivo! – exclamou a viscondessa. – A família do pai dela queria levá-la depois da tragédia, claro, mas recusei-me a sequer ouvir falar sobre isso. É claro que seu nome não é Nicolette; seu pai insistiu para que se chamasse Isabel, mas logo mudei isso quando ela veio morar comigo.

– Não admira muito os espanhóis, não é? – perguntou Christophe.

– A culinária deles é bárbara, e seus divertimentos, insuportavelmente tediosos! Agora, é melhor ir mudar de roupa. Dentro de meia hora, iremos almoçar.

Num dos vestiários, Christophe tirou o traje de banho emprestado e o atirou num recipiente colocado ali para esse fim. Antes de ter tempo de fazer qualquer outra coisa, a porta se abriu – ele não se preocupara em passar a chave na fechadura – e ali estava a viscondessa, da qual ele se separara apenas um minuto antes. Estendeu o braço para pegar uma toalha da pilha limpa, a fim de cobrir as partes de seu corpo que não costumava exibir para os simples conhecidos, mas a viscondessa acenou com a mão, num gesto de indiferença, sentando-se numa cadeira.

– Não dou a menor importância às idiotices da moralidade burguesa – anunciou. – Fale-me de minha querida amiga Jeanne... ela está feliz? Está bem? E aquele seu terrível marido? Ouvi dizer que enlouqueceu e o trancafiaram.

– A informação que lhe deram é um tanto exagerada, madame – disse Christophe, com um sorriso irônico. – É verdade que Monsieur Verney sofreu um esgotamento e sua saúde exige constantes cuidados, mas...

– Deve chamar-me Régine – interrompeu a viscondessa. – Você é um rapaz muito bonito, Christophe. Quantos anos tem?
– Vinte e cinco – respondeu ele.

O rapaz não fez qualquer tentativa de esconder parte alguma do corpo enquanto se secava, esfregando-se com a toalha – a operação não era demorada, claro, porque o sol quente lhe secara a pele quando estava na beira da piscina. No entanto, ele achou sensato torná-la demorada. Ficou em frente à viscondessa, levantando cada braço para secar as axilas, e depois virou-se de lado para ela, enquanto punha o pé em cima de um banquinho de madeira branca e fingia enxugar a coxa e a perna. Na verdade, estava posando para sua anfitriã. Falou um pouco sobre os amigos em Paris, fazendo-a sorrir, embora não se pudesse dizer se era o resultado das palavras dele ou da visão de seu corpo.

Com certeza, ela demonstrava seu desprezo pela "moralidade burguesa" analisando-o atentamente. Christophe não tinha receios quanto a isso – sabia que causava muito boa impressão, com seus ombros largos e quadris estreitos. Seu membro viril, ao qual a viscondessa parecia estar dedicando considerável atenção, tinha proporções agradáveis; várias mulheres experientes, em cuja opinião ele confiava, haviam-lhe garantido isso. Fora instruído no uso hábil dele, por Jeanne Verney em pessoa, embora não soubesse se a viscondessa tinha sido informada desse fato.

Chegou o momento em que ele dificilmente poderia continuar a fingir que ainda se enxugava. Suas roupas estavam sobre uma cadeira, perto da qual se sentava a viscondessa. Ele pôs de lado a toalha e estendeu o braço para pegar a camisa, e ela também estendeu o próprio braço para apalpar seus testículos.

– Você tem um belo corpo, Christophe – disse a mulher, calorosamente. – Por quanto tempo foi amante de Jeanne?

– Essa é uma pergunta à qual não posso responder com propriedade – retrucou ele, com um sorriso. – Precisa perguntar a ela.

– Perguntei. Ela me contou que você a engravidou... algo totalmente impensado.

– Uma tragédia – falou Christophe. – Como resultado, eu a perdi.

A outra mão da viscondessa se apoderou de seu pau, que crescia rapidamente.

– Você a amou de verdade, Christophe?

– Eu a adorava – respondeu ele, com total sinceridade. – Fiquei com o coração partido quando deixamos de ser amantes.

Ficou imaginando se aquela mulher estranha e nada bonita pretendia convidá-lo a fazer amor ali no vestiário – e qual seria sua reação caso ela propusesse isso. A viscondessa o deixara com o membro completamente duro com suas carícias, mas ele não sentia desejo algum por ela, apenas por sua bela sobrinha. Talvez houvesse lido algo na expressão dos olhos dele porque seu rosto largo se abriu num sorriso.

– Agora, não – disse. – Os outros entrarão dentro de instantes para trocar de roupa. Posso desprezar as restrições comuns, mas sou uma firme sustentadora das convenções sociais.

– E uma firme sustentadora de outra coisa neste momento, Régine.

Ela riu, correu algumas vezes a mão de leve, para cima e para baixo, pelo membro ereto e depois soltou-o com um suspiro.

– Vista-se – disse. – Conversaremos de novo depois do almoço.

Ela saiu às pressas do pequeno cômodo, com uma rajada de *chiffon* cor-de-rosa. Christophe puxou a camisa por sobre a cabeça, esperando ansiosamente, que a ereção desaparecesse antes de se unir aos outros convidados, mas sabendo, por toda a experiência passada, que isso provavelmente não aconteceria. Quando passou a cabeça pela gola da camisa, arquejou, espantado, ao ver Nicolette, ainda com seu apertado traje de banho branco, espiando pela porta que a sua tia deixara escancarada.

A jovem olhava para a metade inferior do corpo dele ainda descoberta e para o membro duro, esticado como uma vara!

O olhar dela encontrou o seu, e Nicolette fez uma expressão de aborrecimento com os lábios.

– Nicolette! – exclamou, com o membro pulsando, à visão dela.

Correu para a porta, sem saber como proceder – a vontade era puxá-la para dentro do compartimento e pressioná-la contra seu corpo, rasgar-lhe o maiô... Porém, quando pôs a cabeça para fora da porta, ela havia entrado num outro vestiário e quem vinha em sua direção pelo corredor era a dama que tivera dificuldades com a alça do vestido. Christophe enfiou de novo a cabeça para dentro e fechou a porta rapidamente, trancando-a, para maior segurança!

O almoço foi agradável. Todos estavam vestidos com elegância, a comida era deliciosa e a conversa, animada. Em seguida, cada um foi se dirigindo para algum outro lugar, até Christophe se descobrir sozinho no terraço. Como poderia saber qual era o quarto de Nicolette? A maneira mais fácil, segundo lhe parecia, era perguntar a um criado; e, como se obedecesse a seu pensamento, apareceu a criada que lhe abrira a porta logo à chegada. No entanto, antes de ele ter tempo de perguntar, ela lhe informou que madame gostaria de ter uma rápida conversa com ele. Christophe deu de ombros e seguiu a criada.

O quarto da viscondessa, para o qual foi conduzido, era grande e moderno, com a decoração espetacular. Numa das extremidades, a cama, com 2 metros de largura, estava metida num nicho coberto de painéis de madeira bege-claro com madrepérola embutida, formando desenhos geométricos. Na outra extremidade do quarto, havia poltronas e um sofá comprido, todo estofado com seda bege. A dama, em pessoa, com o corpo volumoso escondido por um penhoar, de flutuante *chiffon* da cor de café, enfeitado de plumas, estava sentada numa das cadeiras, lendo uma carta com a ajuda de óculos com aros de tartaruga. Quando Christophe entrou, ela pôs a carta e os óculos de lado e sorriu carinhosamente para ele.

O aposento impressionou Christophe tão profundamente quanto as outras partes da *villa* que chegara a ver. Sabia que estava diante de uma riqueza formidável – riqueza usada com bom gosto, pois ela não apenas se cercava de objetos belos e caros, mas também de pessoas fascinantes, a julgar pela conversa durante o almoço. Na opinião de Christophe, sua anfitriã merecia respeito, talvez até mesmo admiração.

Ela fez-lhe um aceno em direção a uma cadeira com a mão repleta de anéis.

– Gosto de descansar um pouco a esta hora – informou ela –, mas hoje não tenho vontade de dormir. Preciso ser entretida... espero que não se importe de conversar comigo, embora tenha certeza de que preferiria estar lá fora, junto da piscina, com os outros jovens.

Christophe garantiu-lhe que estava muito satisfeito de ser recebido por ela num cenário tão informal. O uso da palavra "informal" fez com que ela desse uma olhada na cama.

– A você, devo parecer uma velha tola – disse. – Mas acho os jovens profundamente irresistíveis... os bonitos, quero dizer. Acho impossível negar-lhes o que quer que desejem.

Ela dissera "jovens", observou Christophe, não apenas *rapazes*. Talvez seus gostos abrangessem os dois sexos. Desviou o olhar dos pesados anéis de diamante na mão dela para fitar, com toda a boa vontade que conseguiu, seu rosto rechonchudo.

– Estou às suas ordens, Régine – disse, num avanço ousado.

– Claro que está – respondeu ela. – Todos os belos rapazes sem dinheiro que já encontrei desejam servir-me. Já espero por isso.

– Você é muito franca – falou Christophe, nada satisfeito com o rumo que a conversa estava tomando.

– Posso dar-me a esse luxo.

Ela se levantou por um momento para tirar o penhoar cor de café e se sentou de novo, completamente nua, usando apenas os sapatos altos.

– Olhe para *mim*, não para meus diamantes – ordenou. – O que vê?

Christophe olhou com cuidado. O pescoço da viscondessa era curto e grosso, os seios, pesados e a barriga, roliça quase ao ponto de ser gorda. As coxas eram, sem dúvida, grossas, e os finos pelos entre elas tinha um tom castanho tão vivo que, certamente, era pintado.

– Vejo uma mulher – respondeu Christophe.

– Não posso negar isso – disse ela. – Mas vê uma mulher que se entregou aos prazeres um tanto exageradamente e por tempo demais, em detrimento do belo corpo da juventude. Essa visão lhe causa repulsa, meu querido e jovem amigo? Com certeza, está acostumado a ver bonitas moças, com seios firmes e barrigas achatadas.

– Não sinto repulsa.

– Todos dizem isso – comentou ela. – E, por motivos óbvios, não estão olhando para *eles*. – Pôs as mãos sob os grandes seios caídos para levantá-los. – Em vez disso, estão olhando para os anéis em minhas mãos. Quando beijam os bicos de meus seios, na mente deles estão beijando meus diamantes.

Christophe experimentava uma nítida sensação de mal-estar com os modos francos da viscondessa. A filosofia dela não lhe interessava, e não tinha o menor desejo de ouvi-la. Além disso, aquilo era injusto; não pedira nada, nem mesmo para ser convidado para o almoço. Fora ela que mandara seu automóvel buscá-lo. Por que deveria ser submetido a essa exibição de cinismo da meia-idade?

– Quando eles põem a mão entre minhas pernas – continuou –, esses encantadores e obsequiosos rapazes estão, na realidade, acariciando um dos meus casacos de peles... a zibelina, talvez, ou a raposa russa. Tenho um armário repleto deles.

– Francamente, madame! – exclamou Christophe, num súbito movimento de irritação.

– O pior de tudo – prosseguiu ela, como se não percebesse a presença dele – é que quando chegam, finalmente, a enfiar suas coisinhas duras *aqui* – e ela abriu amplamente as coxas, de modo que Christophe viu os grossos lábios protuberantes junto aos pelos pintados de castanho – estão apenas fazendo amor com minha conta bancária. Acredita que uma conta bancária sinta êxtase, quando um rapaz derrama sua paixão dentro dela?

Christophe achou intolerável ser insultado daquela maneira. Conseguiu pensar em dois modos para acabar com aquilo. O mais óbvio era sair e deixar à mulher sua melancólica vitória. O outro era fazer o mesmo jogo que ela e derrotá-la. Levantou-se depressa, deu dois passos em direção à viscondessa, agarrou seus seios moles e puxou-os com força, de modo que ela piscou.

– Parece bem familiarizada com a maneira como agem os gigolôs, madame – zombou. – Se tivesse sido um pouquinho menos autoindulgente no passado, talvez tivesse menos motivo para autopiedade agora.

– Como ousa falar comigo dessa maneira?! – exclamou ela.

– Falo como quiser – respondeu ele, secamente, puxando de novo os seios e fazendo com que o restante da queixa dela fosse interrompido por um grito. – Disse que queria ser divertida – lembrou ele – e depois me insultou como se eu fosse um garoto de programa que você tivesse chamado para dar uma trepadinha e ocupar sua tarde monótona. Seu comportamento para comigo foi terrível, e vou cuidar para que todos saibam disso.

– Não! – exclamou depressa. – Sinto muito... talvez tenha sido um erro meu. Mas você me deixou tocá-lo no vestiário. Você me deixou acreditar que nada me negaria.

– A cortesia me impediu de deter sua aproximação não solicitada – disse ele, pondo raiva no tom de voz. – Mas isto!

Chama-me para vir aqui e se despe, como prelúdio para me ofender! Foi demais!

– Perdoe-me, eu imploro – arquejou a viscondessa, com o rosto vermelho.

– Sua atitude foi imperdoável – declarou o rapaz, e apertou-lhe os seios com tanta força que ela gemeu. – Era a sua intenção ordenar-me que fizesse amor com você e depois atirar-me alguns francos? Se fosse um homem, eu a espancaria até desmaiar e a deixaria caída aí no chão.

Algo nas palavras dele provocou um rápido brilho nos olhos dela.

– Se eu fosse um homem, não estaria aqui nua, com suas mãos em meus seios – justificou.

Isso era bastante óbvio, mas deixou Christophe sem palavras por alguns segundos. Antes que ele pudesse recuperar-se, a viscondessa deslizou as mãos repletas de anéis pelas coxas dele e começou a desabotoar-lhe a calça.

– Você olhou para mim e disse que viu uma mulher – declarou ela, com a voz rouca. – Talvez falasse sinceramente. Talvez tenha olhado para mim e visto uma mulher, e não uma pilha de moedas de ouro. Preciso saber!

Ela puxou para fora o membro dele e, espantado, Christophe percebeu, naquele momento, que o pau estava duro. Apesar da natureza desagradável da conversa dos dois, a visão da viscondessa nua provocara o efeito habitual, muito embora o corpo dela não despertasse interesse algum, ou, pelo menos, era o que pensara. Embora jamais tivesse admitido isso, a verdade é que Christophe era tão facilmente seduzido pelas mulheres que qualquer par de seios, por mais caídos que fossem, o deixavam de pau duro. Isso não significava que ele se atirasse, com força total, sobre todas as mulheres que não desencorajassem seus avanços. Certamente, não tinha a menor intenção de se deixar seduzir pela viscondessa; as palavras dela feriram seu orgulho masculino.

– Isso é demais! – exclamou, irritado, enquanto ela segurava seu membro ereto entre as palmas das mãos.

O rapaz soltou os seios para agarrar-lhe os pulsos e lhe afastar as mãos. Porém, a viscondessa não queria soltar tão depressa aquela parte querida! Na luta que se seguiu, ela foi arrastada para a beirada da cadeira e, depois, caiu de lado no chão. Mesmo assim, ainda segurava o membro, com as duas mãos, e Christophe, para não se machucar, foi forçado a se ajoelhar ao lado dela. A mulher não abandonava seu ridículo frenesi de posse, mas ele era mais forte e arrancou-lhe as mãos, soltando-se. A viscondessa rolou e ficou com o rosto voltado para o chão, talvez para esconder a expressão de zangada frustração, a mesma de uma criança mimada de quem tivessem tirado o brinquedo favorito. Ficou estirada no tapete, usando apenas sapatos, e Christophe viu-lhe as nádegas pela primeira vez.

Como ficou louco, com aquelas nádegas! O restante do corpo, que ela exibira sem que lhe pedisse enquanto despejava suas queixas, era rechonchudo e pouco atraente, uma demonstração de anos de excessos à mesa e falta de exercício. Mas as nádegas! Essas haviam escapado às devastações do tempo e poderiam ser as de uma garota de 20 anos. Eram graciosamente arredondadas, com a pele macia e sem marcas! E a cor, um delicado tom de marfim! O bronzeado dourado de suas pernas terminava logo abaixo daquelas lindas protuberâncias, e o bronzeado das costas, bem acima. Esse efeito heterogêneo parecia, ao mesmo tempo, acentuar a luxuriante maciez das nádegas e fazê-las parecerem, de alguma maneira, mais nuas do que o restante do corpo.

Christophe achou intolerável que essa harpia, que esperava que ele ficasse sob seu controle, fosse abençoada com nádegas capazes de causar inveja à maioria das mulheres com a metade da sua idade. Naquele momento, ele a odiava e queria puni-la por sua presunção. Sem pensar, impulsionado apenas pela furiosa emoção que lhe enchia o peito, sentou-se em suas costas, de frente para os pés dela, e a manteve, com seu peso, presa no chão, com o rosto para baixo, enquanto dava palmadas com ambas as mãos nas belas nádegas que tanto o haviam aborrecido.

– Pare com isso! Você está me machucando! – gritou a viscondessa, contorcendo-se debaixo dele para escapar.

Christophe manteve-se surdo às súplicas. Vingava-se ferozmente da humilhação à qual ela o submetera – e talvez da injustiça que acreditava existir no fato de aquela mulher de meia-idade ser tão rica e um rapaz simpático como ele estar tão privado de recursos. Seus desapontamentos em Paris, a incerteza do futuro – ele purgou todas essas emoções batendo nas nádegas da viscondessa até suas mãos doerem. Àquela altura, as protuberâncias cor de marfim tinham um tom vermelho vivo, e a mulher soluçava desconsoladamente.

Depois de aliviar suas emoções, Christophe sentiu-se incrivelmente bem-humorado. Seu membro viril pendia, passivo e mole, do lado de fora da calça, como se tivesse acabado de fazer amor com ela. A mudança em seu estado de espírito foi tão grande que ele se sentiu bem-disposto até com relação à própria viscondessa, pois tinha sido ela o meio pelo qual atingira aquele feliz estado de equilíbrio emocional.

As nádegas dela tinham um aspecto dolorosamente vermelho. Quando tocou-as de leve, a mulher estremeceu. Algo precisava ser feito com relação àquilo, pensou Christophe, repleto de benevolência, do contrário ela não conseguiria sentar-se nos próximos dias. Tendo isso em mente, ajeitou a calça e procurou, no quarto, algum meio de aliviar-lhe a dor. Na penteadeira, descobriu um grande pote de *cold cream* cujo perfume delicadíssimo ele sentiu quando tirou a tampa e cheirou o conteúdo. Com o pote na mão, voltou à vítima de sua ira, que ainda soluçava silenciosamente, e se sentou junto dela no tapete, de pernas cruzadas.

– Isso vai fazer a dor passar – disse.

Colocou grandes quantidades do caro creme sobre as nádegas da viscondessa e esfregou suavemente sua pele, usando as palmas de ambas as mãos. Ela deu um pequeno gemido, ao primeiro toque, depois ficou em silêncio, enquanto ele continuava a massagem e o creme lhe refrescava as nádegas machucadas.

– Está melhor, madame? – perguntou ele.

– Sim, estou. Por favor, continue – respondeu ela, com a voz fraca.

Lambuzou-a com mais uma boa quantidade de creme e recomeçou a leve massagem. Era algo tão tranquilo – tranquilo e agradável – ficar ali no chão, esfregando creme nas nádegas da viscondessa. Sem a menor dúvida, era uma maneira muito sensata de passar a tarde; muito melhor do que se torrar vivo, ao sol, junto à piscina. Nicolette talvez estivesse lá, mas havia pouca oportunidade de falar com ela em particular, com tantos convidados na *villa*. Agora, se fossem as nádegas *dela* que ele estivesse massageando... O pensamento o fez suspirar de leve. Com a imagem de Nicolette na mente, acariciou sonhadoramente as nádegas da viscondessa, sem nem mesmo notar quando as pernas dela se abriram sobre o tapete; não percebeu também que suas mãos acariciavam lentamente a divisão entre as protuberâncias que atacara tão brutalmente apenas cinco minutos antes.

As palmas deslizavam sobre carne quente e macia, mas as pontas dos dedos tocavam pequenos cachos. Mesmo assim, o rapaz não prestou a mínima atenção ao que fazia. Mais creme – o pote estava quase vazio agora – bem entre aquelas protuberâncias soberbas desta vez. Que objeto agradável, as nádegas de uma mulher, pensou Christophe, como se sonhasse, que delícia brincar com elas! Com que genialidade o bom Deus elaborara o corpo da mulher, em todas as suas partes!

Os dedos dele tocavam agora os cachos, esfregando *cold cream* nos lábios macios entre as pernas da mulher. Alguns instantes depois, Christophe percebeu, com um susto, que tinha as pontas dos dedos de ambas as mãos dentro daqueles lábios! O lubrificante que sentia agora não era mais o creme, mas a umidade causada pela excitação dela! Arquejou ao notar isso e quase parou, depois disse a si mesmo que abandonar uma mulher naquela situação, após excitá-la, estava fora de questão. Abandonar qualquer mulher, viscondessa ou não, naquele ponto, seria um comportamento digno de uma pessoa sem educação nem classe.

Agora que estava plenamente consciente dos seus atos, Christophe começou a empregar as artes que aprendera com Jeanne Verney quando os dois eram amantes. As lembranças mais vívidas de sua vida adulta eram as longas tardes em seu pequeno apartamento na rue Vavin, quando Jeanne ficava deitada nua na cama e ele lhe acariciava o ventre e os seios elegantes, tentando descobrir até que ponto ela podia ser excitada antes de puxá-lo para cima dela a fim de fazê-la gozar. Juntos, haviam feito essa brincadeira inúmeras vezes e, em algumas ocasiões, os dois calculavam mal o nível da excitação dela, e Jeanne chegava a um arquejante e trêmulo clímax antes de ele penetrá-la.

Estivera com muitas mulheres desde que seu caso com Jeanne terminara, mas nas noites em que dormia sozinho, aquelas tardes douradas algumas vezes lhe voltavam em sonhos, e despertava desconsolado com uma ereção. Parecia-lhe estranho, agora, que uma das amigas de Jeanne, a feiosa e envelhecida viscondessa, estivesse gozando o benefício dessas aventuras sensuais.

Do prazer da viscondessa, naquele momento, não podia haver dúvida. Seus dedos carregados de diamantes estavam esgravatando o tapete, e ela gemia de delícia com o toque hábil de Christophe entre suas pernas. Antes, quando estava sentada na cadeira, abrira as pernas deliberadamente, para exibir-lhe os grossos lábios protuberantes, em meio a seus cachos castanhos. Ele não dera mais do que uma olhada, porque se fixava, surpreso, em sua expressão de cinismo. Mas a atenção cuidadosa que dava a essas partes agora que ela estava deitada de bruços no chão tornou-lhe óbvio que a abertura entre as coxas da viscondessa tinha dimensões mais generosas do que o habitual. Se era obra da natureza ou do uso frequente no curso de muitos anos, quem poderia dizer? Porém, aquilo que, na maioria das mulheres que conhecia, era um santuário do amor, tratava-se, no caso dela, de uma verdadeira catedral! Só um homem extraordinariamente bem-dotado poderia preencher aquilo, pensou ele, porque oito dedos de suas mãos encaixavam-se ali sem grande dificuldade. Sendo assim, pôde usar todos para excitá-la, provocando-lhe tais tremores de paixão que os pés dela bateram no chão até caírem os sapatos de salto alto!

Christophe talvez não fosse particularmente inteligente, mas não era tolo. Nenhum rapaz na situação dele podia permitir-se isso. A dama à qual ele dava prazer de maneira tão curiosa era muito rica; disso, não tinha a menor dúvida. As partes íntimas que ele acariciava podiam muito bem ser a chave para sua própria felicidade e prosperidade futuras. Com uma perspectiva tão formidável a motivá-lo, Christophe empregou toda a sua habilidade para fazer com que aquela fosse uma ocasião da qual ela se lembraria com gratidão.

Durante um período de talvez um quarto de hora, seus dedos hábeis a levaram uma dúzia de vezes à beira do orgasmo, depois hesitaram delicadamente, de maneira que ela jamais chegava ao zênite que todo o seu corpo se esforçava para alcançar. Seus gemidos há muito haviam cessado; dela, agora, só se ouvia uma respiração áspera e pesada, através da boca muito aberta. As costas largas brilhavam de suor, e ela quebrara uma unha ao agarrar o tapete.

Afinal, Christophe achou que era bastante. Seus dedos adejaram umidamente dentro do portal escancarado da viscondessa, enquanto aplicava o estímulo final em seu clitóris intumescido. O resultado foi fantástico – todos os músculos do corpo dela se contraíram. Nas costas, suas espáduas projetaram-se; no pescoço, os tendões se retesaram; as pernas ficaram duras como ferro e os pés apontaram bem para baixo. Ela soltou um longo grito, quase um gemido, enquanto os espasmos de êxtase a dominavam e lhe sacudiam o corpo. Ela se contorcia, apoiada sobre a barriga, e agitava os braços, como se nadasse em sua piscina.

– Estupendo! – disse Christophe, em voz alta, tomado por profunda admiração diante do efeito que produzira.

Ela permaneceu deitada, exausta, por algum tempo, como seria de se esperar. Christophe ficou sentado no chão, quieto, com as mãos sobre os joelhos, esperando que ela se recuperasse.

– Christophe – sussurrou ela, finalmente –, eu adoro você.

Claro que seria cortês responder com as mesmas palavras, mas Christophe não estava preparado para ir tão longe. Seu silêncio não foi notado, e a viscondessa continuou, com a voz um pouco mais firme.

– Não percebi que você era uma pessoa tão especial, querido – disse. – Eu o confundi com qualquer outro rapaz de boa aparência que tenta fazer fortuna com o pênis. Teve razão de me dar uma surra; eu lhe disse coisas terríveis. Perdoe-me, eu lhe imploro.

– Entendemos um ao outro, finalmente – respondeu ele, com brandura. – Estou satisfeito.

Que mulher estúpida, pensava. Tudo o que fiz foi dar umas palmadas em sua bunda até ela chorar e, depois, proporcionar-lhe um gozo de forma bem lenta! E, por causa disso, apaixona-se por mim! Bendita seja a divina Providência, que colocou o cérebro dessa mulher entre as pernas e não na cabeça!

Sem se levantar do tapete, a viscondessa virou-se até a cabeça ficar na direção de Christophe. Ela estendeu os braços e colocou as mãos sobre as dele.

– Diga que estou perdoada – implorou. – Diga meu nome!

– Régine... somos bons amigos agora, espero. Vamos esquecer essa conversa de perdão. Entender tudo é tudo perdoar.

– Diga de novo! – sussurrou ela, com os olhos fixos no rosto dele, em abjeta devoção.

– Régine.

Ela se arrastou um pouco mais para perto, até posicionar a cabeça entre os joelhos dele. As mãos de Régine soltaram-se das de Christophe e tocaram nos botões da calça dele, timidamente. Tinha uma expressão de súplica nos olhos castanhos.

– Ah, se eu tivesse sua permissão – murmurou ela. – Isso significa tanto para mim agora, querido Christophe, tanto!

Ele não fez objeção alguma desta vez, quando ela abriu-lhe os botões da calça devagar e tirou o membro viril. Estava completamente duro de novo; nenhum homem pode tocar uma mulher, como ele fizera, sem se excitar. Excitação exige alívio e, por esse motivo, ele a deixou fazer o que quisesse, embora sem o menor desejo de se tornar seu amante.

Régine o acariciou com grande respeito.

– Ele está tão duro – disse, com voz rouca – e tão majestoso! Sim, é um rei... o rei do amor!

Para sua surpresa, ela tirou do dedo um de seus anéis de diamantes e coroou com ele o membro ereto.

– Veja! – exclamou. – Uma coroa para Sua Majestade!

Christophe ficou tentado a explodir em gargalhadas com o comportamento ridículo dela, mas conseguiu controlar-se. Há apenas meia hora, seu membro era um mero objeto para Régine, a ser empregado para seu prazer e pago ao preço que ela decidisse. Agora, tornara-se um cetro real, que devia ser adornado com diamantes. Que progresso! Antes de ele conseguir pensar em alguma resposta adequada – não que houvesse necessidade de dizer algo, uma vez que Régine mal escutava o que as outras pessoas diziam –, ela curvou a cabeça, como se fizesse uma homenagem, e com a ponta da língua tirou o anel de diamante de seu lugar de honra. Os lábios tocaram a cabeça escarlate de Sua Majestade, num beijo respeitoso. Não satisfeitos com um ato de obediência tão simples, os lábios pintados de Régine abriram-se e, imediatamente, Sua Majestade foi enfiada bem no fundo da boca!

Christophe soltou um pequeno suspiro de prazer quando a língua quente e molhada deslizou sobre sua parte mais sensível. Fechou os olhos e, em vez da cabeça de Régine, formou na mente uma visão de Nicolette, como a vira na piscina. Os bicos de seus belos seios apareciam através do traje de banho branco, e ela lhe sorria amorosamente, com desejo. Estendeu o braço para tocá-la, e seus dedos encontraram a carne nua do ombro de Régine, mas afastou esse pensamento e imaginou que era o ombro gracioso de Nicolette sob a sua mão.

Seu truque surtiu o efeito desejado, e as carícias de Régine eram tão ardentes que apenas alguns segundos se passaram antes de sensações poderosíssimas o dominarem e ele despejar sua paixão dentro da boca quente da viscondessa. Enfiou as unhas ferozmente no ombro dela, enquanto o êxtase o fazia sacudir-se, mas a mulher não se queixou, em absoluto.

Quando tudo passou, Régine ergueu os olhos para o rosto dele quase timidamente.

– Obrigada, Christophe, obrigada – disse. – Será que lhe dei algum prazer?

Ele fez um aceno afirmativo com a cabeça, surpreso com o tom humilde da mulher.

– Estou muito contente – disse Régine. – Só tinha feito isso com um homem uma vez na vida, quando era muito jovem, mas me pareceu a coisa certa a fazer para demonstrar meu afeto por você. Sei que não pode me amar nem sentir por mim um décimo do que sinto por você, mas tenho certeza de que podemos ser muito bons amigos.

O anel de diamantes com que ela coroara seu orgulhoso membro estava caído no tapete, entre eles. Régine pegou-o, mas não tornou a colocá-lo no dedo.

– Sua Majestade não quer mais usar a coroa – disse ela, em tom de brincadeira. – Veja... a cabeça dele está caindo!

– Não! – disse ele, secamente. – Não serei comprado com presentinhos. Não me trate como aos seus rapazes interesseiros, madame!

Na verdade, ele tinha pretensões mais altas do que um simples anel, mesmo valioso. Se permitisse a Régine acreditar que poderia comprar seus favores, como sem dúvida o fizera muitas vezes com outros rapazes, ele não passaria de um empregado dela.

O rosto rechonchudo dela se enrugou, como se estivesse prestes a chorar de novo.

– Christophe... por favor! – gaguejou. – Não era um insulto, eu lhe garanto! Apenas um pequeno presente entre amigos, só isso.

– Então, vou encarar sua sugestão dentro desse espírito – respondeu ele, mantendo um jeito distante. – Mas não ficarei com o anel. Coloque-o outra vez em seu dedo.

– Sim, Christophe – disse ela, apressadamente. – Por favor, não me chame de madame... faz você parecer muito distante. Não consigo suportar isso. Quero estar próxima de você, querido.

– Régine, precisa aprender muito a meu respeito se vamos ser bons amigos.

– Sim, Christophe – falou, sorrindo ao ouvi-lo dizer seu nome.

Depois do jantar, naquela noite, Régine decidiu que todos os seus convidados deviam acompanhá-la ao Casino. A viagem não foi no carro esporte conversível – pelo menos, não para a própria viscondessa, Christophe e mais duas outras pessoas – mas numa pequena e luxuosíssima limusine, equipada com um dispositivo, através do qual Régine podia dar instruções ao motorista sentado no banco dianteiro, separado por um vidro.

O salão de jogos estava movimentado quando chegaram. Havia homens muito distintos, com os peitilhos das camisas reluzindo de tão brancos, e fraques negros; e as damas – ah, a elegância dos vestidos de noite e o cintilar ofuscante das joias! Para horror de Christophe, as bainhas haviam começado a descer, um ou dois anos antes, sabe-se lá o motivo, e já estavam na altura do tornozelo naquele verão. O rapaz achava triste que aquelas belas mulheres privassem os admiradores da visão de suas pernas graciosas, vestidas com simples meias de seda, mas quem poderia argumentar contra os ditames da moda? Deixando de lado essa consideração, sentiu-se muito à vontade naquele grupo, orgulhoso de seu belo rosto e silhueta perfeita. Régine estava imponente, com um vestido justo, ao estilo napoleônico, de braços nus, a linha da cintura colocada sob o busto, de maneira que a maravilhosa criação de Schiaparelli disfarçava certos excessos deselegantes. As joias, em torno do pescoço, dos pulsos e dos dedos, desviavam a atenção dos observadores de quaisquer falhas em sua aparência.

Enquanto Régine se distraía com uma das roletas numa mesa, trocando cumprimentos com todos – porque era muito popular –, Christophe tentou aproximar-se de Nicolette, mas foi frustrado em sua tentativa pelo rapaz que elegera a si mesmo como seu acompanhante naquela noite. Portanto, decidiu observar tudo a seu redor com cuidado: o jogo, as pessoas, o estilo e, acima de tudo, as mulheres que estavam jogando. Era preciso saber a maneira adequada de agir: como apostar, como ganhar com um entusiasmo controlado, como perder sem se mostrar contrariado.

Houve um momento em que a animada conversa no salão foi interrompida. Apenas os pequenos cliques de uma bolinha em torno da roleta quebravam o silêncio, enquanto todos os olhos se voltavam para a entrada. Christophe virou-se para ver o que causara um efeito tão grande; com certeza era alguém de imensa importância! Entrando no salão de jogos, vinha um homem de meia-idade, bem vestido e confiante, mas sem nada de diferente aos olhos de Christophe, a não ser pelo fato de conduzir, em cada braço, uma mulher baixinha e bela – e as duas eram idênticas! Christophe olhou abertamente para as gêmeas vivazes, cujos grandes olhos escuros brilhavam, em seus belos rostos, sob o cabelo quase negro que formava uma franja sobre as testas largas. Os diamantes que ambas usavam eram fabulosos em tamanho e em quantidade, fazendo Régine parecer quase desataviada.

A interrupção da conversa e das atividades durou enquanto os recém-chegados desfilavam em grande estilo pelo comprido salão, até a mesa na extremidade, depois todos se voltaram para suas interessantes ocupações, os crupiês recomeçaram as corteses advertências e as roletas giraram de novo.

– Quem são? – perguntou Christophe a Régine, enquanto ela fazia uma grande ficha deslizar para o vermelho.

– Quem? – replicou ela, como se não tivesse notado o trio.

– As pessoas que acabaram de entrar.

– Ah, sim! Não as conhece? Elas chamam a si mesmas de Dolly Sisters... são artistas. Costumavam apresentar-se nos *music-halls* de Paris. São estrangeiras, naturalmente; húngaras, pelo que sei. Provavelmente ciganas, para dizer a verdade.

– Já ouvi falar delas, mas jamais as vi no palco.

– E jamais verá, pelo menos enquanto tiverem um amigo rico para tomar conta delas.

– O cavalheiro que está com as duas, você quer dizer. Quem é ele?

– Um americano, claro, e quem mais poderia ser? O nome dele é Gordon Selfridge e, segundo se diz, é dono de uma grande loja em Londres.

– Que coisa extraordinária! – disse Christophe, perdido de admiração.

Régine deixou bem claro que não partilhava essa emoção generosa.

– Ele raramente as traz aqui – afirmou, com um tom de voz frio. – Ficam em Monte Carlo... um lugar muito reles, sabe. Mas talvez ele quisesse mudar de roleta esta noite, para melhorar a sorte.

A Christophe pareceu que, com as deliciosas gêmeas a seu lado, Monsieur Selfridge não tinha a menor necessidade de se preocupar com as banalidades da sorte.

– Acha que as duas são suas amiguinhas, essas Mesdemoiselles Dolly? – indagou ele, ansioso para continuar com as perguntas, mesmo percebendo que Régine desaprovava o assunto. O motivo, ele não tinha certeza, porque ela se declarava indiferente ao que chamava de "moralidade burguesa", e o seu comportamento em relação a ele havia provado isso naquele mesmo dia.

– O que se diz é que Rosy, seja lá qual delas se chama assim, é a amiga particular dele – respondeu Régine. – A outra é Jenny. Mas acho que as duas trocam de lugar.

Meu Deus!, pensou Christophe, com profunda admiração, interpretando as palavras dela de acordo com sua própria disposição. Ter duas belas mulheres na cama ao mesmo tempo!

O esplendor de um festim tão maravilhoso de bocas quentes, seios macios e coxas sedosas inflamou-lhe os sentidos e deixou agitada aquela parte do seu corpo à qual Régine prestara homenagem há algumas horas. O interesse dele na roleta e nas pessoas no salão evaporou-se, como um leve nevoeiro matinal quando o sol se levanta. Só tinha olhos para as duas mulheres maravilhosas na mesa distante. Não demorou muito e Régine notou seu estado de espírito. Durante a hora em que permaneceram no Casino, ela ganhara alguns milhares de francos e os perdera de novo – não que estivesse ali para jogar, mas apenas para ser vista em sociedade.

– Você está entediado com tudo isso – disse ela, com um gesto que abarcava o salão. – E eu também. Há outros modos de nos divertirmos. Venha... deixaremos os outros aqui e mandaremos o automóvel buscá-los depois.

No banco traseiro da bela limusine, Régine sentou-se ereta e serena, com um fio de diamantes entremeado ao cabelo, uma cara estola de pele em torno dos ombros nus e um colar de diamantes de três voltas no pescoço – tudo despertava um imenso interesse em Christophe, muito mais do que sua pessoa. Entre o assento para passageiros e o motorista havia um vidro grosso, sobre o qual uma cortina de seda cor de ostra havia sido baixada. Lá fora, estava escuro, embora não deserto e, dentro da limusine, Christophe sentiu que ambos estavam isolados num pequeno e luxuoso mundo só deles. Se, ao menos, fosse Nicolette quem estivesse fazendo com ele aquela viagem da cidade para a *villa!*

– Você pode me divertir – disse Régine, virando-se para olhar diretamente para ele –, mas com cuidado. Não quero chegar toda desarrumada e ser alvo de zombarias dos criados.

Christophe assentiu e ajoelhou-se no carpete grosso do chão da limusine para levantar a saia dela até acima dos joelhos. Suas pernas, com as mais delicadas meias de seda que ele já vira, não eram feias, decidiu ele, após examiná-las atentamente. Os tornozelos e panturrilhas eram bem-feitos, de fato, e apenas acima dos joelhos havia carne demais, prejudicando a elegância. Entretanto, as coxas estavam cálidas, sob as mãos dele, notou o rapaz enquanto suspendia mais a criação de Schiaparelli – e coxas cálidas estimulam muito um homem.

Régine levantou seu largo traseiro do banco para ele poder levantar o vestido até a cintura. Suas meias estavam presas por ligas a uma cinta que comprimia sua barriga volumosa demais. Christophe esperava encontrar calções enfeitados de renda, mas, para sua surpresa, ela não usava nenhuma peça desse tipo naquela noite e, quando suas coxas se abriram, lá estava o tufo de pelos castanho-vivo que ele vira naquela tarde. Acariciou-o cautelosamente, sem ter muita certeza se era mesmo o pelo dela pintado ou, quem sabe, uma pequena peruca fabricada de modo a se adaptar àquela área.

– Pode continuar – ordenou Régine, meigamente.

Ele se sentou a seu lado para deixar os dedos deslizarem sobre o objeto de suas atenções. Durante algum tempo, brincou com os lábios protuberantes, depois foi mais para baixo, para ganhar acesso. Ela já estava úmida e, quando seus dedos abriram os lábios internos e lhe tocaram o clitóris intumescido, ela suspirou de prazer. Estimulou-a rapidamente, desejando agradá-la, mas querendo que aquilo terminasse o mais depressa possível. Régine reagiu logo, movimentando a barriga e os quadris ritmicamente para pressionar o sexo contra os dedos do rapaz, porque, àquela altura, ele tinha quatro deles enfiados nela.

– Ah! – exclamou ela. – Estou quase lá!

Christophe pôs a palma da outra mão achatada sobre a barriga nua para apertá-la, reforçando a massagem que lhe fazia. Dentro de mais alguns instantes, Régine começou a estremecer, com as pernas tão abertas quanto possível. Christophe viu os olhos dela se arregalarem de repente, a boca abrir-se muito e, então, a mulher começou a arquejar roucamente, em seu êxtase liberador.

Quando terminou, o rapaz deixou-a descansar por um instante, com a mão pousada de leve em sua coxa exposta. Para impressioná-la, tirou o lenço de seda branca do bolso do paletó e, pedindo licença aos sussurros, enxugou-a gentilmente e tornou a ajeitar-lhe o vestido.

Chegaram à *villa* pouco depois. O imperturbável motorista abriu a porta da limusine e ajudou Régine a sair. Uma criada atenciosa abriu a porta da casa para ela entrar. Régine aceitava tudo como algo natural, notou Christophe, sem dar o menor sinal de reconhecer qualquer serviço prestado a ela – nem mesmo o serviço mais íntimo na vinda para casa.

– Madame deseja alguma coisa? – perguntou a criada.

– Traga uma garrafa de champanhe para meu quarto – falou Régine. – Com duas taças. E diga a Henri para voltar ao Casino e esperar pelos outros.

Christophe achou que era hora de se afirmar, antes de ser rebaixado ao papel de empregado de nível um pouco mais elevado do que o de uma criada ou motorista.

– Traga o champanhe para a piscina – disse ele à criada. – Queremos apreciar o luar.

A criada fitou-o, horrorizada com sua presunção em dar ordens contrárias às da viscondessa. A própria Régine lançou-lhe um olhar espantado e, depois, fez um sinal de consentimento com a cabeça.

– Talvez tenha razão, Christophe – disse, quando a criada já havia partido. – Talvez eu esteja habituada demais a dizer aos outros o que quero. Mas durante todos esses anos em que tenho vivido sozinha, fui obrigada a sempre tomar as decisões por mim mesma. Isso não é bom para uma mulher.

Sentaram-se no pátio que dava para a piscina, enquanto a criada servia um champanhe maravilhosamente gelado. Era uma noite quente, sem nuvens, com uma lua crescente no céu a iluminar o cenário – uma noite ideal para amantes, se eles realmente estivessem apaixonados. Christophe retomou o que Régine dissera alguns instantes antes.

– Há quanto tempo está sozinha? – perguntou, solidário.

Sozinha não era a palavra que ele empregaria para descrever-lhe o estilo de vida, com uma sobrinha e uma casa repleta de convidados, mas era essa a palavra que ela usara.

– Há quase 15 anos.

– Seu marido, o visconde, foi morto na guerra?

– Teria sido melhor assim, aquele bruto insensível! – respondeu ela, tomada por raiva. – Mas não... ele me deixou. Vive no exterior.

Evidentemente, Christophe levara sua anfitriã a um assunto que só despertaria coisas desagradáveis. Para modificar seu estado de espírito, num súbito capricho, ele se levantou e começou a tirar a roupa: fraque, gravata-borboleta branca, sapatos de verniz. Régine olhava-o espantada.

– O que vai fazer?

– Vou nadar ao luar... e você vai fazer o mesmo.

– Mas não tenho traje de banho aqui!

– Nem eu – disse ele, tirando a cueca e ficando inteiramente nu.

– Como você é bonito, Christophe... chegue perto de mim e me deixe tocar em você.

– Você vai nadar – ordenou, com firmeza.

– Espera que eu tire a roupa aqui?

– Por que não? Esta é sua casa.

Estendeu a mão e ela a pegou. Quando se levantou, a viscondessa continuou a protestar, enquanto ele desabotoava o corpete do vestido e o arrancava, deixando-a apenas com a cinta de *moiré* negro, que lhe cobria o corpo desde os seios até a junção das coxas.

– Mas isso é uma loucura! – exclamou ela, enquanto o rapaz soltava as ligas.

– Por quê?

Baixou-lhe as meias pelas pernas e abriu a cinta. Ela ficou tão nua quanto ele, restando-lhe apenas os diamantes no cabelo, em torno do pescoço e nos dedos. Christophe observou-a por um momento, com a cabeça virada de lado. Sem apoio, seus grandes seios pendiam pesadamente e a barriga era gorda demais para ser considerada atraente. Mesmo assim, os diamantes causavam um belo efeito. E, se o homem gostasse de seios grandes... Christophe pegou-os, como se avaliasse o peso com as mãos. Régine lançou-lhe um olhar de súplica.

– Christophe, não me despreze – sussurrou ela.

– Por que eu iria desprezá-la?

– Porque não sou mais jovem e bonita.

– Você não é tão feia assim.

Ele a conduziu para a beira da piscina, com palmadinhas de encorajamento nas nádegas nuas.

– Podemos ser vistos de todas as janelas da casa – suspirou ela.

Como resposta, Christophe pôs um braço em torno da cintura dela e pulou, puxando-a com ele para dentro da água. Bateram na superfície com um forte borrifo e mergulharam entrelaçados. Quando seus pés bateram no fundo azulejado da piscina, Christophe soltou-a, deu um impulso para cima, sacudiu a água do cabelo e nadou devagar, em círculo, até Régine aparecer à superfície, cuspinhando e rindo, ao mesmo tempo.

– Você é louco – disse ela. – Mas é por isso que amo você.

Travessa como uma garotinha, borrifou-o com água e ele fez o mesmo com ela. Fizeram essa brincadeira por um longo tempo, rindo um para o outro, até começarem a sentir frio e Christophe decidir que era preciso se movimentar.

– Agora é hora de nadar – disse ele. – Cinco idas e voltas, de um lado para o outro da piscina.

– É demais... vou me afogar!

– Não deixarei que isso aconteça, e o exercício fará com que se sinta bem.

Ele saiu nadando em ritmo lento, e Régine esforçou-se para acompanhá-lo, ofegando e arquejando, depois do primeiro trajeto. Após a quarta volta, ela se recusou a continuar e agarrou-se, exausta, à beirada. Era uma visão estranha a viscondessa com pingos de água lhe escorrendo pelos seios e o colar brilhando ao luar. O cabelo, antes cuidadosamente penteado, estava grudado à cabeça, e o fio de diamantes pendia, frouxo, ao redor das orelhas.

– Deixe-me ajudá-la a sair da água – disse Christophe. – Pegarei toalhas no vestiário para esfregar e enxugar você.

Era mais fácil falar do que fazer. Régine estava cansada pelo esforço de nadar tanto, e era preciso toda a força de Christophe para içar seu corpo molhado para fora da água. Porém, conseguiram, afinal, ficar em pé ao lado da piscina, ele a sustentando com um braço em torno da cintura, e ela com um braço passado pelos ombros dele, para aliviar as pernas trêmulas.

Foi nesse momento extremamente delicado que uma inesperada explosão de gargalhadas e alguns aplausos impertinentes foram ouvidos! As cabeças dos dois se viraram e, que horror – ali no pátio estavam os convidados de Régine, elegantes, com seus trajes de noite, e muito entretidos pelo espetáculo diante deles.

– Meu Deus! – gemeu Régine.

Seu corpo pesado deu uma volta rápida, para virar as costas aos espectadores indesejáveis e, assim, preservar de seus olhos curiosos a visão dos fartos atributos femininos completamente nus. Ah, mas os azulejos estavam molhados e escorregadios. Na pressa de proteger o pudor, ela perdeu o equilíbrio e caiu de cabeça na água, arrastando Christophe consigo e agitando as pernas acima da cabeça, ao cair, expondo tudo o que queria esconder.

O choque do mergulho, somado ao da sua descoberta em situação tão comprometedora, tonteou Régine. Ergueu-se à superfície, como uma baleia ruidosa, depois afundou de novo, sem fazer o menor esforço para se salvar. Christophe, alarmado, mergulhou à sua procura. Encontrou-a no fundo e agarrou-a pela nuca. Levou-a o mais rápido possível à superfície e a rebocou para a beira da piscina, com os seios e a barriga projetando-se para fora da água como a parte superior do casco de um navio naufragando.

Os homens do grupo adiantaram-se às pressas para ajudar, ainda sufocando as risadas diante dessas circunstâncias infelizes. Régine foi içada, toda mole, para fora da piscina e deitada com o rosto para baixo, e ali ficou tossindo água. Quando Christophe pôs as mãos na beira da piscina, para se soerguer e sair da água, alguém que ajudava Régine pisou acidentalmente em sua mão e, com um uivo de dor, ele voltou a mergulhar nas profundezas. Ao voltar à superfície, viu que Régine fora virada, e um dos salvadores, galantemente, estendera o fraque de Christophe, que estava jogado por ali, em cima de seu corpanzil molhado – em nome da decência, é claro. Em meio à solicitude geral para com Régine, o rapaz foi inteiramente esquecido. Observou-os levantarem-na e a carregarem para a casa. Afinal, achou que era seguro sair da piscina. Sentou-se por algum tempo com os braços em torno dos joelhos, recuperando o fôlego e se sentindo muito mal com o que ocorrera.

– Vai pegar um resfriado se ficar desse jeito – disse uma mulher, casualmente.

Ergueu os olhos e viu Nicolette em pé junto dele.

– Todos são realmente loucos aqui – falou, devagar. – Deve ser o sol que cozinha incessantemente os miolos de vocês.

Levantou-se, ignorando o olhar dela para seu membro, encolhido até um tamanho diminuto pela frieza da água. Sem se dar ao trabalho de se secar, ele vestiu a camisa e calçou os sapatos.

A mão ainda doía, mas não parecia haver ossos quebrados.

– Você não devia estar ajudando a cuidar de sua tia? – perguntou ele, friamente.

– Ela está na cama e sua criada está cuidando dela. Não vai ter nada... é bastante resistente.

– Concordo, sinceramente – disse Christophe, aborrecido. – Boa noite, *mademoiselle*.

– Espere um minuto... quero falar com você.

– Mas eu quero um banho quente e um copo de conhaque.

– Diga-me uma coisa.

– O quê?

– Você é um gigolô?

– Acho a pergunta ofensiva. – Ele se virou, afastando-se, e se dirigiu para a casa.

– Não há necessidade de ficar zangado – continuou ela. – A maioria dos rapazes de Régine é profissional, sabe? O que o torna diferente?

– O fato de que deixarei este hospício para sempre logo que estiver vestido e pronto para ir embora.

– Então, por que foi convidado a ficar aqui?

Ela o perseguiu com suas perguntas até o banheiro.

– Não é da sua conta – retrucou Christophe –, mas uma tia minha de Paris informou a Régine que eu estava em Cannes, hospedado no Carlton. Eu nada sabia de tudo isso, nem conhecia sua tia, até um motorista chegar com um convite para o almoço.

Ele abriu as torneiras e ficou olhando a água quente jorrar dentro da banheira. Sua camisa molhada, muito fria, estava grudada na pele, e ele tremia.

– Agora, se me dá licença, pretendo entrar no banho.

Ela fez beicinho para ele e saiu. Estava deitado na água quente e cheirosa, com os olhos tranquilamente fechados, quando Nicolette voltou com uma garrafa de conhaque e dois copos. Serviu uma dose generosa para ele e outra um pouco menor para si mesma, e empoleirou-se na beira da grande banheira, bebericando seu drinque. Christophe provou o conhaque e sentiu seu calor aquecendo-o. Não sabia por que Nicolette estaria interessada em suas relações com a tia dela, nem por que estaria ali no banheiro com ele, mas atribuiu aquilo à excentricidade geral que parecia prevalecer em toda a *villa*.

– Que interessante – disse ela.

– O quê?

– Quando você saiu da piscina, estava pequenininho, mas agora que você está num banho quente, cresceu um bocado.

Sem acreditar no que ouvira, Christophe ergueu os olhos para o belo rosto oval de Nicolette e, em seus grandes olhos brilhantes, viu uma aguda curiosidade. Não era à toa que ela era sobrinha de Régine, concluiu.

– Fico perguntando a mim mesmo, se fosse você quem estivesse nua nesta banheira e eu aí sentado, olhando-a, se aceitaria meus cumprimentos ou me diria para sair imediatamente. – disse ele, em tom de brincadeira.

– Quem pode saber? – replicou ela. – Dependeria do meu estado de espírito, imagino.

– E, no momento, seu estado de espírito a leva a observar uma parte de meu corpo que não é habitualmente exibida às moças, a não ser em circunstâncias especiais.

– Acho que está crescendo mais ainda – observou ela.

– Enquanto estiver sentada aí, ele vai continuar a crescer.

– Não consigo imaginar por quê. Afinal, estou inteiramente vestida.

– Mas está aqui comigo, e isso é o suficiente para fazer com que ele cresça.

– Vai crescer muito ou só um pouco mais? – perguntou a jovem.

– Tem de julgar por si mesma – suspirou Christophe, espiando a cabeça do membro, que endurecia rapidamente, aparecer acima da água. – Nicolette, o que diria madame viscondessa se soubesse que você está aqui, observando-me desse jeito?

– Não sei, e não me importa. Tem medo dela?

– Por que deveria ter? – contrapôs ele. – Seja como for, vou embora de manhã.

– Você disse que ia hoje à noite. Por que a demora?

– Porque estou aqui, afinal, com a única habitante desta casa de loucos que me interessa.

– Claro... da primeira vez em que nos encontramos, declarou que me amava. Foi na piscina. Você parece ter muitas aventuras aqui.

– Eu lhe disse a verdade – falou ele, agora com absoluta sinceridade. – No momento em que a vi, meu coração bateu como se fosse explodir. Percebi, imediatamente, que era o amor da minha vida, uma paixão tremenda e duradoura, embora não soubesse quem você era.

– Muito lisonjeiro. Mas não tenho certeza de que preciso de outro namorado no momento.

– Não estou me oferecendo como *outro* namorado, Nicolette, mas como alguém que a ama loucamente... há uma enorme diferença.

– O banheiro é um lugar pouco comum para declarações de amor eterno. Mas nunca acreditei em muita cerimônia. Além desse seu grande amor, Christophe, o que mais você tem para me oferecer?

Tanta sofisticação, apesar de tão jovem! Christophe piscou, com sugestão implícita, e ficou grato pelos ensinamentos amorosos que recebera em Paris.

– Só o que você pode ver – respondeu. – Devo dizer-lhe, francamente, que tenho muito pouco dinheiro e nenhuma perspectiva especial.

– O que posso ver não deixa de ter seus encantos. Aumentou um bocado de tamanho. Será que a água tem sempre esse efeito sobre você?

– Não é a água, como sabe muito bem. É a sua proximidade que tem esse efeito e sempre terá.

– Sempre é muito tempo... não deve exagerar.

– O amor é uma mercadoria rara, Nicolette.

– Acredito nisso, e sabe Deus como minha querida tia gasta uma porção de dinheiro tentando comprá-lo.

Christophe continuou, fitando-a bem nos olhos e desejou, de todo o coração, que ela reconhecesse a manifestação da paixão no seu olhar. Depois de alguns instantes, Nicolette desviou os olhos, quase recatadamente.

– Vou para o meu quarto – disse, laconicamente. – Quando estiver pronto, vá encontrar-se comigo lá para continuar essa conversa num cenário mais adequado.

Mal ela passou pela porta, Christophe já pulou para fora da banheira, esfregando-se depressa para se enxugar. A farsa na piscina, com Régine, não era mais uma humilhação, pois fizera com que Nicolette prestasse atenção a ele, afinal. Depois, lembrou-se de que não podia apresentar-se a Nicolette usando uma camisa encharcada e calça negra amassada. Teria de ir a seu próprio quarto antes para pegar outras roupas.

Entretanto, na verdade, ele não precisava ter se preocupado com isso. Quando foi para o quarto dela, Nicolette tirara a roupa e estava deitada na cama, recostada em grandes travesseiros quadrados de cetim, usando apenas uma camisola toda feita de renda chantilly, tão curta que a bainha ficava pelo meio de suas coxas.

Na manhã seguinte, antes do café, Christophe e Nicolette fugiram juntos. Antes de Régine ou qualquer um dos hóspedes acordar, eles colocaram seis malas no conversível – uma contendo todo o guarda-roupa de Christophe e cinco com uma seleção das roupas de Nicolette – e fizeram com que o motorista os levasse à estação ferroviária de Cannes. Há, afinal, maneiras de fazer tais coisas. Na longa viagem a Paris, Christophe, enlouquecido de amor, soube com alívio que Nicolette tinha a própria herança e não dependia da viscondessa.

14
A cartomante

As mulheres são, na verdade, as pessoas mais racionais, ao contrário do que os homens acreditam, e é por isso que frequentam cartomantes. A lógica superficial que domina o pensamento masculino faz os homens desprezarem as artes divinatórias – seja através das cartas do baralho, das palmas das mãos, dos espelhos ou de outros meios –, consideradas por eles simples superstição. No entanto, as mulheres sabem que os acontecimentos e as situações têm uma certa tendência a se repetir, e a partir daí concluem que a vida de cada pessoa tem uma característica particular. Quando essa característica é percebida a tempo, é possível utilizá-la vantajosamente.

Claro que só algumas seitas bizarras e heréticas pregam que o curso da vida da pessoa está predeterminado desde o momento do nascimento, crença contrária à religião, ao bom senso e à experiência. A verdade é que cada um de nós carrega o destino dentro de si, porque ele é o resultado da personalidade. Apenas por esse motivo, uma cartomante habilidosa, com o talento de enxergar através dos véus com que escondemos o nosso verdadeiro *eu*, pode avaliar a personalidade e prever o curso provável de uma vida.

Foi, portanto, a uma cartomante que Yvonne Daladier recorreu num período de indecisão. Com 25 anos, ela achava que já havia suportado uma quantidade mais do que tolerável de desilusões. Era, como concordavam todos os seus amigos, uma moça bonita. Vestia-se bem, quando podia dar-se ao luxo de fazer isso. Era animada, inteligente e uma amante encantadora. Porém, mesmo com tantas qualidades a seu favor, não tinha marido nem amante fixo.

O motivo para sua situação infeliz, como Yvonne acabou percebendo, era que, invariavelmente, escolhia homens inadequados. Apaixonavam-se por ela, instalavam-na em apartamentos bem mobiliados e compravam-lhe roupas elegantes, levavam-na aos lugares mais sofisticados e faziam amor com ela de maneira satisfatória. Entretanto, nenhum jamais lhe propusera casamento, embora isso fosse compreensível no caso dos dois que já tinham mulheres e filhos. O fato, porém, era que esses amantes por fim se afastavam, deixando-a às voltas com um aluguel que não podia pagar. A soma de tudo isso era exasperante!

Seu último protetor era Paul-Henri Courval, homem bonito, apenas uns poucos anos mais velho do que a própria Yvonne. É desnecessário dizer que ele tinha uma grande quantidade de dinheiro. Não era muito inteligente nem tampouco espirituoso, mas isso não tinha a menor importância. De certa forma, era uma nítida vantagem, porque depois de um ou dois meses gozando os encantos consideráveis de Yvonne, ele se declarou loucamente apaixonado por ela. Yvonne achou tudo isso extremamente satisfatório, não apenas porque tornava Paul-Henri muito generoso com ela, mas porque havia aí a promessa de uma relação mais longa entre eles e lhe possibilitava empurrá-lo, sem que percebesse, na direção da ideia de casamento.

Ao mesmo tempo, ela achava que seria sensato procurar os conselhos de alguém que soubesse ler os segredos da natureza humana. Se Paul-Henri, no final, ia mostrar-se inadequado, era melhor ela saber o quanto antes. Por outro lado, se ela fizera uma escolha sensata daquela vez, então poderia seguir adiante, dando os passos necessários para levá-lo a uma proposta de casamento e assim garantir o conforto e a felicidade dela no futuro.

Certa noite, deitados nus na cama dela, depois de um tempestuoso ato de amor que deixou Yvonne sentindo-se um tanto quanto exausta, ela acariciava o peito dele com delicadeza, quando introduziu o assunto que estivera em sua mente o dia inteiro. Paul-Henri, deitado de barriga para cima, repousando confortavelmente depois de seus esforços amorosos, achava-se de muito bom humor – não poderia estar de outro jeito – e disposto a escutá-la. Mesmo assim, ficou surpreso.

– Uma cartomante! – exclamou. – Mas por quê?

– Ela é muito boa – garantiu Yvonne, com as pontas dos dedos deslizando sobre os mamilos chatos dele, de maneira calculada para acalmá-lo.

– Quando a viu?

– Esta manhã. Foi uma amiga que me recomendou. Foi muito estranho... disse-me coisas que era impossível saber.

– Mas, evidentemente, sabia... com certeza, informou-se de alguns fatos a seu respeito com sua amiga. São muito boas em extrair informações de clientes ingênuos.

– Nem mesmo minha amiga sabia algumas das coisas.

– As amigas muitas vezes sabem, ou adivinham, mais do que você pensa. São todas charlatanas, essas cartomantes. Ganham a vida em cima da credulidade dos outros.

– Isso pode ser verdade na maioria dos casos, mas essa é diferente. Ela me perturba.

– Mas isso é terrível! – disse Paul-Henri, abraçando-a para confortá-la.

– Eu não poderia dizer-lhe isso... dei minha palavra de que não diria. Mas, se ela estiver certa, nosso amor não durará muito tempo.

– Que tolice! Eu adoro você, *chérie,* e sabe muito bem disso. Essa mulher é uma impostora, e seria bom falar com a polícia.

– Talvez... mas primeiro me prometa uma coisa.

– O que quiser – falou, todo expansivo, com as mãos acariciando as nádegas macias e redondas de Yvonne. – Basta pedir.

– Vá visitá-la você mesmo amanhã. Se depois me disser que ela está errada, acreditarei em você e esquecerei minhas preocupações.

Paul-Henri não esperava por isso, mas se mostrou à altura da ocasião.

– Para agradá-la, querida Yvonne, vou ver essa impostora mentirosa e a chamarei assim, frente a frente.

Como todos sabem as promessas feitas na cama muitas vezes levam a resultados infelizes. Porém, como dissera a Yvonne que o faria, às 11 horas da manhã do dia seguinte, Paul-Henri seguia de carro de aluguel para Butte Montmartre, a fim de confrontar a cartomante que deixara sua amada ansiosa. O endereço que procurava não estava situado na Montmartre conhecida dos turistas estrangeiros – a Montmartre dos divertimentos, da música, dos pequenos restaurantes –, mas numa viela escondida, com casas miseráveis, que pareciam não ter sido pintadas nem limpas desde que foram construídas no século anterior. No térreo do prédio do número indicado, encontrou um botequim com um chão sujo e um balcão com o tampo de zinco, onde estavam dois ou três indivíduos corpulentos com aparência de criminosos.

O dono do botequim, mal barbeado e com apenas um olho, serviu-lhe uma dose de um conhaque abominável e lhe disse que Mademoiselle Marie morava no andar de cima. Paul-Henri estava espantado com o fato de a exigente Yvonne ter visitado um lugar de tão baixo nível e encarou isso como mais uma prova da irracionalidade das mulheres. Não é num antro horrendo desses que alguém vai saber do próprio destino, pensou ele.

Os homens no botequim estavam sussurrando entre si e, de vez em quando, davam-lhe uma olhada. As roupas caras o marcavam como um alvo para assalto, percebeu, e já sabia o que faria se fosse atacado. Atiraria o conhaque de má qualidade que havia em seu copo nos olhos do líder dos assaltantes, cegando-o de imediato, chutaria o segundo com muita força entre as pernas, a fim de incapacitá-lo permanentemente e, depois, agarraria a garrafa de conhaque do bar e a espatifaria sobre a cabeça do terceiro homem, partindo-lhe o crânio e talvez matando-o na mesma hora. O dono, àquela altura, estaria atemorizado, atrás do balcão, e não ofereceria resistência quando Paul-Henri saísse do antro de ladrões e caminhasse para a rua estreita, a fim de procurar um representante da lei, caso houvesse algum naquele bairro.

Nada desse tipo aconteceu, é claro, e ele não teve oportunidade de demonstrar sua coragem. Deixou o drinque pela metade e subiu a barulhenta escada para o andar de cima. Não havia patamar: a escada terminava abruptamente numa porta de madeira com uma pintura muito antiga descascando. Bateu e entrou.

O quarto que adentrou ficava ainda menor com uma gasta cortina cinzenta esticada de parede a parede para dividi-lo em dois. A única iluminação vinha de uma claraboia no teto inclinado; o chão estava nu e sem varrer – Paul-Henri viu tudo isso num só olhar de desagrado, que o fez franzir o rosto. Até que viu a cartomante.

A tal Mademoiselle Marie estava sentada de costas para a cortina, diante de uma pequena mesa quadrada, na qual dispunha cartas de baralho em fileiras paralelas. Ela ergueu os olhos quando ele fechou a porta e ficou ali em pé, imóvel. Esperava encontrar uma velha, embora não soubesse explicar por quê. Mademoiselle Marie não chegava a ter 30 anos. Pouco mais velha que Yvonne, pensou ele.

Trazia um lenço florido amarrado em torno da cabeça e, sob ele, seus longos cabelos negros caíam até bem abaixo dos ombros. Paul-Henri nunca vira uma mulher com o cabelo tão comprido em toda sua vida, e isso o deixou fascinado por um momento. Estava completamente fora de moda, mas era magnífico, pensou. O rosto de Marie era cheio, com as faces proeminentes, um nariz forte e a boca larga. No entanto, eram os olhos que chamavam a atenção. Bem separados um do outro, eram negros e brilhantes, e não piscavam.

– Sente-se, *monsieur* – disse ela, quebrando o silêncio.

Do lado mais próximo da mesa, havia uma cadeira bamba, que parecia ter sido comprada no Marché aux Puces por alguns níqueis. Paul-Henri sentou-se e olhou-a, do outro lado da mesa, percebendo repentinamente o seu perfume. Era uma fragrância forte e sensual, que insinuava... Ele bloqueou pensamentos desse tipo e se concentrou na razão da visita.

– Quer me consultar? – perguntou ela, apressando-o.

– Sim... quer dizer, não... o fato, *mademoiselle*, é que uma amiga minha muito querida veio vê-la ontem e ficou perturbada por alguma tolice que a senhorita lhe disse. Preciso deixar clara minha posição... recuso-me a permitir que ela seja perturbada dessa maneira. O que lhe disse?

Marie usava um vestido de mangas curtas, de cetim negro brilhante, abotoado no corpete. Ou melhor, podia ser abotoado no corpete, pois, como Paul-Henri viu, os botões estavam abertos desde o decote festonado até o vale entre os seios. Mais que isso, quando ela movimentou o braço, para colocar outra carta, numa das fileiras sobre a mesa, seus seios mexeram-se debaixo do vestido, oferecendo uma visão ampla o suficiente para mostrar a Paul-Henri que eram grandes e estavam nus, embaixo do fino tecido negro. Achou aquela visão muito interessante e quase não escutou o que ela dizia.

– Várias clientes me consultaram ontem. Qual delas era sua cara amiga, *monsieur*?

– Mademoiselle Daladier – respondeu Paul-Henri, ofendido pela maneira impertinente como ela formulara a pergunta.

– Ah, aquela moça bonita. Sim, eu devia ter adivinhado que um homem distinto como o senhor estaria interessado nela.

– Por favor – disse Paul-Henri, secamente –, não quero discutir meus assuntos particulares. Estou aqui para esclarecer o que pode ter sido um mal-entendido.

Pegou a carteira, pensando que ver aquilo inspiraria a cartomante a fazer uma previsão de boa sorte, vida longa e felicidade, que ele pudesse levar de volta, triunfalmente, para Yvonne. Entretanto, Marie balançou a cabeça, negativamente.

– Guarde seu dinheiro, *monsieur*. Meus clientes me pagam depois de eu lhes dizer o que vejo, não antes.

– Como quiser. O que viu para Mademoiselle Daladier?

– É confidencial. Mas lhe direi o seguinte... ela veio consultar-me a seu respeito.

– A meu respeito? É ridículo.

– Talvez. Nada pude dizer-lhe sobre o senhor, porque nunca o vira. Mas, agora que está aqui... deixe-me ver as palmas de suas mãos, *monsieur*.

– Não vim aqui para que a senhorita interpretasse as linhas das minhas mãos.

– Talvez não, mas isso lhe dará algo para dizer a sua amiga, a fim de amenizar-lhe a preocupação.

– Ah, então está bem – concordou Paul-Henri, com impaciência.

Colocou os antebraços sobre a mesa, com as palmas das mãos viradas para cima. Marie estudou-as cuidadosamente, comparando as linhas da mão esquerda com as da direita, acompanhando-as com a ponta do dedo. A análise demorou um longo tempo, durante o qual ela nada lhe disse.

Seu toque teve um efeito inesperado em Paul-Henri. Apesar da extrema impropriedade das circunstâncias, seu membro viril se endureceu e se retesou, e ele se descobriu tentando ver mais dos seios de Marie enquanto ela se inclinava sobre a mesa para examinar as mãos dele.

Isso é terrível, repreendeu a si mesmo. Na noite passada, fiz amor até ficar exausto com minha bela Yvonne... e aqui estou eu, excitando-me com uma cigana gorducha! É esse maldito perfume, preciso sair daqui imediatamente, antes de ser tentando a fazer algo idiota.

Marie, como que lendo seus pensamentos, colocou as próprias mãos bem abertas sobre as dele. As palmas das mãos dela eram quentes e secas, e foi como se uma corrente elétrica passasse através de Paul-Henri, subindo pelos braços, descendo pela espinha dorsal e chegando até seu pênis ereto! Ele arquejou, certo de que ejacularia na roupa de baixo, a não ser que o contato com Marie fosse imediatamente interrompido. No entanto, os olhos dela o prenderam – seu olhar imóvel o manteve em sua cadeira, tremendo, à beira de um clímax involuntário de paixão.

– Suas mãos me dizem que é muito honesto, egoísta como a maioria dos homens, generoso com aqueles que ama, surdo para todos os outros... Em suma, um homem mediano, normal, embora com mais dinheiro do que a maioria.

– É tudo? – conseguiu dizer, enquanto tremia sob o toque dela, em meio às explosivas emoções que tanto o deliciavam como o horrorizavam.

Como não era um completo idiota, àquela altura estava imaginando quanto Marie pediria para tirar a roupa e deixá-lo aliviar o monstruoso desejo que ela despertara. Afinal, sua experiência lhe dizia que as mulheres desse tipo – ciganas, vagabundas, cantoras de café, gente de circo e outras do mesmo gênero – estavam prontamente disponíveis para qualquer homem que tivesse dinheiro no bolso e não temesse gastá-lo. Marie olhou para seu rosto corado e fez um sinal afirmativo com a cabeça, como se lesse sua mente, o que não era uma grande façanha, uma vez que um simples olhar para ele, naquela situação, teria revelado a qualquer um seus pensamentos.

– Venha comigo – ordenou ela, soltando-lhe as mãos.

Quando Marie se levantou da mesa, Paul-Henri viu que seu vestido brilhante e negro estava bem apertado à cintura por um cinto largo, de couro negro, com uma grande fivela de prata – o que enfatizava o volume do busto e dos quadris. Com uma das mãos, ela afastou a cortina suja que havia atrás dela, fazendo os anéis de madeira pelos quais estava pendurada baterem ruidosamente uns nos outros; com a outra mão, fez um gesto para ele passar. Com um suspiro de alívio, Paul-Henri se levantou e passou por ela, tão próximo que o braço dele roçou de leve em seus seios. A mulher não fez movimento algum para evitar o contato.

Não havia janela na parte de trás do quarto e, quando a cortina foi outra vez puxada, o lugar ficou quase às escuras. O espaço separado para o apartamento privado de Marie era minúsculo e estava quase todo ocupado por um divã baixo, junto à parede. Havia apenas um toque de cor, nesse cubículo pouco atraente: um xale espanhol com bordados maravilhosos, em escarlate e negro, estendido sobre o divã.

Marie ficou em pé, de costas para a cortina, com a respiração parecendo difícil e uma expressão enigmática no rosto, enquanto esperava a reação de Paul-Henri. Ele estava momentaneamente perdido e esperou algum sinal da parte dela.

– Não era o que esperava? – perguntou ela, em tom casual.

Ele deu de ombros, sem querer ofender.

– Deve lembrar-se, *monsieur*, de que não sou uma prostituta. Não levo homens para um quarto confortável para vender meu corpo. Eu leio a sorte.

Ainda assim, pensou Paul-Henri, você e eu aqui estamos, em seu quarto, e sem dúvida lhe pagarei antes de ir embora... então quem é você?

– O senhor parece um pouco confuso – disse Marie. – Jamais encontrou alguém como eu, não é?

Ela deu um passo em sua direção enquanto falava e, de novo, ele sentiu o perfume almiscarado que a cartomante usava. O odor parecia afetar os nervos e fazer com que ele respirasse um pouco mais rápido. A mão dela se estendeu e tocou-lhe a face.

– Ponha-se em minhas mãos – disse Marie. – Não precisa ter medo... a não ser que tema a verdade.

– Qualquer que seja a verdade – disse ele, tão despreocupadamente quanto possível – tenho certeza de que poderemos enfrentá-la com serenidade.

– Ótimo, ótimo – concordou a cartomante, quase distraidamente.

Tirou a mão da face dele e desceu-a pelo peito e a barriga até poder traçar o esboço do membro duro através da calça.

– Sim, está como deveria – disse, como se falasse consigo mesma. – Se não estivesse assim, eu não conseguiria nada.

– Nem eu – balbuciou ele, com um sorriso nervoso.

Os dedos de Marie estavam ocupados com os botões da calça dele, mas a mulher franziu a testa com a pequena brincadeira de Paul-Henri.

– Meu trabalho não é motivo para risos – repreendeu ela.

– Perdoe-me... ninguém jamais previu a minha sorte antes. Pelo menos, não desse jeito.

– Não, mas *isto* já esteve nas mãos de uma mulher antes.

Ela tirou o símbolo de sua virilidade de dentro da calça e o segurou com força, deixando-o ainda mais duro. Paul-Henri suspirou de prazer.

– Precisa responder a todas as minhas perguntas se quer que eu lhe seja útil, *monsieur*.

– Pensei que a pergunta fosse retórica, *mademoiselle*. Mas sim, como diz, essa parte do meu corpo já esteve nas mãos de uma mulher... e em partes mais agradáveis também.

– Apenas responda às minhas perguntas... não preciso saber a história de sua vida. Já esteve com mais de uma mulher. Sua bonita amiguinha não foi a primeira a brincar com isso, foi?

– Não, nem a segunda... tenho quase 30 anos, o que espera?

– Não lhe perguntei isso. – disse, e puxou com força o membro.

– Desculpe, *mademoiselle*.

367

– Assim é melhor. Sabe onde se encontra o coração do homem?

– Ora, no peito, suponho.

– Errado... fica mais embaixo. Este é seu coração, o que estou segurando em minha mão... esta protuberância dura que você chama por outro nome. É isto que guia seus afetos e suas paixões.

Os joelhos de Paul-Henri começaram a tremer, como resultado das atenções dela para o que ele agora devia aprender a chamar, em seus pensamentos, de *coração*.

– E onde está o cérebro de um homem? – perguntou Marie.

– Sabe?

– Diga-me, por favor – murmurou ele.

Uma das mãos dela soltou seu *coração*, enfiou-se dentro de sua calça aberta e agarrou seus testículos.

– Aqui. Seu cérebro está aqui. Isso o surpreende?

– Suas palavras me deixam surpreso – suspirou Paul-Henri.

Passou por sua mente o pensamento de que, dentro de mais alguns instantes, seria a vez de Marie se surpreender, quando as vigorosas carícias o fizessem despejar sua excitação em cima do vestido negro dela.

– Não brinque comigo, do contrário será pior para o senhor – advertiu-o, com a mão que agarrava seu *cérebro* apertando-o até quase causar dor. – São eles que controlam suas ações, e o que está em sua cabeça simplesmente concorda... essa é a verdade.

Ele arquejou quando as mãos dela, repentinamente, o deixaram. Cambaleou, com o membro viril projetando-se, ereto, para fora da calça. Marie abriu a fivela de prata que trazia à cintura e deixou o cinto cair no chão. No momento seguinte, tirou o vestido por sua cabeça. Estava completamente nua, notou Paul-Henri com prazer; mas só conseguiu dar uma rapidíssima olhada em seus seios volumosos antes de ela passar por ele, seguindo em direção ao divã. Teve alguns segundos para admirar-lhe as nádegas redondas e firmes, enquanto ela tirava o lindo xale espanhol do divã. Depois, sentou-se, encarando-o outra vez, com os joelhos abertos e os pés nus solidamente plantados no chão poeirento.

Paul-Henri estava quase no auge da excitação, com as carícias dela, e a visão de seu corpo nu o instigava a agir. Deu alguns passos, pronto a se atirar em cima da mulher, deitá-la de barriga para cima e investir diretamente, para aliviar o incrível desejo que Marie lhe despertara. Porém, não seria assim... ela moveu-se tão depressa como um gato, dobrando a perna forte para cima, entre os dois, de maneira que a sola de seu pé o deteve, achatando o membro latejante contra o ventre de Paul-Henri.

– O senhor não está aqui para fazer isso – lembrou-lhe secamente. – Está aqui para que eu leia sua sorte.

– Pelo amor de Deus! – arquejou ele. – Estou desesperado! Não posso parar agora... eu lhe darei tudo o que quiser!

– Já lhe disse que não sou uma prostituta à venda – lembrou Marie. – Acha que pode estuprar-me?

Ele observou seus braços e pernas vigorosos, os músculos das coxas e a expressão confiante. Talvez pudesse, talvez não; de qualquer maneira, seria uma luta demorada e barulhenta que, com certeza, faria os homens suspeitos subirem do botequim, para ajudá-la.

– Eu lhe imploro! – disse Paul-Henri.

– Assim está melhor. Ajoelhe-se!

Marie tirou o pé, e Paul-Henri ajoelhou-se entre as pernas abertas dela.

Como era atraente, pensou ele, febrilmente, com aquela pele de um tom oliváceo, bem morena! Ah!, com um arquejo de surpresa, ele notou pela primeira vez que ela tinha uma estrelinha de cinco pontas tatuada em azul na curva superior de um seio.

– O que isso significa? – perguntou, tentando tocá-la, mas Marie afastou-lhe a mão.

– Não é da sua conta. Ponha as mãos em meus quadris... mas não se mexa, entende?

Paul-Henri assentiu e fez o que ela ordenou. Sentiu os quadris carnudos de Marie, quentes e macios, sob suas mãos, e gemeu de frustração. Realizar seu objetivo significava que teria de levar adiante a ridícula mistificação dela e fingir que acreditava plenamente em sua alegação de não estar à venda. Entretanto, ele esperava com todas as suas forças que a mulher não estendesse muito aquela farsa antes de lhe permitir prosseguir até a culminação natural de sua paixão. O perfume dela saturava as suas narinas... parecia emanar de todas as partes do corpo, como se Marie se embebesse nele da cabeça aos pés. Sentia-o em seu longo cabelo negro, que lhe caía sobre os ombros, em seus seios carnudos... emanava até de suas coxas e das virilhas! Paul-Henri baixou os olhos para o tapete de crespos pelos negros que lhe cobria a parte inferior do ventre e, enquanto estava olhando, ela ergueu as pernas e prendeu-as com força em torno da cintura dele.

– Mantenha as mãos em meus quadris – advertiu-o.

Agarrou firmemente seu membro duro mais uma vez e, por um delicioso momento, ele acreditou que pretendia enfiar sua cabeça inchada dentro dos lábios gorduchos dela, expostos para ele pela posição das coxas em torno do seu corpo. Porém, sua esperança foi despedaçada; ela deitou seu membro ao longo desses lábios quentes e, com a mão aberta, apertou-o contra seus pelos encarapinhados. Embora a posição fosse inadequada, Paul-Henri ainda sentiu uma furiosa excitação com o contato entre as partes íntimas dos dois.

– Olhe bem dentro dos meus olhos – instruiu Marie.

Ele se esforçou para desviar a visão do próprio membro, tão próximo de onde desejava metê-lo, mas aprisionado sob a mão dela. Seu olhar moveu-se devagar, subindo pelo ventre largo até os seios dela, e fez uma pausa na tatuagem, depois se elevou, afinal, até o rosto de Marie, que não sorria. Os olhos que ele fitou brilhavam com uma emoção que achou impossível identificar.

– Diga-me seu nome – falou Marie.
– Você já sabe.
– Diga-me o seu nome completo!
– Paul-Henri Courval.
– Ótimo. Continue fitando meus olhos.

Ele não tinha escolha: seu olhar imperioso mantinha-o imóvel.

– O que vê? – perguntou ela.
– Em seus olhos? Uma certa escuridão... mas com profundidade. Há um sinal de revelação iminente... Não posso descrevê-lo...
– Através dos meus olhos, procure enxergar minha alma. Em um instante, as nuvens se afastarão. Você entenderá.

Paul-Henri estava quase em transe, diante do olhar luminoso e imóvel de Marie, que não piscava. O estado de excitação lhe embotara os sentidos e, embora tremendo com as sensações de prazer, não percebeu que a mão que pressionava seu membro ereto contra o emaranhado de pelos de Marie movia-se insidiosamente. Tudo o que sabia era que seu corpo todo estava quente e se sacudia e que algo esmagador ia ocorrer.

– O que vê? – repetiu Marie.
– Vejo... vejo...

Antes de ele conseguir determinar o que acreditava ver nos olhos dela, seu corpo convulsionou-se, num paroxismo de prazer, e sua paixão atormentada jorrou embaixo da mão dela.

– Não! – exclamou ele, consternado. – Não!

Depois, ficou imóvel, com uma irada frustração no peito, pela maneira como essa suposta cartomante o levara a esperar e depois o lograra. Tentou afastar-se dela, com a intenção de ir embora de imediato, após uma ou duas observações apropriadamente rudes sobre práticas fraudulentas. No entanto, ela o manteve preso, firmemente, entre suas pernas fortes, com a mão ainda agarrando contra o próprio corpo o desapontado membro de Paul-Henri.

– Espere – disse Marie. – Eu já sei agora...

– Seja lá o que for que você sabe – retrucou Paul-Henri secamente –, não é o que eu esperava que soubesse. Solte-me... ou será que faz parte de seu método me provocar até me fazer forçá-la a me soltar?

– Não quer saber sua sorte? Talvez ache minhas técnicas estranhas, mas são eficazes.

– Quero que toda essa história acabe agora mesmo.

– Como quiser – respondeu, e tirou as pernas da cintura dele.

Paul-Henri levantou-se, imediatamente, e abotoou a calça. Marie permaneceu sentada no divã, com a evidência da paixão dele visível nos espessos pelos negros que lhe enfeitavam o ventre.

– Quanto custa? – perguntou Paul-Henri.

– Não me deve nada, *monsieur*, porque eu não lhe disse nada.

Ele não tinha a menor intenção de deixar aquela mulher estender sua vitória sobre ele com uma exibição de generosidade. Meteu a mão no bolso para pegar todos os trocados que tinha e atirou um punhado de moedas no chão, entre os pés nus de Marie. Ela sorriu, zombeteira, com o gesto dele, e quando Paul-Henri partia abruptamente, ela o chamou.

– O senhor voltará... e falaremos de pagamento nessa ocasião.

Furioso, Paul-Henri caminhou pelas ruas estreitas, até chegar a uma parte de Montmartre que reconheceu. Entrou no primeiro bar decente que encontrou e tomou uma dose de um bom conhaque, não a droga que lhe haviam oferecido antes, pondo em ordem seus pensamentos caóticos.

Qual poderia ter sido o objetivo da cartomante, forçando-o a uma alternativa tão perversa para o ato do amor? Achava impossível responder a essa pergunta satisfatoriamente. Ela não o fizera para ganhar dinheiro, evidentemente, porque se recusara a receber qualquer quantia da parte dele. Não o fizera para dizer sua sorte por meio de alguma forma bizarra de contato corporal, como ela insinuara, porque a ideia era demasiado absurda para que fosse sequer considerada. A não ser que estivesse, de alguma maneira, mentalmente perturbada, talvez...? Porém, isso parecia improvável. Ela dera todas as indicações de ser inteligente e de ter um objetivo. Será que sofria de algum tipo de perversão e sentia prazer em manipular os homens daquela maneira em particular? Essa parecia a hipótese mais sensata, mesmo que ele não tivesse observado indício algum de prazer em seu comportamento durante o episódio ou depois dele. O caso todo era um enigma que só um médico ou um padre poderiam decifrar!

Quando Paul-Henri saiu do bar e continuou a caminhar, sentia-se mais confuso do que aborrecido. Chegou finalmente à Place du Tertre, onde a multidão habitual de artistas esperançosos, mas sem dinheiro, exibia suas pinturas debaixo das árvores, no meio da praça. As telas pareciam dividir-se entre paisagens do velho Montmartre, vistas da Igreja do Sacré-Coeur, com sua cúpula branca, e retratos de mulheres nuas, em várias poses. Os pintores, refletiu Paul-Henri, pareciam muito dedicados às mulheres nuas como tema para seu trabalho. Uma ou duas estavam razoavelmente bem pintadas, mas a maioria não. Quase grunhiu de surpresa à visão de uma tela que retratava uma mulher com grandes seios, sentada à beira de uma cama, quase exatamente na posição da cartomante quando ele saíra do quarto. Contudo, um exame mais detido mostrou que era o retrato de outra mulher, com o cabelo castanho-claro penteado com uma franja sobre a testa e uma expressão um tanto estúpida. E sem a estranha tatuagem da estrela azul no seio.

Quando terminou de ver um sem-número de quadros que lhe esgotou o interesse, Paul-Henri sentiu que estava com fome. Almoçou bem, num dos pequenos restaurantes que fazem a fama de Montmartre. Comeu um excelente pedaço de filé e tomou uma garrafa de bom vinho tinto. Não conseguia tirar da cabeça as palavras de despedida da cartomante: "O senhor voltará." Ela dissera isso com tanta confiança! A um homem que acabara de lograr da maneira mais desprezível!

Não existe, como todos sabem, antídoto mais eficiente e garantido para o aborrecimento de um homem, capaz de reconciliá-lo com o mundo, do que boa comida e bom vinho. Quando se sentiu mais animado, Paul-Henri se descobriu lembrando demoradamente os encantos muito óbvios do corpo de Mademoiselle Marie – todos admirados por seus olhos, embora não tivessem sido apreciados por qualquer outra parte sua. O aperto das pernas em torno da cintura dele era, em retrospecto, muito agradável. Seria, sem dúvida, uma experiência excepcionalmente prazerosa sentir aquelas pernas em torno de sua cintura de novo, quando estivesse deitado sobre o ventre largo, achatando os seios dela embaixo de seu corpo, no agradável exercício de descarregar sua paixão dentro do recesso secreto de Marie!

Mais do que isso, não apenas seria prazeroso, mas era algo que devia a si mesmo, para empatar a contagem entre os dois.

Apesar de toda aquela conversa de não vender o corpo de Marie, Paul-Henri ainda estava convencido de que era apenas uma questão da quantidade de dinheiro que lhe fosse oferecida. Voltaria ao seu quartinho miserável e colocaria na mesa, diante dela, a maior soma que a mulher já vira em toda sua vida. Assim, ela concordaria em fazer tudo o que ele quisesse. Afinal, ela deixara claro que esperava a sua volta. Chegara a dizer que, então, discutiriam o pagamento. Paul-Henri estava decidido. Pediu a conta e voltou, imediatamente, para onde ela morava.

Pela janela ao nível da rua, viu que os mesmos vagabundos estavam no botequim. Ora, o que mais se poderia esperar desse tipo de gente? Subiu as escadas poeirentas e, sem bater, entrou no quarto de Marie. A razão para não bater era o orgulho. Bater é pedir permissão para entrar, e Paul-Henri não estava ali como pedinte, mas como um homem que viera pagar por certo serviço.

A cartomante não estava. As cartas encontravam-se descuidadamente espalhadas sobre a mesa, como se ela tivesse acabado de ler a sorte de alguém e depois passado a mão pelas fileiras, a fim de desmanchar a disposição. Um fraco resíduo de seu perfume perdurava no ar e fez as narinas dele dilatarem-se, enquanto Paul-Henri procurava saborear sua lembrança evanescente.

Era certamente estranho, é claro, que um homem com seus gostos sutis e requintados prazeres achasse algo interessante numa mulher que considerava grosseira. Achou difícil explicar a si mesmo porque se sentia tão atraído por ela e em que residia o apelo de sua sensualidade vulgar. Porém, a verdade pura e simples é que os homens, por mais delicados que se tornem seus gostos, conservam sua natureza animal, em especial em todas as questões relativas à genitália, à qual atribuem uma importância ridiculamente exagerada. Quando um homem fica sem a companhia da mulher que ama por um ou dois dias, até uma lavadeira, desde que não tenha uma aparência grotesca, pode causar-lhe uma ereção. Se ficar sem a amizade íntima de uma mulher por uma semana ou mais, então até uma lavadeira com aparência grotesca lhe servirá. Qualquer porto numa tempestade, como dizem os marinheiros! Marie, embora não fosse bonita, nem mesmo forçando a imaginação, também não era feia.

Por quanto tempo ficou em pé junto à mesa, no quarto mal iluminado, com o chapéu mole de feltro na cabeça e as mãos metidas em luvas amarelo-limão entrelaçadas diante do corpo, ele jamais pôde determinar. Seu devaneio foi perturbado por um ruído vindo de trás da suja cortina cinzenta que dividia o quarto – o som de um longo suspiro.

Aquele suspiro era inconfundível – o som de uma mulher com seu amante! Marie estava em casa, afinal! Mais do que isso, encontrava-se deitada no divã atrás da cortina, em meio aos espasmos do prazer! Ao perceber isso, Paul-Henri ficou imediatamente excitado; seu rosto avermelhou-se e, com três repentinas contrações, o membro viril endureceu. Ele sentia também uma esmagadora curiosidade com relação ao tipo de homem a quem Marie permitiria essas intimidades. Alguém do seu próprio tipo, pensou ele, provavelmente um dos rufiões que vira antes bebendo rum no botequim embaixo do apartamento. Mas não necessariamente... podia ser alguém como ele, um homem inteligente e com status.

Pôs o chapéu sobre a mesa e deu alguns passos silenciosos até a parede, no ponto em que estava a cortina. Com a maior cautela, para as argolas de madeira não baterem umas nas outras, afastou-a apenas o suficiente para ver dentro da alcova.

As costas largas de Marie estavam voltadas para ele – ela estava deitada no divã, apoiada num cotovelo, sem o lenço na cabeça, com a juba de cabelos negros solta e pendente, quase como uma touca de freira. Estava com um joelho erguido, abrindo lascivamente as pernas, e seu companheiro, escondido de Paul-Henri, evidentemente a acariciava entre as coxas fortes, porque, naquele momento, Marie suspirou de novo – um longo arquejo que expressava o mais intenso prazer.

Paul-Henri precisava apenas esperar, ele sabia; não demoraria e Marie se deitaria de barriga para cima, com o parceiro em cima dela. Veria, então, que tipo de amante ela preferia. O fato de estar se intrometendo imperdoavelmente na vida particular de outra pessoa não lhe passou, em absoluto, pela cabeça. Estava excitado demais para os escrúpulos da consciência terem qualquer importância para ele naquele momento.

Talvez, além disso, Paul-Henri não encarasse a cartomante como uma pessoa que tivesse valor diante dele para merecer as cortesias habituais do comportamento social. Porém, quando não se pode ter certeza, é preciso ser benevolente, atribuindo sua espionagem a seu estado de aguda excitação.

Ainda suspirando de prazer, Marie moveu o grande corpo languidamente e abaixou a cabeça em direção ao amante. Foi então que Paul-Henri teve a segunda surpresa desde que entrara sem ser convidado naquele quarto. A outra pessoa que estava no divã com Marie era também uma mulher!

Ficou olhando atônito, sem conseguir aceitar o que via. Porém, era verdade... a nova posição de Marie revelou-lhe as coxas e o ventre de sua companheira, coxas macias e arredondadas, entre as quais havia um pequeno tufo de pelos castanhos e cacheados, sem a menor indicação de um membro duro como o que se contraía dentro da calça dele. Enquanto espiava, a mão de Marie cobriu o tufo e seus dedos separaram os lábios que ali encontraram e se meteram lá dentro. Ela curvara a cabeça, percebeu ele, para beijar os bicos dos seios da amante, que ainda estavam escondidos dele.

Depois do choque inicial de ver duas mulheres empenhadas em dar prazer uma à outra, Paul-Henri experimentou um estado de excitação que o fez tremer tão violentamente a ponto de achar necessário encostar-se na parede. Seu membro ereto se agitava dentro da roupa íntima – uma sensação penosa, deliciosa e intolerável, ao mesmo tempo. Não conseguiu resistir e abriu a calça com precipitação, para deixar sair o membro monstruosamente duro.

– Isso é bom! – gemia Marie para a amiga. – Mais depressa agora!

Com o dorso da luva, Paul-Henri enxugou da testa as gotas de suor que ameaçavam escorrer para dentro de seus olhos atentos. O movimento do braço fez as argolas da cortina baterem de leve umas nas outras, mas para satisfação dele, as duas mulheres no divã estavam absortas demais uma na outra e em suas próprias emoções para notar um ruído tão pequeno. A amiga de Marie arquejava sem parar, enquanto a mão entre suas coxas continuava com seu impetuoso estímulo. Breve, muito breve, agora... Paul-Henri observaria as duas mulheres chegarem ao clímax da paixão! O pensamento era esmagador!

Quase excessivamente esmagador! Sua mão agarrava o próprio membro ereto, que ele liberara da calça, e o apertava com força. Dois ou três movimentos rápidos seriam o suficiente para manchar a suja cortina cinzenta com o próprio gozo! Ainda assim, ele insistia, deixando-se levar por seu furioso desejo... espere! Muito em breve, poderá escolher entre dois quentes receptáculos para o pênis em brasa!

A companheira de Marie deu um breve grito e suas nádegas se ergueram do divã quando chegou ao ápice. Imediatamente depois, o corpo de Marie sacudiu-se furiosamente, por quase um minuto. Os olhos de Paul-Henri, de tão arregalados, quase lhe saltavam do rosto! O membro duro, em sua mão, contraía-se tão furiosamente que ele sabia o que estava prestes a lhe acontecer!

O êxtase da cartomante foi rápido. Enquanto sua amiga ainda arquejava e batia os calcanhares no estofamento, Marie já se levantara do divã e, com um movimento ágil do braço, afastou a cortina e descobriu Paul-Henri! Ao contrário das duas primeiras surpresas dos últimos 15 minutos, este terceiro grande choque foi extremamente desagradável. Paul-Henri encostou-se à parede, com a boca aberta, petrificado com o horror da situação.

Marie estava a uma distância tão pequena que ele poderia alcançá-la se estendesse o braço. Os grandes seios redondos subiam e desciam rapidamente por conta dos recentes exercícios no divã, e algumas gotas de suor lhe escorriam pelo ventre, na direção dos pelos negros que escondiam seu tesouro secreto.

– Monsieur Courval – falou a cartomante, com um sorriso no rosto largo. – Eu sabia que voltaria.

Foi o momento mais atroz da vida de Paul-Henri, e ele não conseguia fazer mais do que balbuciar incoerentemente.

– Chegou em boa hora – continuou Marie. – Na verdade, não poderia ter escolhido melhor ocasião.

– Mas... Mas...

– E está preparado para ela – acrescentou Marie, baixando os olhos para o membro nu e ereto, ainda firmemente preso na mão dele.

– Mas... Mas...

– Venha unir-se a nós – convidou ela, com um sorriso.

Afastou-lhe o braço e pegou-o pelo pau, como se este fosse um cabo, puxando-o em direção ao divã. O calor do corpo dela acentuava-lhe o perfume, e Paul-Henri ficou tonto com o efeito. Talvez fosse isso, ou talvez fosse o aperto da mão no pênis... mas foi demais! O que ele temia, momentos antes, agora aconteceu. Suas pernas estavam moles como borracha, seus quadris se retorceram convulsivamente, e ele derramou a essência do desejo sobre o divã!

O quarto choque da tarde foi um golpe de misericórdia! Enquanto Paul-Henri cambaleava, com as pernas trêmulas, despejando sua paixão no estofamento, viu diante dele, ainda tremendo com os últimos espasmos do êxtase... Yvonne!

15
A emancipada Madame Delaroque

Já da primeira vez em que Laurence a viu, teve certeza absoluta de que ela acabara de fazer amor. Descia as escadas de um apartamento de segundo andar no boulevard Beaumarchais, enquanto ele ia subindo. As roupas dela eram de uma elegância inconfundível – um costumezinho simples de verão, de seda verde-claro, com uma saia maravilhosamente pregueada. Sob um chapéu de abas puxadas para baixo, numa tonalidade combinando, o seu rosto era belo e sereno, mas para o olho perceptivo de Laurence, havia em torno dela uma aura de desejo satisfeito que não deixava dúvidas quanto ao que estivera fazendo.

Afastou-se cortesmente para deixá-la passar e ergueu o chapéu para ela. A moça não tinha mais do que 25 anos e era extremamente atraente. Respondeu a seu gesto polido com um aceno de cabeça, mas não retribuiu seu sorriso – talvez lesse nos olhos dele a percepção instintiva de seus prazeres recentes. A sutileza do perfume caro não foi ignorada por Laurence quando ela passou muito perto, a ponto de ele achar que podia detectar até uma insinuação da excitante fragrância natural de uma mulher que acabou de ser amada – mas talvez fosse sua imaginação. As luvas brancas eram muito finas, notou ele, com as costuras cruzadas no dorso em cor contrastante.

Em suma, desejou-a ardentemente desde o primeiro momento em que a viu. Se ela lhe tivesse retribuído o sorriso, ele teria tentado conversar com a moça ali mesmo, naquela hora, e procuraria convencê-la a se encontrar com ele algum outro dia. Porém, ela não fez mais do que acenar graciosamente a cabeça e continuou a descer as escadas.

Eram quase 18 horas e Laurence ia visitar um amigo, a fim de convidá-lo para jantar e passar uma noitada divertindo-se com qualquer coisa que parecesse adequada para dois rapazes solteiros. Havia também uma pequena questão de negócios a ser discutida por ambos. O amigo, Jean-Claude Sorbier, cumprimentou-o calorosamente e o convidou a sentar-se, oferecendo um drinque, enquanto os dois debatiam qual dos muitos restaurantes que apreciavam deveria ser o ponto de partida para a noitada. Finalmente, Laurence não conseguiu mais conter a curiosidade.

– Quando ia subindo as escadas, passei por uma dama extremamente encantadora – disse. – Será que ela tem um apartamento neste prédio?

– Não conheço, realmente, nenhum dos meus vizinhos – respondeu Jean-Claude. – Saio muito, como você sabe.

– Você não poderia morar no mesmo prédio que essa mulher e não saber – protestou Laurence. – Tem cerca de 25 anos e usava um costume verde-claro... magnífico, em todos os sentidos. Você já deve tê-la visto.

– Não creio que ninguém que corresponda a essa descrição more aqui – disse Jean-Claude, vagamente.

– Mas você mora aqui há anos... deve ter passado por todos os seus vizinhos na escada, em alguma ocasião!

Jean-Claude ergueu os ombros, e Laurence afinal adivinhou a verdade.

– Seu demônio! – falou, com um sorriso. – Ela esteve aqui para visitá-lo. Eu devia ter percebido! Sujeitinho de sorte... é maravilhosa! Quem é?

– Ora, já que descobriu tudo... seu nome é Marcelle Delaroque. Mas, por favor, não diga uma só palavra a respeito para ninguém... o marido é um homem ciumento, pelo que sei, e não quero causar-lhe nenhum problema.

– Naturalmente – concordou Laurence. – Mas Delaroque... O nome parece familiar, embora eu não consiga lembrar por quê. Quem é ele?

– Ninguém importante... é um dos nossos representantes na Liga das Nações. Mas, sem dúvida, já ouviu falar de Marcelle Delaroque, não é?

– Claro! Ela é a mulher que faz campanha a favor da instrução feminina! Os jornais sempre publicam artigos escritos por ela. Comecei a ler um, certa vez, mas não consegui chegar ao fim. Mas ela é uma beleza perfeita... E eu imaginando que a autora daqueles artigos devia ser uma solteirona velha e feia... Ela não pode ser a primeira mulher de Delaroque; ele tem pelo menos 60 anos.

– É a terceira.

Laurence tentou interrogar Jean-Claude um pouco mais a respeito de sua encantadora amiga, mas nada conseguiu. A discrição era da maior importância, insistiu Jean-Claude, e voltaram à discussão sobre o local do jantar.

A pequena questão de negócios que Laurence abordou durante o jantar era uma oportunidade que lhe surgira de alugar um chalé no campo, a uma distância de pouco mais de uma hora de automóvel de Paris, por uma soma razoável. Como em geral acontece, as damas que se tornavam amigas íntimas de galantes rapazes como Laurence e Jean-Claude eram frequentemente casadas e, portanto, tornava-se necessária a maior discrição para preservar as aparências. Isso fazia com que os encontros fossem rápidos e, algumas vezes, apressados, quando os prazeres do amor exigiam um bom tempo e a segurança de que não haveria interrupção de visitantes indesejados nem espionagem dos criados.

Vez por outra, era possível a damas casadas explicarem a seus maridos que estariam ausentes por uma ou duas noites, na casa de irmãs ou de algum outro parente e, nas imediações de Paris – e era particularmente fácil justificar tais ausências a maridos que tinham preocupações urgentes com outras mulheres casadas, e mais fácil ainda se o esposo mantivesse uma amizade íntima com uma mulher solteira, sustentada por ele. Para permitir encontros marcados sob esses pretextos, havia alguns hotéis pequenos, mas muito confortáveis, a uma distância de uma ou duas horas da cidade. Eram bem frequentados, especialmente nos fins de semana.

O problema era que nesses lugares se podiam encontrar conhecidos inconvenientes empenhados nas mesmas atividades. Sabia-se de mais de uma história de cônjuges que – cada qual acompanhado por outra pessoa – se encontraram por acaso num pequeno hotel campestre, com resultados desastrosos! Não importa se essas histórias tinham qualquer fundo de verdade ou não passavam de mexericos para divertir. Embora remota, a possibilidade de um encontro indesejável era suficiente para causar certo nervosismo.

Alugar uma pequena casa no campo era uma ideia muito boa. O custo era mais ou menos alto, claro, porque os donos das boas propriedades não eram tolos e sabiam o valor do que tinham a oferecer. Entretanto, dividido entre dois bons amigos que confiassem um no outro, o valor do aluguel era razoável e as vantagens, óbvias. Num chalé alugado, haveria espaço e privacidade para fazer brincadeiras amorosas que não seriam viáveis num quarto de hotel. Jean-Claude parabenizou Laurence por encontrar uma propriedade desse tipo e falou que não se poderia perder uma oportunidade assim. Alugariam o chalé imediatamente e dividiriam as despesas.

Depois, a noitada continuou alegremente, com uma visita ao Moulin Rouge para ver o último show e depois visitas a numerosas casas de dança, com música, tocadores de acordeão e cantoras repletas de lantejoulas que alegavam ser espanholas, até que, perto do amanhecer, foram a um café perto de Les

Halles, para fechar a noite com uma encorpada sopa de cebola e uma tacinha de vinho.

Então, foram feitos os acertos, o aluguel do chalé e um esboço dos planos para a visita inaugural. Naquela época, Laurence tinha uma amizade íntima com Marie-Véronique Blois, a encantadora prima de outro amigo seu, Charles Brissard, por quem foram apresentados. Dizer que Marie-Véronique era encantadora só era verdade até certo ponto. Era bonita, trajava-se bem, apreciava os prazeres do amor – todas as qualidades que um homem procura numa mulher com quem pretende manter um relacionamento íntimo. Entretanto, o problema era que Marie-Véronique se mostrara desinteressante em termos de conversa. Tinha uma tendência, que Laurence achava tediosa, para falar sobre assuntos domésticos – e isso com um amante!

Nos ternos arroubos do amor, Marie-Véronique sempre permanecia silenciosa, mesmo no momento supremo. Inicialmente, Laurence atribuíra essa característica rara à profundidade de sua paixão, mas, depois de conhecê-la melhor, começou a se perguntar se não seria porque ela silenciosamente planejava as refeições do dia seguinte para a família. Por todos esses motivos, parecia-lhe que a relação dos dois não estava destinada a durar muito. Apesar disso, por algum tempo – isto é, enquanto não aparecia outra pessoa – ele se satisfazia em sustentar essa situação e gozar o que Marie-Véronique tinha a oferecer.

Foi, portanto, Marie-Véronique quem ele levou de automóvel para o campo, a fim de cumprir a função do chalé recém-alugado. A mulher não teve grande dificuldade em deixar a família por um ou dois dias – uma de suas maiores queixas em relação ao marido era que ele não a amava mais e ficava muito tempo fora. Não era segredo para Laurence e para seus conhecidos que o marido de Marie-Véronique mantinha, nos últimos dois ou três anos, um caso de amor tempestuoso com uma cantora de ópera polonesa, mas a própria Marie-

Véronique jamais fizera qualquer referência a isso. Ou não sabia ou preferia não acreditar.

Jean-Claude, naturalmente, convidou Marcelle Delaroque. Segundo contou a Laurence, ela recusara imediatamente, ao saber que outros estariam presentes. Porém, Jean-Claude, afinal, conseguira superar essas objeções, garantindo-lhe que seu amigo de infância Laurence era inteiramente digno de confiança. Quanto a Marie-Véronique, estava obviamente numa situação que não lhe permitia revelar a ninguém quem poderia ter encontrado num lugar onde ela própria não deveria estar.

Ambas as mulheres ficaram encantadas com o chalé quando o viram. Evidentemente, fora construído inicialmente como um tipo superior de casa de fazenda, e melhorado pelo atual proprietário. Fora instalada água corrente e até um banheiro, mas o toque rústico era preservado nos pesados móveis de madeira e nas paredes pintadas de branco. Na cozinha, que também servia como sala de jantar, o chão era lajeado e havia um grande fogão. No andar de cima, havia dois quartos, cada qual mobiliado com uma antiquada cama alta, solidamente construída de madeira e ideal para as brincadeiras amorosas.

Não havia telefone nem eletricidade, é claro, o que aumentava o encanto rural. Um excelente jantar, preparado pelas próprias damas, com muito vinho, foi degustado ao suave brilho de uma lâmpada a óleo suspensa do teto da cozinha. Todo o cenário era extremamente romântico, e até Marie-Véronique pôde esquecer suas preocupações domésticas. Na verdade, estimulada por Marcelle Delaroque, uma companhia espirituosa e animada, Marie-Véronique verdadeiramente se soltou. De maneira geral, a noite foi extremamente agradável.

Muito antes da meia-noite, os dois casais retiraram-se para seus quartos, a fim de cumprir a parte mais importante de sua expedição ao campo. Laurence despiu Marie-Véronique sob a dourada luz da vela, a única iluminação no andar de cima, e beijou-lhe os seios. Uma vez na cama, a vivacidade pouco habitual da parceira continuou, e o amor dos dois teve um grau maior de exultação do que em qualquer das vezes anteriores. Ela suspirou e arquejou com seus abraços, algo a que jamais se aventurara, e quando ele se colocou em cima dela, suas pernas o prenderam ousadamente! Ah, as maravilhas que fazem o ar puro do campo, a companhia animada e o vinho de boa qualidade, na quantidade certa! Laurence cavalgou-a orgulhosamente e foi recompensado, no êxtase, ouvindo-a arquejar seu nome amorosamente, enquanto ele derramava a oferta apaixonada dentro do santuário do amor.

Ficou deitado, tremendo, sobre o corpo quente de Marie-Véronique, abraçando-a apertado e sentindo-se encantado com o que acontecera. Julgara-a de maneira demasiado severa, pensou; fora pouco generoso e exageradamente crítico. Na verdade, ela era uma mulher maravilhosa para se ter como amante.

Através da parede que os separava do quarto de Jean-Claude e Marcelle, ouviu uma voz feminina exclamar "Ah! Ah! Ah!", em num crescendo, até um longo gemido de êxtase. Era Marcelle, num incrível clímax de amor, não podia haver dúvida.

– Ela é muito barulhenta – sussurrou Marie-Véronique, debaixo dele.

O prazer de Laurence com seu próprio ato de amor foi destruído como um balão de criança furado por um alfinete. Achara Marie-Véronique excepcionalmente amorosa naquela noite, mas sua atenção se fixara no contraste que o fizera perceber como, na verdade, eram tímidos os seus arroubos. O que ele queria era uma mulher como Marcelle, alguém que mergulhasse tão completamente no ato de amor a ponto de esquecer todo o resto na liberação do orgasmo. Em resumo, queria Marcelle na cama com ele, e não Marie-Véronique.

Como são estranhamente autodestrutivos os caprichos dos homens! Na verdade, Laurence estava na cama com uma moça extremamente simpática, que acabara de lhe dar a suprema satisfação do amor. Mesmo agora, seus seios mornos serviam de almofadas para o peito dele, e seu macio prêmio ainda abrigava o membro viril de Laurence, que encolhia. Um homem sensato ficaria bem satisfeito. Entretanto, ele se torturava em silêncio, porque queria ter uma mulher diferente sob o corpo. As emoções do afeto e da gratidão que ele devia, naturalmente, experimentar para com Marie-Véronique não estavam em seu coração. Por essas e outras, verificamos como os homens são, na maioria, uns idiotas.

Movimentou-se, colocando-se ao lado de Marie-Véronique, e abraçou-a – mais para manter as aparências do que pelas razões adequadas – enquanto pensava em sua situação. Agora que considerava a questão, concluiu que, na verdade desejara Marcelle desde o momento em que a vira descendo as escadas do apartamento de Jean-Claude.

– Quer fazer de novo? – perguntou Marie-Véronique, num sussurro.

Ela jamais perguntara isso antes; ficava subentendido que os prazeres dos dois seriam repetidos. Talvez sentisse, com sua intuição feminina, que nem tudo estava bem, que ele se afastara dela em seu coração.

– Está cansada, *chérie*? – perguntou ele, da maneira mais amável que conseguiu.

– Sim... deve ser o ar do campo. Incomoda-se muito se eu dormir agora? Temos o dia inteiro amanhã.

– Claro... durma abraçada comigo.

Nada mais foi dito e, dentro de apenas alguns minutos, a respiração regular de Marie-Véronique mostrou-lhe que ela dormia. Laurence ficou acordado por muito tempo, totalmente infeliz por causa dos sussurros de prazer que ouvira através da parede. Sua tristeza aumentou quando, depois de um intervalo, aquele grito foi repetido, desta vez com ainda mais entrega do que antes. O membro de Laurence agitou-se e ficou ereto, com aquele som, mas ele não tinha vontade alguma de fazer amor com Marie-Véronique de novo... Além disso, ela estava profundamente adormecida. O que iria fazer?, perguntou a si mesmo. Libertar-se de seu caso com Marie-Véronique era bastante fácil, mas como tirar Marcelle de Jean-Claude? Evidentemente, Marcelle gostava dele, do contrário não estaria ali. Sem dúvida, podia ser persuadida a transferir seus afetos. Laurence jamais subestimava suas próprias habilidades para satisfazer as mulheres vividas, mas Jean-Claude ficaria mortalmente ofendido com o que, sem dúvida, consideraria uma traição de seu mais antigo amigo. Num dilema desse tipo, a amizade sempre perde. Laurence resolveu conquistar Marcelle e, se Jean-Claude jamais tornasse a falar com ele, tanto pior para o outro. As prioridades eram evidentes!

A excitação que sentia o fez imaginá-la (com que tormentos de agudo ciúme) na cama de Jean-Claude, além dos eventos que a haviam conduzido àquele grito de êxtase. Nua, estendida de barriga para cima, com a mão de Jean-Claude acariciando-a entre as coxas e a boca em seus seios! Ou Marcelle espichada, toda entregue, colocada em posição transversal a Jean-Claude, com seus dedos brincando com o pênis do amigo! Ah, era demais! Era intolerável ficar ali deitado na escuridão, enquanto tudo o que ele mais desejava no mundo encontrava-se separado dele pela espessura de uma parede!

Marie-Véronique virara-se para o outro lado, afastando-se dele, em seu sono, e respirava tranquilamente, enquanto Laurence jazia ali numa febre de desejo frustrado, com o membro ereto empurrando o lençol para cima como o mastro de uma tenda. Jamais sentira tal tormento em sua vida. No entanto, a situação ainda pioraria: o grito de prazer de Marcelle repetiu-se, agora prolongado além do que se poderia acreditar.

Para Laurence, naquele estado de intensa excitação, isso foi demais. Sua mão trêmula agarrou o membro duro e esfregou-o freneticamente. O eco do gemido de Marcelle ainda soava na sua cabeça e, dentro de segundos, o frustrado pênis sacudiu-se com força e despejou sua desperdiçada paixão numa torrente sobre a barriga nua. Depois, embora não estivesse satisfeito, sentiu-se pelo menos cansado pela intensidade das desesperadoras emoções que experimentara e, finalmente, acabou adormecendo.

O som pouco familiar de pássaros cantando nas árvores, em torno do chalé, saudando um novo dia, despertou-o algumas horas depois. Não tinha a menor ideia da hora, mas através da janela do quarto, o céu estava pálido, e presumivelmente ainda era muito cedo. Marie-Véronique continuava a dormir, deitada de barriga para cima, com um braço esguio acima da cabeça, sobre o travesseiro. Seu bonito rosto estava calmo, e ela não parecia ter mais de 20 anos, inocente e vulnerável. A consciência de Laurence começou a incomodá-lo quando lembrou suas indignas emoções da noite anterior. Afinal, aquela querida mulher pusera deliberadamente em risco sua felicidade conjugal para estar com ele. Reagira com calor ao ato amoroso, colocando-se por completo à sua disposição – e como ele pagara sua confiança e afeto? Laurence sentiu vergonha de si mesmo, principalmente quando lembrou seu ato furioso de prazer solitário, enquanto ela dormia a seu lado.

Baixou devagarinho as cobertas, para não perturbá-la, e contemplou os sedutores seios. Na verdade, Marie-Véronique era uma mulher muito atraente, e ele se comportara para com ela com uma ingratidão imperdoável. Tocou com a ponta da língua, de leve, no botão de rosa que enfeitava um dos seios, e inalou o delicado perfume de sua pele. Merecia uma punição, admitiu para si mesmo. Entre as pernas dele, a parte que demonstrava sua masculinidade agitou-se e, quando voltou suas atenções para o outro delicioso seiozinho de Marie-Véronique, já estava com uma plena ereção.

A moça suspirou, sonhando com o amor, sem dúvida, como resultado das agradáveis sensações que as suaves carícias de Laurence lhe causavam. Ele puxou as cobertas mais para baixo, a fim de admirar-lhe o ventre macio e, depois, afagou-o muito de leve. Ela é bonita, pensou – um veredicto entusiasticamente confirmado pelo membro viril, que se agitava.

Ela estava deitada com as pernas um pouco afastadas. As pontas dos dedos de Laurence acariciaram, através dos pelos castanho-escuros, os lábios secretos e neles repousaram. Tão quentes e macios! Laurence suspirou de prazer, com o coração transbordando com um profundo afeto por Marie-Véronique, a quem, ainda na véspera, repelira. Ela suspirou também, enquanto as crescentes sensações de gozo a estavam despertando. O dedo explorador de Laurence se inseriu, com delicada habilidade, entre os lábios macios que estivera acariciando e... ah, sim, a umidade da excitação já se manifestava dentro de sua pequena alcova voluptuosa! Tocou o botão escondido, tão levemente quanto uma borboleta se instala, com um frágil bater de asas, sobre uma flor estival. Ela suspirou de novo, quase acordada agora, e suas pernas elegantes separaram-se devagar, num gesto de rendição extremamente tocante. O dedo de Laurence acariciou-a com mais firmeza até que, com um arquejo de prazer, ela despertou por completo, os olhos castanho-escuros abrindo-se e fitando-o, extasiados.

– Ah, Laurence! – sussurrou, deliciada.

Passou o braço em torno do pescoço dele, puxando-o em sua direção. O rapaz rolou de leve para cima dela e, enquanto os joelhos de Marie-Véronique se dobravam para cima, a cabeça do membro excitado encontrou por conta própria a entrada para o quente recanto secreto, e uma investida sem esforço o alojou lá dentro. O coração de Laurence estava repleto das mais ternas emoções em relação a ela. Fez amor com uma paixão profundamente afetuosa, procurando dar-lhe um prazer igual ao que sentia. Em circunstâncias como essas, quando a mútua estima e o desejo estão bem combinados, o resultado garantido é uma enorme satisfação para ambos os parceiros.

O ritmo se apressou, tornou-se urgente e, no momento em que Laurence lhe prestava suas homenagens, com uma apaixonada ejaculação, Marie-Véronique arqueou as costas de gozo e, num arquejo, disse-lhe que o adorava.

Depois de murmurarem muitas declarações de amor mútuo, afinal ficaram deitados nos braços um do outro. Como ainda era extremamente cedo, Marie-Véronique logo adormeceu de novo, com uma expressão de profundo contentamento no rosto. Laurence também tentou dormir, mas sua satisfação com seu renovado afeto por Marie-Véronique não lhe permitiu conciliar o sono. Ficou acordado, feliz e contente consigo mesmo, em paz com o mundo. Com o tempo, uma crescente vontade de ir ao banheiro para aliviar a pressão do vinho que bebera na noite anterior fê-lo sair da cama. Movimentou-se cuidadosamente, porque não queria perturbar a querida Marie-Véronique e, ainda nu, foi para a porta do quarto e ergueu a antiquada tranca de ferro sem nenhum ruído.

A porta do banheiro ficava defronte, à direita. No momento exato em que Laurence abriu a porta do quarto – no instante em que pôs o pé nu sobre o umbral – a porta do banheiro se abriu e Marcelle saiu. Ela também estava nua, evidentemente não tinha pensado que valia a pena pôr um penhoar para percorrer o curto trajeto da cama ao banheiro. Laurence ficou paralisado no meio do movimento, olhando para ela, com o recém-descoberto contentamento desvanecendo-se num instante. O fato de ser linda era óbvio para todos, mas Laurence não percebera, até o momento em que a viu nua, como sua beleza era fascinante. O coração parou de bater e ele se esqueceu de respirar.

Era de estatura mediana, nem alta nem baixa demais, e tinha as formas graciosamente esguias. O cabelo estava despenteado pelos exercícios amorosos da noite e, ainda sem ter sido penteado nem escovado, flutuava sobre sua cabeça num sedoso nevoeiro castanho-claro, com mechas de tonalidade ainda mais clara, quase louras. Os olhos eram bem separados e grandes, com uma tonalidade linda de verde-acinzentado. A boca era larga e generosa, e o queixinho tinha as linhas delicadamente quadradas de uma mulher que sabia pensar por si.

Laurence, claro, já vira e admirara muito tudo isso antes – seu sorriso fácil, enquanto a moça conversava ao jantar, a maneira como os olhos brilhavam quando ela se animava na discussão. O que prendeu a atenção dele durante o inesperado encontro matinal foi o que não vira ainda: seu maravilhoso corpo nu. Não parava de olhar e não conseguia acreditar no que tinha o privilégio de ver.

A beleza, como é voz corrente, está no olhar de quem contempla. Talvez isso acontecesse com Laurence. Os seios de Marcelle eram elegantemente pequenos e perfeitamente redondos, enfeitados com biquinhos cor-de-rosa – e essa descrição pode aplicar-se a muitos milhares de moças. A cintura era estreita, os quadris se alargavam em curvas de volúpia contida. Um anatomista a teria encarado como um bom espécime de mulher adulta, mas para Laurence, ela era a pessoa mais sedutora que já vira em toda a sua vida. A barriga, por exemplo, era uma obra-prima, cuja forma sutil era acentuada por um umbigo redondo e raso – assunto mais para um poeta do que para um anatomista!

As descrições em palavras são banais e inúteis para um homem tão tomado pela emoção como Laurence naquele momento. A *impressão* é tudo, não os detalhes, e a impressão que ele recebeu foi de riqueza visual e beleza tátil. Ainda havia mais: um triângulo carnudo e luxuriante, adornado por pelos cacheados e bem aparados, castanho-escuros, muito mais escuros do que os cabelos! Este tesouro de volúpia estava colocado entre coxas e pernas cuja imagem teria feito o mais talentoso dos escultores derramar lágrimas de desespero, pensando em como reproduzir a perfeição de suas linhas.

O tempo parou para Laurence. Vivera uma vida inteira e vira Marcelle. A impressão que recebera de sua beleza era tão poderosa que, se lhe dessem lápis e papel, poderia tê-la desenhado de memória com a maior exatidão, mesmo só tendo a admirado por um segundo e meio. Marcelle deu-lhe uma espiada pelo canto do olho e virou a cabeça para encará-lo, sem o menor sinal de embaraço por ser apanhada nua e desavisada. Como ela interpretou a expressão do rosto dele, naquele momento, quem pode dizer? Seus olhos verde-acinzentados voltaram-se brevemente para baixo, a fim de registrar seu órgão viril, que pendia, mole, depois de suas recentes atenções a Marie-Véronique, e em seguida ela ergueu o olhar para o rosto dele, mais uma vez, e sorriu de uma maneira que era, ao mesmo tempo, amistosa e casual. Havia também uma insinuação de divertimento e um toque conspiratório naquele sorriso, como se dissesse: *Sei que você e eu andamos fazendo a mesma coisa.*

A moça se virou e se afastou em direção a seu quarto, deixando Laurence com uma última visão de suas costas compridas e esguias e das firmes e pequenas nádegas redondas.

Ele voltou a respirar, com um longo arquejo, e uma grande verdade se impôs: estava apaixonado por Marcelle Delaroque.

Se alguém tivesse curiosidade suficiente para lhe perguntar *por quê*, ele não saberia responder. Mesmo que alguma parte racional da mente o induzisse a fazer uma comparação entre Marcelle e Marie-Véronique, ele seria incapaz de tomar o distanciamento necessário para considerar as diferenças e as semelhanças. Com certeza, não poderia jamais enxergar que as semelhanças eram maiores do que as diferenças. No entanto, os fatos eram que Marcelle e Marie-Véronique tinham idade aproximada, com talvez um ano de diferença, estatura quase igual e idêntica classe social. Eram ambas atraentes, amáveis e maravilhosamente bem desenhadas pela Providência para os usos e as delícias do amor. Em comparação com tudo isso, um homem sensato teria achado as diferenças insignificantes. O cabelo de Marie-Véronique era de um tom castanho mais escuro do que o de Marcelle, isso era verdade, e seus seios, um pouquinho mais fartos – uma vantagem aos olhos de muitos. A mais importante distinção também era a seu favor: ela amava Laurence, e Marcelle não.

Mesmo sabendo de tudo isso e enumerando racionalmente todas as excelentes razões pelas quais deveria ligar-se a Marie-Véronique e não prestar mais atenção a Marcelle do que exigia a cortesia, a verdade era que Laurence não amava a encantadora mulher com quem, apenas 15 minutos antes, fizera amor com a maior ternura. Ficou em pé, como uma estátua, no vão da porta do quarto espiando o corredor vazio, estupefato pela espantosa descoberta de que estava loucamente apaixonado por uma moça cujos êxtases nos braços de Jean-Claude lhe haviam perturbado o sono.

Um novo pensamento gelou-lhe o sangue: ele ouviria, mais uma vez, na noite seguinte, aqueles ruídos de êxtase! A noite passada fora suficientemente ruim, mas agora que estava inteiramente consciente de seus sentimentos em relação a Marcelle, era insuportável! Separado dele apenas por uma parede fina, aquele corpo soberbo seria desnudado para os beijos de Jean-Claude! E, que pensamento horrível, Jean-Claude arquejaria de paixão ao pôr o membro dentro da xoxota de Marcelle! Ah, não, isso era intolerável!

Laurence decidiu voltar a Paris de imediato, logo depois do café da manhã, para se poupar de tanta agonia. Precisava pensar numa desculpa – algum encontro de que se lembrara – qualquer pretexto para afastar-se urgentemente do chalé campestre que fora alugado como lugar de prazer e, tão depressa, transformara-se em local de tormento para ele.

Para sermos justos com Laurence, ele não era um mau sujeito. Era bem-apessoado, querido e, habitualmente, comportava-se com consideração para com os outros. Fora amigo íntimo de inúmeras mulheres bonitas, algumas casadas, outras não, e tratava bem a todas. Não é preciso dizer que nunca se apaixonara. Com cerca de 30 anos, estava profundamente despreparado para o formidável impacto dessa emoção!

NAS SEMANAS QUE se seguiram à visita ao campo, Laurence descobriu que era dificílimo falar com Marcelle, fosse pessoalmente ou por telefone. Estava obcecado com sua paixão e quase não pensava em outra coisa senão concretizá-la. Infelizmente, Marcelle, como ele verificou, era extraordinariamente ocupada e jamais estava em casa, a não ser quando ela e o marido recebiam convidados. Sua presença era necessária em Genebra quando o marido comparecia aos encontros da Liga das Nações, e isso parecia ocupar metade de seu tempo. Quanto ao restante, seu interesse na defesa da causa da instrução para as mulheres levava-a a fazer palestras por cidades da França inteira. Quando estava em Paris sem o marido, os criados jamais pareciam saber onde se encontrava, o que indicava a Laurence que estava na companhia de Jean-Claude.

Semanas se passaram dessa maneira irritante. De vez em quando, Laurence visitava o amigo e, depois de alguma conversa sobre assuntos gerais, perguntava em tom casual por Marcelle. As respostas que recebia nunca eram muito satisfatórias.

– Ela esteve aqui ontem à tarde. Viajou para Genebra hoje pela manhã.

Ou ainda pior:

– Marcelle? Estivemos no chalé por algumas noites e voltamos ontem. Viajou para Marselha, onde vai falar para um grupo de pessoas importantes sobre seu tema favorito.

E ainda mais frustrante:

– Marcelle... ah, ela fica cada dia mais bonita! Como vai Marie-Véronique? Você a levou recentemente para o campo?

Para dizer a verdade, Laurence convidara Marie-Véronique mais uma vez para o chalé no campo, depois da primeira visita fatal, e ela aceitara. Afinal, mesmo que um homem esteja morrendo de amor por uma mulher que não pode possuir, seus instintos naturais não desaparecem! Na ausência de Marcelle, a visita fora, por assim dizer, um sucesso. Laurence apreciou a docilidade de Marie-Véronique na cama, e ela parecia estar bem satisfeita. Contudo, mesmo enquanto se divertia, Laurence não conseguia evitar que lhe viesse à cabeça a ideia de que, de alguma maneira, aquilo não era o que queria, apenas um prêmio de consolação. Ao se levantar de manhã, descobriu-se fitando a porta do banheiro, junto à qual um dia vira Marcelle, com sua beleza nua. Esperava, tolamente, que a porta se abrisse e ela lhe aparecesse, sabendo muito bem que ela estava longe e, certamente, não pensava nele.

O problema era conseguir se encontrar com Marcelle quando ela não estivesse nem com o marido nem com Jean-Claude. Laurence refletiu bastante sobre a questão e elaborou um plano. Telefonou para a redação do jornal no qual eram publicados com mais frequência os artigos de Marcelle sobre educação, e obteve a informação de que ela deveria fazer uma palestra em Bordeaux dentro de três dias. Mais alguns telefonemas para os melhores hotéis dessa cidade resultaram em novas informações referentes ao estabelecimento em que Madame Delaroque fizera uma reserva. Laurence reservou uma suíte no mesmo hotel e se congratulou por sua sagacidade. Marcelle estaria sozinha no hotel, longe de casa e dos amigos. Ficaria surpresa e satisfeita de encontrar alguém que conhecia, aparentemente por acaso. Conversariam. Laurence lembraria com sutileza as circunstâncias em que haviam, acidentalmente, visto um ao outro nus. O resto se seguiria naturalmente.

No dia marcado, pegou o trem para Bordeaux, jantou sozinho no hotel e, depois, sentou-se com um copo de conhaque diante dele, num ponto em que podia observar a entrada do hotel e ser visto por Marcelle quando ela voltasse da palestra. O tempo passava muito devagar por causa de sua ansiedade em vê-la. Pediu outro conhaque e ensaiou mentalmente a explicação que inventara para sua presença em Bordeaux.

Passava das 22 horas quando, finalmente, Marcelle entrou no hotel, acompanhada de duas mulheres, todas falando ao mesmo tempo. Laurence levantou-se, com uma falsa expressão de surpresa no rosto.

– Madame Delaroque... como é agradável encontrá-la de novo! E que coincidência!

– Monsieur Callot... o que está fazendo aqui? – perguntou, sorrindo.

Foram feitas as apresentações, e Laurence beijou as mãos das mulheres. A desculpa que deu para estar em Bordeaux perdeu-se completamente em meio à confusão. Finalmente, conseguiu fazer com que as damas se sentassem e bebessem champanhe, enquanto escutava sobre a palestra de Marcelle e os entusiásticos comentários das duas companheiras. Uma delas era professora, e a outra, bibliotecária. Ambas eram apaixonadas por Marcelle. Admiravam sua coragem, seu intelecto, suas roupas, tudo nela! Era o que gostariam de ser, se tivessem o inestimável privilégio de nascer em Paris... e a mesma aparência e posição dela, é claro!

Laurence achou que a conversa corria bem e pediu mais champanhe. As duas discípulas decidiram que estava chegando a hora de irem para casa, porque, claro, ninguém ficava acordado até meia-noite em Bordeaux! Ficaria sozinho com Marcelle! Chegaria o momento em que a convenceria a acompanhá-lo à sua suíte! Ou talvez ela preferisse convidá-lo ao seu quarto, quem poderia saber? Não demoraria muito ela estaria em seus braços! Ele a ajudaria a tirar a roupa e cobriria aquele belo corpo de beijos quentes! Depois... ah, a imaginação não podia chegar suficientemente longe para abranger as delícias do que ocorreria então! Escutaria aquele grito de orgasmo e saberia que era uma realização dele e, prometia a si mesmo, enquanto o champanhe fazia efeito, ouviria aquele grito pelo menos três vezes antes de deixá-la dormir! Pelo menos três!

Repentinamente, o plano mudou por completo. Marcelle levantou-se, disse "boa noite" a todos e ofereceu a mão a Laurence.

– Preciso ir – disse. – É tarde e vou pegar um trem para Genebra amanhã cedo.

Em seguida, foi embora! Laurence sentou-se de novo, aterrado. Aquele não era, de modo algum, o seu plano! As duas amigas deveriam ir embora... mas ali estava ele, abandonado com elas – ambas falando sem parar e bebendo seu champanhe, já na terceira garrafa!

Depois de algum tempo, seu natural bom gênio se impôs e ele aceitou o fato de que a situação era ridícula. No entanto, as horas de expectativa dos prazeres do amor não poderiam ser facilmente esquecidas. Olhou para as duas mulheres com as quais fora deixado e deu-lhes o seu sorriso mais encantador.

Formavam um par contrastante. Mademoiselle Bergerac tinha bem mais de 30 anos – talvez estivesse mais perto dos 40 – uma mulher gorducha, com um costume de verão azul-escuro obviamente comprado em alguma loja de departamento. Era professora, segundo fora informado, vocação que Laurence não apreciava muito; porém, acima das bochechas redondas e rosadas, havia um certo brilho nos olhos castanhos, sugerindo que ela podia ter conhecimentos mais interessantes do que o que ensinava aos alunos na sala de aula. Sua amiga, Mademoiselle Clavel, com cerca de 30 anos, era mais jovem e magra do que a outra. Usava óculos sem aros e tinha um ar de seriedade quando falava e até quando ria. Apesar disso, a saia lhe subira acima dos joelhos enquanto ela permanecia ali sentada, revelando uma insinuação de liga verde.

Em circunstâncias comuns, Laurence, naturalmente, não teria lançado a essas senhoras um segundo olhar. Porém, em sua situação, sozinho numa cidade estranha e privado do seu objeto de desejo, com o sangue fervendo... por que não? Jamais pretendia encontrá-las de novo. Nada havia a perder.

– Senhoras – disse ele –, seria uma pena encerrar nossa conversa. Posso fazer uma sugestão?

– Claro, Monsieur Callot – disse Mademoiselle Bergerac, olhando-o cautelosamente.

– Poderíamos continuar nossa discussão, que está tão interessante, em minha suíte, bebendo outra taça de champanhe.

Mademoiselle Clavel e Mademoiselle Bergerac se entreolharam em silêncio por alguns instantes. Foi a roliça Mademoiselle Bergerac quem falou, finalmente:

– É muito gentil, *monsieur,* mas não estamos em Paris, precisa entender. Os costumes são muito diferentes aqui. Está fora de questão uma mulher aceitar um convite para ir a um quarto de hotel, a menos que ela seja de um certo tipo, como pode entender. Como é um estranho aqui, não nos ofendemos com essa sugestão, pois foi feita, com certeza, de boa-fé, com amizade e sem a menor intenção de insulto.

– Minhas mais sinceras desculpas – justificou-se Laurence, com suas maneiras mais graciosas. – Garanto que tenho o maior respeito pelas senhoras.

– Como é amigo de Madame Delaroque – continuou Mademoiselle Bergerac –, isso altera as circunstâncias. Ambas temos a maior admiração por ela.

– Eu também – garantiu Laurence. – Admiro-a prorundamente.

– Por causa dessas circunstâncias especiais, acho que podemos aceitar seu convite – concluiu Mademoiselle Bergerac.

Na expectativa de receber Marcelle, Laurence reservara uma bela suíte no hotel. Mademoiselle Bergerac ficou impressionada quando a viu e elogiou-a demoradamente. Mademoiselle Clavel também, embora falasse menos. A conversa continuou, tornando-se ainda mais animada depois de mais algumas taças de champanhe. A certa altura, os títulos formais de *monsieur* e *mademoiselle* foram abandonados, em favor de Laurence, Brigitte e Marianne. Não demorou muito e Brigitte, a gorducha, declarou que estava com calor e tirou o casaco do costume, revelando uma blusa branca de seda com bastante volume na frente. Assim encorajada, Marianne tirou o casaquinho curto que usava por cima do vestido listrado. Parecia ter muito pouco busto, mas, como Laurence não pôde deixar de notar, sua saia não parava de subir enquanto se retorcia na cadeira, até que um pedaço de pele nua apareceu acima do alto da meia.

Laurence pediu permissão para tirar o paletó, concordando que era uma noite quente e maravilhosa, uma noite feita para o amor; será que podia falar assim? Imediatamente, o assunto passou a ser o amor, e as damas lhe explicaram, de forma um tanto extensa, como era excepcionalmente difícil, em sua terra natal, uma mulher dotada de bom gosto e excitação encontrar, nas circunstâncias certas, um homem a quem valesse a pena dedicar suas ternas emoções. Laurence lamentou também, com uma sinceridade tão aparente que, sem ninguém parecer, todos os três se descobriram sentados juntos no sofá, ele no meio, com os braços passados em torno de cada uma delas.

Naturalmente, todos estavam ligeiramente bêbados e muito alegres naquela altura. Tanto que, quando os braços de Laurence deslizaram um pouquinho pelos ombros delas e suas mãos abriram caminho sob o braço de cada uma até repousarem sobre um seio, nem Brigitte nem Marianne ficaram nada chocadas. Pelo contrário, pareceram achar esse avanço perfeitamente natural. Laurence estava sentado muito confortavelmente, com um grande e macio seio na mão esquerda e um pequeno e achatado na direita. Também achou perfeitamente natural e nada escandaloso quando a mão de Brigitte se encaminhou para dentro de sua camisa, a fim de acariciar-lhe o peito, e a palma morna de Marianne repousou em sua coxa, mais ou menos entre o joelho e a fonte de seu orgulho masculino. Pelo contrário, nesse momento, seu membro inchou de satisfação.

Marianne parecia contente em deixar a mão onde estava, sem fazer nenhum avanço maior, mas os dedos de Brigitte haviam começado a brincar lentamente com os mamilos de Laurence. Foi Marianne, no entanto, com os olhos brilhando, quem insistiu, com toda a seriedade, que entre bons amigos não deveria haver segredos. Logo que Laurence concordou com sua proposta de franqueza, Marianne levantou-se e puxou o vestido por cima da cabeça, ficando com um calção-combinação simples, cor-de-rosa. Tirou-o também, deixando Laurence ver plenamente seu corpo magro e os seios infantis, mas a barriga era tentadora, pensou ele, muito macia e chata, e as coxas esguias tinham uma interessante sinuosidade. Ela se sentou de novo, com os braços dele ao seu redor, e pressionou o corpo contra o seu, com a palma da mão movendo-se um pouco mais para cima, na coxa, enquanto ele acariciava com o polegar um dos pequenos bicos dos seios dela.

– Veja! – sussurrou ela. – Não tenho segredos para você, Laurence.

– Admiro sua força de caráter – disse ele. – Você demonstrou com total clareza que é uma pessoa de princípios, que fala com sinceridade. Não concorda, Brigitte?

– É claro – exclamou Brigitte. – Também devemos admirar sua coragem. Ela acha que os homens não a consideram verdadeiramente feminina porque seus seios são pequenos demais. Mas ela os mostra a você, e isso exige verdadeira coragem.

– Sinto-me honrado – declarou Laurence. – Elogio sua coragem, bem como seus princípios, Marianne, e lhe garanto que não tenho a menor dúvida quanto à sua feminilidade, nem acho seus seios pequenos demais... acho-os encantadores.

Para provar tal afirmativa, ele continuou a brincar com o seio que estava a seu alcance até o biquinho ficar duro.

– Belo discurso – falou Brigitte, a seu lado. – Mas falar é fácil. E seus segredos, Laurence, vão continuar escondidos de nós?

– Como homem honrado, não posso fazer outra coisa a não ser seguir o exemplo dado por Marianne – respondeu ele, alegremente.

Levantou-se e se despiu desordenadamente, atirando roupas e sapatos para os cantos mais distantes do aposento. Quando se sentou de novo entre as duas mulheres, ambas olharam para suas coxas nuas e musculosas e para o membro viril que se elevava entre elas. Sentiu mãos deslizarem por cada coxa – uma com dedos curtos e roliços, a outra estreita, com dedos longos e finos – até ambas se encontrarem e agarrarem aquela parte de seu corpo criada para dar prazer ao público feminino. Era estranho, e muito excitante, ser manipulado por duas mulheres ao mesmo tempo.

– Ora, Brigitte – murmurou Laurence –, você é a única que ainda esconde segredos de seus amigos. Isto provoca sérias dúvidas quanto a sua sinceridade e amizade... não concorda, Marianne?

– Ela é sempre assim – declarou Marianne –, rápida em falar, mas lenta na atitude. Vamos, Brigitte, o que está esperando? Tire a roupa e nos deixe ver esses seus grandes seios, mesmo balançando mais do que deveriam.

Incitada pela brincadeira, Brigitte desabotoou a blusa, depois se levantou, para deixar cair a saia. Usava uma combinação comprida, bordada no busto e simples na bainha. Içou-a sobre a cabeça e, enquanto se curvava para tirar os calções, Laurence fitou, fascinado, as nádegas imensas e redondas.

– Ah! – exclamou Marianne. – A visão de seu traseiro fez o pau dele se contrair em minha mão. Cuide-se, Brigitte, ele pode ser um desses que preferem a porta dos fundos!

– Não tenha medo – falou Laurence, achando graça da sugestão –, meus gostos nesses assuntos são ortodoxos. Sempre achei a entrada da frente mais adequada para meu objetivo.

– Quanto a isso – disse Marianne –, veremos.

Brigitte ainda estava em pé e se virara de frente para eles. Os grandes seios de que ela tanto se vangloriara na juventude realmente haviam se tornado um tanto caídos com o tempo, mas ainda eram bastante apresentáveis. Laurence estendeu a mão para apertar um deles, apreciativamente.

– Minhas queridas – disse. – Agora que já compartilhamos nossos segredos, sem dúvida chegou o momento de irmos para uma parte mais adequada da suíte, onde poderemos explorá-los mais profundamente, numa posição confortável.

– A posição horizontal! – sugeriu Marianne.

– Exatamente.

Laurence, completamente nu, conduziu as mulheres, que estavam apenas com as meias e as ligas, para o quarto, tendo cada braço em torno de uma cintura nua. Estava imaginando como poderia decidir qual das duas receberia primeiro seu tributo sem que a outra ficasse ofendida. Era um pensamento interessante e divertido.

Sua preocupação, como constatou, não era necessária. No instante em que os três se deitaram na cama, tudo se ajeitou por si. A única luz era o luar, através das janelas abertas, tornando o cenário extremamente adequado para o que se realizava ali! Enquanto rolavam juntos pela larga cama, deixaram de ser, de alguma estranha maneira, três pessoas diferentes e separadas. Havia carne morna, bocas molhadas e mãos acariciantes – era tudo! Havia mãos entre as pernas de Laurence, mãos acariciando seu peito e sua barriga, mãos tocando seu membro ereto, bocas pressionadas contra a sua boca, contra seu corpo e suas coxas. Suas próprias mãos agarravam e acariciavam seios, nádegas e pequenas xoxotas de pelos macios!

Juntos, contorceram-se, suspiraram e arquejaram. Agora, Laurence estava deitado de barriga para cima, com outra barriga morna sobre a sua, um seio apertado sobre sua boca, enquanto estimulava o bico com os lábios. Depois, ficou com o rosto para baixo sobre um corpo complacente, a cabeça entre coxas abertas, dardejando a língua entre virilhas macias, enquanto uma xoxota morna e molhada, por cima dele, esfregava-se contra suas costas, e unhas afundavam, agradavelmente, em suas nádegas. A mulher embaixo dele rolou, e Laurence ficou a seu lado, com o rosto pressionado contra uma barriga quente, um par de coxas agarrado em torno de sua cintura, e os dedos dele metidos profundamente numa abertura úmida.

Esses exercícios frenéticos e as sensações que produziam levaram Laurence até muito perto do auge do prazer. Todo o seu corpo tremia, como se estivesse num delírio, e ele tentou apressadamente agarrar um quadril, qualquer um, para forçar uma das mulheres a se deitar de barriga para cima e depois meter o membro entre suas pernas. Porém, enquanto tentava, quatro mãos o agarraram, uma debaixo do queixo, outra pelo cabelo, uma pelo tornozelo e a outra pelo membro que se agitava. Foi deitado de barriga para cima, uma perna foi atirada sobre seu peito e, instante depois, uma das mulheres estava sentada, de pernas abertas, sobre seu tórax. Levantou a cabeça para mordiscar, de forma brincalhona, o traseiro que o prendia e, enquanto fazia isso, percebeu certas sensações voluptuosas em outra parte, informando-lhe que a outra mulher se sentara de pernas abertas sobre ele, guiando seu membro ereto para dentro dela.

Laurence suspirou e estremeceu, com as mãos sobre as coxas tão próximas de seu rosto, tentando chegar aos lábios macios entre elas... mas descobriu que outras mãos já estavam lá! Esfregou, com afobação, aquelas mãos atarefadas, imaginando de quem seriam, até que o cavalgar da mulher que metera o membro duro dentro da xoxota produziu a desejada explosão, e ele gritou enquanto seus espasmos faziam com que derramasse a paixão dentro do receptáculo a ela destinado. A mulher sentada em seu peito gemeu, com um intenso prazer, quando os dedos que esfregavam a área entre as pernas dela a levaram ao clímax – as sacudidelas sobre seu ventre aumentaram de velocidade e cessaram de forma abrupta, num piscar de olhos; depois recomeçaram, furiosamente, com mais umas poucas investidas, acompanhadas de um longo e soluçante gemido de êxtase.

Logo depois, as duas mulheres foram despencando devagar sobre a cama, puxando Laurence até ele ficar deitado de lado. Todos os três ajeitaram-se na cama e ficaram deitados quietos por uns minutos, Laurence com a cabeça numa coxa macia e uma cabeça deitada sobre sua barriga.

– Minhas queridas – disse ele, afinal –, isso foi maravilhoso.

– Suponho que se divirta assim todos os dias em Paris – falou uma das mulheres na penumbra. – Não foi tedioso demais para você, foi?

Ele reconheceu a voz de Marianne.

– Foi magnífico – suspirou, com a mão movendo-se devagarinho sobre um grande seio macio que devia ser o de Brigitte.

– É muita bondade sua dizer isso – declarou a dona do seio que ele acariciava. – Mas percebemos que aqui no interior não podemos ter a esperança de igualar os prazeres que são comuns para um homem vivido como você. Quero dizer, depois de Madame Delaroque, Marianne e eu devemos parecer-lhe extremamente comuns.

– Fazem uma injustiça a si mesmas – protestou Laurence.

Desejava, de todo o coração, que ela não lhe lembrasse o fato de a divina Marcelle estar em outra cama daquele mesmo hotel. Em certa medida, estragava o prazer que ele acabara de ter, fazendo suas companheiras lhe parecerem, como dissera Brigitte, extremamente comuns. Ele suspirou, e não foi de prazer.

Entretanto havia uma mão acariciando afetuosamente o membro mole e, quando ele começou a reagir, a lembrança de Marcelle desapareceu dos pensamentos de Laurence. Afinal, é impossível para um homem ficar lembrando o amor de sua vida a cada instante do dia e da noite, especialmente quando está na cama, gozando das delícias do amor com duas outras mulheres inteiramente sem freios. Com a mão que não estava acariciando os seios de Brigitte, tocou, no escuro, o ventre de Marianne, e deixou que seus dedos se movessem até o lugar secreto entre as coxas esguias. Como estava deliciosamente úmido! Dessa maneira, silenciosa e lenta, começou o segundo movimento da sinfonia, que, naturalmente, tornou-se mais animada e cheia de energia e, à medida que prosseguia, a marcha se acelerou e transformou-se num delicioso *agitato*.

No auge dele, Laurence se descobriu sentado, ereto sobre os calcanhares, com uma mulher em cima de suas coxas e o pau abrigado na macia cavidade a ele destinada. Era a gorducha Brigitte quem lhe proporcionava esse prazer – percebeu pela sensação dos seios esmagados contra seu peito – e, com isso, adivinhou que fora Marianne a primeira a receber sua oferta. Não que agora ela estivesse satisfeita de ser deixada de fora; encontrava-se ajoelhada atrás de Brigitte, esfregando seus pequenos seios contra as costas largas da amiga! Mais do que isso; enquanto as mãos de Laurence se moviam por toda parte sobre carne febrilmente quente, descobriu que um do braços de Brigitte estava por trás dela, numa posição, pelo que pôde verificar, que lhe permitia pôr a mão entre as coxas abertas de Marianne!

Brigitte reagiu muito depressa ao excitante estímulo do membro duro de Laurence dentro dela. Gemeu e se sacudiu violentamente em seu êxtase, e as contrações de seus músculos internos o fizeram atingir a culminação do desejo muito antes do que ele esperara. No entanto, o prazer não foi menor por isso; Brigitte estava de frente para ele, que lhe apertou com força os seios durante o ápice, extasiado com a sensação. Marianne foi um pouco mais lenta – estimulada, imaginava ele, pelos dedos de Brigitte metidos dentro dela – mas também, afinal, soltou o grito soluçante que denotava a chegada ao auge do prazer.

– *Mesdemoiselles...* vocês são maravilhosas! – declarou Laurence. – Não me lembro da última vez em que me diverti tanto! Mas, se me dão licença de perguntar, sempre brincam juntas desse jeito?

– Claro que não! – exclamou Brigitte, saindo de cima de suas coxas. – O que deve pensar de nós! Esta é a primeira vez em que nos deitamos juntas com um homem!

– Então, me sinto muito honrado. Suplico-lhes que não se ofendam com perguntas feitas apenas num espírito de amistosa curiosidade com relação a duas pessoas pelas quais tenho a maior consideração. O que as fez decidirem partilhar, por assim dizer, sua diversão esta noite?

– Ambas gostamos de sua aparência – disse Marianne, entrando na conversa, afinal. – Nenhuma das duas podia suportar deixar a outra ter você sozinha, quando nos convidou para sua suíte. Então, aqui estamos.

– É muito lisonjeiro! Espero, com toda sinceridade, que não estejam desapontadas com o resultado de sua decisão.

– Eu achei sensacional – disse Marianne, estendendo a mão para acariciar ternamente a coxa dele. – E você, Brigitte?

– Incrível! – suspirou a outra.

Tradicionalmente, a sinfonia do amor tem quatro movimentos e, depois de uma pausa apropriada para os participantes se recuperarem de seus esforços, começou o terceiro. Em seguida, transcorreu o quarto, já tarde da noite, com a lua baixa e o quarto quase inteiramente escuro. Quando os últimos acordes afinal soaram, os três estavam cansados e contentes. Laurence adormeceu, satisfeito com a brincadeira noturna.

Foi acordado, algum tempo depois, por sacudidelas persistentes no colchão. Seus olhos se abriram preguiçosamente e viu, à meia-luz que anuncia a madrugada, a gorducha Brigitte espichada, de barriga para cima, e Marianne agachada em cima dela. Os olhos de Laurence se arregalaram e, com um repentino choque de excitação, entendeu o que via. Uma das mãos de Marianne estava entre as coxas abertas de Brigitte, movendo-se ritmadamente, enquanto sua boca acariciava os seios da outra. As sacudidelas que o haviam acordado eram causadas pelas pernas de Brigitte, que tremiam com força sobre o colchão, enquanto sensações deliciosas percorriam-lhe o corpo. Laurence se apoiou num cotovelo, para observar mais atentamente. Marianne deu uma olhada para cima enquanto excitava os seios da outra, e os olhos dele encontraram-se com os dela por um instante. Em seguida, Marianne curvou a cabeça para recomeçar seu jogo amoroso, com os dedos destros se movimentando rapidamente entre as coxas da outra.

Brigitte gritou, com a delícia do orgasmo, as pernas batendo repetidamente no colchão. Antes de terminarem as convulsões e a parceira ficar imóvel, Marianne virou-se, rápida como um gato, e se estirou ao longo do corpo de Brigitte, com suas próprias pernas esguias entre as pernas gorduchas e trêmulas da amiga. Pressionou com força seu pequeno triângulo, coberto de pelos macios, contra o outro que estava embaixo de seu corpo e cavalgou-o furiosamente, como se fosse um homem! Brigitte estava deitada quieta depois do êxtase, deixando a amiga fazer o que queria com ela, até que, numa fúria final de investidas, Marianne alcançou seu objetivo e gemeu alto, de alívio, com a boca aberta sobre a boca de Brigitte.

Observando esse estranho procedimento, Laurence ficou muito excitado. Seu membro viril estava completamente duro, muito antes de Marianne chegar a seus momentos de gozo. Mal os arroubos de prazer da mulher terminaram, quando ela ainda sentia uma deliciosa contorção nervosa, deitada sobre Brigitte, Laurence pegou-a pelos quadris estreitos e a puxou de cima da amiga, em sua direção, até que ficou deitada a seu lado, de costas para Laurence. Em um instante, ergueu-lhe a perna de cima e enfiou o membro duro entre os lábios macios, ainda projetados para fora pelo orgasmo de menos de cinco segundos atrás. Marianne gritou de surpresa, ao se sentir invadida dessa maneira, depois atirou as pequenas nádegas em direção a ele, para fazê-lo começar.

Segurou-a pela cintura e fez suas investidas com facilidade, encantado com essa reviravolta inesperada dos acontecimentos. Brigitte rolou de lado, colocando-se de frente para Marianne, e comprimiu seus seios fartos contra os seios pequenos e chatos da amiga. Seu braço estava sobre Marianne, para agarrar Laurence pelo quadril e puxá-lo para mais perto, de maneira que sentiu que fazia amor com ambas as mulheres ao mesmo tempo.

Laurence acreditava que aquele encantador interlúdio seria de considerável duração, considerando seus exercícios amorosos de uma ou duas horas antes e, por esse motivo, decidiu-se por movimentos suaves, que poderiam ser mantidos até obter uma conclusão satisfatória. Porém, estava enganado. Ficara extremamente excitado ao ver Marianne deitada sobre a barriga gorducha de Brigitte e utilizando-a de maneira tão masculina, e logo se descobriu metendo com força e rapidamente na xoxota muito úmida de Marianne. Quanto à própria Marianne, suas partes mais íntimas estavam, evidentemente, muito sensíveis com o recente prazer, e ela respondeu às suas investidas com a maior firmeza. No instante em que Laurence suspirou e despejou sua paixão dentro dela, Marianne também gritou e abraçou Brigitte com força.

Ele adormeceu de novo, imediatamente, ainda dentro de Marianne, com um braço sobre a cintura dela e a mão repousando entre as coxas quentes de Brigitte. Quando acordou, já era dia bem claro e estava sozinho; suas companheiras haviam partido sem lhe perturbar o descanso. Ficou deitado na cama incrivelmente desarrumada, contente com o mundo, lembrando-se com o maior prazer dos arroubos noturnos. Quando olhou para o relógio, já passava das 10 horas, e ele estava com muita fome.

Encontrou um bilhete rabiscado na sala de estar da suíte, quando se sentou para tomar o café que um garçom lhe trouxera. A mensagem agradecia-lhe por uma ocasião das mais agradáveis e lhe dava um endereço para ele visitar da próxima vez que passasse por Bordeaux. Não estava assinado, e Laurence sorriu, guardando-o na carteira como *souvenir* de um encontro memorável.

No trem, retornando a Paris, seus pensamentos voltaram-se para Marcelle Delaroque. Ela, afinal, era a causa de sua longa viagem, e seu plano para conseguir ficar a sós com ela fora um completo fracasso. Naturalmente, sua tremenda paixão não diminuíra em absoluto, apesar da aventura com as conhecidas dela. Ele a amava loucamente e a desejava com uma paixão avassaladora! Havia apenas uma saída: acabar com os subterfúgios! Iria até ela e lhe explicaria, francamente, as emoções que ela lhe provocava, com a esperança de comovê-la e fazer com que sentisse pena dele.

Encontrar Marcelle em casa sozinha, para o simples objetivo de declarar-lhe sua paixão, mostrou-se uma tarefa difícil por demais. Sempre acontecia o mesmo, quando ele visitava seu apartamento ou telefonava: *Madame não está em casa. Madame saiu.* Entretanto, Laurence perseverou e conseguiu, cerca de dez intermináveis dias depois da volta de Bordeaux, falar com ela ao telefone.

Disse que era uma questão da maior importância, exigindo toda a discrição, e que precisava discuti-la com ela imediatamente! Marcelle não parecia disposta a levar isso muito a sério – sem dúvida, não tão a sério como ele desejaria – e deu meia dúzia de desculpas para evitar o encontro. No entanto, àquela altura, Laurence não aceitaria mais adiamentos. Para resolver a situação, disse que estaria em seu apartamento dentro de 15 minutos e desligou antes de ela ter tempo de dizer não.

Não havia tempo para trocar de roupa ou ir à barbearia – tempo para nada, a não ser encontrar um carro de aluguel e dar uma gorjeta ao motorista para que ele fosse o mais rápido possível. Mesmo assim, demorou mais do que o quarto de hora que estabelecera.

Uma criada abriu-lhe a porta – sem dúvida, uma daquelas que haviam despedaçado suas esperanças por tanto tempo, com suas constantes repetições de *madame não está em casa*. Laurence disse-lhe seu nome e ela o conduziu ao salão de Marcelle. Como seu coração estava acelerado naquele momento... estava a sós com ela, afinal!

Marcelle estava sentada numa grande poltrona e vestida de maneira elegante, com um traje muito justo, de seda *moiré*, num delicado tom de rosa, e um cinto do mesmo material, preso bem baixo, em torno de seus quadris, com uma fivela de prata, redonda, na frente.

Laurence atravessou depressa o aposento e se curvou diante da mão dela, beijando-a.

– Só pode ficar um instante – disse ela. – Vou sair. Há algo que quer dizer-me... Será que é tão urgente?

– Não pode imaginar o quanto – falou Laurence, sem saber como começar em circunstâncias tão desfavoráveis.

– Só vou descobrir quando me disser o que é.

– Marcelle... desde o primeiro momento em que a vi, vem crescendo em meu coração uma certa emoção, embora você talvez não tenha percebido do que se trata.

– E o que deveria eu perceber?

Não havia nada a fazer, a não ser falar de uma vez e esperar pelo melhor. Foi o que ele fez.

– Eu amo você, Marcelle.

– É mesmo? – disse ela, calmamente. – Mas não deu nenhum sinal disso. Andou bebendo? Parece um tanto corado.

– Não, eu lhe garanto que estou sóbrio. A agitação que vê vem das emoções muito intensas que estou sentindo.

– E está apaixonado por mim desde a primeira vez em que me viu... não apenas desde a hora do almoço. Devo acreditar nisso?

— Exatamente! Primeiro não entendi meus próprios sentimentos. Mas, depois, foi como uma pancada. Desde então, não pude tirá-la da cabeça.

— Quando recebeu essa pancada?

— Naquela manhã, bem cedo, quando a vi saindo do banheiro do chalé.

— Por acaso, você me viu sem roupas — falou Marcelle. — Apaixona-se por toda mulher que vê assim... Marie-Véronique, por exemplo?

— Não, eu não a amo!

— Sinto muito ouvir isso... ela o ama, pelo que observei.

— Os sentimentos não podem ser controlados. Sinto afeto por ela, mas isso é algo completamente diferente.

— Ora, você me disse sua novidade urgente — falou Marcelle.
— Agora, tenho de ir embora, do contrário chegarei atrasada.

— Por favor, não vá ainda!

— Preciso ir. Há pessoas esperando por mim.

— Não pode deixar-me sem me dar uma resposta! — disse ele, totalmente perturbado.

— Você não fez uma pergunta, então, como posso respondê-la? O que você quer?

— Você.

Marcelle parecia ligeiramente confusa.

— Está sugerindo que eu rompa minha relação com Jean-Claude e... — Ela deixou a frase pela metade e ergueu os ombros.

— Sim, sim, sim! Esqueça-se de Jean-Claude e pense apenas em mim.

— Mas achava que você e ele eram velhos amigos.

— Somos, mas nada me importa a não ser conquistar o seu amor... nada!

— Que veemência! Como você disse há um momento, os sentimentos não podem ser controlados.

— Você não o ama, eu sei.

– Parece ter muita certeza – respondeu ela, sorrindo um pouco.

– Tenho.

– Toda essa conversa a respeito do amor está começando a se tornar um pouco cansativa. Realmente preciso ir agora.

– Uma palavra, antes que se vá... se eu não fizer logo amor com você, ou enlouqueço ou morro. Este é o estado em que me encontro.

– É só isso o que quer?! – exclamou Marcelle. – Meu Deus, por que não disse antes, em vez de ficar aí sentado, falando de amor? Ora, terá de ser rápido... tenho um compromisso dentro de dez minutos.

Antes de Laurence ter entendido por inteiro as implicações dessas palavras, Marcelle já estava em pé e levantava a bainha do vestido. Ele viu as ligas bordadas que sustentavam suas finas meias de seda; depois, uma visão que o fez arquejar bem alto de prazer: as coxas nuas, acima do alto das meias. Olhou, incrédulo, a beirada de renda de seus calções e começou a suar, quando ela fez com que a peça de roupa deslizasse pelas pernas até os tornozelos!

Como era possível que uma ânsia que o atormentava há tanto tempo fosse tão facilmente apaziguada? No entanto, ali estava ela, pulando do pé esquerdo para o direito, enquanto tirava aquela peça íntima e a deixava cair, casualmente, sobre a cadeira onde estivera sentada.

– Não amarrote meu vestido – falou. – Não tenho tempo para mudar de roupa e me maquiar de novo.

Laurence fez um sinal afirmativo com a cabeça, mudo de espanto.

– Abra a calça – disse ela, com um toque de impaciência na voz.

Laurence tentou desabotoá-la desajeitadamente. Aquela não era, de maneira alguma, a cena que imaginara entre os dois. Pensara num diálogo longo mas interessante, durante o qual ele argumentaria a seu favor e ela se mostraria, primeiro, recatada, depois, mais receptiva e, finalmente, acolhedora, conquistada pelo respeitoso fervor dele. Depois, viriam beijos, dúzias de beijos, na boca e no rosto! Em seguida, viria o lento mas interessante processo de despi-la, para acariciar-lhe os seios... e assim por diante! Era o procedimento habitual, como Laurence sabia por experiência própria. Foi um choque ver Marcelle em pé diante dele, com a roupa de baixo tirada quase à sua primeira palavra.

Impaciente com a falta de jeito de Laurence, a mulher estendeu a mão para o colo dele, abriu-lhe os botões da calça com uma sacudidela e puxou para fora o membro duro.

— Pelo menos, está pronto para a ação! — comentou, com uma risadinha.

Com uma das mãos, ela levantou a saia até o umbigo, descobrindo o tufo aparado de cabelos castanhos entre as pernas. Colocou a outra mão na boca, lambeu os dedos e passou-os entre os lábios escondidos entre os pelos, a fim de umedecer a entrada. Um instante depois, já estava sentada, de pernas abertas, sobre o colo de Laurence, que se sentiu guiado para o lugar certo pela mão dela, depois apertado dentro de seu corpo, enquanto Marcelle continuava sentada, pesadamente, sobre as coxas dele.

— Eis aí! — exclamou ela, alegremente. — Agora, você tem o que queria. Por que não me falou antes? Hoje é um dia muito inconveniente.

— Ah, Marcelle! — arquejou, sem saber o que responder.

Ela se mexia para cima e para baixo com o membro dentro do corpo, executando a tarefa com muita habilidade.

— Está bom? — perguntou. — Não, não deve tocar meus seios... vai acabar com meu vestido. Fique parado e aproveite.

Por mais que Laurence estivesse psicologicamente despreparado para o evento que ocorria, seu corpo reagiu ao estímulo de maneira natural. O movimento rápido de Marcelle, para cima e para baixo, produziu sensações do mais intenso prazer, que fizeram suas emoções se tornarem mais fortes. A excitação também aumentou, e ele soltou um arquejo final de surpresa quando Marcelle o esvaziou da sua paixão.

– Pronto! – disse ela, cessando imediatamente os movimentos. – Agora, deixei você feliz! E você me atrasou para meu encontro... preciso sair voando! Venha buscar-me amanhã, por volta do meio-dia, e me leve para almoçar. Depois, poderemos ir para o seu apartamento e ficar lá a tarde inteira... estarei livre até a hora do jantar.

Antes de Laurence poder dizer uma só palavra, ela já saíra de cima dele e deixara a sala, agarrando, ao passar pela cadeira, sua bela roupa íntima.

fim

Este livro foi composto na tipologia Minion Pro Regular,
em corpo 10,5/13, e impresso em papel off-set 56g/m² no Sistema
Cameron da Divisão Gráfica da Distribuidora Record.